DIEU ET NOUS SEULS POUVONS

Michel Folco, reporter photographe et écrivain, est l'auteur de trois romans, *Dieu et nous seuls pouvons, Un loup est un loup* et *En avant comme avant !.*

Un loup est un loup
Seuil, 1995
et « Points », n° P 263

En avant comme avant !
Seuil, 2001
et « Points », n° P 992

Michel Folco

DIEU ET NOUS SEULS POUVONS

Les Très-Édifiants et Très-Inopinés Mémoires
des Pibrac de Bellerocaille
Huit générations d'exécuteurs

ROMAN

Éditions du Seuil

TEXTE INTÉGRAL

ISBN 978-2-02-090128-4
(ISBN 2-02-012927-2, 1re publication
ISBN 2-02-019602-6, 1re publication poche
ISBN 2-02-030895-9, 2nd publication poche)

© Éditions du Seuil, avril 1991

Première partie

Chapitre I

Baronnie de Bellerocaille, province royale du Rouergue, août 1683.

Douillettement installée dans le coin le plus confortable de la ruche, le plus tiède, la colonie de bourdons sommeillait. L'un d'eux s'éveilla et eut faim. Il progressait lourdement vers les alvéoles à miel lorsqu'il nota le nombre inaccoutumé d'ouvrières dans la ruche. A une heure aussi avancée de la matinée, elles auraient dû être parties butiner depuis longtemps. Poursuivant son chemin, le gros mâle ventru et poilu se heurta à un groupe d'abeilles qui bloquaient le passage. Il s'apprêtait à les bousculer sans ménagements lorsque, chose impensable, elles firent face et lui sautèrent dessus. Il ne s'était pas bien rendu compte de ce qui lui arrivait que l'une d'elles sciait le pédicule rattachant son abdomen à son thorax tandis qu'une deuxième déchiquetait les nervures de ses ailes et qu'une troisième cherchait et trouvait la fissure entre les anneaux et la cuirasse, enfonçant son dard empoisonné à l'intérieur. L'âcre odeur du venin se répandit dans l'abeiller, donnant le signal du massacre.

Les reines étant fécondées et l'hibernage approchant, la ruche n'avait que faire de ces lourdauds oisifs, gourmands et inutiles.

Dépourvus d'aiguillon, n'ayant jamais eu auparavant à se défendre, les bourdons incrédules ne songèrent qu'à fuir par les trous d'envol. Certains y parvinrent.

L'un d'eux survola un instant les remparts du bourg avant de s'engouffrer par mégarde dans la cuisine du maître orfèvre Abel Crespiaget, heurtant de plein fouet l'œil droit de Pierre Galine, son maître queux, occupé à préparer une bisque d'écrevisse. L'homme poussa un cri de douleur et laissa échapper une pleine poignée d'épices dans la soupière.

Après avoir heurté le carrelage, l'insecte à peine étourdi reprit son vol et disparut par la lucarne s'ouvrant sur la rue Magne.

Pierre Galine était dans la souillarde et aspergeait d'eau son œil meurtri quand la soubrette entra dans la cuisine. Ne voyant pas le coq, elle prit la soupière de bisque et s'en fut la servir aux maîtres qui s'impatientaient dans la salle à manger.

Quelques instants plus tard, Abel Crespiaget faisait irruption, les yeux exorbités, le palais, la gorge et l'œsophage incendiés, brandissant une grande trique. Galine s'enfuit sans comprendre à toute vitesse dans le couloir, puis dans les escaliers, dans la cour, autour du puits et enfin dans la rue Magne où l'orfèvre le rattrapa et le rossa d'importance.

– Ayaouille ! Ayaouiiiiille ! Qu'ai-je fait, bon maître, pour être ainsi asticoté ?

– Tu oses le demander, empoisonneur ! rugit Crespiaget en redoublant la cadence de ses coups de trique, ne s'arrêtant qu'une fois Galine inerte.

Plus tard, des âmes charitables le transportèrent jusqu'à sa couche où il demeura plusieurs jours avant de pouvoir reprendre son service. Quant aux bourdons survivants, ils consacrèrent leur journée à paresser sur les fleurs des berges du Dourdou. La fraîcheur du soir et la faim les rendant oublieux des tragiques événements de la matinée, ils rentrèrent à la ruche où on les attendait pour les exterminer. Ce qui fut fait, jusqu'au dernier.

*

Le dimanche suivant l'Assomption, Marguerite Crespiaget, l'épouse du maître orfèvre, mit au monde son sixième enfant. Après cinq filles et plusieurs pèlerinages à la Vierge noire de Rocamadour et au Saint Prépuce de Roumégoux, c'était enfin un garçon.

Radieux, maître Crespiaget le prénomma Désiré, puis le fit baptiser en grande pompe dans l'église Saint-Laurent. L'enfant fut ensuite confié à la femme du cocher Mazard, une maman-tétons de bonne réputation qui vivait près de la rivière, dans la ville basse.

Le dimanche suivant, à l'heure de la grand-messe, le cuisinier Pierre Galine s'introduisit chez la femme Mazard et l'étrangla. Après avoir dissimulé son corps dans le séchoir à châtaignes, il s'empara du petit Désiré et le saigna proprement au-dessus de l'évier de pierre. Puis il lui trancha la tête, glissa les morceaux dans un sac et rentra dans sa cuisine hacher les chairs. Il en fit de la farce pour ses pommes d'amour… qu'il eut soin de ne pas trop épicer.

Réunie comme chaque dimanche au grand complet, la famille Crespiaget se régala. Quand le plat fut vide, on en réclama d'autres. Galine leur servit alors la tête du petit Désiré disposée artistiquement sur un lit de feuilles de laitue, les oreilles et les narines ornementées de touffes de persil, les yeux maintenus ouverts par des cure-dents.

Déclarant d'une voix douce que pour récupérer les restes de l'enfant ils devraient utiliser soit un révulsif, soit un laxatif, Pierre Galine s'enfuit, lançant avant de disparaître dans l'escalier :

– La vengeance est un plat qui se mange chaud !

Il débouchait dans la rue lorsqu'il entendit les cris stridents de Marguerite Crespiaget qui venait de comprendre.

*

Henri de Foulques, prévôt du guet et de la maréchaussée, terminait une fricassée de poulet aux racines dans ses appartements du premier étage de l'hôtel de la prévôté quand le maître orfèvre de la rue Magne se fit annoncer.

– Par la mort-Dieu, Maître Crespiaget, que vous arrive-t-il ? On dirait que vous venez de croiser le Griffu.

– Pire que ça, Monsieur le Prévôt, bien pire que ça…

Sans perruque, l'air hagard, le souffle court d'avoir couru, l'orfèvre parla d'une voix saccadée. Quand il eut terminé, le prévôt fixa avec horreur sa panse rebondie :

– Ai-je bien ouï ? Il vous a fait MANGER votre fils ? ! ?

– Dans des pommes d'amour, Monsieur le Prévôt. Il ne reste plus que sa pauvre tête…

*

L'effarante nouvelle se répandit à la vitesse d'une gifle. On en réveilla le baron Raoul Boutefeux, seigneur de Bellerocaille et quatorzième du nom, qui faisait sa sieste dans l'une des tours du château en compagnie d'une chambrière de sa mère. D'abord il ne voulut pas croire qu'une pareille abomination eût pu être perpétrée dans son fief, puis il se fâcha en apprenant que son auteur était parvenu à s'enfuir.

– Que tout soit mis en œuvre pour le retrouver !

Chez les Crespiaget, la douleur atteignait son paroxysme et le défilé des présentateurs de condoléances avait commencé. Au-dehors, dans la rue Magne, un flot de curieux faisait barrage et les premières rumeurs circulaient déjà (« Il paraît que la femme Crespiaget les a trouvées tellement à son goût qu'elle en a repris »).

C'est alors que le cocher Mazard, de retour de Rodez, découvrit sa femme étranglée dans le séchoir à châtaignes. Fou de douleur, il la prit dans ses bras et la transporta place du Trou où se trouvait la prévôté, drainant derrière lui une foule considérable qui le relaya dans les montées (certaines ruelles de la ville haute étaient si pentues qu'il avait fallu tailler des marches aux endroits les plus escarpés).

Quand il arriva sur la grand-place, une compagnie d'archers avait pris position autour de l'hôtel de la prévôté, piques baissées, prêtes à l'usage. Un an plus tôt, une bande de croquants avait envahi la ville après avoir pendu trois percepteurs de taille. Depuis lors, on se défiait de tout rassemblement. Seule l'apparition du prévôt apaisa quelque peu les esprits.

– Rentrez chez vous, braves gens. La justice de Monseigneur le Baron est déjà à ses chausses et nous le ramènera sous peu. Il est à pied et ne peut aller loin.

Au même moment, dans la belle maison du maître orfèvre, l'extrême douleur faisait place à une atroce confu-

12

sion. En effet, l'un des convives du funeste repas (le grand-père du petit Désiré qui avait mangé quatre pommes d'amour à lui seul) venait de formuler ce que personne n'avait encore osé : quelle conduite adopter lorsque se manifesterait l'inévitable appel de la nature ? Bien que digérées, les chairs du bambin n'en restaient pas moins baptisées.

– En vérité, je vous le demande, que dois-je faire de mon bran quand l'heure arrivera ?

Convoqué d'urgence, le confesseur de la famille, le père Adrien, écouta, puis resta coi un long moment avant de se déclarer incompétent, s'éclipsant en promettant de consulter son supérieur, l'abbé François Boutefeux. Il le trouva dans les écuries du château en train de bouchonner lui-même une jument pie.

Depuis près de cinq siècles, la charge d'abbé du monastère des cordeliers de Bellerocaille était réservée aux cadets des Boutefeux, et ceux-ci étaient systématiquement prénommés d'après saint François d'Assise, fondateur de l'ordre.

Tonsuré à quatorze ans, bénéficier à seize, l'abbé François n'avait de religieux que son titre et se montrait plus soucieux de dissiper ses importants revenus que du sort matériel ou spirituel de ses ouailles. Il laissait cela à son chanoine et préférait se consacrer aux chevaux et aux femmes qu'il sélectionnait selon des critères identiques (pour être bonne, une jument ou une femme se devait de posséder une poitrine large, une croupe remplie et le crin long).

– Que me débagoulez-vous là ! s'exclama-t-il sans pour autant interrompre sa besogne. Comment pourrais-je trancher une telle question ? Que les Crespiaget écoutent leur conscience et disposent de leur merde comme elle le leur dictera.

*

Pierre Galine marchait sur le chemin de Routaboul, son village natal, quand les archers de la maréchaussée le rattrapèrent et l'arrêtèrent sans qu'il offrît la moindre résistance. Ils l'enchaînèrent et le ramenèrent à bride abattue à

Bellerocaille où, après un bref interrogatoire du prévôt, on l'enferma dans la prison seigneuriale.

L'attirance malsaine que suscitait l'originalité de son forfait dépassa les limites du bourg. On vint de Rodez, de Millau mais aussi de Villefranche et même de plus loin. Bientôt les auberges affichaient toutes complet.

Les premiers retards surgirent lorsque le sénéchal du Sallay, de la justice du Roi, prétendit dessaisir le juge seigneurial Cressayet, de la justice du baron, sous prétexte qu'une affaire de cette importance relevait de sa juridiction. Il essuya un refus sec du baron Raoul, fort sourcilleux sur le chapitre.

Soupçonnant l'officier royal de ne pas en rester là, le baron accéléra la procédure. Galine fut jugé le surlendemain par son tribunal et le verdict qu'il dicta au juge fut à la hauteur de l'indignation populaire : Pierre Galine serait roué vif, puis exposé jusqu'à ce que mort s'ensuive. Le public nombreux avait applaudi.

De nouvelles complications apparurent quand il fallut appliquer la sentence.

Deux siècles plus tôt, le roi Charles VII, désireux de mettre de l'ordre parmi les trois cent soixante et quelques codes de justice ayant cours dans le royaume, avait signé une ordonnance de cent vingt-cinq articles. L'un de ces articles interdisait aux juges d'exécuter eux-mêmes leurs sentences comme c'était encore le cas dans de nombreuses provinces. De cet article naquit la profession de bourreau. Or, bien qu'autorisé par décret du Roi à porter le titre de haut justicier donnant droit de prononcer des condamnations capitales, le baron Raoul ne s'était jamais résolu à entretenir un exécuteur à plein temps. Si le besoin se présentait (comme en ce cas précis), il faisait appel aux services de Maître Pradel, un boucher ruthénois qui cumulait son état avec celui d'exécuteur des hautes œuvres du comte-évêque de Rodez.

*

Un courrier partit en fin de matinée et chevaucha les onze lieues séparant le bourg de la capitale en six heures. Quand le lendemain il revint à Bellerocaille, il était seul.

– Maître Pradel est indisponible. Il a la goutte et il ne peut se mouvoir. J'ai demandé à son valet mais il n'est pas commissionné pour le remplacer.

Il restait Maître Sylvain, l'exécuteur albigeois, ou Maître Cartagigue de Millau. Bien que ce dernier fût le plus proche, il était hors de prix. Le prévôt expédia donc son messager à Albi.

L'homme galopait dans la forêt des Ribaudins lorsqu'il heurta une corde tendue en travers d'une courbe du chemin. Bienheureusement assommé, il ne vit pas les brigands s'approcher et l'égorger. Après l'avoir entièrement dépouillé, ceux-ci tirèrent son cadavre nu dans un fourré où quelques heures plus tard des loups le découvrirent et le dévorèrent avec un bel appétit.

*

Cinq jours passèrent avant que le baron ne se décide à réunir son conseil, y conviant de mauvaise grâce le sénéchal.

– J'ignore ce qu'il a pu advenir de notre messager mais nous n'avons plus le temps d'en dépêcher un autre, prévint le prévôt Henri de Foulques. Le bourg est envahi, ceux venus pour le procès ne sont pas repartis et attendent l'exécution. Les esprits s'échauffent et des rumeurs circulent.

– Des rumeurs, quelles rumeurs ?

– On dit que le condamné bénéficierait de hautes protections et qu'il ne sera jamais roué.

Le front bas du baron Raoul se plissa sous sa perruque poudrée. Ses yeux sombres fortement encavés dans leurs orbites brillèrent méchamment.

Pour lui il ne faisait aucun doute que la diffamation était à l'esprit ce que l'empoisonnement était au corps. Pis même puisqu'il était bien plus commode de colporter un propos trucidant l'honneur d'un honnête homme que de lui faire ingurgiter une potion assassine. Aussi, tenant compte du fait qu'il n'existait point d'antidote contre la calomnie alors qu'il en savait plusieurs contre les poisons, le baron dit :

– Assurez-vous de ces médisants et percez-leur la langue !

Puis on en revint au problème initial : où trouver un bourreau rapidement ?

L'abbé François suggéra de faire appel à un volontaire.

– Avec une prime de cent livres vous n'aurez que l'embarras du choix.

– Cent livres ? Tout doux, l'abbé, tout doux, protesta le baron. J'ai une meilleure idée. Confions la besogne à Maître Crespiaget, le père de la victime. Je vous fiche mon billet qu'il nous le brisera joliment… et gracieusement, ajouta-t-il avec un sourire encourageant qui dévoila de nombreuses mauvaises dents.

Le sénéchal s'indigna.

– Vous n'y songez pas, ce serait une barbarie !

– Sauf votre respect, Monsieur le Baron, intervint le juge Cressayet, ce serait un meurtre. Seul un exécuteur dûment commissionné peut tuer sans encourir le juste courroux de Dieu et de la loi.

Tout en marmonnant, le baron finit par se ranger à la solution du volontariat, mais exigea que la prime soit abaissée à cinquante livres.

Duvalier, l'assesseur du juge (il était aussi son gendre), rédigea un « avis à la population » sur lequel le baron apposa son sceau. On le confia ensuite au crieur qui, précédé d'un tambour, partit sur-le-champ le lire sur les deux places de Bellerocaille et aux principaux carrefours.

Ceux qui venaient de loin et voyaient chaque jour leur bourse s'aplatir un peu plus interprétèrent cet appel d'offre comme un nouvel ajournement. Ajoutés à ceux qui ressentaient chaque heure passée comme autant de bontés offertes à l'abominable maître coq, cela fit beaucoup de mécontents à parcourir les rues en réclamant haut et fort l'application de la sentence. Curieusement, pas un seul de ces impatients ne se porta volontaire. Les rumeurs les plus vipérines circulèrent de plus belle.

*

Le lendemain, quand le prévôt Henri de Foulques franchit le pont-levis et entra dans la basse-cour du château, Maître Bertrand Beaulouis, le geôlier de la prison, assisté de ses fils, Bredin, Jacquot et Lucien, perçait les langues de cinq médisants arrêtés la veille.

Le torse nu sous un tablier de cuir roux, le geôlier d'une cinquantaine d'années (on le surnommait le Verrou humain) fit mine de s'interrompre pour le saluer.

– Je vous en prie, Maître Beaulouis, poursuivez, l'en empêcha l'officier de justice, se plaçant sous le péristyle de la courtine extérieure pour attendre à l'ombre.

Il y avait deux femmes parmi les clabaudeurs. La plus jeune, une lavandière de la ville basse, avait colporté qu'en vérité Galine était l'amant de Marguerite, donc le père du petit Désiré. S'il l'avait occis, c'était que son cocu de maître, désespérant d'avoir un héritier mâle, l'en avait dépossédé.

Comme elle ne voulait pas ouvrir la bouche, il fallut la forcer avec un manche de couteau, puis fourrager dedans avec une tenaille pour en extraire la langue et la percer au moyen d'un tisonnier rougi dans un brasero.

– Si vous récidivez, nous vous la couperons, promit le prévôt quand les médisants furent relaxés.

Laissant à ses fils le soin de ranger ses ustensiles de tourmenteur, Beaulouis s'approcha de Foulques.

– Que puis-je pour vous, Monsieur le Prévôt ?

Foulques le lui dit. Le geôlier se raidit, rougissant violemment.

– Impossible, Monsieur le Prévôt, impossible. Vous ne pouvez pas me demander une chose pareille.

– Je comprends mal votre refus. Vous êtes pourtant notre tourmenteur auprès du tribunal.

– Ne vous en déplaise, Monsieur le Prévôt, tourmenter n'est point occire ! Encarcaner, fustiger, flétrir, mutiler comme maintenant, ou ébouillanter, ou poser la question ordinaire ou extraordinaire n'est point rouer vif, loin s'en faut !

Foulques tenta de le décabocher en promettant de persuader le baron d'augmenter la prime : rien n'y fit. Foulques alors lui rappela que l'exemption de guet dont nciaient ses fils arrivait à terme et qu'elle pouvait être ne pas être renouvelée. Pour Beaulouis qui n'employait d'autre guichetier que ses trois fils, le non-renouvellement d'exemption était une catastrophe. Les bras en croix, il se jeta aux pieds de l'officier.

– Je vous en conjure, Monsieur le Prévôt, ne me faites pas violence. Être le bourreau, même une seule fois, serait me condamner au préjugé, moi, mais aussi ma descendance. Je sais trop comment ça s'est passé pour Maître Pradel. Du jour où il a accepté l'office, il a dû s'installer en dehors des remparts et il est tenu de porter un habit rouge chaque fois qu'il sort de chez lui. Et s'il a marié récemment sa fille, c'est parce que le marié est le fils du bourreau de Nîmes. Ne me forcez pas à un état pareil, Monsieur le Prévôt, ayez pitié !

Foulques se radoucit. Il pouvait lui objecter que ces désavantages étaient largement compensés par toutes sortes de dispenses et de privilèges qui avaient permis à l'ancien boucher de devenir en moins d'une génération l'un des bourgeois les plus aisés de Rodez, mais il n'en fit rien et prit congé. Soulagé, le Verrou humain se releva en massant ses genoux qu'il s'était légèrement meurtris contre les pavés de la basse-cour.

*

Bâti au XIIIe siècle, le château de Bellerocaille se voyait de fort loin, perché sur son neck volcanique, et offrait aux guetteurs dans les échauguettes une vue sans obstacle sur plusieurs lieues de campagne. Les tours rondes étaient reliées entre elles par des courtines sous lesquelles étaient aménagés le corps de garde, les logis des domestiques, les écuries, le chenil, le domaine des faucons, la forge et le four à pain, plus divers celliers répartis dans les rez-de-chaussée.

Rajoutée au XVIe siècle et encastrée dans la muraille ouest, une haute tour flanquante servait de prison.

Le baron et les siens occupaient le donjon central et les bâtiments formant la cour d'honneur. Haut de neuf toises, le donjon se divisait en cinq salles superposées reliées par un étroit escalier en spirale. Le baron Raoul et Dame Hérondine, son épouse, logeaient dans les deux premières, la baronne Irène, mère du baron, dans la suivante, tandis que la quatrième était réservée aux hôtes de passage et la cinquième à Guillaume, l'aîné de douze ans. L'abbé François, quand il ne chevauchait pas entre ses nombreux domaines, logeait au-dessus des écuries.

Le donjon communiquait avec la grande salle qu'on utilisait indifféremment comme salle à manger, salle de réception, salle de bal ou salle du conseil. Ses hauts murs étaient ornés de tapisseries à motifs mythologiques, de tableaux d'ancêtres et de scènes rappelant certains épisodes particulièrement glorieux, de trophées de chasse, de panoplies d'armes blanches démodées, d'écus bariolés dont certains, fort anciens, étaient cabossés d'avoir beaucoup servi. Il est vrai que la réputation de bellicisme des Boutefeux n'était plus à démontrer et le caractère vindicatif du baron Raoul ne s'inscrivait guère en faux contre elle.

L'air maussade, assis sous le blason familial surmonté d'une couronne de baron et faisant figurer côte à côte une torche enflammée et une épée entrecroisées, et un fief sur fond d'argent au bas duquel on pouvait lire l'ancien cri de guerre devenu devise : « Ça arde » (ça brûle), le baron prenait une leçon de civilité en prévision de sa prochaine présentation à la Cour. Bien que son amour-propre en souffrît, il admettait être plus à son aise à la chasse aux loups que dans un salon : aussi, sur les injonctions répétées de sa mère, avait-il loué les services d'un jeune maître de cérémonies ruthénois qu'il écoutait prodiguer ses conseils d'une voix maniérée.

– La grâce, Monsieur le Baron, doit paraître naturelle. Vous posséderez cet art à la perfection quand nul ne soupçonnera plus sa pratique.

Le baron suçota l'une de ses mauvaises dents et cracha machinalement sur le plancher, écrasant son jet de salive d'un mouvement tournant du pied.

Le jeune maître de cérémonies eut un regard découragé vers la vieille baronne qui égrenait son chapelet à côté de Guillaume, le futur baron de Bellerocaille. Le garçon cachait mal son ennui en s'amusant à arracher les pattes d'une mante religieuse dénichée dans les joncs.

— On vous a seriné sur tous les tons qu'il était devenu indécent chez les honnêtes gens de cracher ainsi…, dit la baronne Irène à son fils. Il en est de même pour votre odieuse manie de vous moucher dans vos doigts tel le dernier des rustres. Allez-vous donc un jour user de tous ces mouchoirs que je vous ai baillés ?

— Par mon cap ! s'emporta le baron, cognant sur la table de son poing fermé, de quel extraordinaire privilège bénéficie donc ce sale excrément pour que vous lui réserviez un beau linge fin et brodé pour le recevoir ? Et même pour l'y empaqueter et le serrer tendrement contre vous ? Jamais, Madame, jamais !

Pour se calmer, il sortit sa chique et s'en trancha un copieux morceau qu'il mâchicota du côté droit, celui où ses dents étaient les moins gâtées.

Nouvelle œillade démoralisée du maître de cérémonies qui pourtant avait formellement recommandé de ne petuner qu'en prise et par le nez, le mâchouillage étant réservé à la pire roture comme la pipe l'était aux marins. Pour se donner une contenance, il ouvrit son vieil exemplaire de *L'Honnête Homme ou l'Art de plaire à la Cour* de Nicolas Faret et lut :

— « Une fois à la Cour, tant que vous n'aurez pas produit d'effet, restez-y. Sitôt l'effet produit, allez-vous-en. C'est le meilleur moyen pour s'y faire remarquer… »

— Pas si vite, l'interrompit le baron. Revenons-en à cette grâce. Vous avez dit que je devais donner l'illusion qu'elle m'était naturelle. Insinuez-vous que je suis malgracieux ?

— Certes non, Monsieur le Baron, la grâce en question est celle qui consiste à tout faire avec aisance. Le moyen d'obtenir cet effet est d'afficher en toute occasion une certaine nonchalance teintée de morgue que les Italiens nomment *spezzatura* et qui cache l'artificiel en montrant que ce qu'on fait vient sans peine et quasi sans y penser. Cette grâce doit intervenir dans la conversation, dans les armes, dans la danse, mais aussi au jeu et dans chacune des attitudes quotidiennes…

Le maître de cérémonies fut une nouvelle fois interrompu par la rumeur d'une foule mécontente.

La baronne Irène s'agita sur son siège. Elle conservait un souvenir désagréable du soulèvement des croquants.

– Si vous n'étiez pas si dur à la desserre, il y a belle lurette que notre fief posséderait son propre bourreau. Nous en avons les moyens, que je sache.

Bien que les mines d'argent qui firent la fortune des Boutefeux et du bourg se fussent taries un demi-siècle plus tôt, les importants revenus des nombreux domaines additionnés aux droits seigneuriaux sur les châtellenies de la baronnie mettaient la famille à l'abri du besoin. Mais le déclin du bourg était amorcé, comme en témoignait aussi le nombre croissant de maisons vides.

– Vous en bavardinez à votre aise, Madame. Vous dites « on », mais il ne s'agit point de vos louis. Savez-vous seulement combien coûterait l'entretien d'un tel office ? Pensez-vous que mes bourgeois goûteraient l'impôt de havage ?

– Depuis quand vous préoccupez-vous de leur avis ? répliqua la vieille dame, agitant nerveusement son chapelet. Quand admettrez-vous enfin que posséder son exécuteur est le vrai signe du pouvoir de haute justice ? Quand je pense que nous n'avons même pas de fourches patibulaires alors que votre rang vous autorise à quatre piliers ! Oyez où nous mène votre pingrerie ! ajouta-t-elle avec un geste vers les croisées ouvertes d'où leur parvenaient les cris de la populace.

Sans un mot le baron se leva, réajusta son baudrier et sortit en faisant claquer les talons de ses bottes sur le plancher. Passant devant le maître de cérémonies, il cracha comme par inadvertance un jet de salive mélangé à du jus de tabac. Il allait franchir la porte lorsqu'il fit signe à son fils.

– Viens ! Allons à notre tour bailler quelques leçons de civilité à ces impudents braillards.

Leur apparition, côte à côte sur leurs montures sans escorte, éteignit subitement le vacarme et un silence craintif se fit parmi la centaine de mécontents qui vociféraient au pied de la tour flanquante, réclamant l'exécution immédiate du cuisinier.

Copie conforme de son géniteur, le dos bien droit comme

lui et comme lui affichant un air de froide détermination, le jeune Guillaume eut la satisfaction de voir se faire le vide devant eux. En quelques instants, les abords de la prison avaient repris leur aspect habituel.

Il suivit son père qui au lieu de rentrer au château s'engageait dans la rue du Paparel menant à l'octroi de la porte ouest. Tous ceux qu'ils croisaient se découvraient respectueusement et les soldats de l'octroi bloquèrent brutalement la circulation pour les laisser passer.

Le baron et son fils franchirent le Pont-Vieux enjambant le Dourdou, dépassèrent les ruines de l'ancienne tannerie et prirent la direction du carrefour des Quatre-Chemins, célèbre pour son dolmen, l'un des plus monumentaux du Rouergue.

Quand ils arrivèrent, quelques pèlerins se reposaient à l'ombre de la dalle de trois toises posée horizontalement à deux mètres du sol par on ne savait quel miracle sur trois autres pierres verticales tout aussi volumineuses.

Ignorant leurs courbettes, le baron sans descendre de cheval désigna à l'enfant le château qui à une demi-lieue de là se dressait, spectaculairement perché sur son neck, avec son joli bourg enroulé autour.

– Un jour, ce sera tien, aussi est-il bon que tu n'oublies jamais qu'être le maître est une chose, le rester une autre. Si nous le sommes demeurés depuis si longtemps, c'est parce que nous avons toujours pensé qu'un bien appartenait d'abord à celui qui est assez puissant pour le conserver. Tu comprends, Guillaume, un titre se retire, un droit s'annule d'un trait de plume, un privilège ou une dispense peuvent être accordés à un autre par simple caprice du Roi.

Il cracha un long jet noirâtre avant de poursuivre :

– Seule notre force nous a jusqu'à ce jour mis à l'abri d'une pareille beuserie. Et c'est parce que nous sommes puissants qu'on y regarde à deux fois avant de venir nous chercher des poux dans la perruque…

Guillaume approuva gravement. Imbu dès son plus jeune âge des idées et principes de son père, il croyait à la légitimité de son état et au fait qu'il n'était qu'un maillon d'une longue chaîne de Boutefeux. Malheur au mauvais maillon qui l'affaiblirait !

– Cette puissance, mon fils, nous la devons à notre épée et à notre or. Et tu devras tout faire pour conserver l'une et l'autre.

C'est en revenant sans hâte vers le bourg qu'il lui conta une fois de plus comment leur ancêtre Azémard Boutefeux était devenu seigneur de Bellerocaille… et l'était resté.

*

L'époque du chevalier Azémard était celle de la chevalerie naissante et de ses barons turbulents, querelleurs, cupides, sanguinaires, fiers de l'être. C'était l'époque où un duché valait quatre comtés, un comté quatre baronnies, une baronnie quatre châtellenies, une châtellenie plusieurs fiefs et clochers. C'était l'époque où la justice faisait combattre à mort les accusés sous prétexte qu'il était impensable que Dieu puisse bailler la victoire à un coupable. D'ailleurs, tant de gens croyaient en Lui qu'il eût été messéant qu'Il n'existât point. C'était une drôle d'époque.

Le système en vigueur était de type féodal, né de l'insécurité chronique qui poussait les plus faibles à se placer sous la protection des plus forts, ces derniers pour le rester ayant tout in-térêt à regrouper sous leur bannière le plus grand nombre de vassaux. De fait, certains, tel Raimond III, comte de Rodez, offraient un fief en viager à tout chevalier leur prêtant allégeance. Était chevalier quiconque possédait un cheval, une broigne, un écu, une épée et l'art d'en user.

Azémard Boutefeux, jeune cadet sans avenir de Guiraud, le chef boutefeu du banneret de Roumégoux, répondait à ces critères. Accompagné d'un cousin pour écuyer, il chevaucha jusqu'à Rodez, s'agenouilla devant le puissant comte Raimond et lui embrassa les pieds et les éperons en disant :

– Je vous jure fidélité, aide et conseil : vous m'assurez de quoi vivre.

Ce à quoi le comte répondit solennellement en l'aidant courtoisement à se relever :

– J'accepte. Je m'engage à te défendre, toi et tes futurs

biens, mais tu travailleras pour moi et tu seras en mon pouvoir.

Comme convenu, le comte lui remit alors une poignée de terre symbolisant son futur fief et un parchemin l'autorisant à y créer une sauveté afin d'en faciliter la colonisation.

Quand Azémard quitta Rodez pour en prendre possession, une vingtaine de vilains, des serfs affranchis attirés par les privilèges qu'offrait le statut de sauveté, l'accompagnaient. Lorsqu'ils arrivèrent sur place, il n'y avait rien à l'exception d'un dolmen qui servait parfois d'abri pour la nuit aux pèlerins ou aux rares voyageurs osant encore se déplacer sur des routes laissées à l'état sauvage.

– Par le cul-Dieu, voilà une belle rocaille ! s'exclama Azémard à la vue du neck de lave qui dominait l'endroit.

Il grimpa au sommet et contempla longuement le panorama avec satisfaction. Tout cela désormais lui appartenait.

Il choisit de s'installer provisoirement dans l'une des grottes perçant le piton et profita de ce que ses gens l'enfumaient afin d'en déloger les centaines de chauves-souris pour remonter à cheval et faire le tour de son domaine.

Pendant plusieurs jours il recensa les terrains cultivables et les divisa en manses de cinq hectares qu'il distribua ensuite à ses vilains, se réservant selon la coutume l'exacte moitié de chacune. Les bénéficiaires se devaient de la travailler comme la leur et de lui remettre ponctuellement la récolte. Ils étaient également astreints à de nombreuses corvées collectives telles que la construction d'un château fort en bois au sommet du neck. En contrepartie (un bon berger tond ses brebis, il ne les écorche pas), Azémard les dispensa de taille et de diverses autres taxes seigneuriales. Il les autorisa aussi à léguer en cas de décès leur part de manse à leur fils aîné. S'ils n'en possédaient pas, Azémard la reprenait de droit et pouvait la redistribuer.

La vie ne tarda pas à s'organiser. Pendant que leur seigneur consacrait ses journées à la chasse, les vilains débroussaillèrent le haut du neck et le ceinturèrent d'une double palissade de pieux aux pointes durcies au feu. Puis ils élevèrent un donjon de bois de quatorze mètres qu'ils encadrèrent d'une grange et d'une écurie.

L'espace entre le piton et la boucle de la rivière fut déboisé et divisé en parcelles à l'intérieur desquelles chaque vilain se construisit une maison sans fenêtre au toit de chaume et aux murs de torchis que l'on serra l'une contre l'autre pour former une première ligne de défense du château fort.

Le bruit se répandant qu'une nouvelle sauveté venait de se créer sur les bords du Dourdou, les vilains mécontents de leur seigneur ou accablés d'impôts convergèrent vers Bellerocaille (comme se nommait désormais l'endroit) pour y réclamer le droit d'asile. Le statut de sauveté garantissait ce droit, encore fallait-il qu'Azémard puisse l'assurer militairement.

Le mois du long jour venait de commencer quand l'un de ces fuyards, un forgeron, parvint à échapper à ses poursuivants en se réfugiant dans l'enceinte du château. Son maître, Guichard du Grandbois, seigneur d'une châtellenie appartenant à l'évêque de Rodez, accompagné d'une vingtaine d'hommes armés, menaça d'en faire le siège si on ne lui rendait pas son précieux forgeron.

— Arrière, marauds ! Ce fief est une sauveté de Monseigneur le Comte Raimond, passez votre chemin ! les avertit Azémard, les mains en porte-voix en haut du donjon.

En guise de réponse, certains des assaillants entreprirent de piller le village déserté de ses habitants (ils étaient réfugiés au château).

— C'est bon, arrêtez, je vous le baille ! leur cria-t-il en descendant de son perchoir pour réunir ses gens et leur dire de se tenir prêts.

Puis il ordonna qu'on ligote le forgeron. Celui-ci supplia de ne pas être livré.

— Fais-moi confiance, bonhomme. Bellerocaille est une sauveté, et moi vivant, elle le restera. Obéis-moi et tout ira bien.

Guichard du Grandbois rit de plaisir sous son heaume de cuir bouilli à la vue de la double porte fortifiée s'ouvrant sur son forgeron mains liées dans le dos, suivi du petit seigneur de la sauveté, désarmé et l'air bien marri. Il les laissa approcher sans méfiance et songeait à une méchanceté à décocher quand Azémard s'empara de la hache que le forgeron dissimulait dans son dos et en pourfendit le visage de Guichard, ébréchant le tranchant de l'arme sur la calotte de fer qu'il portait sous son heaume, lui fendant le crâne jusqu'aux dents.

– Bataille ! Bataille ! hurla Azémard.

Menés par son cousin, ses vilains se ruèrent hors du château, brandissant des fourches et des cognées et semant le désordre chez l'ennemi.

En plus du destrier harnaché, de la broigne, cette épaisse tunique de guerre en cuir et plaques métalliques, de l'écu et des armes du seigneur occis, Azémard fit huit prisonniers. Il en exécuta deux pour l'exemple (les plus grièvement blessés) et offrit aux autres la vie sauve et une manse chacun s'ils acceptaient de lui rendre hommage.

Ceux qui s'étaient enfuis racontèrent leur mésaventure à l'évêque, qui trouva là un nouveau motif de querelle contre son rival le comte Raimond avec qui il se partageait Rodez. L'affaire fit grand bruit, l'évêque fut débouté : Bellerocaille était une sauveté et le chevalier Azémard Boutefeux n'avait fait qu'appliquer strictement le code d'honneur.

Mis en confiance, des brigands de grands chemins, des déserteurs et toute sorte d'individus de sac et de corde se présentèrent à Bellerocaille pour y être protégés. Azémard leur réserva le meilleur accueil. Il fit même mieux : il les embaucha. Après les avoir armés de haches et de piques flambant neuves (fabriquées par son forgeron), il les organisa en coureurs, fourrageurs et boutefeux.

Dès l'apparition des premiers bourgeons du mois des prairies, Azémard attaqua son premier château, le fief de Racleterre, occupé par le chevalier d'Armogaste, un vassal du banneret de Roumégoux, son ancien maître.

Il donna l'assaut à l'instant où les portes s'ouvraient pour laisser passer le seigneur en habit de chasse suivi d'un couple de piqueurs et de quatre chiens qui aboyaient gaiement. Ce fut le plus beau jour de l'existence d'Azémard.

Un guetteur sonna le tocsin, une femme hurla de terreur. On tenta de refermer précipitamment les lourds battants, mais trop tard, le chevalier et ses coureurs étaient déjà là, beuglant de formidables : « Hardi, Bellerocaille ! Tue ! Tue ! »

Après avoir écrasé toute résistance et fait prisonnier Armogaste, l'intrépide Azémard lança ses fourrageurs qui entreprirent un pillage méthodique, en commençant par le démontage du moulin à huile et du pressoir. Quand tout fut récupéré, il lâcha ses boutefeux qui incendièrent le village et le château avec un réel plaisir en poussant des cris sauvages (« Ça arde ! ça arde ! »).

Regroupant les survivants, il leur offrit comme à son habitude une place à Bellerocaille. Tous acceptèrent. Ils n'aimaient pas leur maître et l'un d'eux, un valet de charrue qui avait perdu son fils et son frère dans la bataille, lui cracha au visage pour ne pas avoir su les protéger.

Plus tard, la légende raconta qu'Azémard lui porta un tel coup d'épée qu'il le partagea de haut en bas en deux moitiés égales. Vrai ou faux, le fait est que le valet de charrue fut occis sur-le-champ pour son manquement envers un noble. Pour Azémard, il ne faisait aucun doute que Dieu Lui-même avait voulu qu'il y ait des seigneurs et des serfs, de telle façon que les seigneurs étaient tenus de vénérer et d'aimer Dieu, tandis que les serfs étaient tenus de vénérer et d'aimer leur seigneur.

Armogaste l'en remercia et lui en sut toujours gré, même après qu'il l'eut restitué à sa famille en échange d'une outrageuse rançon. Le moulin et le pressoir furent réassemblés dans l'enceinte de Bellerocaille et leurs usages payants, sauf pour les participants du raid et leur famille.

Un pont (à péage) enjamba le Dourdou et remplaça le bac. L'autre rive fut défrichée et une fabrique de poterie s'y établit, imitée quelques mois plus tard par une tannerie.

Quand Bellerocaille compta plus de deux cents âmes, elle devint une paroisse et reçut un prêtre (nommé par le comte) qui s'empressa de construire une église de pierre au centre du village, puis d'imposer une dîme sur toutes les récoltes pour l'entretenir. Ses ennuis commencèrent lorsqu'il prétendit également taxer la part du seigneur. Outré par une pareille prétention, Azémard refusa net. Il en serait resté là si le prêtre n'avait eu la mauvaise idée de se plaindre au comte.

Azémard l'apprit alors qu'il essayait la superbe broigne qu'il venait de s'offrir avec une partie de la rançon.

Faisant irruption dans l'église à l'heure de la messe de tierce, il saisit le drôle par les cheveux et le traîna brutalement jusqu'à la rivière, où il lui plongea la tête dans l'eau jusqu'à la presque suffocation. Le tenant toujours fermement par la chevelure, Azémard le traîna ensuite dans la soue aux porcs où il le fit ramper dans la boue avant d'exiger son serment d'allégeance. Cela fait, il le ramena devant l'église et lui ordonna de creuser un trou avec ses mains, l'incitant à se hâter à coups de pied dans le fondement. Quand il jugea le trou suffisamment profond, il dit :

– Par mon cap ! Si tu oublies à nouveau qui est ton seigneur, je t'enterre vif dedans.

S'adressant ensuite à ses vilains réunis autour d'eux et médusés par la scène, il détendit l'atmosphère en déclarant d'un ton redevenu bon enfant que le prêtre avait mal calculé sa dîme.

– Elle s'élève à moitié moins qu'il ne vous a dit.

Azémard rentra au château sous les vivats et les applaudissements.

Il se passa vingt-cinq ans avant qu'il ne consente à faire combler l'orifice, et même plus tard, on continua à appeler l'endroit la place du Trou.

Soucieux de sa descendance, le chevalier épousa au mois des glands 1066 la pieuse Milsendre du Vieuxchablis qui lui donna deux fils et quatre garces.

Vieillissant et sentant sa fin proche (une douleur dans la poitrine l'accablait chaque jour davantage), Azémard se rendit à Rodez et présenta son fils Béranger à la cour du comte, demandant qu'il soit confirmé dans son titre de seigneur de Bellerocaille. Requête aussitôt accordée moyennant un relief de cinq marcs d'or fin.

Parvenu à l'article de la mort, le rusé Azémard, qui à ce jour avait obstinément refusé l'implantation d'un monastère sur son domaine, offrit cinq de ses meilleures manses aux cordeliers. En contrepartie, l'abbé lui fit prendre l'habit *in extremis,* le lavant d'un seul coup de tous ses péchés et lui garantissant un accueil favorable auprès de l'intraitable saint Pierre. Il fut également convenu que seul un

Boutefeux pourrait être à la tête de l'établissement. Aussi quand le cordelier remonta sur sa mule pour aller annoncer à son supérieur l'excellente nouvelle, Hugues, le fils cadet du moribond, l'accompagnait pour être formé.

Le chevalier Azémard expira par un matin pluvieux du mois des boues 1082 et fut inhumé dans la cour du château.

Élevé pieusement par sa mère, Béranger fit construire une chapelle autour de sa tombe et loua les services d'un quéreur de pardon professionnel pour qu'il se rende jusqu'à Rome et prie une semaine d'affilée au repos de son âme.

D'une nature moins belliqueuse, Béranger ne poursuivit pas la politique expansionniste de son père et préféra développer le bien-être de ses gens.

Interprétant sa réserve comme de la faiblesse, les nombreux ennemis qu'Azémard s'était faits au fil des ans (et des raids) crurent venue l'heure de la vengeance. Mal leur en prit. Non seulement Béranger sut leur résister, mais il se lança dans une fulgurante contre-attaque durant laquelle ses boutefeux incendièrent deux châtellenies du banneret de Roumégoux et un fief se trouvant dans la juridiction de l'évêque de Rodez. Le calme revint, pas pour longtemps. Par un jour froid de novembre 1095, le pape Urbain II lança son appel : « O race des Francs, chérie et choisie par Dieu, une race maudite vient d'envahir la Terre sainte… »

Avec un enthousiasme frisant l'exaltation, les barons du royaume répondirent en masse à l'appel à la guerre sainte, à l'exception du plus haut d'entre eux, le Roi, en délicatesse avec le Pape pour une histoire d'adultère. Les préparatifs commencèrent sans lui.

Le pieux Béranger fut l'un des premiers à se croiser et à rejoindre l'ost du comte Raimond Saint-Gilles, fils du précédent.

Son entrée à soleil faillant dans Toulouse, à la tête de ses cent cinquante hommes armés jusqu'aux dents encadrés de ses boutefeux brandissant leurs torches enflammées, causa un grand émoi.

A l'instar du comte qui venait d'hypothéquer auprès des banquiers italiens la partie centrale de son fief rouergat (y compris Rodez) pour payer les frais de l'expédition, Béranger dut gager la totalité de son domaine pour armer, vêtir et nourrir sa troupe.

Cette première croisade fut rude, longue et victorieuse. Un grand nombre de croisés y laissèrent leur vie et montèrent directement au paradis comme convenu. Le comte Raimond lui-même périt des fièvres à Tripoli. En revanche, Dieu ne voulut pas de Béranger Boutefeux qui revint à Bellerocaille après trois ans d'absence, amaigri, la peau tannée, les traits marqués par d'indicibles tourments. Sur ses cent cinquante hommes du départ, douze seulement l'accompagnaient.

Profitant de son absence, Hugues, son frère, abbé du monastère franciscain et seigneur de Bellerocaille par intérim, avait voulu lancer un raid contre l'abbaye de Sainte-Foy avec l'intention de la délester de ses inestimables reliques.

Béranger ayant enrôlé dans son ost tous les hommes capables de se battre, Hugues s'était acoquiné à une bande de routiers brabançons patibulaires qui le trahirent à la première occasion et investirent la ville et le château, n'acceptant d'en partir qu'en échange d'une rançon de dix mille gros tournois qui ne fit qu'alourdir la dette des Boutefeux envers le banquier lombard.

Quand le retour de Béranger vint à sa connaissance, il entreprit l'inconfortable voyage de trois jours séparant Rodez de Bellerocaille pour lui présenter d'abord ses respects, ensuite ses créances.

Béranger se borna à montrer ses mains vides que l'usage intensif de l'épée avait rendues calleuses comme celles d'un laboureur.

– Je n'ai plus rien, banquier. Il te faudra patienter.

– Voilà qui est fâcheux, Monseigneur. Vous n'avez donc rien rapporté de la Terre sainte ? Aucun trésor, pas une seule relique ? s'étonna le banquier.

Béranger soupira : sa mère et son frère lui avaient posé la même question.

– Non, rien.

Il revit tous ces insolents gardes-babouches qui harcelaient les croisés autour de la mosquée du Berceau, du mont des Oliviers ou du Saint Sépulcre, colportant toutes sortes de reliques. Ce rustre de Gauthier Fendard faisait fortune depuis qu'il avait ramené le prépuce du petit Jésus et l'exposait dans une chapelle. « Si j'avais su », regretta-t-il amèrement en songeant à cette fiole de verre soufflé contenant trente-trois gouttes du lait de Marie qu'on lui avait proposée pour un demi-besant seulement. Et que penser de ce gros morceau de la Vraie Croix et du clou de bronze encore fiché dedans et taché de sang séché ? Son authenticité était garantie par le vendeur qui lui avait affirmé qu'à l'époque ses descendants possédaient un négoce d'huile d'olive sur le Golgotha et qu'ainsi, une nuit, après le crucifiement…

Béranger n'en avait pas voulu et c'était Bohémond qui l'avait acheté, recevant en prime la pierre de David qui avait occis Goliath. Et comment ne pas envier Baudoin de Boulogne, le frère de Godefroi de Bouillon, à qui tout réussissait depuis qu'il s'était offert une écaille ayant appartenu au seul poisson sur le dos duquel Jésus avait marché par mégarde lors de sa traversée pédestre du lac de Tibériade ? Ne venait-il pas de se faire oindre roi de Jérusalem ? Hélas !

Son créancier finit par lui accorder un délai d'un an au-delà duquel le fief de Bellerocaille et ses bénéfices lui appartiendraient dans leur totalité. Béranger apposa sereinement son sceau sur le protocole. Il était déterminé à tout faire pour rembourser le Lombard, mais s'il n'y parvenait pas, il était non moins décidé à lui passer son épée au travers de la panse plutôt que de le voir s'installer là.

Il pria sur la tombe de son père plusieurs nuits d'affilée, l'enjoignant d'intercéder personnellement auprès de Dieu pour qu'Il produise un miracle capable de le sortir de cette impasse. Puis, au cas où sa démarche resterait sans effet, il reforma sa bande de coureurs, de fourrageurs et de boutefeux.

Ça allait arder à nouveau dans la région lorsque le miracle réclamé se produisit sous la forme d'un chevreau égaré du troupeau par l'orage. Parti à sa recherche, son berger glissa dans une crevasse et se brisa les deux jambes en tombant au fond. Ses cris parvinrent à alerter sa jeune sœur qui courut chercher de l'aide.

C'est en l'extrayant de la faille que l'un des sauveteurs, un chaudronnier, découvrit sur les parois le premier des filons d'argent qui allaient faire la fortune de Bellerocaille et surtout celle de son seigneur.

On ignore le sort du chevreau.

Chapitre II

Bellerocaille, août 1683.

A la Saint-Fiacre, soit quatorze jours après avoir commis son atrocité, Pierre Galine n'était toujours pas rompu, faute d'exécuteur. Le baron réunit une fois de plus son conseil dans la grande salle. La perplexité était à l'ordre du jour.

Le prévôt du guet et de la maréchaussée Henri de Foulques se fit alarmant. La population de Bellerocaille avait pratiquement doublé depuis l'annonce de la condamnation et cet inhabituel afflux de visiteurs avait drainé tout ce que la province comptait de bricons, de coupe-jarrets, de tire-laine, de vide-gousset et autres nuisibles.

– Mes hommes sont débordés, Monsieur le Baron, aussi je me permets de vous demander très respectueusement de m'accorder le renfort de votre milice.

La garde prétorienne du baron se répartissait en trois centuries de cinquante hommes (survivance de l'ancienne division entre coureurs, fourrageurs, boutefeux). Une seule, permanente, assurait la protection du château : les deux autres se composaient de volontaires mobilisables au son du tocsin et qui avaient pour obligation de s'entraîner militairement une fois par mois. En échange, le baron les exemptait de péage aux ponts et de droit de moulin.

L'arrivée d'un huissier annonçant que le maître geôlier Bertrand Beaulouis sollicitait une entrevue fit diversion.

Le Verrou humain entra, se décoiffa et fit une révérence vers le baron en disant :

– L'un de mes prisonniers est volontaire.

Remue-ménage dans la grande salle. Tout le monde parla en même temps.

– Qui est cet homme ?

– Il s'appelle Justinien Pibrac, Monsieur le Baron, et c'est un bricon que votre justice a condamné à vingt ans de galère. Il doit partir avec la chaîne de la Saint-Michel.

– Fort bien, fort bien. Allez nous le quérir, Maître Beaulouis.

Le geôlier approuva mais ne bougea pas.

– C'est-à-dire qu'il est volontaire, mais à une condition… Oh, une condition tout à fait légitime, Monsieur le Baron, s'empressa-t-il d'ajouter en croisant l'éclat mauvais dans le regard de son seigneur. Il voudrait être gracié.

Les traits du baron se détendirent. Il s'attendait à pis. Interrogé du regard, le juge Cressayet opina favorablement du bonnet. Oui, la loi autorisait ce genre de transaction. Cressayet se souvenait même que la cour de Bordeaux avait rendu un arrêt en ce sens six ou sept ans plus tôt.

– Vous auriez peut-être pu y penser plus tôt ! grogna le baron quelque peu vexé de ne pas y avoir songé lui-même. Allez nous chercher ce bricon !

– A vos ordres, Monsieur le Baron, dit Maître Beaulouis d'une voix enjouée.

*

La criminalité étant perçue comme une sorte de lèpre rongeant le royaume, les juges ne connaissaient qu'une seule prophylaxie– l'ablation des parties infectées par une condamnation à mort ou aux galères. La prison n'était pas un châtiment en soi mais un simple lieu de détention provisoire où les prévenus attendaient leur procès, puis l'exécution de la sentence.

Comme l'avait été son père, son grand-père, son arrière-grand-père et le père de celui-ci, Bertrand Beaulouis était propriétaire de sa charge de geôlier et administrait sa prison comme une auberge, chaque détenu étant équitablement traité selon le poids de sa bourse. Ceux qui l'avaient pleine logeaient dans les confortables cellules de la tour flanquante. On leur servait les cinq repas quotidiens et ils pouvaient disposer à volonté de vin, de petun et même de garces. Ceux qui avaient la bourse plate, à l'exception du sol du Roi que la prévôté était tenue de leur octroyer afin qu'ils ne meurent pas de faim, ceux-là croupissaient dans la pénombre du méchant cul-de-basse-fosse creusé sous la tour.

Quand il manquait de « pensionnaires », Maître Beaulouis était autorisé à remplir ses cellules d'hôtes payants que ses enfants racolaient à l'arrivée de la chaise de poste, place Saint-Laurent.

Trois mois plus tôt, le deuxième dimanche d'avril, le guet lui avait livré un trio de saltimbanques accusés d'être les auteurs de nombreux larcins. L'un d'eux, un jeune drôle d'une vingtaine d'années, était affublé d'un nez de bois maintenu en position par des ficelles nouées sur la nuque. Beaulouis le lui avait aussitôt ôté, dévoilant un trou béant aux bords déchirés irrégulièrement mais cicatrisés depuis longtemps, ce qui rassura le geôlier qui avait craint la lèpre.

– Qui t'a fait ça ?

– Je ne sais pas, c'est arrivé quand j'étais tout petit.

Ce n'était certes pas l'œuvre d'un bourreau ou d'un tourmenteur. Jamais un professionnel n'aurait salopé ainsi le travail. On ne lui avait pas tranché le nez, on le lui avait arraché.

Le sergent du guet expliqua qu'ils en étaient arrivés aux mêmes conclusions, mais qu'eux, au début, l'avaient soupçonné d'être un déserteur. On tranchait effectivement le nez aux déserteurs, mais c'était après les avoir essorillés. Or le jeune bricon portait ses oreilles intactes sous sa longue tignasse brune.

– On les a arrêtés à la clameur publique, ils s'esbugnaient entre eux en plein marché. Quand on est arrivés, ils ont tenté de se filocher, mais on les a rattrapés. Il y avait deux garces avec eux qui ont réussi à s'enfuir. Pendant qu'on conduisait ces trois-là à la prévôté, plusieurs braves gens les ont reconnus. Le prévôt a donc saisi leur bœuf, leur baudet, leur chariot et son contenu.

Beaulouis soupira en jaugeant leurs vêtements sales, déchirés et de peu de valeur.

– Avez-vous seulement de quoi me souhaiter la bienvenue ? leur demanda-t-il d'un ton las.

La « bienvenue » était une taxe de trois sols qu'un geôlier percevait de droit sur chaque admission.

Les bricons baissèrent piteusement la tête. Ils n'avaient rien, bien sûr.

– Je me paierai donc sur votre sol du Roi. Seulement je vous avertis, comme vous n'en percevez qu'un seul par jour, vous ne mangerez rien avant après-demain, sauf si les miséricordieux viennent payer pour vous. Mais en ce moment, on ne les voit pas beaucoup…

Membres d'un ordre exclusivement consacré au bien-être des prisonniers, les miséricordieux visitaient régulièrement les prisons, venant parfois en aide aux plus déshérités.

– Par ici, dit-il en montrant le rez-de-chaussée de la tour où était aménagé l'écrou.

Attablé au-dessus d'un gros registre, Bredin, l'aîné des Beaulouis, le seul à avoir fréquenté l'école de la paroisse, calligraphia leurs noms d'une écriture malhabile, mordillant sa langue de concentration.

Le jeune bricon au nez de bois se nommait Justinien Pibrac et se disait originaire de Clermont. Le petit au visage triangulaire griffé par la vérole s'appelait Baldomer Cabanon, il était originaire de Marseille et exerçait le double métier de troubadour et de funambule. Le dernier, Vitou Calamar, un grand maigre au dos voûté et au regard fuyant, était également de Marseille et se définissait comme jongleur-acrobate, « parfaitement innocent » au demeurant de tout ce dont on l'accusait.

Cette formalité accomplie, les prisonniers passèrent sous la responsabilité du geôlier. Le sergent du guet les fit détacher, récupéra les liens qui étaient la propriété de la prévôté et s'en fut après avoir salué la compagnie. Bredin, Jacquot et Lucien prirent le relais.

Le Verrou humain enflamma une torche de résine et montra le chemin en s'engageant le premier dans un étroit escalier qui plongeait en spirale dans les entrailles de la tour-prison.

Ils descendirent en file indienne la quarantaine de marches

rendues glissantes par l'usure et débouchèrent dans une pièce éclairée par un unique rayon de soleil pénétrant la muraille par la mince fente verticale d'une archère. Des chaînes, des colliers, des bracelets de fer pendaient au mur à des crochets. Entre une échelle et une caisse remplie de manilles de rechange, attendait une enclume sur laquelle étaient posés un marteau et une paire de tenailles. A côté, un tonneau d'huile d'éclairage et une vingtaine d'écuelles de bois empilées. Au centre du plancher, une trappe munie d'un gros anneau donnait accès au cachot proprement dit, une pièce sombre que doublait l'une des grottes trouant par endroits les flancs du neck.

Bredin saisit l'anneau, souleva la trappe et glissa l'échelle à l'intérieur. Une forte et nauséabonde odeur serra la gorge des prisonniers. Dans quel cloaque allait-on les enfouir ? Beaulouis passa le premier, suivi du dénommé Baldomer (ses amis l'appelaient Baldo) que Bredin chargea de l'enclume tandis que Justinien et Vitou se partageaient le poids des chaînes et des manilles qui allaient les enchaîner.

Ce qu'ils découvrirent au bas de l'échelle était encore pire qu'ils ne l'avaient appréhendé. Vaste, long, le cachot était si humide que des stalactites s'étaient formées côté grotte et s'égouttaient sur le sol de terre battue, le transformant en boue froide et gluante. L'autre partie, creusée au niveau des douves, ne valait guère mieux. L'air vicié se renouvelait difficilement par la minuscule lucarne qui distillait une chiche lumière. L'endroit empestait le bran, la pisse et le putride.

Enchaînés aux mains, aux pieds et au cou, quatre hommes gisaient sur des litières de paille devenues fumier noir et malodorant. Il y avait là un bouvier qui s'était rebéqué contre son maître après que celui-ci eut tué son chien parce qu'il venait de lécher une motte de beurre, un saisonnier sans travail arrêté alors qu'il volait des pommes sur un arbre communal, un bousilleur (ces maçons de campagne qui bâtissent de terre et de boue) trop bambocheur qui après s'être saoulé rue des Branlotins avait fait bataille au guet et avait eu le dessous. Le quatrième était un étranger enfermé pour vagabondage et qui n'avait rien fait ; comme personne ne comprenait son patois, il avait écopé d'une condamnation à vie aux galères, tandis que les trois autres n'avaient que dix ans à tirer. Depuis leur procès, ils attendaient le passage de la chaîne du redoutable capitaine Cabrel.

Affligé par ce désolant spectacle, Baldo se souvint tout à coup qu'il possédait quelques économies. Peu, certes, mais suffisamment pour loger ailleurs.

Beaulouis échangea un sourire entendu avec ses fils. Ce n'était pas la première fois qu'il assistait à un subit retour de mémoire. Certains d'ailleurs ne se donnaient pas la peine de descendre l'échelle pour se souvenir, l'odeur qui émanait de la trappe leur suffisait.

– Les cellules d'en haut sont à dix sols par jour et par personne. Les repas sont en supplément, bien sûr.

– Fichtre ! Dix sols, c'est cher, tenta de finasser le troubadour-funambule (son numéro consistait à chanter des poèmes épiques en s'accompagnant à l'angélique tout en marchant sur une corde tendue entre deux arbres).

Beaulouis tendit la main, la paume en l'air.

– C'est dix sols et on paie d'avance.

Baldo prit un air inspiré pour se fouiller et produire un écu d'argent de trois livres qu'il tendit à regret.

– Je paie aussi pour lui, dit-il en montrant Vitou, mais pas pour lui, ajouta-t-il en déplaçant son doigt vers son complice au nez de bois qui en perdit son calme.

– Maraud ! Et les écus que vous m'avez briconnés ? Et mon couteau ? Et mon sac ? Vous m'avez TOUT pris, même mon nez ! Et ça, c'était par pure méchanceté.

– Halte à la chamaille ! ordonna rudement Beaulouis. As-tu de quoi payer ou pas ?

– Puisque je vous dis qu'ils m'ont tout volé ! C'est un de mes écus qu'il vient de vous bailler. Je ne suis pas leur complice, je suis leur victime, mais personne ne veut me croire !

– Ça, ce sera au juge de le démêler. En attendant, si tu n'as rien, tu restes ici.

On le fit s'agenouiller devant l'enclume et les guichetiers entreprirent de l'enchaîner, commençant par le cou qu'ils emprisonnèrent dans un large collier de fer. Il dut poser sa joue contre l'enclume et ferma les yeux quand

Bredin enfonça la manille à coups de marteau pour verrouiller le collier à une chaîne qu'il fixa ensuite à un anneau du mur. Ils agirent de même pour ses chevilles. Seuls ses bracelets de poignet ne furent pas reliés à la paroi.

Baldo et Vitou chargés de l'enclume et des chaînes inutilisées remontèrent par l'échelle, suivis des fils Beaulouis. Leur père fut le dernier à quitter le cachot.

– Et n'oublie pas ce que j'ai dit dans la cour ! Tu vas faire carême jusqu'à après-demain. Aussi quand tu auras faim, inutile de réclamer. Ce qui est dit est dit.

Justinien le vit remonter l'échelle et disparaître. L'échelle fut retirée, la trappe rabattue. Il entendit les craquements du plancher sous leur poids. Le rire sec de Baldo lui fouailla le ventre, tant il était certain qu'il riait de lui. « A la première occasion je le trucide », se dit-il sans trop y croire. S'adossant au mur, il remonta ses genoux et cacha son visage dans ses mains pour pleurer, mais très vite l'humidité qui suintait des moellons de grès traversa la mauvaise toile de sa chemise et lui glaça le dos, le contraignant à changer de position. Le moindre de ses mouvements produisait un agaçant cliquetis métallique. Il renifla plusieurs fois et cessa de pleurer. Quand ses yeux s'accoutumèrent à la demi-pénombre, ce fut pour découvrir que sa litière grouillait de vermine.

D'autres bruits de chaînes lui rappelèrent qu'il n'était pas seul. Le plus proche de ses compagnons d'infortune enchaîné à une toise et demie, Eustache le bouvier, dont on avait tué le chien, fixait sans bienveillance son nez de bois.

– Tu crois que c'est un lépreux ? s'inquiéta son voisin, Apronien, le bousilleur-bambocheur.

– Non, je ne suis pas lépreux, c'est un accident, voilà tout.

– Montre ! exigea Eustache.

Avec un long soupir résigné, Justinien dénoua pour la énième fois les ficelles de son faux nez, gêné dans ses gestes par les fers.

Rassurés, ses voisins se firent plus aimables.

– T'as fait quoi pour être ici ?

– Justement, je n'ai rien fait. C'est à moi qu'on a « fait » ! Ce sont ces maudits saltimbanques. Ils ont profité de mon sommeil pour me dépouiller. C'est arrivé à Racleterre et je les ai poursuivis jusqu'ici. Je venais de les retrouver quand le guet est arrivé et nous a tous emmenés. Mais personne ne veut me croire.

Il remua sur sa paille pourrie. Ses chaînes cliquetèrent. Pourquoi s'était-il précipité ainsi alors qu'il était si simple (et plus prudent) d'attendre la nuit pour se glisser dans leur campement, les assommer durant leur sommeil et récupérer son bien en toute quiétude ? Peut-être même Mouchette l'aurait-elle suivi ? Il revit sa grimace et serra les dents. Soudain il cria : un rat venait de lui mordre un orteil. Furieux, il tenta de lui briser l'échine d'un coup de poing mais ses fers le gênèrent à nouveau. L'animal détala, s'immobilisant à quatre pieds comme s'il savait que ses chaînes n'en mesuraient que trois et demi.

Justinien délaça l'une de ses sandales et la lui jeta en le ratant. Maintenant, celle-ci était hors de portée et il lui faudrait attendre la descente d'un guichetier pour la récupérer.

Le rongeur s'approcha du projectile et commença à grignoter le cuir en poussant des petits couinements satisfaits. Il fut bientôt rejoint par ce qui devait être sa famille, qui l'aida à déchiqueter la sandale et à emporter les morceaux dans les nombreux trous du cachot.

Justinien ne put que méditer amèrement sur les conséquences, toujours néfastes, de son impulsivité.

– Je devrais réfléchir *avant* et pas toujours *après*.

Mais chaque fois l'émotion effaçait ses résolutions. Il en déduisit que pour réfléchir, il devait d'abord être calme, ce qui déplaçait le problème : comment se calmer quand on ne l'est pas ?

C'est alors que les premiers moustiques attaquèrent.

*

Le procès eut lieu dès le lendemain matin. Arrêtés par le guet, ils dépendaient de la justice seigneuriale et furent jugés par Cressayet. Comme plusieurs témoins dignes de foi reconnurent formellement Baldo et Vitou (se montrant moins catégoriques pour Justinien), le juge ne crut pas nécessaire d'instruire une enquête et les condamna à « être menés et conduits ès galères du Roi pour en icelles être détenus et servir ledit Roi dix années durant ».

Seul le bricon au nez de bois avait protesté, une main sur le cœur, l'œil pathétique. Ses protestations n'eurent d'autre effet que celui d'écorcher les oreilles du juge qui haïssait les voleurs et les aurait volontiers tous fait pendre haut et court si Monsieur Colbert ne s'était mis en tête de réorganiser la marine et n'avait récemment expédié à tous les juges de France une pressante instruction royale :

> Sa Majesté désirant rétablir le corps de ses galères et en fortifier la chiourme par toutes sortes de moyens son intention est que vous condamniez le plus grand nombre de coupables qu'il se pourra et que vous convertissiez même la peine de mort en celle des galères.

– Je ne peux pas être leur complice, Monsieur le Juge, puisque nous nous battions quand le guet est arrivé. Vous pouvez le demander au sergent qui nous a séparés.

Irrité par son outrecuidante insistance, le juge Cressayet réduisit Justinien au silence en doublant sa condamnation, menaçant de la tripler. Vitou ricana et Baldo lui adressa un clin d'œil ironique.

– Si un jour ta galère est coulée, tu pourras toujours flotter grâce à ton nez.

Trop sonné pour réagir, Justinien baissa la tête, le cœur gros, des larmes au bord des yeux. Vingt ans de galère ! C'était pour en arriver là qu'il avait rêvé depuis tout jeune de voir la mer et de naviguer…

Les gardes les ligotèrent et les ramenèrent à la tour-prison. Beaulouis et ses fils les attendaient dans la basse-cour, affairés autour d'un brasero dans lequel était fiché un long fer à flétrir. Chaque condamné devait être marqué à l'épaule droite des lettres GAL.

– Dépoitraillez-les, ordonna le Verrou humain.

Justinien refusa et se débattit comme un forcené avant

d'être plaqué à terre. Bredin et Jacquot s'assirent sur son dos pour le maintenir immobile pendant que Beaulouis appliquait le fer sur son épaule dénudée. Justinien hurla.

Baldo et Vitou subirent leur sort avec résignation, serrant les dents quand la peau grésilla en dégageant une forte odeur de viande rôtie. Étant toujours en fonds, ils réintégrèrent leur cellule à dix sols alors que Justinien, désespéré, affamé, l'épaule en feu, retrouvait ses compagnons d'infortune.

– Combien ? lui demandèrent-ils.

– Vingt ans.

– Les autres aussi ?

– Non, juste moi.

– C'était donc toi leur chef ! Tu nous as bien embabouinés, avec tes jérémiades.

Justinien ne répondit pas. Il resta prostré jusqu'à ce que la trappe s'ouvre et que l'échelle apparaisse. Un miséricordieux en bure marron la descendit prudemment. Après s'être assuré que le prisonnier n'était pas lépreux, il adoucit les brûlures des flétrissures en y appliquant une épaisse couche de propolis.

– Pour l'amour de Notre Seigneur, je vous supplie de me procurer de quoi écrire afin que je puisse implorer ma grâce auprès de Monseigneur le Baron. Il est mon seul recours. Mais avant tout, mon frère, donnez-moi à manger. Je n'ai rien avalé depuis deux jours et mon estomac défaille.

Le miséricordieux transmit sa requête au geôlier et lui versa six deniers (un demi-sol) pour qu'il lui fasse servir une soupe. Maître Beaulouis s'était étonné :

– Ce triple drôle prétend savoir écrire ? Voilà qui n'est pas de mode chez les saltimbanques.

Lui-même, s'il pouvait lire, n'avait jamais su écrire : un préjudice certain pour une charge riche en écritures. Bredin, son aîné, s'y était essayé, mais il était si peu doué que pour les mémoires de frais importants il devait faire appel aux services d'un écrivain public à un hardi la ligne, à un liard si elle était en latin.

– Prends ton écritoire, ordonna-t-il à son fils en allumant une torche.

Ils descendirent au cachot.

– Le miséricordieux me fait savoir que tu veux demander ta grâce au baron. C'est ton droit, voici de quoi faire, dit Beaulouis à Justinien.

Bredin lui remit un écritoire-pupitre qu'il appuya sur ses cuisses.

– J'aurais préféré manger d'abord, j'ai tellement faim, dit le jeune homme, déçu.

Il souleva cependant le rabat sous lequel étaient encastrés l'encrier de faïence, la boîte à sable, l'essuie-plume, le stylet taille-plume, l'étui à plumes, le godet à éponge et le grattoir pour les fautes. Le papier était glissé dans un petit tiroir formant la base. Justinien ouvrit l'étui et fit la moue à la vue de la plume de sarcelle mal taillée.

– C'est avec un taille-plume qu'on forme une plume, pas avec les dents.

Le geôlier eut un lourd regard vers son fils qui émit quelques grognements confus. Justinien refit la pointe en expliquant qu'on la taillait grosse ou menue selon l'écriture choisie, celle-ci se déterminant selon la qualité du destinataire et la nature de la requête (il en existait six : la fine, la ronde, la modeste, la gothique, l'anguleuse et la gribouille). Pour une grâce, la modeste s'imposait. Sans efforts ni hésitations, sa main vola sur le papier, rapide, légère, parfaitement sûre d'elle.

> Au Très-Haut, Très-Puissant, Très-Noble Baron, Votre humble serviteur a l'honneur de vous présenter le tableau de sa détestable situation…

En moins de temps qu'il n'en fallait à Bredin pour écrire une ligne, il couvrit la feuille de son histoire, la signa, sabla pour sécher l'encre, la plia en quatre et l'adressa à « Son Excellence Monsieur le Baron Raoul Boutefeux, Haut Seigneur de Bellerocaille ».

– Sais-tu écrire en latin ? demanda Beaulouis en en prenant livraison tandis que Bredin récupérait l'écritoire.

Oubliant sa flétrissure, Justinien haussa les épaules et gémit.

– Je sais.

Le geôlier marqua un temps d'arrêt au pied de l'échelle pour dire :

– Le miséricordieux a payé pour une soupe. Jacquot va te l'apporter bientôt.

Montrant la supplique qu'il tenait entre ses doigts, il ajouta d'un ton bonasse :

– Il existe peut-être un moyen de rendre ton séjour ici plus confortable.

Puis il monta les échelons et disparut par la trappe. Une fois dans la basse-cour, il déplia la lettre et la lut à haute voix, admirant la rectitude des lignes, les beaux caractères, le style.

– Il écrit bien, résuma Bredin, admiratif.

– Bien ? Tu veux dire qu'il écrit très bien. C'est même supérieur au travail du bedeau.

Le bedeau était le seul des écrivains publics de Bellerocaille à connaître le latin.

Beaulouis approcha la supplique de la torche et la regarda s'enflammer sur le pavé. Quand elle fut entièrement consumée, il dispersa les cendres avec sa semelle, puis il s'occupa de cette soupe à un demi-sol.

*

Le premier travail d'écriture que Justinien exécuta pour son geôlier fut le mémoire de frais concernant les flétrissures de la veille.

A l'attention bienveillante de Monsieur le Prévôt :

Pour avoir marqué à l'épaule dextre le nommé Justinien Pibrac	5 livres
Pour avoir marqué à l'épaule dextre le nommé Vitou Calamar	5 livres
Pour avoir marqué à l'épaule dextre le nommé Baldomer Cabanon	5 livres
Pour un fagot de petit bois	1/2 livre
Pour un sac de charbon	1 livre
TOTAL	16,5 livres

Beaulouis relut la facture à voix haute (il devait entendre sa lecture pour la comprendre) et hocha la tête avec satisfaction. L'absence de taches, la parfaite lisibilité mais surtout la rapidité d'exécution l'impressionnaient.

– Monsieur le Baron a-t-il répondu à ma supplique ? demanda son prisonnier en le voyant remonter l'échelle.

Il ne lui répondit pas, mais moins d'un quart d'heure plus tard Bredin et Jacquot apparaissaient, les bras chargés tels des rois mages. Le premier portait une écuelle de soupe fumante, une boule de pain frais et un pichet d'eau claire, le second une botte de paille fichée au bout d'une fourche qu'il utilisa pour changer la litière pourrie.

La soupe n'était en rien comparable au brouet transparent de la veille, elle était épaisse, grasse et recelait de généreux morceaux de lard gros comme des doigts. Son fumet agita les autres détenus, faisant cliqueter leurs chaînes et gargouiller leur estomac rétréci.

Bredin attendit qu'il eût terminé pour le questionner sur sa façon d'écrire. Où et comment avait-il appris ? Existait-il une méthode dont il pût bénéficier ?

Justinien eut une brève pensée pour Martin, son père adoptif.

– J'ai appris à l'école du refuge de Saint-Vincent de Clermont, mentit-il (il n'avait jamais mis les pieds à Clermont et encore moins dans ce refuge). C'est plus facile que ça en a l'air. Il suffit de s'entraîner et de bien tailler sa plume…

Les guichetiers repartis, il s'apprêtait à déguster bouchée après bouchée la boule de pain quand ses compagnons le supplièrent de la partager.

Bien qu'une partie de son esprit et la totalité de sa panse s'y opposassent, il n'eut pas le cœur de refuser. Brisant le pain en deux, il lança la partie la plus petite à Eustache, son voisin immédiat, qui aussitôt la divisa en quatre.

Tandis que chacun mastiquait sa part avec délice, Justinien songea à nouveau à Roumégoux et à son premier jour d'école. Il s'en souvenait d'autant mieux que cela s'était fort mal passé.

Quand le maître geôlier redescendit dans le cachot avec l'intention de dicter à son prisonnier le renouvellement de la demande d'exemption de milice de ses trois fils, celui-ci repoussa l'écritoire.

– J'ai rédigé ce matin votre mémoire de frais et en échange j'ai reçu de la soupe, du pain, de l'eau et un peu de paille sèche. Hélas pour vous, Maître Beaulouis, je connais les tarifs des écrivains publics. Les vôtres sont trop chiches. Pour le travail accompli ce matin, je veux être aussi changé de place. Œillez ma litière, elle est déjà toute détrempée. Je veux être enchaîné au mur d'en face, là où c'est sec. Ensuite, je ne veux plus de collier autour du cou. Il est inutile et la chaîne est si courte que je ne peux pas dormir allongé.

« Tant que ce n'est pas de l'argent », se dit le Verrou humain, rassuré.

– Attendez, ce n'est pas tout. Je voudrais aussi une autre soupe et une boule de pain car j'ai encore très faim… et aussi un emplâtre pour mon épaule brûlée.

La toile de sa chemise s'était collée à la flétrissure et l'infectait.

En fin de journée, profitant de ce qu'il n'était plus ferré au cou, Justinien put surprendre un rat qui trottinait avec arrogance dans la zone des quatre pieds et lui broyer la tête d'un coup d'écuelle de bois. Ses compagnons applaudirent. Il leur lança la bestiole morte qu'ils dépecèrent avec leurs ongles avant de se la partager équitablement.

Douze jours et douze nuits s'étaient écoulés lorsque au matin du treizième, la trappe du cachot des sols du Roi s'ouvrit pour laisser descendre Baldo et Vitou suivis de Bredin, le premier portant l'enclume, le second les chaînes. Leur bourse étant vide, ils ne pouvaient plus payer leur cellule de la tour. Il pleuvait depuis la veille et le niveau des douves était monté au point de se déverser par la lucarne, transformant le sol en un véritable marécage. La vue de Justinien en train d'écrire, douillettement assis sur un coussin posé sur le plancher l'isolant des boues, leur tira une grimace de surprise. Bien qu'il fût toujours enchaîné, il ne l'était plus que par une seule cheville et disposait d'une écritoire, d'un bougeoir et d'une petite table basse. De temps en temps, il piochait une cerise dans une coupe pleine.

Baldo cherchait une méchanceté à lui lancer lorsqu'il crut rêver : ce balourd de guichetier demandait au drôle :

– Où veux-tu que je les mette ?

Interrompant son travail de scribe, Justinien dévisagea les deux saltimbanques, songeant à Mouchette et à leurs ébats sur l'herbe de la rive du Dourdou.

– Pas à côté de moi, en tout cas ! Tiens, colloque-les plutôt là où j'étais, oui, là où est cette flaque.

Il cracha un noyau de cerise dans la direction indiquée.

– Par le Diantre velu, qu'est-ce que ça veut dire ? Depuis quand c'est ce triple drôle sans tarin qui ordonne par ici ? se rebiffa Baldo, de plus en plus incrédule.

– Combien me dois-tu déjà ? demanda Justinien à Bredin.

– Cinq sols, mais je t'ai dit que je te les baillerais la semaine prochaine.

Le fils aîné du geôlier s'était entiché de la fille de Fenaille, un rétameur-rémouleur de la rue de la Bigorne, et lui composait presque chaque jour des poèmes que Justinien corrigeait, puis recopiait au propre à raison d'un sol les dix lignes (un professionnel en aurait réclamé trois).

– Je t'en rabats deux si tu paumes pour moi ce maroufle. Et si tu cognes fort, j'écris ton prochain poulet gratuitement.

Bredin frappa comme un sourd jusqu'à ce que le troubadour-funambule tombe à genoux dans la boue, puis de tout son long en demandant grâce.

Bredin désigna alors Vitou.

– Ah non, pas moi ! Je n'ai rien dit, moi !

– Lui aussi, dit Justinien en embouchant une cerise.

Ces deux-là l'avaient trompé, humilié, assommé et dépouillé. Pour eux, il avait trahi la confiance des siens et quitté Roumégoux sans espoir de retour.

Deux jours après les Rameaux, le cocher de la chaise de poste Rodez-Millau déclara avoir vu la chaîne à Montrozier.

« Elle sera donc demain à la maison de force de Gabriac et après-demain ici », calcula Maître Beaulouis en grattant son coude gauche, signe chez lui de perplexité.

Pour une population de quelque trois mille âmes, la ville comptait quatre écrivains publics ; ce nombre eût été suffisant sans l'esprit procédurier qui animait les gens du Rouergue en général et ceux de Bellerocaille en particulier. De plus, un seul de ces scribes, le bedeau, était capable de tourner un texte en latin. Surchargé de commandes, il exigeait un délai d'une semaine, souvent plus, pour les satisfaire. Avec son prisonnier au nez de bois à sa disposition, Beaulouis se savait en position de briser ce monopole en offrant une prestation de qualité supérieure à un prix inférieur. Le baron Raoul ne serait que trop heureux de lui vendre un office d'écrivain.

Comme une métairie, un office était une marchandise négociable *à deniers comptant*. Aussitôt acheté, il devenait un bien de famille transmissible par héritage (moyennant un relief). Comme c'était aussi une forme privilégiée d'ascension sociale, les gens de condition qualifiaient la vente d'offices de *savonnette à vilains*. Mais pour réaliser son plan, Maître Beaulouis devait d'abord trouver un moyen de soustraire Justinien à la chaîne du capitaine Cabrel.

Justinien achevait un billet complimentant une jeune mère de Sentenac dont les couches s'étaient heureusement déroulées quand les guichetiers apportèrent la soupe du soir.

Pendant que les sols du Roi lapaient leur brouet à la grimace, Justinien hésitait entre un poisson du Dourdou au fromage et des filets de mouton aux morilles. Il opta pour le poisson.

– Tu féliciteras Dame Beaulouis, elle s'est surpassée, dit-il, la bouche pleine, à Bredin qui lui versait du vin interdit de Marcillac (à la demande de la corporation des pinardiers, le baron Raoul avait proscrit la vente de vin étranger à la baronnie tant que la récolte locale n'était pas écoulée).

– J'dirai point pareil de la soupe, railla un faux-saunier récemment condamné aux galères à vie.

Tous s'esclaffèrent, à l'exception de Baldo et Vitou qui louchaient avec envie sur le plateau de leur pire cauchemar.

– Gaussez-vous, gaussez-vous, crapaudaille ! On verra demain quand vous tâterez celle du capitaine Cabrel.

La nouvelle les décharma net. Tous fixèrent Bredin comme on regarde un incendie ou une inondation.

– La chaîne arrive ? parvint à articuler Justinien, la gorge serrée.

– Elle est à Gabriac et sera ici demain dans la matinée.

Baldo s'anima sur sa litière.

– Finis les privilèges, nez de bois ! grinça-t-il de sa nouvelle voix depuis que Bredin lui avait brisé les dents du devant. L'heure des comptes est proche. Demain, tu n'as plus tes Verrous humains pour te protéger.

– Tu veux que je le cogne ? proposa le guichetier.

– Non, laisse, répondit Justinien.

Il appréhendait beaucoup cette longue marche jusqu'à Marseille. Peut-être trouverait-il un moyen de s'évader durant le parcours ? Quand il voulut reprendre son repas, il découvrit qu'il n'avait plus faim. Mais alors plus du tout.

*

Justinien dormait d'un sommeil agité lorsqu'une violente douleur à la jambe gauche l'éveilla en sursaut. Il cria. On venait de lui briser le tibia. Le cachot étant plongé dans l'obscurité, il ne vit rien et crut que Baldo et Vitou étaient parvenus à démaniller leurs fers quand le bruit de la trappe se refermant au-dessus de lui l'édifia sur l'identité de ses agresseurs.

Le premier à voir la chaîne fut le guetteur de la courtine ouest. Sortant de son échauguette, il lança au sergent dans la cour :

– La chaîne fait son tour aux Quatre-Chemins. Prévenez le Verrou humain !

A l'exception peut-être des processions religieuses de Pâques, aucun spectacle ne fascinait davantage. Toute activité se pétrifiait à son passage, les charrettes se rangeaient, les passants s'immobilisaient, les boutiquiers apparaissaient sur le seuil de leur échoppe, les commères à leur fenêtre ; même les enfants se changeaient en statues de sel : tous n'avaient d'yeux que pour la lugubre théorie d'hommes harassés et enchaînés deux par deux par le cou à une longue chaîne centrale rappelant l'arête d'un fantastique poisson.

Crânes rasés, casaqués de rouge, ils avançaient au centre du chemin, surveillés par des gardes armés de pertuisanes. A leur tête, droit comme un épieu, chevauchait sur un roussin gris de poussière le maître de la chaîne, le capitaine Auguste de Cabrel, un Gascon ombrageux, ancien officier comite sur la galère *Mazarine* reconverti dans le transport en commun. En fin de colonne, tirés par de puissants bœufs de l'Aubrac, cinq chariots bâchés transportaient l'arroi indispensable à la bonne marche de l'entreprise.

Gérer une telle affaire nécessitait une rigoureuse organisation. Pour obtenir la concession du secrétariat de la Marine, le capitaine avait investi mille cent livres en chaînes, colliers, manilles, bêtes de trait, ustensiles de flétrissure, ajoutées à l'embauche de douze estafiers pour la surveillance, d'un forgeron, d'un bouvier, d'un coq et d'un valet de gamelles.

La chaîne franchit le Pont-Vieux et pénétra dans la ville basse par la porte ouest, remontant la rue du Paparel jusqu'à la tour-prison. Maître Beaulouis et ses fils attendaient dans la basse-cour. Leurs prisonniers étaient alignés le long du mur d'enceinte et offraient un piteux spectacle. Après plusieurs semaines de pénombre, ils avaient un teint de craie et leurs yeux supportaient mal la vive lumière du soleil. Un peu en retrait, allongé sur le dos à même les pavés, Justinien grelottait de fièvre.

Les portes s'ouvrirent, le capitaine Cabrel entra. Le maître de chaîne et le geôlier se saluèrent froidement. Ils se détestaient depuis que Maître Beaulouis battait son monopole en brèche en lui livrant des prisonniers déjà flétris. Ce manque à gagner et surtout ce mauvais exemple pour les autres geôliers avaient déterminé le capitaine Cabrel à traduire Beaulouis devant la justice seigneuriale. Mais le juge Cressayet l'avait débouté en tranchant en faveur du Verrou humain.

Il inspecta soigneusement chaque détenu avant de signer sa décharge. Il recevait du trésorier des galères de la flotte du Levant la somme forfaitaire de vingt-cinq livres par galérien délivré vivant à Marseille. Cette somme devait couvrir la totalité des frais du voyage : l'entretien des forçats, la solde de l'escorte, celle du personnel, le fourrage des animaux, les innombrables droits de péage aux ponts, aux bacs, aux frontières de chaque fief, aux portes des bourgs et des villages, plus les faux frais et les imprévus étaient à sa charge. Le reliquat constituait son bénéfice. On conçoit donc que le capitaine Cabrel ait été enclin à limiter ses dépenses au strict minimum. Pour ce faire, il n'hésitait pas à étirer les étapes, à diminuer les rations et à n'engager qu'une escorte réduite, compensant le manque de gardes en faisant régner une grande terreur chez ses prisonniers.

En cas de retard ou si des évasions se produisaient durant le trajet, la charte le liant à l'administration royale prévoyait des amendes. Seul un voyage sans histoires garantissait un fructueux bénéfice. Il était donc exclu que Cabrel accepte un forçat susceptible de compromettre sa marge bénéficiaire en ralentissant la marche ou, pis, en mourant d'épuisement au bout de quelques jours, occasionnant des frais non remboursables.

Justinien hurla quand il manipula sans douceur sa jambe brisée. Son cri chassa tous les oiseaux perchés sur les toits.

– Comment est-ce arrivé ? demanda-t-il d'un ton soupçonneux.

– Il a glissé, répondit sèchement Beaulouis.

Ils se défièrent un instant du regard, puis le maître de chaîne biffa Justinien de sa liste.

– Je le prendrai la prochaine fois. C'est dommage car il est jeune et bien fait.

Avant de passer au suivant, il vérifia que le nez de bois ne dissimulait pas un bubon de lèpre.

Tous les autres furent acceptés. Bredin, Jacquot et Lucien récupérèrent leurs chaînes avant de remettre les prisonniers aux hommes de Cabrel. Profitant de ce qu'il passait devant lui, Baldo flanqua un vicieux coup de pied dans la jambe de Justinien qui s'évanouit.

Sitôt la chaîne partie et les portes refermées, Beaulouis transporta le jeune homme dans l'une des cellules de la tour en ordonnant qu'on aille chercher Le Clapec, un fabricant de clous qui comme la plupart de ceux qui manipulaient le feu était un peu rebouteux. L'homme réduisit habilement la fracture et apaisa la fièvre en lui faisant boire des tisanes amères qu'il adoucissait avec du miel.

*

Justinien était jeune, son tibia se ressouda vite.

Logé au sec, bien nourri, il n'était plus enchaîné et s'acquittait de sa pension en écrivant des lettres, des mémoires de frais, des requêtes, des suppliques, des placets, des billets doux. Quand il n'écrivait pas, il aimait s'accouder à l'une des archères et rêvasser en laissant plonger son regard par-dessus les toits de lauze, les murailles de grès rose, la rivière et son vieux pont, et puis le grand dolmen tout là-bas, reconnaissable malgré la distance au centre du carrefour par où il était arrivé, trois mois plus tôt, loin de se douter.

Un jour il verrait la chaîne apparaître et ce serait la fin d'une existence qui débutait à peine. A moins qu'entre-temps son Verrou humain trouvât une solution (qui ne serait pas de lui briser quelque chose d'autre). Ou qu'il s'évadât.

*

Le mois des moissons battait son plein lorsque les mouches à miel des ruchers longeant la rivière furent saisies de l'irrésistible désir de massacrer tous les mâles. Quelques jours plus tard, Pierre Galine commettait ce qui dans les annales judiciaires du Rouergue allait être répertorié comme un cas sans précédent d'« infanticide culinaire ».

*

L'emprisonnement de Galine fut d'emblée une authentique manne pécuniaire pour son geôlier. A peine Beaulouis venait-il d'en prendre livraison que des curieux tambourinaient aux portes en suppliant qu'il les laisse entrer « à n'importe quel prix ». Ce fut donc à la demande générale qu'il enchaîna Galine seul dans une cellule du premier palier et organisa des visites payantes.

Devant le succès de la formule et l'audace de certains, il dut protéger son assassin en plaçant une barrière entre lui et le défilé des visiteurs. Beaulouis eut également la bonne idée de se procurer d'un chauffe-cire du tribunal le texte de la sentence puis de le faire recopier par Justinien. Il vendit chaque copie cinq sols pièce et aussi aisément que des oublies chaudes un dimanche à la sortie de la grand-messe.

Quand il sut que le bourreau de Rodez était indisponible et que l'on ne parvenait pas à joindre celui d'Albi, il haussa le tarif de la visite, exigeant trois liards par personne (le prix d'une nuit entière avec une bambocheuse de la rue des Branlotins). Auparavant, il colmata les archères et plongea la cellule dans la pénombre afin d'exiger un supplément pour les torches.

*

Le tribunal déclare Pierre Galine dûment atteint et convaincu du crime très-méchant, très-abominable et très-détestable d'infanticide culinaire commis sur la personne de l'enfant Désiré Crespiaget. Pour réparation condamne ledit Galine à être mené à la place du Trou et, sur un échafaud qui y sera dressé, aura lentement les bras, cuisses, jambes et reins rompus vifs, et mis ensuite sur une roue, la face vers le ciel, pour finir ses jours tant et si longtemps qu'il plaise à Notre Seigneur de l'y laisser.

Justinien terminait sa huitième copie depuis tierce quand Beaulouis entra dans la cellule en se grattant le coude, l'air inhabituellement songeur.

– Je crois qu'il existe une possibilité de t'éviter les galères.

Justinien eut un haut-le-corps.

– La chaîne est en avance ? Elle arrive ?

– Non, ne te chaille pas, elle ne passera pas avant la Saint-Michel. Écoute, si tu acceptes mon marché, je me fais fort d'embabouiner le juge Cressayet pour qu'il obtienne ta grâce.

– Si j'accepte quoi ?

– C'est tout simple. Le prévôt n'a toujours pas trouvé de bourreau pour Galine. Il offre une prime de cinquante livres à tout volontaire. Présente ta candidature et si le baron accepte, partage avec moi la prime, fais le serment sur la Bible qu'une fois gracié tu seras mon scribe dix ans durant et tu es sauvé des galères.

Le fol espoir qui venait de naître chez Justinien s'éteignit.

– Vous vous daubez, Maître Beaulouis. Comment voulez-vous que je ROUE ? Jamais je ne saurai... Je n'ai jamais rien tué de mes mains, même pas une poule, tout juste un rat.

Soulagé d'entendre des arguments d'ordre pratique et non moraux, le geôlier se fit enjôleur.

– Réfléchis, mon garçon. Tu tiens là une chance unique d'échapper à la chiourme. Tu ignores sans doute que le seul moyen de survivre à vingt ans de galère, c'est d'être un bon rameur. Comme les bons rameurs sont précieux, quand leur temps se termine, on trouve toujours un prétexte pour les garder. Ce que je veux dire, c'est qu'une condamnation à temps est toujours une condamnation à vie.

Justinien ne crut pas utile de demander ce qu'il advenait des mauvais rameurs.

– Je vous répète que je ne saurai jamais rompre.

– Puisque je te dis que je te débourrerai… Tu verras, quand on sait où frapper, c'est aussi simple que de fendre du bois. Tu as déjà fendu du bois ? Oui ? Eh bien, c'est pareil. Alors c'est oui ?

*

Les membres du conseil baronnial se turent lorsque l'huissier introduisit Maître Beaulouis poussant devant lui Justinien enchaîné aux mains.

Le juge Cressayet reconnut le jeune bricon au faux nez qui lui avait tant râpé l'ouïe avec ses clameurs d'innocence. Il fronça les sourcils en jouant avec son rabat. Quelque chose le chagrinait, qu'il ne pouvait définir.

Assis sous son blason sur un fauteuil aux accoudoirs torsadés, le baron Raoul eut une moue de déception. L'aspect guenilleux du candidat, sa jeunesse, ce nez postiche et aussi le fait qu'il ne portât qu'une seule sandale aux pieds lui déplurent.

– Rompre un homme n'est pas une mince affaire, dit-il en s'adressant au geôlier. Votre vilain en est-il seulement capable ?

– Il le sera, Monsieur le Baron. J'ai vu comment pratiquait Maître Pradel de Rodez, je lui montrerai, plaida Beaulouis d'une voix confiante.

Justinien s'interrogeait sur l'opportunité de mentionner sa supplique restée sans réponse lorsque le baron cracha un jus de chique et se leva, suivi d'un garçonnet qui devait être son fils tant la ressemblance était frappante. Il les vit approcher avec appréhension et baissa les yeux, en s'attendant au pire. Ils tournèrent autour de lui comme on tourne autour d'un cheval que l'on hésite à acheter.

– Dis-nous, maroufle, pourquoi tu ne portes qu'une seule grolle ? finit par demander le baron.

Justinien releva la nuque. Leurs regards se croisèrent. Celui du seigneur était presque invisible au fond des orbites.

– Un rat a mangé l'autre, Monsieur le Baron.

Guillaume, le fils, plus intéressé par son nez en bois, demanda poliment à le voir de plus près. Justinien le délaça et le lui remit.

Le garçonnet le fit tourner entre ses doigts en l'examinant sous toutes ses facettes.

– Il n'est pas bien fait.

– C'est vrai, mais je l'ai taillé très vite, je n'ai pas eu le temps de fignoler. En plus, ce n'est pas du bon bois.

Guillaume lui rendit son nez qu'il s'empressa de relacer.

Le baron était retourné s'asseoir quand il déclara :

– Puisque ce vilain pouacre va représenter ma haute justice, il serait messéant qu'il ressemblât à un épouvantail à corneilles. Il est sale et pue comme un privé. Qu'il prenne un bain et soit honnêtement vêtu le jour du supplice… que je fixe à demain, cette affaire n'a que trop duré.

Beaulouis eut un large sourire, Justinien se détendit. Sa candidature était retenue, il ne serait pas galérien.

Pendant que le geôlier déverrouillait ses chaînes en extrayant à la tenaille les manilles, Duvalier, l'assesseur du juge, présenta au baron la lettre de rémission annulant la faute, la lettre de grâce annulant la condamnation et la lettre de commission d'exécuteur des hautes œuvres de Bellerocaille, pour un jour.

Le chauffe-cire de service enflamma sa bougie et fit fondre d'un bâtonnet des grosses gouttes de cire rouge sur chacun des documents. Le baron y enfonça le sceau des Boutefeux qu'il portait à son médium gauche, puis quitta le conseil, abandonnant les détails à son juge et à son prévôt, suivi de Guillaume qui devait trottiner pour être à sa hauteur. Tous ceux présents dans la grande salle se levèrent et ne se rassirent qu'une fois le père et le fils disparus.

Justinien léchait ses poignets écorchés par les bracelets de fer quand l'assesseur réclama son nom pour l'inscrire dans les blancs réservés à cet effet.

– Justinien Pibrac, dit-il en se demandant ce qu'aurait pensé le vrai Pibrac de cette usurpation d'identité.

L'assesseur remit les trois lettres au juge qui les relut attentivement avant d'en tendre deux à Justinien.

– Et ma grâce ? s'étonna ce dernier.

– Chaque chose en son temps. Elle te sera remise après l'exécution.

Soudain Cressayet sut ce qui le préoccupait chez ce bricon. Il fit signe au geôlier de s'approcher.

– Dites-moi, Maître Beaulouis, si ma mémoire est bonne, et elle est excellente, j'ai condamné ce capon voici trois bons mois. Expliquez-moi pourquoi il n'est pas parti avec la dernière chaîne.

– Ses complices lui ont brisé une jambe, Votre Honneur, et le capitaine Cabrel n'en a pas voulu.

– Hum, hum, hummhumm, fit le magistrat en tripotant son rabat qui, à la longue, était surchargé de traces de doigt.

Il flairait que le Verrou humain n'était pas neutre dans cette affaire, mais il ne devinait pas comment ni pourquoi.

Le prévôt Henri de Foulques vint rappeler à Justinien que le supplice devrait débuter impérativement à none, le lendemain, place du Trou.

– Le temps nous est compté, aussi n'en perds pas, car aucun nouveau retard ne sera admis. Ta grâce dépend de ta prestation.

Déjà il retournait s'asseoir et rédigeait le communiqué pour le crieur public.

Beaulouis et son ex-prisonnier sortirent en silence, traversèrent la cour d'honneur et passèrent dans la basse-cour, chacun plongé dans d'intenses réflexions contradictoires.

Le geôlier jubilait, Justinien ruminait. Le « Ta grâce dépend de ta prestation » du prévôt, loin de le stimuler, avait douché son euphorie naissante. Ainsi rien n'était acquis. Tout restait à faire, et quel « tout » !

– Que dois-je faire maintenant ? demanda-t-il piteusement à Beaulouis qui venait de héler ses fils et leur ordonnait de préparer un bain.

– Tu vas obéir aux ordres du baron en commençant par te décrotter, mais en attendant que l'eau chauffe, viens choisir tes frusques.

Justinien le suivit dans l'entrepôt où Beaulouis exposait à la vente les effets et objets divers laissés en gages par les prisonniers et resta en arrêt devant le choix.

Des dizaines de pourpoints, de justaucorps, de manteaux

et de capes pendaient du plafond, enfilés sur des longues tringles de bois. Un pan de mur était réservé aux chapeaux et faisait face à des étagères offrant des rangées de perruques aux formes et qualités inégales, des souliers de toutes tailles, des bottes et même quelques sabots. Des coffres poussés le long des parois débordaient de chemises, de hauts-de-chausses, de bas, de manchettes, de rubans, de mouchoirs, de gants et dans des tiroirs posés sur des tables à tréteaux il vit des alignements de tabatières, certaines ouvragées, de pipes à petun, de râpes à priser, de briquets à silex, mais aussi tout un assortiment de couteaux à lame pliante. Parmi ces derniers, Justinien reconnut avec émotion le couteau de Pibrac offert par Martin qui lui avait été dérobé avec le reste de ses affaires.

– C'est le mien. Regardez, mon nom est marqué dessus.

En effet, Beaulouis lut sur le manche de corne *Jules Pibrac*.

– Pourtant tu ne te prénommes pas Jules.

– C'est celui de mon père, mentit-il en revoyant papa Martin le lui offrir, quatre ans plus tôt, la veille de son départ pour le séminaire de l'ordre des Vigilants du Saint Prépuce.

Chapitre III

Dès sa plus tendre enfance, Justinien avait été bercé par les aventures de Martin Coutouly et de son inséparable compagnon Jules Pibrac, avec qui il avait navigué un quart de siècle.

– Nous étions si inséparables que, tu me croiras si tu le veux, mon garçon, quand l'un pétait, c'était l'autre qui puait.

Martin avait seize ans lorsqu'il partit de Roumégoux avec l'intention de gagner Marseille et de voir la mer. Un peu avant Nîmes, il rencontra Jules Pibrac qui venait de Clermont pour voir lui aussi la mer. Ils ne se quittèrent plus.

Engagés comme mousses sur un trois-mâts vénitien coulé au large d'Alexandrie par des pirates barbaresques, ils avaient été repêchés pour être vendus au marché du Caire à un prospère fabricant d'eunuques du quartier des Pyramides. (« Tu me croiras si tu veux, Justinien, mais ces Infidèles sont tellement dans l'erreur que Dieu les a condamnés à tout faire à rebours... Tu souris niaisement mais c'est parce que tu ignores que ces gens-là écrivent de droite à gauche et lisent pareillement, qu'ils portent des robes comme des garces et comme elles ils pissent accroupis ! Je les ai vus tels que je te vois, s'asseoir les jambes repliées sous eux sans jamais avoir de crampes, et quand ils prient leur Allah, ils s'humilient le front dans la poussière et le fondement impudiquement dressé en l'air tels des sodomites. Que je sois pétrifié en crotte de crapaud si je mens ! »)

D'apparence fort simple (« on écrase les testicules de l'enfant dans un bain chaud »), la technique de fabrication des eunuques de harem était en fait des plus délicates et exigeait une parfaite maîtrise qu'El Hadj Mahmoud (Martin prononçait « Marmoude ») possédait sur le bout des ongles, qu'il portait longs et peints. Autre corde à son arc, il recousait fort habilement les virginités malmenées de certaines princesses du sultan.

Martin et Jules vécurent cinq ans sous la perpétuelle menace d'être à leur tour castrés à la moindre incartade. (« Et il l'aurait fait ! Crois-moi si tu peux, nous l'avons vu, de nos yeux vu, offrir un somptueux repas à un esclave italien qui s'était enfui et qu'il avait repris. Une fois que le pauvre bougre – qui se doutait de quelque chose – se fut gobergé à éclater, il lui a fait boucher le fondement à la cire. Après, il l'a enfermé dans une cage que des porteurs déplaçaient chaque fois qu'il changeait de place. Il voulait toujours l'avoir sous les yeux. Et ça jusqu'à ce que ce malheureux pourrisse dans la vermine née de son bran ! »)

Les deux inséparables durent leur salut à des mercédaires espagnols, moines d'un ordre mendiant voué au rachat des chrétiens prisonniers des Infidèles.

A peine débarquaient-ils à Malaga qu'ils s'enrôlaient sur le brigantin d'un capitaine grec, contrebandier à ses heures, pirate chaque fois que l'occasion se présentait. Ce fut une période faste pour Martin et Jules. Si faste qu'ils s'enrichirent jusqu'à s'offrir leur brigantin et pirater à leur compte.

De nouveau coulés par des musulmans au large de Tripoli, ils furent cette fois achetés par El Djibril, un riche propriétaire d'oasis. Celui-ci rejoignait le Fezzan où il destinait ses nouveaux esclaves quand sa caravane fut attaquée par une bande de pillards voilés jusqu'aux yeux.

Contribuant largement à les repousser, Martin et Jules gagnèrent sa confiance. Après les avoir solennellement embrassés sur les joues devant tous, il les avait nommés chefs de sa garde personnelle.

Pibrac, qui avait trouvé sur l'un des Touaregs tués un beau couteau à lame d'acier damasquinée se repliant dans une corne de girafe lumineuse comme de l'ambre, avait été autorisé à le conserver.

Invariablement, à ce stade du récit, Justinien demandait

à toucher le couteau. Martin, qui aimait raconter ses histoires tout en taillant ses modèles réduits de bateaux, s'interrompait pour le lui laisser.

Profitant d'un voyage d'El Djibril dans ses oasis de Cyrénaïque, Martin et Jules s'étaient enfuis en compagnie de quatre esclaves touaregs et des deux eunuques du harem qu'ils dévorèrent durant le parcours. (« On les avait emmenés pour ça. Ils étaient bien gras et ils nous ont duré plusieurs jours. »)

Une nuit, Martin fut réveillé par son compagnon qui souriait « jusqu'aux oreilles ». (« Il venait d'égorger les quatre Touaregs. Crois-moi si tu le veux, mais c'était eux ou nous. D'ailleurs c'est à partir de ce moment-là qu'on a eu assez d'eau et de viande séchée pour tenir jusqu'à la côte. ») Là, ils s'étaient emparés d'une felouque et après trois semaines d'errance étaient parvenus jusqu'à Chypre, à demi morts de soif. (« C'est durant cette dérive que Pibrac a gravé son nom sur le manche. Il s'est servi de la pointe du harpon se trouvant dans le bateau. Les derniers jours, on avait tellement soif qu'on a bu notre jus de nature. C'était peu goûteux, je te l'accorde, mais j'ai tout bu… Tiens, va me chercher un pichet de clairet au lieu de tirer cette grimace. »)

Lassés pour un temps du monde marin, Martin et Jules embarquèrent sur un bateau de pèlerins revenant de Terre sainte avec l'intention de rentrer au pays et de devenir soldats. (« C'était son idée plus que la mienne, mais là encore, je l'aurais suivi. »)

Durant la traversée, Pibrac fut terrassé par une fulgurante inflammation d'entrailles qui le tua en deux jours. C'était Martin qui l'avait glissé dans un drap, et c'était lui qui l'avait cousu en linceul. (« J'ai coupé les fils avec son couteau. Et c'est moi qui ai soulevé la planche. D'habitude le corps surnage un moment avant de disparaître, mais lui non, il a coulé à pic, comme on s'en va sans se retourner. Ça m'a fendu le cœur, j'ai eu l'impression d'être orphelin. »)

Martin était revenu à Roumégoux, mais il ne s'était enrôlé dans aucune armée. Après une période de flottement, il avait épousé Éponine, la dernière des filles Navech, le fabricant de chandelles. Ils eurent un fils qui ne vécut que quelques jours. C'est pour pouvoir donner son lait qu'Éponine devint nourrice.

Et puis un jour, ou plutôt un soir, le Grand Vigilant Melchior Fendard était entré chez eux pour déposer sur la table un grand panier en osier. Éponine avait eu un hoquet de surprise en découvrant son contenu.

– Par les tétons de sainte Agathe ! Qui a pu faire une telle beuserie ?

– Nous l'avons trouvé ainsi. Ça venait de lui arriver. C'est notre médecin empirique qui a cautérisé les plaies. Ce que je ne comprends pas, c'est comment il peut continuer à dormir après tout ce qui vient de lui arriver.

Soulevant le nouveau-né, Éponine s'était assurée que ses pieds n'étaient point fourchus ni qu'aucune corne ne pointait sous son front.

– C'est un beau poupard et c'est une grande pitié de l'avoir défiguré.

Soudain les traits de la nourrice se durcirent. Se penchant sur le bambin, elle le renifla avant de déclarer d'une voix sévère :

– Pas étonnant qu'il dorme si bien, il empeste l'eau-de-vie.

Le Grand Vigilant avait sursauté :

– De l'eau-de-vie ? Que débagoules-tu là, ma fille ?

– La pure vérité, Monseigneur. Je dis que ce poupard est ivre mort. On lui a fait téter un chiffon trempé dans du rhum. C'est comme ça que pratiquent les mauvaises mères quand elles ne veulent pas être réveillées la nuit.

En dépit de toutes ces excentricités, Éponine avait accepté la garde de l'enfant au tarif habituel de cinq livres mensuelles. Quant au Grand Vigilant Melchior, il était retourné au monastère fort mécontent d'avoir baptisé un peu plus tôt un enfant en état d'ébriété, s'interrogeant plus que jamais sur l'identité des parents. Au moment de sa découverte, l'enfant était nu, à l'exception d'un mouchoir brodé autour de sa cuisse sur lequel on lisait, écrit au charbon de bois : « Pardon. »

En ce temps-là, le peuple se mouchait dans ses doigts, les bourgeois sur leurs manches, seuls les gens de condition et le clergé utilisaient des mouchoirs. La qualité du linge matelassant le panier, la finesse de la broderie du mouchoir, le fait que le cavalier (la cavalière ?) sache écrire avaient incité le Grand Vigilant à penser qu'il ne pouvait s'agir que d'un bâtard de qualité dont la venue dans cette vallée de larmes suscitait plus d'embarras que de félicité. « On » n'avait pu se résoudre à l'occire, alors « on » l'avait abandonné sous le porche de son monastère… Mais pourquoi l'avoir si odieusement défiguré ? Pour qu'il ne puisse ressembler plus tard à son géniteur ? Et pourquoi le nez ? L'abbé Melchior eut beau battre le rappel des appendices nasaux des gentilshommes de la région, il n'en trouva aucun suffisamment remarquable pour justifier une pareille méchanceté.

Le prélat était en vue du porche lorsqu'il vit la silhouette d'un chien errant happer quelque chose au pied de la statue de son ancêtre, puis s'enfuir en grondant à son approche. Comment aurait-il pu deviner que l'animal venait de trouver le nez du nouveau-né arraché deux heures plus tôt et recraché dans la poussière ?

Plus tard dans la soirée, l'abbé Melchior ouvrit le registre des naissances de Roumégoux (l'ordre en avait la responsabilité depuis le XIIe siècle) et inscrivit l'enfant sous le nom de Justinien Trouvé. Justinien en référence au basileus de Constantinople Justinien Rhinotmète, l'empereur à qui ses ennemis avaient coupé le nez, Trouvé parce que, avec Dieudonné et Déodat, c'était le nom que l'on donnait aux enfants abandonnés.

*

L'été prenait fin lorsque Justinien ébaucha ses premiers sourires et se mit à gazouiller quand on lui parlait. Pour l'Épiphanie il marchait à quatre pattes et embouchait tout ce qu'il pouvait saisir. A Pâques, il répondait à son nom et tenait des conversations de trois ou quatre mots avec les chiens, les poules, les fourmis, le pied de la table, etc.

Pour son premier anniversaire, le 10 juin 1664, le Grand Vigilant Melchior Fendard réapparut chez les Coutouly. Il se montra fort satisfait de trouver un enfant bien fait, joufflu, au teint incarnat et même capable de faire quelques pas. Sans ce trou béant et rosâtre…

— Je te félicite, ma fille, voilà un moutard qui respire la santé.

Attiré par le grand crucifix de vermeil qui pendait au cou de son parrain, Justinien babilla en tendant les bras pour s'en saisir.

— Ce cher enfant me reconnaît, se méprit l'ecclésiastique d'une voix émue.

A l'âge de deux ans, Justinien courait sans trop tomber et, à trois, il mangeait et s'habillait seul. A quatre ans, il disait « je » au lieu de « Justinien », sautait très bien à cloche-pied comme à pieds joints. Il était en mesure d'indiquer la maison où il habitait mais il ne faisait pas encore la différence entre hier, aujourd'hui et demain.

A cinq ans, il montait aux arbres et Martin lui apprenait à lire et à écrire, d'abord dans un manuel de civilité puérile, puis dans *L'Iliade* et *L'Odyssée*.

Le 10 de chaque mois, Éponine se rendait au monastère recevoir son dû et chaque 10 juin, le Grand Vigilant visitait son protégé, le trouvant chaque fois « fort grandi et l'esprit moult débourré pour son âge ».

— Peut-être en ferons-nous un vigilant ? songeait-il avec attendrissement.

*

Le jour des sept ans de Justinien, l'abbé Melchior ne faillit point à son habitude en lui rendant visite, mais cette année-là, au lieu de lui tapoter les joues et de féliciter sa maman-tétons pour sa bonne mine, il lui prit la main et le conduisit à l'école de la paroisse.

A cette époque, Justinien n'avait pas de nez et son apparition suscita l'effarement de ses élèves qui le prirent pour un lépreux. Il fallut toute l'autorité du Grand Vigilant pour ramener le calme dans la classe.

— Justinien que voici a été victime d'un accident. C'est une grande méfortune et il serait injuste d'en avoir peur ou de lui en tenir rigueur.

Comme il n'y avait pas assez de bancs et de pupitres

pour tous, le gros régent lui désigna le sol de terre battue recouvert de joncs. Justinien s'était assis en tailleur et avait baissé la tête, incommodé par l'insistance de tous les regards. Il attendit la première récréation pour s'enfuir et retourner chez les Coutouly, ses parents adoptifs.

Un bout de mie de pain fiché à la pointe de son couteau, Éponine épluchait des oignons sans pleurer et Martin, assis près de la fenêtre, sculptait la proue d'un galion espagnol (une sirène à longue chevelure dotée d'une arrogante poitrine) quand il fit irruption dans la grande salle au plafond bas.

– Pourquoi je n'ai point de nez comme tout le monde ?

Les Coutouly s'étaient regardés. Eux aussi auraient aimé savoir.

– Nous l'ignorons, mon garçon. Tout ce que Monseigneur nous a dit en t'apportant ici, c'est qu'il t'a trouvé ainsi sous le porche du monastère.

– Il a dit que j'avais eu un « accident ». C'est quoi, un accident ?

L'ancien marin gratta sa nuque avec le manche de son couteau.

– Hum, hum… Un accident, vois-tu… un accident, c'est quand la chaise de poste a botéculé le fils Toizac l'an passé. Il lui manque une jambe depuis et il ne peut plus travailler… Ce que Monseigneur a voulu dire, c'est que ce n'est pas ta faute si tu n'as pas de nez.

– C'est arrivé quand tu n'étais pas plus haut qu'un biberon, précisa Éponine. Un soir, Monseigneur est entré par cette porte, tu étais dans un panier et tu n'avais déjà plus de nez.

– C'est arrivé comment ?

– Ah, ça, il ne l'a pas dit.

« J'ai donc eu un nez moi aussi », se dit le garçonnet. Pourquoi le lui avait-on enlevé, et qui avait fait une chose pareille ?

Martin comme Éponine ne surent que répondre.

Refusant de retourner à l'école, Justinien marcha jusqu'au monastère fortifié de l'ordre, construit au XIe siècle au centre d'un cirque naturel, à une lieue du bourg.

Arrivé devant le grand porche orné du blason des

Fendard, il tira sur la cloche en regardant la statue de pierre du banneret Gauthier Fendard, le fondeur de l'ordre des Vigilants de l'Adoration perpétuelle du Saint Prépuce. Là donc avait commencé sa vie légale !

L'abbé Melchior Fendard, douzième Grand Vigilant de l'ordre, méditait devant une marmite d'eau bouillante, s'interrogeant à l'infini sur cet inexplicable miracle qui faisait dis-paraître il ne savait où toute eau portée à ébullition quand le frère portier introduisit son filleul dans la cuisine. Il fronça les sourcils.

– Que fais-tu ici ? Tu devrais être en classe.

Le garçonnet s'était approché et lui avait baisé la main.

– Je vous en prie, parrain, dites-moi qui sont mes parents et pourquoi je n'ai plus de nez.

L'abbé mima l'ignorance.

– Quand Eusébius t'a découvert sous le porche, tu étais déjà ainsi.

– Mais pourquoi, parrain ? J'avais fait quelque chose de mal ?

– Tu n'avais rien fait du tout ! Tu n'étais pas plus grand qu'un alevin. Bien trop petit pour avoir fait quelque chose de mal... ou de bien d'ailleurs.

– Alors pourquoi le bon Dieu a laissé faire ?

Le prélat soupira. Il n'aimait pas les questions du gamin et il aimait encore moins le ton sur lequel il les posait. Que pouvait-il lui répondre ? Lui-même n'en savait guère plus. Sept ans plus tôt, jour pour jour, après les vêpres, le frère Eusébius avait aperçu un cavalier déposer un panier au pied de la statue du fondateur. Trop éloigné pour dire s'il s'agissait d'un homme ou d'une femme, il avait vu le cavalier (ou la cavalière) hésiter, revenir sur ses pas, soulever le bambin hors du panier comme pour un ultime adieu et lui croquer le nez d'un sec coup de dents. Remontant en selle, il (elle) piqua des deux sur la route de Racleterre.

L'abbé posa ses mains sur ses épaules.

– Écoute-moi, Justinien, les voies du Seigneur sont impénétrables. Lui seul sait. Un jour peut-être t'éclairera-t-Il, mais dans l'immédiat, tu dois te débourrer l'esprit à l'école. N'oublie pas que si tu ne sais pas lire, écrire et compter correctement, même moi, je ne pourrai pas te faire entrer au séminaire. Et ce serait une grande pitié car considérant la fragilité de notre nature mortelle et la sévérité du Jugement dernier, la grande affaire de tout chrétien n'est-elle pas d'assurer son salut éternel ? Crois-moi, mon enfant, consacrer ton existence à Dieu est la voie la plus courte pour assurer ton salut individuel. Va maintenant, retourne en classe, présente tes excuses au régent et fais-moi honneur !

Justinien s'en fut, inquiet pour son avenir, peu enclin à servir un Dieu capable de laisser couper le nez à un pur innocent sans intervenir. Qui d'autre l'aurait-il pu ? Il en conclut que, pour d'obscures raisons, Dieu ne l'aimait pas et décida d'être sur ses gardes. Il désobéit à son parrain et ne retourna pas à l'école, préférant passer la journée assis au bord de la rivière, en compagnie d'un gros sentiment d'injustice.

Le lendemain comme les jours suivants, il resta chez lui à écouter les mille et une aventures marines de Martin Coutouly et de son inséparable compagnon, Jules Pibrac.

Un jour, Martin le surprit occupé à appliquer sur ses cicatrices un onguent grisâtre dégageant une méchante odeur de fiente de poule. Selon le pied poudreux qui le lui avait vendu, cet onguent était capable de faire repousser « n'importe quoi, comme repousse un ongle arraché ou une chevelure coupée ». Le colporteur certifiait sur la tête des douze apôtres qu'il détenait le secret de la composition de la bouche même d'un vieux lézard avisé.

– Ils utilisent le même lorsqu'il leur arrive de perdre leur queue.

– Vous parlez leur patois ? s'était ébaudi le gamin.

– Couramment, pitchoun. Écoute.

L'homme avait alors poussé quelques sifflements rappelant les sons émis par papa Martin lorsqu'il expulsait un débris d'aliment coincé entre ses dents.

– Et ça veut dire quoi ?

– Ça veut dire : si quelqu'un à Roumégoux a besoin de cet onguent, c'est bien toi.

– Où as-tu trouvé de quoi payer ? le questionna son père adoptif.

Justinien rougit en baissant son regard sur ses pieds nus. Il avait donné ses sabots.

– Ahi ! grimaça le vieil homme, c'est qu'ils étaient neufs ! Tu vas te faire houspiller par Éponine.

Martin eut alors l'idée qui allait transformer l'existence du garçon. Choisissant du tilleul, un bois aisé à travailler, il tailla dedans un nez, gâchant trois morceaux avant d'être satisfait.

Assis face à la cheminée éteinte, Justinien aidait Éponine à écosser un sac de haricots quand il lui montra le nez de bois. Les yeux du gosse s'illuminèrent et son sourire fit chaud au cœur du vieux marin.

– Comment il peut tenir ?

– Je vais te montrer. Mais d'abord essaye-le, pour les retouches. Et enlève-moi cette cagade qui ne sert à rien si ce n'est à puer comme une chaise percée.

A petits coups de pouce sur la lame, Martin rectifia une aspérité, adoucit une courbe, agrandit légèrement une narine. Il perça ensuite un petit trou dans chacune des ailes et fit passer à l'intérieur un lacet de cuir qu'il noua sur la nuque du gamin émerveillé.

Bondissant jusqu'au puits, Justinien avait rempli un seau d'eau pour s'y mirer, de face, de profil, de trois quarts… Oh, bien sûr, ce n'était qu'un nez de bois qui ne trompait personne, mais c'était *tellement* mieux que cette cavité rosâtre aux bords déchiquetés qui engluait tous les regards.

Le lendemain, Justinien se présentait à l'école. Le moment de grosse surprise passé, toute la classe, le régent compris, fit cercle autour de lui.

– Il est drôlement bien fait.

– Aoï ! Regardez, il y a même des trous dans les narines…

– C'est normal, sinon ça m'obligerait à respirer par la bouche.

A compter de ce jour mémorable, Justinien se révéla un bon élève, attentif, consciencieux quoiqu'un peu raisonneur.

*

Justinien quittait l'âge nubile et entrait dans celui de l'adolescence lorsque son parrain l'envoya faire son noviciat au séminaire de l'ordre situé à Racleterre, une bourgade éloignée de Roumégoux d'une dizaine de lieues. Le jour du départ, Martin lui offrit son couteau.

Stupéfié par l'importance du présent, Justinien n'avait pas osé y toucher.

— Prends-le, je te dis, nigaud, avait insisté l'ancien marin en forçant le couteau dans sa main. Comme ça, s'il arrive quelque chose à ton nez, tu pourras t'en refaire un autre.

— Mais c'est celui de Pibrac, je ne peux pas le prendre.

Aussi loin que remontaient ses souvenirs, il revoyait Martin avec son couteau en train de sculpter ses bateaux, trancher sa viande, curer sa pipe.

— Il aurait aimé que tu l'aies… et moi aussi, alors voilà.

En plus du couteau, Martin lui glissa un écu d'argent de trois livres. Ce n'était pas comme son parrain, le Grand Vigilant, qui, en manière de cadeau d'adieu, lui offrit une vieille bure qui ne sentait pas très bon, un bout de ficelle en guise de ceinture et une paire de sandales éculées. Puis il lui avait tonsuré le sommet du crâne sur un pouce, le format des novices, en le mettant solennellement en garde contre les démons, ces valets du diable qui pullulaient sur les routes du royaume et qu'il risquait de croiser.

— Ce qui est fâcheux, vois-tu, mon enfant, c'est que le démon peut t'apparaître sous de multiples formes et te berner. Il peut se montrer sous la forme d'un cheval, d'un chien, d'un chat et évidemment d'un bouc. Mais aussi sous l'apparence d'un homme décemment vêtu, d'un beau soldat ou même d'une jolie garce. Il a même été signalé sous la robe d'un jésuite.

— Mais alors, comment faire ?

— Il faut être vigilant et observateur. Si le démon est capable de créer une forme, il n'est pas capable de l'imiter parfaitement. C'est pour ça qu'il n'est qu'un démon… Quelque chose manquera toujours ou sera en trop. Retiens que dans les cas les plus évidents, il sent le soufre et lorsqu'il pète les fleurs se fanent dans un rayon de vingt pieds… Tu dois constamment être sur tes gardes. Ce n'est pas pour rien qu'on l'appelle aussi le Malin.

– Ce que je ne comprends pas, parrain, c'est pourquoi depuis tout ce temps, Dieu qui est Tout-Puissant n'en est pas encore venu à bout.

La cloche sonnant la relève des adorateurs perpétuels du Saint Prépuce avait dispensé l'abbé Melchior de répondre. Il invita l'adolescent à se joindre aux vigilants qui venaient d'apparaître dans la cour et marchaient vers la chapelle du XIe siècle, joignant leurs voix à ceux qui sortaient en chantant le *Veni Creator*. A aucun instant, même le plus infime, le fil de l'adoration perpétuelle ne devait être rompu. Cela durait depuis cinq siècles et cela devrait durer jusqu'au Jugement dernier.

Une fois dans le couloir, l'adolescent dissimula mal son manque d'enthousiasme à l'idée de prier deux heures d'affilée à genoux sur du carrelage. Pourtant il suivit les vigilants et pénétra à leur suite dans la chapelle enfumée d'encens. Au passage, il n'oublia pas de piétiner la dalle sous laquelle le banneret Gauthier Fendard, par pure humilité, avait exigé d'être enterré.

Sans interrompre leur chant, les vigilants s'agenouillèrent sur le dallage en échiquier, écartèrent leurs bras et fixèrent leur regard sur le saint prépuce de l'Enfant-Jésus, petit morceau de chair racorni à peine visible dans son reliquaire de cristal soufflé en forme de phallus serti d'or et de vermeil. Long d'une cinquantaine de centimètres, le célèbre reliquaire était soutenu à bout de bras par un saint Michel et un saint Gabriel de six pieds de haut. Aux murs et au plafond couraient des fresques du XIVe siècle relatant sa découverte en Terre sainte et l'édification en son honneur de la chapelle, puis du monastère.

Deux heures plus tard, la cloche sonna la relève, d'autres vigilants apparurent. Justinien put enfin se mettre en marche pour le séminaire de l'ordre.

Celui-ci se trouvant à dix lieues de Roumégoux sur la route de Racleterre, il chemina un jour et demi avant d'y arriver, dormant à Beaujour dans l'une des nombreuses fermes de l'ordre. Il croisa des colporteurs, des ramoneurs, des scieurs de long qui s'en allaient vers l'Espagne, des saltimbanques, des saisonniers à la recherche de travail, mais aussi de nombreux pèlerins qui par mesure de sécurité voyageaient en groupe comme les marchands.

Seuls incidents notables : il prit un coup de soleil sur sa tonsure neuve et dut se défendre contre des chiens errants qui l'auraient volontiers dévoré tant ils semblaient affamés.

Il fit un bout de chemin avec un quéreur de pardons professionnel se rendant à la Vierge noire de Rocamadour pour le compte d'un seigneur du Limousin qui avait beaucoup fauté.

Agé d'une trentaine d'années, l'air enjoué, l'homme se vantait d'être allé une fois en Terre sainte et trois fois à Compostelle, dont une fois pieds nus (tarif triple). Sa franchise surprit Justinien quand il admit volontiers qu'il avait choisi sa profession plus par goût du voyage et de l'aventure que par piété.

– Moi aussi, j'aimerais voyager. J'aimerais tant voir la mer… mais je ne m'appartiens pas, j'ai été donné par Dieu à l'ordre. Je dois donc devenir un vigilant.

– Un vigilant ! Tu vas au séminaire de leur ordre ?

Toute trace de gaieté avait disparu chez le quéreur de pardons.

– Oui, il se trouve à Racleterre. Tu connais notre ordre ?

– Qui n'en a pas entendu parler ? Et plutôt en mal, je préfère te le dire. On dit que c'est pire que d'être soldat… On dit aussi que ceux qui y entrent n'en ressortent jamais.

– C'est normal puisque nous sommes un ordre contemplatif voué à l'adoration perpétuelle du Saint Prépuce.

– On dit que le vrai est à Saint-Jean-de-Latran, à Rome.

– Le vrai quoi ?

– Le vrai Saint Prépuce. Plusieurs quéreurs l'y ont vu, et le Pape a attesté son authenticité. C'est pour ça que les pèlerins ne viennent presque plus à Roumégoux.

Le garçon eut soudain très peur. Et si cet individu n'était autre que l'un de ces démons tentateurs dont faisait si grand cas son parrain l'abbé Melchior ?

– Tu ferais mieux de jeter ta bure aux orties et de filer sur Marseille. Tu n'as qu'à te faire passer pour un pèlerin qui s'est fait briconner son passeport. Tu trouveras toujours un capitaine pour t'embarquer.

71

Délivrés par les curés des paroisses, les passeports de pèlerins donnaient entre autres le droit de mendicité et d'hébergement dans les établissements religieux. Ils servaient aussi aux autorités pour pouvoir discerner les vrais des faux pèlerins.

Profitant d'une halte à l'ombre d'un grand orme, Justinien avait discrètement reniflé son compagnon, ne trouvant que l'honnête odeur de ceux qui prennent un bain chaque fois qu'ils tombent dans un puits. Rien ne semblait lui manquer ou être en surnombre, mais comment en avoir la certitude ? Le défaut révélateur pouvait être dissimulé par les vêtements. Il pouvait compter ses doigts, mais pas ses orteils, invisibles dans ses bottes. Justinien découvrait les limites de l'enseignement théorique confronté à la pratique.

Lorsque leurs routes se séparèrent, le quéreur le quitta sur une question :

— Sais-tu seulement à quoi sert vraiment la tonsure qu'ils t'ont faite ?

— Bien sûr. C'est quand un laïque embrasse l'état religieux. Comme je suis novice, la mienne n'a qu'un pouce, mais quand je serai vigilant, elle en aura quatre.

— Je t'ai demandé si tu savais à quoi elle servait.

— ? ? ?

— C'est pour avoir un endroit lisse où se bécoter pendant l'accouplement.

Cela dit, le quéreur l'avait planté là et s'en était allé sans se retourner.

*

Fondé l'année de la peste noire de 1347 par le banneret Raimond Fendard, sixième Grand Vigilant de l'ordre, le séminaire de Racleterre dépendait de la matrice de Roumégoux et avait pour vocation de former des vigilants à l'adoration perpétuelle. Pour ce faire, on appliquait depuis trois siècles une éducation sans pareille dont Ignace de Loyola, visiteur durant un trimestre, s'était largement inspiré en fondant sa Compagnie cent cinquante ans plus tôt. Mais si le but de la Compagnie était de préparer ses postulants à affronter le siècle, celui de l'ordre était de les former à la réclusion perpétuelle.

Nommé à vie par le Grand Vigilant, l'abbé recteur gouvernait et administrait, bon an mal an, une centaine de postulants répartis en décuries. Ce recteur était assisté d'un préfet des mœurs, d'un principal et de douze régents. Ces derniers étaient secondés par des auxiliaires recrutés chez les postulants. Ces auxiliaires étaient chargés de faire du zèle pour stimuler celui des autres. Ils devaient aussi espionner et dénoncer s'il y avait lieu. On les nommait des décurions et leur devise était : « Où que tu sois, je te vois. »

Afin de soustraire les nouveaux postulants à toute influence extérieure, on les isolait à l'intérieur des hauts murs du séminaire, puis on emprisonnait leur esprit dans un règlement d'une extrême rigueur qui les prenait en charge du réveil au coucher. Tout manquement était jugé par un tribunal : l'officialité. Les punitions étaient fonction de la gravité des fautes commises. Les coupables de péchés mortels étaient condamnés à des séjours rédempteurs à la Brebis galeuse, la prison de l'ordre, tenue par les sœurs rigoureuses.

*

Justinien dut délacer son nez et se laisser inspecter par les soldats de l'octroi avant qu'ils ne l'autorisent à entrer dans le bourg.

Il demanda son chemin, arpenta plusieurs rues populeuses et arriva place Royale où se trouvait le séminaire, invisible derrière des murailles aussi épaisses que celles du château des Armogaste lui faisant face.

Justinien s'approcha de la poterne encadrée par un couple de grands chênes centenaires et tira sur la cloche. Une lucarne s'ouvrit, un visage barbu s'y encadra.

– Je viens de Roumégoux. Je suis un nouveau postulant.

La porte s'entrebâilla, il entra, elle se referma aussitôt. Il songea avec un pincement de cœur aux propos du quéreur de pardons. Il suivit le frère portier et vit un grand bâtiment construit, comme à Roumégoux, autour d'une chapelle ressemblant beaucoup à celle du Saint Prépuce. Il longea un promenoir jusqu'à un escalier menant au premier étage où se trouvaient les appartements de l'abbé recteur Gédéon. Quand Justinien entra, celui-ci lisait *Discours sur l'histoire universelle,* de Monseigneur Bossuet, précepteur du Grand Dauphin.

Après une révérence plutôt gauche, Justinien lui remit la lettre de présentation cachetée au sceau du Grand Vigilant.

Le recteur lut en hochant sa tête perruquée à certains passages, coulant alors un regard curieux vers son nez.

– Postulant Justinien Trouvé, l'ordre n'a que faire des cœurs tièdes, des esprits médiocres et des corps débiles. Vous avez deux ans pour nous démontrer que vous n'êtes rien de cela.

– J'espère me montrer digne de l'honneur qui m'est…

Une gifle lui coupa la parole, déplaça son nez, l'étourdit à demi.

– Règle première, expliqua le recteur Gédéon d'une voix affable : un postulant ne parle que s'il y est autorisé.

Justinien réajusta son nez, la joue en feu, les idées en tumulte.

– Sachez, mon enfant, que cette gifle n'est en aucune façon une punition pour avoir enfreint un règlement dont vous ignorez tout : cette gifle fait partie d'une pédagogie destinée à débourrer la mémoire des plus obtus. Je perçois votre scepticisme teint de reproche mais je puis vous assurer que vous n'êtes pas près d'oublier notre règle numéro un. Me suis-je fait entendre, postulant Trouvé ? Répondez.

– Oui, Monsieur le Recteur, mentit Justinien qui n'avait pas écouté.

Sa joue lui faisait mal et c'était la première fois qu'on le giflait. Il n'aimait pas du tout.

– Quel âge avez-vous ? Répondez.

– Seize ans, Monsieur le Recteur.

L'abbé Gédéon soupira. Il déplorait ces recrutements tardifs et était de ceux qui préconisaient au Grand Vigilant – le seul à pouvoir modifier le règlement – l'abolition de la limite d'âge. « Plus nos postulants sont jeunes, Monseigneur, plus il nous est commode de les former. Leur esprit est alors aussi malléable que du cristal mou et il nous est aisé de leur faire perdre à jamais l'envie, et même l'idée qu'ils puissent un jour diriger autrement leur existence. » L'abbé recteur soupira une nouvelle fois. « Le sien doit être déjà comme du silex », jugea-t-il en dévisageant d'un air dubitatif le nouveau.

– Veuillez me suivre. Je vais vous présenter maintenant à votre préfet des mœurs.

Celui-ci se trouvait à l'autre bout du couloir dans une pièce située entre deux dortoirs. Justinien vit un petit homme sans âge au corps osseux mal fagoté dans une soutane noire râpée aux manches et au col, qui le regardait d'un air douloureux. On eût dit qu'à tout instant il allait annoncer une mauvaise nouvelle. En fait, il était myope. Son rôle au séminaire n'était pas de développer les esprits, mais de les discipliner. Aussi avait-il fait peindre sur le mur derrière lui *Fide et obsequio* – fidélité et soumission – résumant au mieux ce qu'il attendait de chacun.

– Monsieur le Préfet, voici le postulant Justinien Trouvé qui nous vient de Roumégoux. Je vous prie de le familiariser avec notre règlement, dit l'abbé Gédéon. Il connaît déjà la règle numéro un, ajouta-t-il en lui abandonnant Justinien qui se frottait la joue comme pour en effacer la brûlure.

Le préfet des mœurs aimait comparer les postulants à des pommes reinettes et le péché à un ver capable de pourrir tout le panier. Sa mission était de traquer les vers et de les expulser. La vue du nez de bois durcit ses traits.

– Jetez-moi ça ! Allez, maintenant ! Ici, les afféteries de mirliflore ne sont point de mode.

Justinien tressaillit. Jeter son nez ? Il devait s'agir d'une erreur. Que signifiait pareil accueil ? Pourquoi s'acharnait-on à l'humilier ainsi ? Jamais son parrain n'avait mentionné de telles brimades.

– Sauf votre respect, Monsieur le Préfet, c'est mon nez et je tiens à le garder. J'en ai le droit.

Voilà, c'était dit.

Une deuxième gifle, sur la même joue et bien plus forte que la précédente, lui remémora la règle numéro un.

– Postulant Trouvé, puisque tel est votre nom, sachez désormais que votre seul droit est celui d'obéir. Otez ce ridicule accessoire et baillez-le-moi !

L'adolescent obéit en serrant les dents pour se retenir de pleurer. Le préfet s'approcha, plissa les yeux et vit une vilaine cavité. Il dissimula sa surprise par un rire sec, puis s'excusa en lui rendant son nez.

– Je vous prie de pardonner ma méprise, mais j'ai cru qu'il s'agissait d'une coquetterie. Euh… Tenez, vous pouvez, euh, vous rhabiller, si je puis dire.

Justinien relaça son nez en s'énervant sur le nœud tant ses doigts tremblaient. Le préfet inspecta alors le contenu de sa besace. Trouvant *L'Odyssée,* il le déchira en deux malgré sa couverture de cuir et jeta les morceaux sur le plancher. Cette fois, Justinien pleura : avec son nez et son couteau, ce livre était ce qu'il possédait de plus précieux. C'était Martin qui le lui avait offert.

– Retroussez votre robe, exigea le préfet désireux de s'assurer qu'il ne cachait rien dessous.

La vue du couteau glissé dans les chausses lui tira un soupir excédé.

– Donnez, dit-il en tendant la main.

Justinien lui remit le couteau de Pibrac. Puis ce fut le tour de l'écu de trois livres. Des bricons dans un bois ne l'auraient pas mieux dépouillé.

– Quand vais-je pouvoir…

Une troisième gifle lui tira cette fois un cri rageur qui fit reculer le préfet d'un pas. Décidément, ce nouveau ne lui plaisait pas.

L'abbé principal chez qui le préfet le conduisit était rond de partout et affichait un air bonhomme. Sa tonsure était de la taille d'une écuelle à soupe et ne lui laissait qu'une mince couronne de cheveux gris. Mis au fait sur la nature de son nez, il s'abstint de poser des questions et se borna à tester son latin.

– Récitez le Décalogue. Répondez.

Justinien s'exécuta d'une voix morne.

– Ce n'est point trop mal. Maintenant montrez comment vous écrivez.

Le garçon obéit et écrivit d'une plume aisée : « Je demande l'autorisation de parler. »

L'abbé principal le scruta un instant avant de répondre :

– Je vous écoute.

– Je voudrais savoir si Monsieur le Préfet des mœurs a le droit de déchirer mon livre et de se saisir de mon couteau et de mon argent.

– Quel était ce livre ? Répondez.

– *L'Odyssée* de Monsieur Homère.

– Les livres profanes ne sont point autorisés, au même titre que les possessions personnelles. Pourquoi les conserveriez-vous puisque vous n'en aurez point l'usage ? Suivez-moi maintenant, je vais vous présenter au père Vaillant, votre régent. Et cessez de pleurer comme un marmot.

Justinien essuya ses larmes de ses poings fermés. Le principal nota les phalanges blanches à force d'être serrées. A l'instar du préfet, il décida qu'il n'aimait pas cette nouvelle recrue.

Après être redescendus au rez-de-chaussée, ils suivirent le long promenoir et repassèrent devant la poterne close. Justinien songea de nouveau au quéreur de pardons. Ils entrèrent dans une vaste salle de classe au plafond bas occupée par une quarantaine de postulants qui se levèrent. Tous les regards se portèrent sur son nez.

– Voici un nouveau, Monsieur le Régent. Pour ce soir, il couchera à la neuvième décurie.

Un murmure désapprobateur s'éleva du côté de la décurie concernée.

– Silence ! ordonna le régent en s'emparant de son nerf de bœuf torsadé, insigne de son autorité.

L'abbé principal sortit. La classe se rassit.

– Écrivez votre nom au tableau afin de vous faire connaître, puis vous vous mettrez près du décurion Ravignac, dit-il en désignant un postulant assis seul derrière un pupitre du premier rang.

Justinien prit la craie qu'il lui tendait et inscrivit du mieux qu'il put : JUSTINIEN TROUVÉ, provoquant un éclat de rire général. « Un enfant trouvé lonlaire, un enfant trouvé lonla », entonnèrent certains en dépit de la règle numéro un. Une voix ajouta :

– C'est plutôt Justinien Néanmoins qu'il devrait s'appeler.

– En plus, ça rime, ajouta un autre.

Les yeux baissés, les joues écarlates, Justinien s'assit à côté d'un blondinet d'une vingtaine d'années vêtu d'une belle soutane grise sur laquelle était cousue une croix rouge signalant sa qualité de décurion. Fluet, le visage boutonneux, l'air à la fois modeste et faraud, le jeune homme sortit de son pupitre un registre et inscrivit dessus le nom du nouveau.

– Connais-tu au moins ta date de naissance ?

– Bien sûr. Le 10 juin 1663.

– C'est vite dit. Comment peux-tu en être si certain puisque tu n'es qu'un trouvé ? Sais-tu seulement quel âge tu avais lorsque tu as été abandonné ?

On pouffa de rire dans leur dos. Justinien vit ses voisins de droite lui faire des grimaces en se tripotant le nez.

– Maintenant, poursuivit le décurion, donne-moi ton lieu de naissance.

Comme il ne répondait pas, Ravignac se fit accommodant.

– Si tu l'ignores, je me contenterai de ton lieu de *trouvance*.

Justinien s'obstina dans son mutisme. Tête baissée, nuque raidie, il regardait sans les voir ses poings serrés. L'étrange dureté ressentie au niveau du plexus après la première gifle n'avait fait que s'amplifier, transmutant sa détresse en gros courroux, provoquant des pensées d'une violence inconnue jusqu'alors.

Le décurion leva le doigt. Le père Vaillant l'autorisa à parler.

– Le postulant Trouvé refuse de répondre, Monsieur le Régent.

Le régent empoigna son nerf de bœuf.

– Postulant Trouvé, venez ici ! dit-il en désignant le pied de l'estrade.

Justinien ne bougea pas. C'était son plexus entier et au-delà qui était maintenant noué jusqu'à la nausée. Un murmure excité parcourut la salle. Ceux du fond se dressèrent pour mieux voir.

– Allez, obéis sinon tu vas avoir plus d'ennuis qu'il ne t'en faut, le menaça Ravignac en lui flanquant une bourrade pour le pousser hors du banc.

Justinien lui agrippa la chevelure et tira dessus de toutes ses forces, lui arrachant deux pleines poignées de cheveux. Le décurion poussa un hurlement de douleur qui soulagea grandement Justinien. Il eut envie de se sentir mieux encore et frappa maladroitement de son poing, visant le nez, bien sûr. La classe rugit de plaisir, le régent accourut.

Les deux jeunes gens roulèrent par terre. Insensible aux coups de nerf de bœuf que lui administrait le père Vaillant, Justinien avait repris Ravignac aux cheveux. Il fallut plusieurs décurions pour le libérer et neutraliser son agresseur. On courut avertir le recteur. La victime gémissante fut transportée au lazaret tandis que Justinien était maintenu aux pieds et aux bras jusqu'à l'arrivée de l'autorité suprême. Il avait perdu son nez dans la bousculade et le réclamait d'une voix forte. Quand le recteur serait là, il lui expliquerait qu'il renonçait à devenir un vigilant et désirait quitter le séminaire sans délai, aujourd'hui même… après avoir récupéré son livre déchiré et son précieux couteau. Il retournerait ensuite à Roumégoux affronter la déception de son parrain. Il embrasserait Éponine et Martin, puis il prendrait la route de Marseille. Là il s'embarquerait sur le premier bateau qui voudrait de lui.

Le recteur Gédéon fit irruption dans la salle, poudré de frais et la mine grognonne. Le préfet des mœurs le suivait de près.

— On aurait cru un possédé. Il ne voulait plus lâcher ce pauvre Ravignac. Il a presque fallu l'estourbir pour le maîtriser, expliqua le père Vaillant le souffle court.

— Monsieur le Recteur, je veux m'en aller. Je veux rentrer chez moi, lança Justinien en se débattant.

Le recteur se pencha pour lui administrer une quatrième gifle. Règle numéro un.

— L'officialité se réunira demain à tierce, c'est elle qui décidera. En attendant, qu'on l'encachotte.

Tout en parlant, l'abbé Gédéon fixait avec curiosité le trou disgracieux qui perçait le visage de l'adolescent.

— Mon nez ! Je veux mon nez ! s'écria Justinien pendant qu'on le traînait hors de la salle de classe.

Il eut le temps d'apercevoir le préfet des mœurs l'écraser d'un coup de talon comme on écrase une noix. Il cessa de se débattre, exhala un soupir de moribond et parut se pâmer. Surpris, ses porteurs hésitèrent. Ils le déposèrent sur le dallage du promenoir et l'un d'eux lui tapota les joues. Justinien se redressa d'un coup de reins et détala avec une seule idée en tête : sortir.

– Il s'enfuit ! cria-t-on derrière lui.

Sous les regards éberlués d'une centurie qui s'entraînait à la génuflexion, il traversa la cour et atteignit la poterne… fermée à clef. Ses poursuivants arrivant à grande vitesse, il se précipita vers une remise accolée au mur d'enceinte qui servait d'entrepôt aux frères jardiniers. Il s'engouffra à l'intérieur et coinça la porte avec une pelle. Déjà on tambourinait contre le battant en l'enjoignant de se rendre.

– Baillez-moi un sauf-conduit pour Roumégoux et je sors, leur répliqua-t-il tout en consolidant sa barricade avec un banc, une lourde roue de charrette et trois sacs de noix.

Côté fenêtres, il ne risquait rien : elles étaient trop hautes et munies de barreaux. Il grimpa l'échelle menant à la soupente et provoqua la fuite d'une ribambelle de rats qu'il entendit plus qu'il n'œilla. Des pommes séchaient sur des toiles en dégageant une odeur aigrelette.

Justinien ouvrit l'œil-de-bœuf percé dans le toit incliné et se pencha au-dehors. Un attroupement s'était formé autour de la remise. Son apparition provoqua des remous. On le désigna du doigt.

– Postulant Trouvé, lui cria le recteur Gédéon, je vous somme de vous livrer !

Justinien l'ignora. Il redescendit en emportant quelques pommes qu'il mangea de bon appétit. Les coups de férule du régent cuisaient son dos. « Si seulement parrain pouvait être prévenu ! » songeait-il. Quelqu'un tenta de défoncer la porte. Il empoigna une houe et se tint prêt à se défendre. Sa détermination lui plaisait, elle lui rappelait les histoires de Martin et Jules.

La porte résista.

– Vous vous en repentirez amèrement, maudit cabochard ! Vous finirez bien par devoir sortir, lança le recteur de l'autre côté du battant.

Soudain Justinien entendit qu'on introduisait une clef dans la serrure. Il vit le pêne glisser dans la gâche. Il y eut des rires : on venait de l'enfermer. Désœuvré, il fouilla les lieux. Il remarqua plusieurs cordes et trouva dans un coffre des ustensiles d'horticulture dont un petit couteau à lame triangulaire servant à écussonner les rosiers. Après l'avoir affûté sur le cerclage métallique de la roue de charrette, il se tailla un nez dans le manche d'un brise-mottes. Tout en sculptant, il réfléchissait au moyen de s'enfuir, s'interrompant par instants pour tendre l'oreille ou manger une autre pomme. Il avait soif et il n'y avait strictement rien à boire dans cette remise.

Il hésitait entre un nez grec et un nez retroussé lorsque sonnèrent les vêpres.

Son nez prêt, il se l'accrocha en utilisant la ficelle fermant l'un des sacs de noix, regrettant de ne pas disposer d'un miroir pour les retouches.

Le soir vint, on sonna les complies. Il attendit encore et lutta contre le sommeil en se racontant l'arrivée d'Ulysse à Ithaque, l'élimination des prétendants et son passage favori : les retrouvailles avec la belle Pénélope.

Lorsqu'il fit nuit noire, il remonta dans la soupente, ôta quelques tuiles du toit, puis noua à la poutre faîtière l'une des cordes trouvées en bas. Le plus silencieusement possible, il se faufila à l'extérieur et se laissa glisser le long de la remise, gêné par la houe dont il avait enlevé le fer. Ses pieds touchaient le sol lorsque deux décurions surgirent du promenoir en criant :

– Le voilà !

Ils se jetèrent sur lui. Justinien frappa avec son manche le plus proche qui para le coup de son avant-bras et hurla de douleur. L'autre le saisit à bras-le-corps et le déséquilibra. Ils tombèrent. Justinien perdit son manche. Ses doigts cherchèrent les yeux de son agresseur et les trouvèrent. Le décurion poussa un cri aigu et desserra sa prise. Justinien se dégagea et fila sans réfléchir droit devant lui.

– Alarme ! Alarme ! cria-t-on dans son dos.

Des portes claquèrent, des bougeoirs s'allumèrent, on s'interpella d'un palier à l'autre : tout le séminaire se réveillait. On accourut vers la remise.

– Il est sorti par là et il m'a frappé, expliqua le décurion en montrant son avant-bras qui enflait.

L'esprit en chahut, Justinien courait le long du mur d'enceinte à la recherche d'une issue qu'il ne trouvait pas. Les narines de son nouveau nez étaient insuffisamment évidées, ce qui l'obligeait à respirer par sa bouche desséchée. Il dépassait une tour d'angle lorsqu'il vit une petite porte. Il la poussa, mais elle résista. Des éclats de voix et une cavalcade derrière lui le paniquèrent. « C'est fini », se dit-il en poussant encore sans succès. Soudain il tira au lieu de pousser et la porte s'ouvrit. Il se rua à l'intérieur et s'élança dans un escalier à vis qui le conduisit sur un chemin de ronde désaffecté. Au loin sur la gauche, il distingua les masses sombres des chênes encadrant la poterne. Il s'engagea avec précaution sur la courtine recouverte de fientes. En bas, on s'activait à la lueur des torches. Le tohu-bohu était général. Arrivé à la hauteur du premier chêne, Justinien se pencha entre les merlons et déchanta. Si l'un des rameaux n'était qu'à une demi-toise, il était si frêle qu'il ne pourrait que se briser sous son poids. Écarquillant les yeux pour mieux percer l'obscurité, il évalua à deux toises et plus la distance le séparant de la première charpente susceptible de le supporter. Il allait pour examiner le second chêne quand ses poursuivants débouchèrent à leur tour sur la courtine.

– Le voilà !

Sans plus réfléchir, Justinien se jucha sur le merlon et sauta, les bras tendus vers la grosse branche qu'il rata de plusieurs pouces. Il saisit celle du dessous qui rompit, heurta alors une autre branche qui se brisa aussi mais ralentit sa chute. Il tomba alors sur la dernière et parvint à s'y agripper. Au-dessus de lui, des voix essoufflées se firent entendre :

– Où est-il ?

– A-t-il vraiment sauté ?

– Il est là, je le vois !

Incapable de se hisser comme de se retenir, Justinien sentit ses doigts glisser. Il tomba cinq mètres plus bas, se tordant la cheville droite, s'ouvrant l'arcade sourcilière sur un caillou et se mordant un petit bout de langue. Il vit la place, la silhouette du château des Armogaste, les maisons. Il se releva et tenta de marcher à cloche-pied jusqu'à la première d'entre elles en beuglant du plus fort qu'il put :

– A moi, braves gens ! Au guet ! Au guet !

Mais déjà la poterne s'ouvrait sur le préfet des mœurs et tous les autres qui furent sur lui en un instant.

– Je suis quand même sorti, se dit-il en guise de consolation.

*

Justinien comparut devant l'officialité la cheville bandée. Il fut condamné à six mois de Brebis galeuse, mais sur intervention de son parrain il accomplit la sentence à Roumégoux dans l'une des cellules donnant sur la chapelle du Saint Prépuce, recopiant les Évangiles dix heures par jour, à la craie et sur un tableau noir car le papier coûtait cher.

*

L'hiver venait de trépasser et, comme chaque année après la fonte des neiges, les chemins du Rouergue redevinrent praticables. Roumégoux vit réapparaître les chaises de poste, les colporteurs aux pieds poudreux, les prêcheurs et leurs grands bâtons, les pèlerins et leurs mains tendues, les pousseurs de porcs, les bricons de tout poil, les collecteurs d'impôts, les vagabonds, gibier de galère…

Le mois des œufs de Pâques commençait quand une troupe de saltimbanques se produisit un jour de marché sur la place du Ratoulet. Il y avait un troubadour-funambule qui jouait de l'angélique à une toise du sol, un jongleur-acrobate qui ne marchait que sur les mains et deux femmes. La plus jeune dansait la tarentelle pieds nus, la seconde, aux cheveux grisonnants, tapait sur un tambourin.

Chez les Coutouly, assise sous la niche de sainte Agathe, Éponine allaitait deux poupards à la fois en remuant avec son pied le berceau d'un troisième qui braillait de faim. Un peu plus loin, Justinien vidait la cheminée de ses cendres

(Éponine les réutilisait pour sa lessive) quand Martin vint le prévenir que des « amuseurs » donnaient une représentation sur la place. Se tournant vers sa maman-tétons, Justinien l'implora du regard.

– Vas-y puisque tu en meurs d'envie, soupira-t-elle en lançant un regard noir vers son mari qui l'ignora.

Justinien laissa pelle et seau et courut rejoindre Martin dans la rue. Ils durent jouer des coudes pour traverser l'épaisseur de curieux se pressant autour de la troupe et atteindre le premier rang. La vue de la danseuse sautillant au rythme saccadé du tambourin agit sur le jeune homme comme un rayon d'amour traversant sa poitrine et heurtant de plein fouet son cœur. Son pouls s'accéléra, leurs regards se croisèrent à plusieurs reprises. Il rougit lorsque sa robe vola très haut autour de ses longues cuisses brunes.

Martin, qui l'observait du coin de l'œil, eut une petite mimique satisfaite. Le gosse réagissait en couillu comme il l'avait souhaité.

Depuis son expulsion du séminaire de l'ordre et les six mois de pénitence, Justinien était revenu vivre chez eux pour leur plus grande satisfaction. Quand il ne se rendait pas utile dans la maison ou au jardin, il se faisait quelques sols en assistant l'écrivain public du village, souvent débordé de travail par l'esprit chicanier de ses contemporains.

Cet après-midi-là, Justinien se montra distrait et commit l'erreur d'utiliser l'écriture gribouille pour une demande de dispense de jeûne le vendredi qui exigeait impérativement la modeste. Il dut recommencer et le coût de la feuille gâchée lui fut retenu sur son salaire.

Le soleil se couchait derrière les lointains monts d'Aubrac quand il put enfin retourner place du Ratoulet. Il la trouva vide. Un crieur de maletache rangeant sa terre à dégraisser et ses pierres à détacher lui indiqua la direction du pont du Saint-Esprit où il avait vu la troupe se diriger. Il courut et ne ralentit qu'à la hauteur des dernières maisons regroupées non loin du pont. Il s'approcha et sentit son cœur s'emballer en apercevant sur la rive le chariot bâché et le bœuf en train de brouter. Les saltimbanques étaient installés autour d'un feu allumé près de l'arche de pierre.

Justinien resta planté sur le talus, n'osant les rejoindre, se contentant de les regarder s'affairer autour du foyer sur lequel chauffait une marmite de terre cuite. Ce fut le troubadour aux joues vérolées qui le remarqua le premier. Il dit quelque chose que Justinien ne comprit pas. Les autres levèrent la tête vers lui. La danseuse de tarentelle abandonna la poule qu'elle plumait pour venir à sa rencontre.

— Je savais que tu viendrais, dit-elle avec un fort accent provençal.

Elle prit sa main et l'entraîna vers le campement en lui décochant un grand sourire qui dévoila de belles dents blanches et une large langue rose.

— Voici Baldo, lui, c'est Vitou. Et voilà ma mère, on l'appelle la Margote... Et toi, c'est quoi ?

— Justinien... et... euh, et vous ?

— Moi, c'est Mouchette.

La jeune femme s'approcha, examina son nez mais ne lui demanda pas de l'ôter. Sans plus de formalités, elle ramassa une couverture bariolée et le tira par la main derrière l'un des bosquets bordant la rive.

Le cœur battant, il la regarda étaler la couverture sur l'herbe, s'agenouiller dessus et délacer son corsage, exhibant bientôt deux globes blancs auréolés de brun qui se révélèrent au toucher doux, tièdes et fermes.

Mouchette était imaginative, Justinien réceptif : ils ne virent pas le temps passer, ni ne sentirent les moustiques s'en donner, eux aussi, à cœur joie. C'était la première fois pour le garçon, ça ne l'était pas pour la danseuse.

— J'aimerais beaucoup te revoir, dit-il à l'instant de l'inévitable séparation.

— Reviens demain, proposa Mouchette en ôtant des brindilles de ses cheveux, nous ne partons pas avant dimanche. En attendant, tu me dois deux sols.

— Ahi ! Mais pourquoi ?

— C'est l'usage. Tu dois payer.

— J'ignorais cet usage.

Il se fouilla et ne ramena que trois deniers et une obole.

— Donne toujours. Je te fais crédit pour le reste, tu me le bailleras demain... Au fait, qu'est-ce qui est arrivé à ton reniflant ?

– J'ai eu un accident quand j'étais petit.

– Ç'a dû être un drôle d'accident.

Chez les Coutouly, on terminait de dîner en silence quand il entra.

– Par sainte Agathe, enfin le voilà ! Je me suis fait un souci du diable ! s'écria Éponine, à la fois furibonde et soulagée.

Martin eut un sourire entendu en notant ses yeux cernés, les brins d'herbe dans les cheveux et les traces de piqûres sur les mains et le visage.

Le lendemain, Justinien revit les saltimbanques sur la place. Entre deux numéros, ils proposaient d'affûter les couteaux et de rempailler les chaises. Le sourire prometteur de Mouchette le reconnaissant dans la foule le plongea dans un état d'intense fébrilité pour le restant de la journée.

Son employeur, l'écrivain public, se fâcha tout rouge en découvrant qu'il avait choisi la gothique pour écrire une lettre anonyme (tarif double) dénonçant un amant à un mari alors qu'une telle missive ne supportait, comme chacun sait, que l'anguleuse.

Cette fois il dîna chez lui et attendit que ses parents adoptifs se fussent endormis pour se faufiler à l'extérieur et courir les rues désertes jusqu'au campement, serrant dans son poing fermé l'écu de trois livres offert par papa Martin le jour de son départ pour le séminaire.

Les saltimbanques campaient au même endroit. Baldo jouait de son angélique, Vitou petunait dans une pipe de marin au long tuyau fin. Près du feu, Mouchette était allongée sur la couverture bariolée, la tête posée sur les cuisses de sa mère qui l'épouillait à la lueur de l'âtre.

– Voilà ton jouvenceau au blair en bois qui vient payer ses dettes, lança Vitou en le désignant avec le tuyau de sa pipe pendant qu'il descendait vers la berge.

– Je te l'avais dit, souffla Mouchette à sa mère qui lui avait reproché son crédit.

Elle se leva, ramassa sa couverture et se dirigea vers le bosquet. Justinien l'y rejoignit. L'œil de la Provençale brilla tel celui d'une pie à la vue de l'écu en argent à l'effigie du jeune roi Louis le Quatorzième. Elle délaça son corsage, ses seins jaillirent, altérant sérieusement le souffle du garçon qui tendait ses mains ouvertes. Ils lui rappelaient ceux de sainte Agathe, vierge et martyre, puis sainte patronne des nourrices, qu'il avait souvent admirée sur les gravures représentant son supplice (on lui avait tranché la poitrine au ras du sternum).

Ce soir-là, Mouchette se surpassa. Elle prit des initiatives insensées qui le laissèrent à la fois ravi et effrayé.

— C'est trop bon, se disait-il chaque fois que le plaisir hérissait ses cheveux tout en convulsionnant ses orteils. Ça ne peut être qu'un péché mortel.

Ils recommencèrent, et recommencèrent, et ainsi de suite jusqu'au premier chant du coq. Au moment de partir, Justinien, l'air confus, lui rappela qu'elle lui devait la monnaie de son écu.

— Je n'en ai point sur moi... et je n'ai pas le cœur de réveiller ma mère qui dort si bien. A ton tour de me faire confiance. Reviens la chercher ce soir, lui dit-elle en se pressant contre lui pour enfoncer sa langue dans son oreille.

L'aube se levait lorsque Justinien rentra chez lui, l'œil battu, les cheveux ébouriffés, si heureux qu'il n'aurait pas été étonné si des oiseaux s'étaient posés sur sa tête en gazouillant. Il se coucha, trop fatigué pour se déshabiller, et s'endormait quand les moutards se mirent à brailler en chœur dans la pièce voisine, réclamant leur biberon. Éponine apparut et, comme chaque matin, vint le secouer pour qu'il aille chercher du bois et allume le feu.

— Tu dors avec tes frusques maintenant? s'étonna-t-elle.

Plus tard, ses yeux bordés de mauve, ses bâillements, mais aussi ses mains, ses joues et sa nuque mouchetées de piqûres éveillèrent sa suspicion.

— Où t'es-tu fait ainsi piquer? Nous n'avons pourtant pas de moustiques ici, nous sommes trop loin de la rivière.

Jamais journée ne fut aussi longue; au point qu'à plusieurs reprises il crut que le soleil avait interrompu sa course. Quand il ne pensait pas à Mouchette, il croyait voir son profil dans un nuage, il sentait son odeur partout et brandonnait aussitôt comme un cerf en rut.

En soirée, trop impatient pour attendre que ses parents

se soient endormis, il avala son dîner à toute vitesse et sortit sur un : « J'ai quelque chose à faire d'important. » Déjà il était dehors, à l'abri de leurs questions.

Les saltimbanques festoyaient joyeusement quand il arriva à leur campement. Sa vue redoubla leurs rires.

Il pensait à la monnaie de son écu avec inquiétude lorsque Mouchette, les lèvres luisantes de graisse de poulet, vint l'embrasser à pleine bouche.

Il s'assit parmi eux et accepta le flacon de vin que lui tendait Baldo. Quelques instants plus tard, il éclatait de rire à leurs méchantes plaisanteries sur non nez. Quand il sut qu'ils étaient tous originaires de Marseille, il leur posa des questions sur les bateaux, sur la mer, sur les possibilités d'embarquement.

L'instant qu'il attendait finit par arriver : Mouchette ramassa sa couverture bariolée et se dirigea vers les bosquets. Il se leva pour la suivre mais la tête lui tourna et il dut s'appuyer contre le chariot pour ne pas perdre l'équilibre.

– Tu demandais tout à l'heure quel effet ça faisait d'être sur un bateau une nuit de roulis, eh bien, c'est comme ça, l'informa Baldo d'un ton moqueur.

Quand Justinien rejoignit la jeune danseuse, celle-ci était déjà nue et chantonnait d'une voix fluette *A la claire fontaine*.

Une fois encore, le temps passa étonnamment vite, rythmé par les piqûres de moustique.

Il faisait nuit noire quand il rentra chez lui en rasant les murs, soucieux de ne pas croiser la patrouille du guet qui n'aurait pas manqué de s'étonner de sa présence dehors à une heure aussi tardive.

– Mon Dieu, qu'ai-je fait ! ! ! se lamentait-il devant l'ampleur de la faute commise. Ainsi je ne suis donc qu'un misérable libertin, un exécrable ribaud qui a bondi sur la première occasion de débauche !

Ce qui venait de se produire sur le bord de la rivière relevait du péché mortel. Or, contrairement au péché véniel (du latin *venialis,* « digne de pardon »), le péché mortel condamnait automatiquement son auteur à l'enfer. Pis, cet après-midi, comme chaque samedi, il devait se rendre à confesse au monastère de l'ordre. L'idée de mentir à son parrain le navrait, mais il n'existait pas d'autre solution. C'était mentir (par omission) ou tout avouer et subir les conséquences prévues par la loi, qui punissait la bougrerie caractérisée par la castration suivie du bûcher purificateur.

Quand Éponine ce matin-là le secoua pour qu'il aille chercher le bois, il ouvrit un œil vitreux, prononça quelques mots sans suite et se rendormit.

– Il est peut-être malade ? s'inquiéta Martin en approchant.

– J'ai peur que ce soit pire. Tiens, sens-le…

L'ancien marin se pencha et renifla au-dessus de la bouche entrouverte du garçon.

– On dirait qu'il a bu un ou deux gobelets d'huile de sarment.

– Tu sais comme moi qu'il ne boit jamais ! On a dû l'entraîner, mais qui ? Il ne fréquente personne.

Éponine n'avait jamais oublié qu'il était ivre mort le soir où l'abbé Melchior le leur avait apporté et elle avait toujours craint que l'incident le prédispose à l'ivrognerie.

– Il a dû trinquer avec les saltimbanques de l'autre jour. Je l'ai vu reluquer la danseuse de tarentelle, une bien jolie baiselette, ma foi. Que veux-tu, Éponine, il est jeune homme et c'est le printemps.

– Tu déparles, mon ami, c'est encore un moutard ! Il n'a même pas de poil au menton.

– Ne te chaille pas, ma mie, ce n'est pas une garce, c'est un couillu, alors tu connais le dicton : « Je lâche mon coq, gardez vos poules. » De toute manière, ils seront partis lundi… Allez, laisse-le dormir, je vais te le chercher, moi, ton bois.

Justinien s'éveilla à midi passé. Éponine et Martin déjeunaient.

– Tu devrais te dépêcher de venir nous rejoindre, mon garçon, sinon il risque de ne plus rien rester de ce ragoût de mouton, dit ce dernier.

Il obéit en évitant les regards scrutateurs de sa nourrice.

– Je vous fais excuse, je ne me suis pas réveillé.

Il leur fut reconnaissant de ne pas l'accabler de questions et il mangea de bon appétit, comptant déjà les heures le séparant du coucher du soleil.

Quand vint l'heure de confesse, il était si nerveux qu'il se tripota le nez tout le long du trajet jusqu'au monastère, convaincu que le Grand Vigilant allait instantanément le démasquer.

Il mentit fort mal, répétant mot pour mot la confession utilisée la semaine précédente, mais l'abbé était distrait et ne s'aperçut de rien. Il lui donna l'absolution après l'avoir condamné à dix Pater Noster et autant d'Ave Maria et d'actes de contrition.

— Dieu sait-Il tout ce qui se passe ? Je veux dire : même ce qui se passe à Roumégoux ?

— Dieu sait tout ce qui se passe dans l'univers, petit ignare.

— Dieu peut donc être ici, dans ce confessionnal, et en même temps sur la place du Ratoulet et sur les berges de la rivière ?

— En quelque sorte. Écoute, Justinien, nous ne sommes pas au catéchisme, d'autres pécheurs attendent leur absolution. Viens me voir après les vêpres, je t'expliquerai ce qu'est l'omniprésence divine…

Justinien n'eut pas la patience d'attendre l'office de 18 heures. Il quitta le monastère et s'éloignait sur le chemin serpentant vers le bourg quand sonna la cloche de la relève de l'Adoration perpétuelle.

Il trouva la maison Coutouly envahie comme chaque samedi après-midi par les mères qui visitaient une fois par semaine leurs rejetons. (Bien qu'elle s'en défendît, Éponine professait beaucoup de mépris pour ces mères dénaturées qui n'hésitaient pas à lui abandonner leur progéniture afin qu'elle ne trouble point la bonne ordonnance de leur oisiveté. Aucune bête, même la plus ingrate, ne laissait une autre nourrir ses petits.)

Il coupa du bois d'avance et arracha toutes les mauvaises herbes de la cour qu'il distribua aux lapins du clapier.

A la fin du jour, il se décrotta les mains et le visage et se dirigea vers le pont Saint-Esprit, dissimulant sous sa chemise un flacon de vin d'Espagne dérobé dans la réserve de papa Martin, ajoutant le vol à la liste de ses péchés mortels. Au point où il en était !

Les saltimbanques s'exclamèrent à la vue du flacon d'excellent cépage et le convièrent à partager leur dîner.

Plus tard, à demi ivre, le cœur débordant d'une tendresse communicative, il leur proposa de se joindre à eux, de les suivre partout où ils iraient.

— J'y ai songé toute la journée... Laissez-moi vous accompagner, au moins jusqu'à Marseille... J'ai tellement envie de voir la mer, ajouta-t-il en fixant la poitrine de Mouchette qui gonflait le corsage.

— Que sais-tu faire ? demanda Baldo.

— Je sais lire et écrire, même en latin. Et je sais compter.

Ils éclatèrent de rire. Même Mouchette qui remplissait son godet.

— Sais-tu chanter, danser, jongler, faire le saut périlleux en arrière ? Sais-tu seulement marcher sur les mains ? Remarque, on pourrait t'apprendre, mais il faudrait que tu puisses payer ta pension durant ton apprentissage. Crois-moi, notre existence n'est pas une sinécure, nous nous couchons plus souvent le ventre vide que plein, alors une bouche de plus à nourrir...

— Alors c'est d'accord, vous m'acceptez ? s'exclama Justinien en applaudissant.

— Tout beau, tout beau ! J'ai dit qu'il faudrait que tu puisses payer ta pension. As-tu de l'argent ?

— Ça dépend de la somme, dit-il en songeant à la monnaie de son écu de trois livres.

Il ne vit pas la Margote faire signe à sa fille de remplir son gobelet.

— Dix sols pour le gîte, vingt sols pour le couvert, et soixante-dix pour l'apprentissage, pour un mois. Ce serait mieux si tu pouvais en payer six d'avance.

Malgré son ivresse, Justinien calcula que ça faisait six cents sols, soit trente livres !

— C'est beaucoup.

— C'est comme ça.

— Si je trouve cet argent, il faudra me décompter la monnaie de mon écu.

Il estimait que même en comptant la nuit précédente double tarif, il lui revenait plus d'une livre. Ce rappel tira une moue déçue de Mouchette.

– Je pensais que tu m'en avais fait cadeau.

Justinien chercha en vain dans ses souvenirs celui d'une telle promesse.

– C'est un malentendu…

L'air outragé de la jeune femme lui fit perdre contenance. Baldo proposa alors l'arrangement suivant :

– Viens demain soir avec quinze livres seulement, ou quelque chose de même valeur, et tu pourras nous suivre pendant trois mois.

Mouchette remplit les godets. Ils trinquèrent pour sceller l'accord.

Baldo se mit à jouer un air triste sur son angélique tandis que Vitou jonglait avec des brandons enflammés. La Margote s'endormit en ronflant. Comme Mouchette ne se décidait pas à ramasser la couverture bariolée, Justinien montra quelques signes d'impatience.

– Pas ce soir, dit-elle d'une voix maussade. J'ai comme des pierres brûlantes dans la tête.

– Mais j'en ai envie, moi.

– Moi pas.

Cela dit, elle disparut à l'intérieur du chariot et il la vit lacer les cordons de la bâche.

Dessaoulé, Justinien se dressa sur ses jambes et quitta le campement sans répondre à l'invitation de Baldo à reprendre un autre verre de vin.

Il se sentait tellement mortifié qu'il prit l'irrévocable décision de ne plus la revoir. Et tant pis pour la monnaie de son écu, et tant pis pour le voyage à Marseille. Il verrait la mer une autre fois.

S'il se coucha tôt ce soir-là, il eut les pires difficultés à s'endormir.

Le lendemain, jour du Seigneur, il resta à jeun, revêtit son habit de drap et fit une grande joie à sa nourrice en l'accompagnant à la messe de prime.

Bien qu'il sût qu'une hostie consacrée pouvait parfaitement brûler la langue des menteurs en dégageant une fumée verte et nauséabonde (elle perçait celle des débauchés), il communia à ses côtés, fermant les yeux lorsque le curé la déposa sur ses papilles.

Rien n'arriva. L'hostie avait son goût habituel de farine sans sel et sans levain. Elle fondit normalement et il put l'avaler sans étouffer ni même tousser.

Ainsi, en dépit des affirmations répétées du Grand Vigilant, peut-être était-il possible de berner Dieu, d'échapper à Sa vigilance universelle… Lucifer n'était-il pas un ange en état de rébellion chronique contre son créateur ? Un ange déchu sans doute, mais cela ne l'avait pas empêché de se tailler un véritable empire dans le Royaume des cieux. Un empire dont on ne l'avait pas délogé à ce jour… De plus, Lucifer n'était pas seul à faire le mal en toute impunité. Aux dernières nouvelles, il était entouré du prince Belzébuth, reconnaissable à son profil désagréable, du grand-duc Astaroth, qui tirait la langue constamment, du comte Lucifuge Rofocale, Premier ministre, qui s'occupait des contrats de conversion diabolique et possédait trois têtes : une de crapaud, une d'homme jeune, une de chat noir, et de Marchocias, le grand maréchal des légions démoniaques, qui ne savait pas écrire et signait ses ordres en dessinant un papillon vénéneux n'existant que sur la rive droite du Styx.

Justinien arrivait à entrevoir la possibilité de pécher impunément, à condition de ne pas se faire prendre.

L'irrévocabilité de sa décision de ne plus revoir Mouchette commença à s'effriter dès l'instant où il sut que la troupe venait de s'installer place du Ratoulet.

Afin de mieux résister, il passa la journée dans les bois de l'ordre, à ramasser des champignons et des mûres.

– Même si j'avais encore l'intention de partir avec eux, que je n'ai, bien sûr, pas, je ne le pourrais puisque je n'ai pas l'argent nécessaire et que je n'ai pas la moindre idée de la manière de me le procurer avant ce soir… à moins de voler.

Il rentrait au bourg quand la fourche des arbres commença à évoquer trop systématiquement celle des cuisses de Mouchette.

Au lieu de se précipiter sur la place comme il en défaillait d'envie, il fit un large détour pour l'éviter.

Assis sur le pas de la porte, Martin savourait les derniers rayons du soleil en taillant une branche d'if en quille de frégate royale. Justinien s'assit près de lui et le regarda faire en silence. Au loin, la rumeur du village qui prenait du bon temps sur la place leur parvenait, parfois enflée d'applaudissements fournis.

Au bout d'un moment assez long pour faire cuire une fouace, Martin leva le nez de son ouvrage et dit :

— C'est à cause de cette danseuse que tu as l'air d'un chien battu ? Elle n'a pas goûté notre vin peut-être ? Pourtant tu n'as pas choisi le plus mauvais.

Les joues du garçon prirent la couleur d'une crête de coq. Le vieux marin sourit pour le rassurer.

— Ne te chaille pas, Éponine n'en saura rien. Mais tu aurais dû me demander. J'espère au moins que ça en valait la peine, parce qu'à voir ta tête, on pourrait en douter.

Justinien resta muet. Martin n'insista pas et reprit son minutieux travail. Pour l'interrompre à nouveau.

— Tu n'es pas malade ?

— Malade ? Non, je ne pense pas.

A moins que ce lancinant désir de voir et surtout de toucher Mouchette ne fût une maladie.

— Tu prends l'air ébahi, mais il est temps que tu saches que lutiner peut avoir de fâcheuses conséquences. On appelle ça une chaude-pisse, parce que quand tu pisses, ça brûle comme du feu... Pibrac avait une méthode infaillible pour se guérir : il faisait maigre trois mois et ne buvait que de l'eau de pluie.

— C'est pour ça qu'il ne s'est jamais marié ?

— Non.

Jetant un coup d'œil dans la maison pour s'assurer qu'Éponine ne pouvait l'entendre, Martin avoua :

— Moi non plus, je ne me serais jamais marié s'il avait survécu. Je t'ai déjà raconté qu'on voulait s'enrôler comme soldats dans les troupes du comte-évêque. Il disait toujours des femmes qu'elles ont la nature du melon et qu'il faut en goûter cent avant d'en trouver une bonne. Nous, par prudence, on s'était juré d'en goûter mille.

Justinien soupira en murmurant, pour la millionième fois sans doute :

– J'aurais tant aimé être avec vous ! Tu crois que moi aussi, j'aurai un ami comme Pibrac ?

Les yeux du vieil homme s'embuèrent.

– C'est ce que je peux te souhaiter de mieux, mon garçon…

Après une nuit exécrable pendant laquelle il ne cessa de se tourner et de se retourner sur son matelas, Justinien expédia ses corvées traditionnelles du matin, puis, n'y tenant plus, courut jusqu'au pont. Les berges étaient vides, les saltimbanques avaient levé le camp.

Il erra autour du foyer aux cendres encore tièdes et sa gorge se serra douloureusement à la vue de l'herbe encore aplatie, là où Mouchette étalait sa couverture bariolée.

Quand il retourna au bourg, il était porteur d'une nouvelle décision irrévocable : il allait se procurer de l'argent par n'importe quel moyen, il allait rattraper les saltimbanques, il allait retrouver Mouchette.

Il connaissait trois cachettes : celle de l'économe du monastère, celle de l'écrivain public et celle des Coutouly.

Cette dernière étant d'emblée écartée, il opta pour la première, la plus fournie.

Choisissant l'office des vêpres, il s'introduisit dans le monastère en passant par l'arbre proche du mur d'enceinte que les vigilants empruntaient depuis toujours chaque fois qu'ils voulaient sortir sans autorisation.

Pénétrer chez l'économe, soulever la statuette de l'Enfant-Jésus comme il le lui avait vu faire pendant des années et s'emparer du coffret caché sous le socle fut aisé. Il accompagnait Éponine chaque fois qu'elle était venue se faire bailler son salaire de nourrice.

Le coffret ne renfermait qu'un écu de six livres et deux liards. Il empocha les trois pièces, replaça le coffret et s'apprêtait à fuir lorsqu'il avisa le lumignon qui brûlait en permanence devant la statuette. Dans un état second, il le posa contre le rideau dissimulant dans le mur les étagères où étaient rangées les archives comptables du monastère. Quand il sortit, le rideau s'enflammait.

Il était loin lorsqu'il entendit la cloche sonner le tocsin. Désormais, plus rien ne pourrait être comme avant.

Alertés par le tocsin, les villageois accoururent vers le

monastère. Il se cacha dans les ruines du vieux moulin et attendit que la voie fût libre pour en sortir.

Les Coutouly dormaient profondément lorsque Justinien déplaça la lourde plaque de fonte de la cheminée et enleva les quatre briques derrière lesquelles était dissimulé le magot de ses parents adoptifs. Son intention première était de se compter les neuf livres manquantes pour arriver à quinze. Mais quand il en vit plus de trois cents au fond de la cassette, il ne résista pas et en vola vingt de mieux. « Je ne t'aurais jamais cru capable d'une telle beuserie », se dit-il avec effarement tout en remettant les briques en place. Après un dernier regard sur la maison qui l'avait abrité vingt ans durant, il s'enfonça dans les ténèbres faiblement éclairées par une demi-lune.

Justinien marcha toute la nuit, se retournant fréquemment, sursautant au moindre cri de chouette.

Le jour se levait quand il atteignit les abords du village de Cantabel. Il réveilla un groupe de pèlerins qui dormaient serrés les uns contre les autres non loin de la grand-porte et leur demanda s'ils avaient croisé un chariot de saltimbanques. Mécontents d'être ainsi tirés de leur sommeil, ceux-ci l'insultèrent, allant jusqu'à le menacer de l'assommer à coups de pierre s'il persistait à les importuner.

Plus tard, il s'assit sous un arbre et mangea le pain, le fromage et le boudin à l'ail pris dans le garde-manger d'Éponine avant de partir... A cette heure, ils avaient deviné qu'il les avait quittés pour de bon.

Son vol était-il découvert ? Sans doute. Qu'allait-on penser de lui ? Et pourquoi avait-il mis le feu à ce rideau ? Pour dissimuler son forfait, bien sûr. Ce qui était une parfaite crucherie puisque le frère économe ne manquerait pas de fouiller dans les cendres à la recherche de ses pièces qui ne pouvaient pas avoir disparu dans l'incendie.

– En plus d'un bricon je suis un nigaud, se jugea-t-il sévèrement en ayant honte, vraiment très honte.

Non loin de Beaujour (où il avait dormi lors de son dernier passage), il croisa un marchand d'almanachs qui lui certifia avoir vu passer un chariot de saltimbanques en route vers Racleterre. La description qu'il en fit, surtout celle de Mouchette, ne laissait aucun doute sur leur identité. Il accéléra le pas. Il lui fallut encore dix longues heures avant d'apercevoir leur campement dressé entre la rivière et les murailles du bourg fortifié. Il faisait nuit et ils dormaient tous à poings fermés.

S'adossant à une pierre proche de la jeune femme, Justinien attendit le lever du jour en se mordant l'intérieur des joues pour ne pas s'endormir. Parfois il souriait en imaginant leur surprise au réveil.

Le ciel rosissait lentement au-dessus des arbres quand, vaincu par la fatigue, le garçon piqua du nez en avant et s'assoupit comme une masse.

*

Les mouches, le soleil et les fourmis entrées dans son oreille l'avaient tiré de sa torpeur. D'abord il eut mal au crâne, puis il vit que les saltimbanques avaient levé le camp, il se découvrit alors nu comme un ver. Ils lui avaient tout volé, TOUT, même son nez. Palpant sa tête douloureuse, il trouva une bosse de la taille d'un œuf de poule et se demanda lequel des quatre l'avait assommé. L'idée que ce pût être Mouchette lui fut désagréable. Il se traînait jusqu'à la rivière pour y rafraîchir sa bosse lorsque des bruits de voix l'affolèrent. Il voulut se cacher derrière un gros rocher mais on le vit.

– Le voilà ! s'écria l'homme, suivi de quatre miliciens de Racleterre. Qu'est-ce que je vous disais ! Seulement moi, quand je l'ai vu tout à l'heure, il ne bougeait pas et j'ai cru qu'on l'avait occis.

Les miliciens braquèrent leurs piques acérées vers Justinien.

– Qui es-tu ? Pourquoi te caches-tu ? Qu'est-ce que c'est que cette tenue ! Ventre-chou, en plus il n'a pas de nez !

Une main en coquille sur son bas-ventre, l'autre sur son crâne douloureux, le jeune homme s'écarta du rocher en s'efforçant de réfléchir à quelque chose de plausible.

– J'ai cru que c'étaient mes détrousseurs qui revenaient pour m'achever.

Les mensonges vinrent avec aisance. Il se prétendit

pèlerin, originaire de Clermont et sur sa route vers le sanctuaire de Rocamadour.

– Quand je suis arrivé hier, il faisait nuit et les portes de la ville étaient closes. J'ai vu ce campement de saltimbanques près de la rivière, je me suis installé près d'eux pour être en sécurité. Ils dormaient tous, j'avais marché toute la journée, j'étais fatigué, je me suis endormi et voilà…

Sa jeunesse, sa bonne mine (malgré son absence de nez), son aisance de langage, mais surtout sa grosse bosse que chacun vint palper convaincurent les miliciens qui relevèrent leurs piques.

Apitoyé par sa mésaventure, Childéric Tricotin, le forgeron, qui l'avait cru mort et avait prévenu la milice, l'invita à le suivre.

– Tu ne peux pas rester comme ça, je vais te bailler quelques hardes. En attendant, arrange-toi avec ça, dit-il en lui tendant plusieurs branches qu'il venait de briser à un jeune chêne.

C'est donc dans un accoutrement digne d'un sauvage du Nouveau Monde que Justinien fit une entrée remarquée dans Racleterre.

Son nez ou plutôt l'absence de ce dernier fut inspectée avec méfiance par les soldats de l'octroi. Quand ils arrivèrent place de l'Arbalète où se trouvait la forge des Tricotin, un attroupement les suivait, harcelant de questions les miliciens.

– Je n'ai ni bottes ni chaussures à t'offrir, s'excusa le maître forgeron après lui avoir donné une saie de mauvaise toile grise élimée au col et aux manches et une paire de hauts-de-chausses rapiécés, mais, comme la saie, rigoureusement propres.

Dame Tricotin lui servit une écuelle pleine au ras bord de soupe au beurre et à l'oignon et une omelette aux lardons de quatre œufs, tandis que son mari allait au cellier tirer un pichet de clairet.

Justinien emprunta ensuite le couteau à lame repliable du forgeron et, faute d'un meilleur bois, se tailla un nouveau nez dans un morceau de sapin plein d'échardes. Il perçait la première narine sous les regards ébaudis de ses hôtes et de leurs nombreux enfants quand le sergent de la milice réapparut, accompagné d'un exempt de la prévôté qui voulut entendre son histoire et avoir une description de ses détrousseurs.

– C'étaient des saltimbanques. Ils dormaient quand je suis arrivé et c'est moi qui dormais quand ils m'ont estourbi.

Peu satisfait par cette réponse, l'exempt prit un air soupçonneux.

– Quel est ton nom ? D'où viens-tu ?

Justinien interrompit le percement de la narine pour mentir spontanément.

– Je m'appelle Justinien Pibrac et je viens de Clermont.

Il répéta son histoire de pèlerin en route pour Rocamadour.

– Qui sont tes parents ?

Justinien baissa la tête pour répondre :

– Je suis un enfant trouvé. J'ai été élevé au refuge Saint-Vincent.

L'exempt s'en fut, le laissant achever en paix son nez de sapin.

Ayant chaleureusement remercié les Tricotin pour leur accueil, il quitta Racleterre vers none, pressé de rattraper ses agresseurs et de reprendre son argent, ses vêtements et son couteau.

Peu habitué à marcher sans chaussures, il s'écorcha rapidement les pieds sur les cailloux du chemin et dut s'obliger à de fréquentes haltes.

Il traversait un bois quand un chien errant prétendit le croquer vif. Il eut très peur mais parvint à le repousser en l'atteignant avec une grosse pierre sur la truffe. Après, il se trouva une branche qu'il élagua sommairement et transforma en gourdin.

Il passa la nuit chez les cisterciens du monastère de Maneval et sut les émouvoir avec le récit de ses malheurs et sa maîtrise du latin pendant les complies (il prétendit l'avoir appris au refuge de Clermont). Le lendemain, ils lui offrirent une paire de sandales de cuir, un pain d'une livre et un fromage de brebis dur comme son nez.

Il traversait Tras-la-Carrigue quand il avisa un petit

comité bavardant avec animation sur la place du bourg. Justinien s'approcha, salua civilement et demanda s'ils avaient vu passer une troupe de saltimbanques dans un chariot bâché tiré par un bœuf. Saisi aux bras et aux jambes, il fut traîné malgré ses cris jusqu'à la prévôté où on le menaça de le livrer au tourmenteur s'il ne révélait pas la cachette de ses complices. Il apprit ainsi que la troupe avait donné la veille une représentation et, depuis lors, de nombreux vols étaient signalés.

– Je ne suis pas des leurs, je suis moi-même une de leurs victimes. Ils m'ont estourbi et laissé pour mort devant les murs de Racleterre ! Sans un forgeron et sans les bons moines de Manaval, je serais encore nu comme le dos de la main. Si je vous ai questionnés tout à l'heure, c'était pour les retrouver et récupérer mon bien. Si je savais où ils se cachent, je ne serais pas venu vous le demander.

Il raconta une nouvelle fois son histoire de pèlerin, Pibrac, la Vierge noire de Rocamadour, le refuge des enfants trouvés... On le crut à moitié. Tout le monde constata l'existence de sa bosse (« Elle était plus grosse hier ! »), mais avant de le laisser poursuivre sa route, le prévôt voulut vérifier ses dires. Un sergent à cheval partit pour le monastère des cisterciens. En attendant son retour, le prévôt voulut savoir ce qui se cachait derrière le faux nez. Justinien obéit.

– Tu aurais pu avoir la lèpre, dit l'officier en lui faisant signe de le remettre.

Les vêpres étaient proches quand le sergent revint et déclara que les moines avaient confirmé en tous points son récit.

Justinien fut relâché. Tandis qu'on lui offrait quelque nourriture, un gosse courut sur la place lui retrouver son gourdin (il lui avait été arraché pendant son arrestation). Déclinant l'hospitalité du curé de la paroisse, il reprit sa route d'un pas décidé.

Il dormit sous l'un des nombreux dolmens qui jalonnaient la grand-route et fut réveillé deux fois par des chiens errants, une engeance qui semblait grouiller dans la région. Le lendemain, il arrivait en vue de Bellerocaille qu'il aperçut de très loin, haut perchée sur l'étonnant piton rocheux qui avait inspiré son nom. C'était jour de marché et la route était encombrée de paysans venus vendre leurs produits.

N'ayant aucune marchandise à déclarer, Justinien franchit l'octroi du pont sans payer, mais, arrivé à la porte ouest, il dut ôter son nez avant de pénétrer dans la cité.

Mêlé à la foule, il monta une rue embouteillée de nombreux véhicules qui le mena sur une place très animée. Il se fraya un chemin entre les éventaires chargés de charcuterie, de fromages, de racines en tous genres, de fruits. Plus loin, on vendait des poules attachées entre elles, des cochons entravés, des moutons et quelques chèvres qui bêlaient plaintivement dès qu'on les touchait.

Justinien s'intéressa un moment à ce qu'il prit d'abord pour un enfant particulièrement hideux, vêtu à la mode turque, qui faisait des révérences au bout d'une chaîne, jusqu'à ce qu'il se rende compte qu'il s'agissait d'un singe que son maître disait ramener d'Orient. Puis il s'approcha d'un chariot sur lequel s'était juché un dentiste vêtu en jaune et bleu et coiffé d'un chapeau de marquis. En guise de savoir-faire, il arborait autour du cou un chapelet à triple rangée de molaires, canines et incisives. Certaines étaient si grandes qu'on avait peine à imaginer la taille de leur ancien propriétaire. Un burin pour caries d'une main, des tenailles à extraction de l'autre, il assurait l'assistance qu'à leur vue « les rages de dents expiraient à ses pieds » quand Justinien tressaillit au son d'un tambourin. Se guidant à l'oreille, il traversa la place pour rejoindre un attroupement de plusieurs épaisseurs de spectateurs réunis en cercle autour d'une bande de saltimbanques en pleine représentation.

Baldo grattait son angélique en se mordant la lèvre d'un air inspiré tandis que Vitou faisait l'intéressant en marchant sur les mains tout en jonglant des pieds avec six boules de bois peintes. La Margote frappait sur son tambourin avec un entrain communicatif et Mouchette, plus resplendissante que jamais, dansait pieds nus une tarentelle endiablée qui faisait voler sa robe de futaine et la dévoilait bien au-delà du raisonnable.

La vision de cet au-delà brouilla la vue du jeune homme et enflamma son sang. Il cessa de raisonner et fit irruption dans le cercle, son gourdin à la main.

– Rendez-moi mon bien, bricons !

L'angélique et le tambourin se turent et la grimace que fit Mouchette en le reconnaissant l'édifia sur ses sentiments. Les boules de bois chutèrent et Vitou se rétablit d'un coup de reins. Loin d'être impressionnés, les saltimbanques lui tombèrent dessus à bras raccourcis.

– A moi ! on m'occit ! glapit-il à Mouchette qui s'approchait.

Mais c'était pour lui flanquer un vicieux coup de pied dans le bas-ventre. Dans un sursaut de rage, il s'empara de son mollet et le mordit férocement, sentant avec un vif plaisir la chair se déchirer et le sang chaud couler dans sa bouche. Des coups de talon extrêmement douloureux sur les reins lui firent lâcher prise. Il hurla de nouveau à l'assassin.

– Appelez le guet, cria quelqu'un.

Jamais loin un jour de marché, les archers commandés par un sergent à pertuisane se frayèrent un passage dans la foule à coups de manche de pique.

– Place au guet ! Place ! aboya le sergent d'une voix rogue.

Si Mouchette et sa mère la Margote réussirent à s'enfuir, Baldo, Vitou et, malgré ses vives protestations, Justinien furent brutalement ligotés et entraînés vers l'hôtel de la prévôté pour y être sommairement interrogés.

Justinien resta muet d'horreur en entendant Baldo et Vitou déclarer qu'il était des leurs.

– Ils mentent par la gorge, Monsieur l'Officier, c'est tout le contraire !

– L'enquête nous le dira, trancha l'officier de permanence en signant l'ordre de les écrouer.

– Puisque je vous dis que ce sont eux les bricons et moi leur victime ! Ils m'ont tout dépouillé à Racleterre. Fouillez dans leurs affaires et vous trouverez un couteau avec mon nom écrit sur le manche !

– C'est vrai que c'était le sien, admit Baldo, mais il l'a perdu l'autre jour au lansquenet.

— Mais je ne sais même pas y jouer !

— Suffit ! s'impatienta l'officier, faisant signe qu'on les emporte chez Maître Bertrand Beaulouis, le Verrou humain.

Chapitre IV

Bellerocaille, août 1683.

– Même si c'est le tien, je suis obligé de te le facturer, car je l'ai payé à celui qui me l'a vendu. D'ailleurs maintenant, je me rappelle que je l'ai payé cher, prévint Beaulouis en laissant Justinien empocher le couteau de Pibrac. De toute façon, ajouta-t-il de sa voix bonasse, ne te chaille pas pour l'argent. Choisis tout ce qui te fait plaisir, tu me rembourseras avec ta part de prime.

Justinien ne se le fit pas répéter. Il hésitait entre trois pourpoints et s'apprêtait à essayer le premier lorsque Beaulouis lui dressa un tableau récapitulatif de ce qui l'attendait dans les heures à venir.

– Tu dois avant tout trouver un charpentier qui accepte de construire l'échafaud et qui s'y mette sur-le-champ.

Si le principal objet d'une exécution était de tuer pour démontrer qu'il ne fallait pas tuer, son spectacle devait être dissuasif ; d'où la présence d'un échafaud, élément indispensable si on voulait que le plus grand nombre de spectateurs bénéficie de cette exemplarité.

– J'irai voir celui que le bourreau de Rodez a utilisé la dernière fois qu'il est venu à Bellerocaille.

– Maître Pradel vient toujours avec son propre échafaud. Ce sont ses quatre valets qui font tout. Il te faut donc un charpentier. Il devra aussi te faire une croix de Saint-André sur laquelle tu attacheras le condamné. Tu dois ensuite trouver une roue de charrette et un mât d'environ huit pieds pour la mettre dessus. Après, il te faut une barre de fer longue de cinq pieds, épaisse d'un pouce et demi.

Tu auras besoin de cordes pour l'attacher sur le parcours et sur la croix. Ah oui, il te faut une échelle pour le hisser sur la roue une fois rompu. Je te mets en garde tout de suite, c'est ici ta vraie difficulté. Comme tu n'as pas de valet, tu devras le monter là-haut tout seul. Et ne compte sur personne pour t'aider : si tout le monde veut bien le voir mourir, personne ne veut s'en mêler, ni de près ni même de très loin.

Justinien, qui essayait le deuxième pourpoint, eut une mimique d'incompréhension.

– C'est injuste. Si on condamne à mort, il faut bien que quelqu'un exécute. C'est la mauvaise action qui déshonore, pas le supplice. Le bourreau est quelqu'un d'utile.

– L'équarrisseur de charogne ou le vidangeur de chaises percées sont aussi des gens utiles, et pourtant qui a envie d'épouser leurs filles ? Même si elles sont jolies... C'est bien pire pour le bourreau.

Beaulouis comptait sur le préjugé pour qu'une fois gracié son scribe se séquestre lui-même afin d'échapper au tenace mépris général et se consacre à son office d'écrivain.

Il essayait des bottes ayant appartenu à un soldat condamné à vie pour s'être enrôlé dans neuf régiments différents (et avoir touché neuf primes) quand Bredin entra dans l'entrepôt pour avertir que l'eau était chaude.

Bien que son dernier bain remontât à l'année précédente (une averse l'avait surpris en plein champ), Justinien ne prit aucun plaisir particulier à se décrasser dans l'étroite baignoire sabot que les fils Beaulouis lui avaient transportée dans la souillarde attenante au réduit où ils gardaient leurs ustensiles de tourmente.

– J'ai beau être gracié, j'aurai toujours ça sur l'épaule, dit-il amèrement au geôlier en montrant les trois lettres brûlées sur son omoplate droite.

Beaulouis haussa les épaules.

– C'est la loi de flétrir les galériens juste après leur condamnation, je n'y suis pour rien, je fais ce que le prévôt me dit de faire. De toute façon, être gracié ne veut pas dire être innocent.

Justinien soupira, l'eau de son bain ondula.

Une fois propre et sec, il noua ses cheveux dans un ruban, puis enfila une chemise de fine toile presque neuve qu'il glissa dans un haut-de-chausse en daim couleur cuisse de nymphe émue – rose. Pour l'assortir, Justinien s'était choisi un pourpoint à manches tailladées fait dans un satin gaufré orangé et une paire de courtes bottes noires évasées en entonnoir et aux bouts carrés résolument démodées depuis la mort du roi Louis le Treizième. Il enveloppa ses poignets dans des manchettes de toile et de dentelle fermées par des rubans de soie et se coiffa d'un large chapeau de feutre couleur Espagnol malade – brun à reflets verdâtres – orné d'un panache fait de plumes d'autruche défraîchies, choisi pour son large bord qui jetait une ombre propice sur son nez de bois. Il fit ensuite quelques pas en déplorant l'absence de miroir, puis se déclara prêt à commencer sa quête auprès des fournisseurs.

– Tu trouveras les charpentiers rue du Bédane et les forgerons rue de la Bigorne. Pour les cordiers, tu devras descendre dans la ville basse jusqu'à la rue du Chanvre.

Au moment de partir, un sergent pertuisanier et quatre hommes en livrée du guet l'encadrèrent.

– Ordre de Monsieur le Prévôt. Au cas où il te viendrait l'envie de prendre la poudre d'escampette, expliqua Beaulouis avec fatalisme.

Justinien haussa les épaules (il y avait songé), respira à fond et se mit en route. Pour la première fois depuis son procès, il franchit le pont-levis qui restait baissé toute la journée en temps de paix et se retrouva à l'extérieur de la forteresse. Il faisait beau, les rues étaient aussi encombrées qu'un jour de marché et il flottait dans l'air tiède comme un parfum de fête.

– Place au guet ! Place ! Place ! scanda d'une voix dure le sergent qui s'aidait de sa pertuisane pour activer les plus lents à s'écarter.

Cette longue lance à la pointe large et tranchante était à la fois son arme et l'insigne de son grade (ses hommes avaient de simples piques ferrées).

– Place ! Laissez place !

Tous les regards se fixaient sur Justinien qui avançait au centre de sa petite escorte tel un important personnage.

On s'étonnait de son nez, bien sûr, mais on s'interrogeait aussi sur son identité.

– Qui est ce gommeux ? entendit-il quelqu'un demander.

Ils marchèrent ainsi jusqu'à la rue du Bédane, presque entièrement occupée par la corporation des charpentiers-menuisiers. Ils étaient dix-huit à se partager la rue, qui commençait place du Trou et descendait jusqu'à la porte nord par où se faisait le trafic du bois en provenance des vastes forêts du causse Azémard.

Pas un de ces dix-huit artisans n'accepta sa commande. A peine prononçait-il le mot « échafaud » que les visages les plus affables se fermaient. Même les pires gâte-bois refusèrent avec hauteur, et sans la présence de son escorte, Maître Calzins, le président de la corporation, lui aurait volontiers botté l'arrière-train pour avoir eu l'outrecuidance de lui proposer une telle commande.

– Inutile d'aller plus loin, dit Justinien au sergent qui transpirait sous son uniforme. Conduisez-moi chez le prévôt, il n'y a que lui qui pourra convaincre ces gens.

Ils remontèrent vers la place du Trou où se trouvait l'hôtel de la prévôté à la façade couverte d'ordonnances de police, d'édits royaux, d'avis de perte et d'annonces de châtiments publics.

Une grande animation régnait dans le hall : des gens entraient, sortaient, descendaient des escaliers les bras chargés de dossiers, des portes claquaient, des soldats s'interpellaient d'un couloir à l'autre.

Justinien s'approcha de l'appariteur perruqué qui montait la garde derrière un bureau placé devant la porte du prévôt.

– Je sollicite une audience en urgence.

– Qui êtes-vous ? s'informa l'homme en s'attardant impoliment sur son nez de bois.

Justinien lui montra sa lettre de commission et il aima le voir tressaillir en la lisant.

Il fut introduit chez l'officier de police qui tressaillit à son tour, mais pour une tout autre raison.

– Fichtre ! Sans ton nez de sapin, je ne t'aurais pas reconnu. Encore heureux que tu te sois abstenu de porter une perruque !

– Dois-je entendre, Monsieur le Prévôt, que j'ai fait un mauvais choix ?

– Pas exactement… Enfin, il faut bien que jeunesse se passe. Brisons là, que me veux-tu ?

Foulques l'écouta sans l'interrompre, peu surpris de l'attitude des charpentiers. Il agita une clochette, donna des ordres et quelques instants plus tard un huissier de justice et un exempt de la milice baronniale les rejoignirent dans l'office.

– Vous allez suivre l'exécuteur que voici et vous veillerez à ce qu'on lui délivre sans délai tout le fourniment nécessaire à sa pratique, leur dit-il en montrant Justinien qui s'était décoiffé et faisait tourner son chapeau entre ses mains. Aucun refus ne sera recevable. Le supplice doit avoir lieu demain à none. Nous ne souffrirons aucun retard. N'hésitez pas à réquisitionner, au besoin.

Tandis que l'exempt sortait pour réunir ses miliciens, l'huissier présenta plusieurs bons de réquisition en blanc que Foulques signa. Justinien se recoiffa.

*

Maître Calzins enseignait à son plus jeune fils comment amaigrir à la rouanne une pièce de noyer lorsqu'un tapage grandissant lui fit tendre l'oreille. On aurait dit l'approche d'une troupe en armes.

– Ce sont des miliciens du baron ! s'écria un apprenti sorti sur le pas de la porte. On dirait qu'ils viennent ici.

Maître Calzins s'apprêtait à vérifier l'information quand son établi s'emplit de soldats, et parmi eux il aperçut ce malgracieux gandin au nez de mauvais sapin qu'il avait chassé un peu plus tôt.

– Encore toi, écharde de ma vie, disparais avant que je ne te fasse connaître le poids de mon maillet !

Justinien s'effaça devant l'huissier qui réduisit le charpentier au silence d'un geste autoritaire.

– Refuser de collaborer avec l'exécuteur équivaudrait à refuser un ordre de Monsieur le Baron Raoul, or je n'ose imaginer, Maître Calzins, que vous aurez à cœur de désobliger notre seigneur ?

L'exempt plaça trois hommes à l'entrée et répartit les autres dans le vaste établi.

Le maître charpentier capitula.

– J'obéis, Monsieur l'Huissier, j'obéis, mais vous me faites violence ! J'en prends mes gens à témoin : je fabriquerai cet infâme échafaud et cette non moins infâme croix, mais qu'on sache que j'y suis contraint.

Justinien fit quelques pas dans l'établi, cherchant quelque chose du regard.

– Maintenant que vous avez accepté, veuillez, je vous prie, vous mettre à la besogne sur-le-champ. Le temps presse.

Ravalant sa rogne, Maître Calzins prit un ton ironiquement obséquieux pour demander :

– A quel endroit Votre Grâce souhaiterait-elle voir s'élever sa commande ?

– Le texte de la condamnation dit place du Trou.

– C'est qu'elle est grande. Il faut me dire où exactement.

Justinien chercha une aide auprès de l'huissier et de l'exempt qui détournèrent la tête.

– Euh… eh bien, mettez-la là où le bourreau de Rodez s'installe d'habitude.

– C'est que d'habitude ça se passe sur la place Saint-Laurent. C'est la première fois qu'un supplice a lieu place du Trou.

– Alors au centre, en plein centre !

Tournant le dos au charpentier, Justinien poursuivit l'inspection de l'établi et trouva finalement dans un tas de rebuts un morceau de tilleul long de cinq pouces qu'il empocha sans un mot.

Ils prirent la direction de la rue de la Bigorne où étaient les forges de Bellerocaille, mais cette fois la nouvelle que le bourreau « faisait son marché » s'était répandue. Les gens s'écartèrent plus vite sur leur passage.

Justinien choisit la forge de Maître Lenègre, président de la corporation des forgerons-rémouleurs. Une scène identique à la précédente s'ensuivit, mais, comme Maître Calzins, le forgeron ne put que se plier aux injonctions de l'huissier de justice. Il promit de forger la barre et de fixer

« à deux toises de l'échafaud » la roue de charrette sur son mât.

– A qui dois-je envoyer le mémoire de frais ?

– A Monsieur le Prévôt. Et n'oubliez pas l'échelle, lui rappela Justinien avant de sortir.

Après un refus de pure forme, Maître Méjean, le président de la corporation des cordiers de la rue du Chanvre, lui fournit un jeu de six garcettes longues de deux pieds, fines comme un auriculaire mais très résistantes.

*

Les cloches de Bellerocaille sonnaient les douze coups de sexte quand Justinien réintégra la tour-prison.

Tandis qu'il faisait le récit de ses démêlés avec les artisans, Beaulouis lui servit un repas à cinq sols (une soupe au lièvre, un grand pichet de marcillac). Il n'y fit pas honneur : l'idée jusqu'ici abstraite qu'il allait devoir occire quelqu'un prenait forme et lui oppressait la glotte.

– Qu'arrivera-t-il si je ne peux pas rouer ?

– Tu n'auras pas ta grâce, tu partiras avec la chaîne de septembre et je perdrai un scribe. Mais je te répète de ne pas te chailler. Dès que Lenègre aura livré la barre, je te montrerai.

– J'ai surtout peur de ne pas avoir le courage. J'ai beau me répéter que son crime est horrible et qu'il mérite son supplice, je n'arrive pas à être en colère contre lui. Il ne m'a rien fait, à moi, ce cuisinier, alors frapper comme ça, à froid…

– Tu n'auras qu'à penser à quelqu'un que tu détestes. Pense à celui qui t'a coupé le nez par exemple, proposa Beaulouis. De toute façon, le moment venu, Dieu te guidera.

– Dieu me guidera peut-être, mais c'est *moi* qui vais devoir frapper, pas Lui.

Bredin entra dans la cellule.

– Monseigneur l'abbé François vous réclame, père. Il est avec des invités. Ils viennent voir Galine.

– Encore ! C'est la troisième fois depuis hier… et en plus il ne paie jamais.

Beaulouis suivit son fils, laissant la porte de la cellule ouverte.

– Puisque tu es presque libre, je te laisse presque enfermé. Mais tu ne dois pas quitter l'enceinte sans escorte.

Laissant les plats intouchés, Justinien s'installa près de l'archère et, tout en mâchouillant des bouts de pain trempés dans du vin, entreprit de se tailler un nouveau nez dans le morceau de tilleul « réquisitionné » chez le charpentier, le quatrième depuis celui que lui avait offert papa Martin et que le préfet des mœurs du séminaire avait rageusement écrasé sous son talon. Il s'en était sculpté un deuxième en chêne qui lui avait été dérobé par les saltimbanques, le troisième avait été taillé hâtivement à Racleterre chez le forgeron Tricotin, mais le sapin avait moisi durant son séjour chez les sols du Roi.

Crachant sur la lame, il commença par l'aiguiser soigneusement contre l'arête d'un moellon, songeant de nouveau à Martin et à sa peine le jour de son départ pour le séminaire.

Quand sa lame fut suffisamment affûtée, Justinien traça à l'encre la forme de son nouveau nez, puis, à petits coups de couteau circonspects, comme le lui avait enseigné papa Martin, il entreprit d'amaigrir le morceau de tilleul. Peu de temps après, Maître Beaulouis revenait de sa visite guidée l'air satisfait.

– Bonne nouvelle. On vient de me dire que Maître Calzins et ses compagnons ont commencé l'échafaud sur la place. Il paraît qu'il y a déjà tant de monde que le prévôt a fait donner une compagnie de la maréchaussée pour qu'ils puissent charpenter en paix.

La vue des plats intouchés le contraria.

– Pourquoi n'as-tu rien mangé ? Ce n'était pas goûteux ?

Piochant une tranche de mouton refroidie, il l'emboucha, puis s'intéressa à ce que fabriquait Justinien avec son bout de bois. Il reconnut la forme ébauchée d'un nez et sourit avec indulgence.

– A propos, sens-tu quelque chose ?

– Oui, je sens normalement.

– Comment est-ce possible puisque tu n'as plus de nez ?

– Je ne sais pas comment, mais je sens.

Comme on ignorait encore que le nez n'était qu'un simple appendice chargé de transmettre l'odeur à une tache olfactive située à l'intérieur des fosses nasales (intactes chez Justinien), on le considérait comme le siège naturel de l'odorat. (Le cœur était celui des sentiments, l'estomac celui de la colère. Certains plaçaient celui du raisonnement dans leurs pieds sous prétexte qu'ils sont les seules parties du corps à reposer sur du stable.)

*

Cette nuit-là, Justinien ne trouva pas le sommeil et profita de sa semi-liberté pour monter à l'air libre en haut de la tour. Là, assis entre deux merlons, les jambes pendant dans le vide, il attendit l'aube en méditant sur son triste sort, incriminant tour à tour Dieu (« Il ne m'a jamais aimé »), le diable (lui seul pouvait lui avoir envoyé Mouchette), mais aussi lui-même (« Je n'aurais jamais dû me laisser tenter par cette perfide »). Quinze mètres plus bas, toutes les grenouilles des douves coassaient en chœur comme pour se dauber de sa crucherie.

Une étoile filante traversa le ciel. Son parrain lui avait expliqué qu'il s'agissait d'une âme tombant en enfer. Pourquoi n'en observait-on jamais en hiver ? Cela impliquait-il que le pont-levis de l'enfer ne se baissait qu'en été ? La question l'intéressait d'autant plus qu'il se savait condamné à cette fin. La somme des péchés mortels qu'il avait commis depuis le début de l'année en était la garantie. Tôt ou tard, son étoile tomberait dans le ciel et il se demanda si cette nuit-là quelqu'un serait dehors pour la voir filer.

*

Prime carillonnait à tous les clochers quand Justinien quitta le créneau et réintégra sa cellule. Les portes de la ville s'ouvrirent et avant de sombrer dans le sommeil il entendit les grincements des mécanismes hissant la herse, puis abaissant le pont-levis du château.

Une heure plus tard, Beaulouis et ses fils le réveillaient et posaient sur sa table un bouillon de porc salé, une assiette de boudin blanc, un poulet rôti (entier) ainsi qu'un assortiment de fruits et un pichet de clairet.

Pendant qu'il mangeait ce repas à huit sols, le geôlier et ses fils examinaient le nouveau nez qu'il s'était taillé, un nez droit comme un I majuscule qui renforçait l'énergie de son visage.

Lorsqu'il fut rassasié, Beaulouis l'invita à le suivre dans la cour.

— Maître Lenègre a fait livrer la barre, je vais te montrer comment t'en servir.

Sans être rare, le châtiment de la roue n'était pas commun, aussi l'expérience du Verrou humain en la matière se résumait-elle au souvenir de deux exécutions de Maître Pradel. La première fois, il avait rompu un réformé qui avait jeté dans un puits son fils sur le point de se convertir et, quelques années plus tard, un empoisonneur de Séverac qui avait trucidé son bienfaiteur pour en hériter.

— D'abord, souviens-toi que tu ne peux pas porter plus de onze coups, c'est la loi. Quatre pour les jambes, quatre pour les bras, deux pour la poitrine et le dernier pour la taille. La rapidité ou la lenteur de l'agonie dépendra de la façon dont tu vas les donner. N'oublie pas que sa mort doit être angoisseuse, aussi tu prendras soin d'éviter de frapper à l'endroit du cœur, au cou et à la tête si tu ne veux pas risquer de le tuer net.

Désignant la direction de la tour, Beaulouis proposa :

— Allons le voir, je te montrerai sur lui.

— Merci bien ! Indiquez-moi seulement où je dois frapper exactement.

Justinien appréhendait l'instant où le condamné comprendrait qu'il était son bourreau. Il en était gêné d'avance.

— Comme il te plaira. Pour les membres, ce n'est pas difficile, tu tapes au centre des os longs.

Il se toucha le bras, l'avant-bras, la cuisse et la jambe.

— Pour la poitrine, tu tapes là.

Il tapota son sternum.

— Et pour la taille, tu vises le nombril. Mais attention, tu

113

dois porter ce dernier coup plus fort que les autres si tu veux atteindre et briser l'os du dos.

Se tordant le bras, Beaulouis toucha sa colonne vertébrale.

– Si tu veux, je te vends un mouton pour t'entraîner sur lui.

Justinien préféra une botte de foin. Ses essais révélèrent l'utilité d'une paire de gants afin de raffermir sa prise sur la barre de fer. Il en parla au geôlier qui approuva.

– Maintenant que tu m'en parles, je me rappelle que Maître Pradel en porte toujours. Retournons à l'entrepôt, j'en ai un coffre plein.

Son choix arrêté sur une paire en peau de cerf gris-bleu, Justinien jugea prudent de se rendre place du Trou vérifier où en étaient les préparatifs.

A nouveau encadré par les quatre hommes du guet et leur sergent pertuisanier, il franchit le pont-levis et prit plaisir à faire résonner ses bottes sur le bois.

Malgré l'heure matinale, beaucoup de gens se pressaient sur la place.

– V'là l'bourel ! prévint une voix.

La nouvelle circula. On se bouscula pour l'apercevoir et les soldats durent cogner avec leurs manches de pique.

– Place au guet, racaille. Arrière ! Arrière !

Au centre de la place, protégés par une compagnie de la maréchaussée disposée en carré autour d'eux, Maître Calzins et ses aides posaient un escalier de huit marches contre le flanc d'une imposante plate-forme. Son « client » s'étant borné à lui commander « un échafaud », le maître charpentier en avait profité pour ne lésiner ni sur les dimensions (six mètres de long, quatre de large, deux de haut), ni sur la qualité du bois (son meilleur chêne de Provence).

A deux toises de l'excessif ouvrage, le forgeron Lenègre avait planté un mât à l'extrémité duquel était fixée la roue de charrette où Galine une fois rompu devrait attendre la mort. Justinien s'en approcha. Beaulouis avait raison : jamais il ne pourrait hisser le corps là-haut tout seul. Maître Pradel, lui, avait quatre valets pour l'assister.

– Si personne ne veut m'aider, tant pis, je le laisserai sur la Saint-André et qu'ils se débrouillent, nul n'est tenu à l'impossible… Au fait, où est cette croix ?

Ignorant les regards malveillants de Maître Calzins vers son nouveau nez, il fit le tour de l'échafaud et la trouva sur les pavés, à côté de l'échelle et d'une boîte à clous et à chevilles d'où dépassait une scie égoïne. Tout lui sembla en ordre. Pourtant il refit le tour de l'échafaud en affichant un air peu satisfait destiné à irriter le charpentier. Ce qui ne manqua pas. Alors, s'approchant du sergent pertuisanier qui bavardait avec son homologue de la maréchaussée, il donna le signal du retour à la tour-prison d'où il ne sortit plus avant l'heure fatidique.

*

Justinien ne toucha pas au repas à dix sols préparé par la femme Beaulouis.

– J'ai la gargante trop serrée, rien ne passe.

– C'est normal, on te le met de côté, tu le mangeras plus tard. Maître Pradel fait toujours ripaille après.

Le geôlier remplit toutefois son gobelet de clairet.

– Tiens, bois au moins, c'est du bon.

Justinien avala une gorgée qui passa de justesse. Il reposa le gobelet en grimaçant. Au loin, des ovations se firent entendre.

– Ça vient du côté de la place du Trou. Ce doit être le comte-évêque de Rodez qui s'installe au balcon de la prévôté.

– Le comte-évêque est là ?

– Avec toute sa cour, il est arrivé dans la matinée. Il y a aussi l'intendant et les commissaires subdélégués de Rodez, Villefranche et Millau. Ah, on peut dire que cette affaire aura fait grand carillon, je n'ai jamais tant vu de monde en ville ! Même pour la foire de Saint-Laurent, et pourtant… Mais qu'as-tu ? Tu en fais une tête !

Si l'on venait d'aussi loin que Millau, on devait aussi venir de Roumégoux, plus proche. Et si quelqu'un le reconnaissait et le dénonçait ? Il serait arrêté et jugé à nouveau. Cette fois il serait condamné à être pendu ou peut-être décapité à la hache, il ignorait le châtiment exact réservé aux personnes coupables des crimes qu'il avait commis avant de fuir Roumégoux pour retrouver Mouchette.

– Toutes les fenêtres de la place sont louées, poursuivait Beaulouis d'une voix où perçait l'envie. Celles de l'auberge Au bien nourri qui donnent directement sur l'échafaud sont parties à cinq livres. Cinq livres ! C'est à ne pas y croire… Au fait, j'ai vu l'échafaud. Il est au moins le double de celui de Maître Pradel ! J'aimerais voir la tête du prévôt quand Calzins lui présentera son mémoire de frais.

Justinien n'écoutait pas, il pensait à Mouchette. Il vida son gobelet, Beaulouis le remplit.

Chapitre V

— C'est l'heure ! déclara le capitaine de la milice baronniale en présentant l'ordre de livrer le condamné à son exécuteur.

Bredin inscrivit la levée d'écrou, ses frères enflammèrent des torches et Beaulouis passa le premier dans l'escalier menant à la cellule de Pierre Galine.

Aussi visité qu'une sainte relique, celui-ci ne fit aucun mouvement lorsque la petite pièce circulaire dans laquelle il croupissait depuis deux semaines s'emplit de monde.

Comme tous ceux qui avaient payé pour le voir, Justinien fut déçu par son aspect très ordinaire. Taille moyenne, traits quelconques, regard inexpressif, rien en lui n'évoquait son crime.

Jacquot et Lucien rangèrent les barrières de bois ayant servi à canaliser le flot des curieux (« Si on les avait laissés faire, ils lui auraient arraché tous ses cheveux pour s'en faire des philtres »), Bredin et son père démanillèrent les chaînes enfermant ses membres et son cou, puis ils lui ordonnèrent de se dévêtir.

— Ne garde que ta chemise.

L'air absent, comme préoccupé par un motif étranger à sa situation présente, Galine obéit sans un mot.

— Tu peux les prendre, dit Beaulouis à Justinien, désignant le pourpoint, le haut-de-chausse, les bas et les chaussures du condamné. A part la chemise qu'il doit conserver pour la pudeur, tout ce qui est sien devient propriété du bourreau. C'est la loi.

Au mot « bourreau », Galine tourna la tête vers le jeune homme, s'attardant comme tous sur son nez. Justinien baissa les yeux. Il ne toucha pas au tas de vêtements empilés par terre.

– Pressons, pressons, grogna le capitaine milicien.

– Vas-y ! Il est à toi maintenant, tu peux le ligoter, dit le Verrou humain.

Fuyant son regard, Justinien saisit les poignets écorchés par les fers de Galine et les lui lia dans le dos, serrant fort sur les nœuds.

Il y eut des claquements précipités de sandales dans l'escalier. Un frère de la Miséricorde, en sueur sous sa bure et chargé d'un crucifix presque aussi grand que lui, apparut dans le cachot.

– Je vous fais mille excuses pour mon retard, mais la multitude est telle autour de la prison que j'ai cru qu'on ne me laisserait jamais passer.

Le capitaine exprima un vif mécontentement.

– Par la Mordieu, je pensais qu'il était déjà confessé ! Nous allons être en retard !

Galine s'agenouilla devant le crucifix, l'air plus absent que jamais.

Beaulouis, ses fils et Justinien sortirent dans le couloir. Le capitaine resta sur le pas de porte, piaffant d'impatience en tripotant la garde de sa rapière.

– Ne pourrait-on pas le détacher, plaida le miséricordieux, le temps de la confession tout au moins ?

– Bernique, ça ira comme ça ! Ce monstre ne mérite pas tant d'égards. Hâtez-vous, mon frère, nous n'avons perdu que trop de temps.

Dans l'étroit couloir, Beaulouis tâtait l'étoffe des vêtements de Galine. Ils étaient faits de bons draps de Saint-Geniez.

– Pourvu que tout se passe bien, murmura Justinien en tapotant sur son nez de tilleul.

– Pourquoi en serait-il autrement ? Je t'ai montré où et comment frapper. Tu frappes, c'est tout.

– Je sais ce qu'il faut faire, mais j'ai peur de mal le faire.

– Cesse de te turlupiner. Je te répète que c'est facile. Regarde-le, c'est un gringalet.

– Pressons, mon frère, pressons ! gronda le capitaine qui trépignait.

La litanie des agonisants terminée, le miséricordieux

bénit le condamné et l'aida à se relever. Justinien se plaça derrière lui. On se mit en marche.

Dans la cour ensoleillée, quarante miliciens disposés en deux rangs les attendaient. Le capitaine monta sur son cheval.

– Êtes-vous prêt ? demanda-t-il en regardant Justinien.

– Je suppose…

L'officier allait donner l'ordre d'ouvrir les portes quand le jeune homme l'en empêcha.

– Faites excuse, Monsieur le Capitaine, mais j'ai oublié quelque chose.

Il courut vers la tour carrée et en ressortit presque aussitôt, l'air confus, tenant la barre, les garcettes et les gants. Le capitaine le foudroya du regard mais s'abstint de commentaires. Il fit signe aux hommes près des portes. Les lourds ventaux bougèrent sur leurs gonds. Une immense clameur retentit :

– Le voilà ! Le voilà ! hurla une foule difficilement contenue par une haie de soldats du guet.

Dans l'espace dégagé, une vingtaine de pénitents encagoulés de noir entonnèrent le *Salve, Regina* en se plaçant en tête du cortège. Le capitaine les suivit, puis ce fut Justinien et son prisonnier encadrés par des miliciens ; fermant la marche, le miséricordieux et son pesant crucifix. Des grappes de gens agglutinés aux fenêtres les montraient du doigt.

– Voilà le monstre ! En enfer ! En enfer !

Justinien qui marchait en retrait rabattit un peu plus son chapeau. Soudain Galine, comme pris de folie, se mit à danser une étrange sarabande. Quand on en comprit la cause (les pavés surchauffés de soleil brûlaient ses pieds nus), ce fut l'hilarité générale.

– En enfer ça va être pire ! lui cria un homme juché sur l'auvent d'une échoppe de teinturier.

– Mirez l'bourrel ! On dirait qu'il va à la pêche au goujon ! lança un autre en désignant Justinien qui avançait en portant sa barre sur l'épaule.

Les rires redoublèrent. Même ceux qui ne voyaient rien s'esclaffèrent de confiance.

Les pénitents quittèrent la rue du Paparel et s'engageaient dans la rue Magne au bout de laquelle se trouvait la place du Trou quand Galine, qui sautillait en s'efforçant de poser ses pieds entre les pavés brûlants, murmura d'une voix grave :

– Tue-moi vite et ma famille te donnera dix louis d'or.

Dix louis d'or ! Soit deux cent quarante livres, quatre mille huit cents sols, cinquante-sept mille six cents deniers ou cent quinze mille deux cents oboles… La somme était si considérable que Justinien eut peine à y croire. Il ne répondit pas.

Enfin ils débouchèrent sur la place où trônait le formidable échafaud de Maître Calzins. Le baron et tous ses prestigieux invités étaient installés au balcon de l'hôtel de la prévôté richement décoré aux armes des Boutefeux et du comte-évêque de Rodez.

Des serviteurs en livrée circulaient parmi eux, proposant des rafraîchissements, des gâteaux à l'anis, des tartelettes au fromage de brebis parfumées à la fleur d'oranger, des coupes de fraises de la forêt des Ribaudins marinant dans du vin de Bordeaux (pourtant interdit à la vente dans la baronnie). A leurs pieds, et cela depuis tôt le matin, une foule considérable mangeait, buvait, riait, chantait, louait des bancs pour mieux voir.

Les pénitents se regroupèrent non loin de l'échafaud tandis que le capitaine et ses miliciens s'écartaient pour laisser passer l'exécuteur, le condamné, le miséricordieux et son grand crucifix, au pied du bel escalier en chêne de Provence.

Justinien, qui transpirait sous son pourpoint, entendit le frère exhorter Galine qui ne lui demandait rien.

– Sois brave, mon fils, car il va te falloir boire ce calice ô combien amer avec le même courage que Notre Seigneur Jésus-Christ a bu le sien sur la croix ! Et pourtant il était aussi innocent que tu es coupable.

– Laissez-nous maintenant, mon frère, écartez-vous, lui dit Justinien en l'empêchant de les suivre sur l'escalier.

L'apparition de Pierre Galine sur la plate-forme déclencha un bruyant tumulte.

– Enfer ! Enfer ! Enfer pour le monstre !

Celle de Justinien et de sa barre ramena le silence. On

entendit une voix offrir « un liard le tabouret pour mieux zieuter le monstre ». Tout se gâta lorsqu'il voulut délier Galine pour qu'il puisse se coucher sur la croix en X. Les nœuds étaient trop serrés, il ne put en venir à bout.

– Dix louis si tu me tues vite. Ma famille te les baillera aussitôt après, répéta le cuisinier en baissant la tête pour qu'on ne distingue pas le mouvement de ses lèvres.

Après s'être brisé douloureusement plusieurs ongles sans résultat, Justinien lança un regard traqué autour de lui. Il vit le capitaine, toujours sur son cheval à une dizaine de toises. Justinien s'approcha du bord de l'échafaud et l'interpella :

– Monsieur le Capitaine, je vous prie ! Prêtez-moi votre main gauche.

Contrarié d'être à son tour le point de mire général, l'officier n'osa refuser. Il avança vers l'échafaud et se dressa sur ses étriers pour tendre son poignard.

– J'ai laissé le mien au cachot, expliqua Justinien en le remerciant du regard.

Il tranchait les nœuds récalcitrants quand Galine renouvela sa proposition.

– Dix louis d'or. Songe à tout ce que tu peux faire avec tant d'or ! C'est mon père qui te les baillera tout à l'heure. Il te regarde en ce moment…

Feignant la surdité, Justinien le poussa sans brutalité vers la croix en lui ordonnant de s'allonger dessus.

Docilement, Galine se coucha dans le prolongement des solives ajustées en X, une position qui lui laissait la nuque dans le vide.

Son jeune exécuteur le ligotait à nouveau quand il insista :

– Brise mon cou maintenant et dans moins d'une heure tu es riche. Tu pourras même te faire faire un nez en or fin.

Sentant peser le poids de centaines de regards sur chacun de ses gestes, Justinien se concentra sur son ligotage. Quand Galine fut solidement amarré, il se redressa et essuya son front en sueur. Pour être plus libre dans ses mouvements, il ôta son pourpoint qu'il plia avec soin à côté du poignard et des garcettes de rechange. Il enfila ensuite ses gants et ramassa la lourde barre. La foule retint son souffle. Tous entendirent les craquements du plancher sous ses bottes quand il se plaça dos au soleil afin de ne pas être aveuglé.

Le moment était venu. « Pense à celui qui t'a coupé le nez », avait suggéré le Verrou humain, mais comment imaginer quelqu'un (quelqu'une) qu'il n'avait jamais vu(e) ? Il préféra songer à Baldo et Vitou, et même un peu à Mouchette.

Visant l'avant-bras gauche, Justinien cogna comme on cogne sur du bois pour le fendre. Avec un bruit sourd et mat la barre brisa le radius et le cubitus, rebondissant contre la solive, retournant une onde de choc telle qu'il en fut ébranlé des orteils à la pointe des cheveux. Il lâcha la barre en poussant un cri de douleur qui se confondit avec celui de Galine.

Malgré cette maladresse, ce premier coup déchaîna l'enthousiasme. On applaudit à tout rompre.

– J'ai dû frapper trop fort et trop en oblique, se dit-il en ramassant la barre.

Il coula un regard inquiet vers le balcon de la prévôté.

Convenablement ajusté, le deuxième coup brisa l'humérus de Galine qui cria sauvagement en tirant sur ses liens. La foule le hua :

– C'est bien fait !

Le troisième et le quatrième coup réduisirent à l'état d'esquilles les os de son bras droit. Ses cris devinrent si aigus et si prolongés que plus tard les hommes de garde aux trois portes jurèrent les avoir entendus.

Justinien reprit son souffle et s'essuya de nouveau le front d'un revers de manche. Galine aussi avait chaud. La sueur inondait son visage blafard et détrempait sa chemise, la plaquant sur son corps maigrelet, dessinant les côtes, le sexe (étonnamment rétréci par la douleur). Il avait perdu son air absent et haletait d'une voix rauque, la bouche tordue. En fait, il souffrait comme le damné qu'il était.

– Pitié… Tue-moi… Pour l'amour de Notre Seigneur… Tue-moi… Aagghh…

Justinien lui fracassa les deux jambes en un temps record.

– Moins vite ! protesta une voix féminine.

Les chairs autour des liens se boursouflaient, des zones mauve foncé apparurent sous la peau. Galine commença à geindre, excitant d'autant plus la populace que ses plaintes évoquaient parfois les vagissements d'un bébé.

Les neuvième et dixième coups défoncèrent la cage thoracique et lui tirèrent un long hurlement d'animal blessé à mort. Sa tête sans appui pendait en arrière, de la transpiration s'égoutta le long des cheveux et s'évapora au contact du plancher brûlant.

Pour le onzième et dernier coup, Justinien abattit de toutes ses forces la barre sur son nombril, écrasant la colonne vertébrale, sectionnant plusieurs nerfs, broyant un rein contre la douzième côte.

– Bon, voilà, murmura-t-il en se tournant vers le balcon de la prévôté. Il vit le baron Raoul se lever et déclarer d'une voix forte :

– Justice est faite.

La multitude l'acclama. Le baron convia alors le comte-évêque à le suivre au château où les attendaient un festin, des jeux et plus tard un bal.

Justinien délia Galine qui bavait de la salive rosâtre en râlant faiblement.

Le capitaine vint réclamer sa main gauche. Justinien la lui rendit.

– Pourriez-vous m'aider ? Il est trop lourd pour que j'y arrive seul.

Offusqué, l'officier lui tourna le dos.

Les pénitents se rapprochèrent de l'échafaud et reprirent leur *Salve, Regina* tandis que le miséricordieux montait sur la plate-forme pour assister l'agonisant.

– Je vous en prie, aidez-moi ! le supplia l'exécuteur.

Le frère accepta, mais de mauvaise grâce. Ils descendirent Galine sans encombre, mais quand il fallut le hisser à deux mètres et demi du sol, les choses se compliquèrent. Chargeant le corps désarticulé sur son dos, Justinien grimpa péniblement l'échelle que maintenait fermement le religieux. Celui-ci joignit sa voix à celle des pénitents et chanta durant toute l'opération, même lorsque Galine se vida sur lui, l'éclaboussant de souillures.

Au bord de la nausée, Justinien parvint à le déposer sur la roue face au ciel, comme le prescrivait la sentence. Cette fois, l'exécution était terminée. Il était à nouveau un homme libre.

Loin de se disperser, la foule augmenta sa pression et parvint à déborder le barrage des miliciens et des gens du guet. On se pressa autour du mât en se tordant le cou pour apercevoir le visage du moribond dans l'espoir d'y lire une émotion. Voulant mieux voir, certains montèrent sur l'échafaud, faisant un crochet pour éviter le bourreau en train de remettre son pourpoint, découvrant avec surprise qu'il portait un nez de bois sous son chapeau à large bord.

Les fenêtres et balcons se vidèrent lentement de leurs spectateurs. Quelques-uns alors découvrirent que des vide-goussets avaient sévi durant le spectacle.

Mystérieusement avertis, des corbeaux apparurent sur les toits.

Bien que cette fois aucune escorte ne l'accompagnât, la foule s'ouvrit comme par magie lorsque Justinien descendit de l'échafaud et se rendit à l'hôtel de la prévôté réclamer sa grâce et sa prime.

Foulques s'entretenait avec le juge Cressayet qui tenait un parchemin au sceau baronnial quand l'appariteur l'introduisit dans le vaste office.

— Je viens chercher ma grâce.

— La voici, dit le juge en lui remettant le parchemin qu'il tenait précisément à la main. Je te conseille de lire, si tu sais, l'addenda qui vient d'y être ajouté.

Justinien lut :

> Une fois sa besogne accomplie, le susnommé Justinien Pibrac devra avoir quitté l'enceinte de notre cité avant soleil faillant, et ne devra jamais revenir en notre baronnie sous peine de rendre caduque cette présente grâce.

Il eut un large sourire en imaginant la déconfiture de son geôlier.

— Et la prime ?

Foulques se fâcha :

– Tu ne manques pas de toupet ! Cette prime était destinée à encourager un honnête volontaire, pas un bricon
condamné à la chiourme ! La grâce te suffit largement.
Maintenant, hors de notre vue ! Et si tu es encore ici à la
fermeture des portes, le guet a ordre de t'arrêter. Qu'y a-
t-il de si drôle ? Oserais-tu te moquer, maraud ?

– Nenni, Monsieur le Prévôt, nenni ! Je pensais à Maître
Beaulouis. Il comptait sur cet argent pour se rembourser.
Et puis j'avais promis d'être son scribe…

« C'était donc ça ! » songea le juge Cressayet.

Avant de sortir, Justinien abandonna la barre sur le
bureau de l'appariteur qui la regarda sans oser y toucher.
Évitant la place encore très animée, il se dirigea vers la
tour-prison en empruntant des ruelles désertes. Son geôlier l'attendait dans la basse-cour en se grattant le coude.

– Ah ! Je commençais à trouver le temps long. Tu as
l'argent ?

Quand Justinien lui expliqua le point de vue du prévôt et
du juge, Beaulouis devint cramoisi. La lecture de l'addenda bannissant son futur scribe l'acheva. Il crut réelle-
ment qu'une échauguette s'était détachée de la courtine et
lui était tombée sur le crâne.

– Ça ne va pas se passer comme ça ! tonna-t-il. Qui va
me payer, moi, hein ? Tu me dois plus de vingt livres, tu
dois payer !

– Comment le pourrais-je ? Vous savez aussi bien que
moi que je n'ai rien. Rendez-moi mes vieilles frusques et
je vous retournerai celles-ci.

– Et mes repas fins ? Et mes conseils judicieux sans lesquels tu serais encore galérien ?

– Prenez les vêtements du condamné.

– Trop aimable, mais on est encore loin du compte,
grommela Beaulouis en lui lançant un regard noir.

Bredin et Jacquot les rejoignirent dans la cour. Ils revenaient de la place du Trou et avaient assisté au supplice.
Ils le félicitèrent.

– Tu t'en es bien sorti. On dit que le baron est content.
Quoique au début, quand tu as lâché la barre, ça a fait
mauvais effet.

Leur père ouvrit des yeux ronds.

– Il a lâché la barre !

– C'est parce que j'ai frappé trop en oblique. La barre a rebondi sur la croix et ça m'a fait mal jusque dans les dents.

Il leur conta la proposition de Galine.

– Il voulait que je le tue net. Son père m'aurait donné dix louis d'or pour la peine... J'aurais peut-être dû accepter, je serais riche maintenant.

Beaulouis ricana méchamment.

– Tu serais surtout avec les sols du Roi. D'abord on t'aurait vu, ensuite tu n'aurais jamais été payé puisque Galine n'a plus de famille. J'ai bien connu son père, c'était un pêcheur du lac de Pareloup, il venait nous vendre ses brochets. Il est mort il y a plus de dix ans.

Justinien enlevait à regret ses beaux habits lorsque le maître geôlier annonça qu'il se rendait à la prévôté tirer au clair les motifs du désastreux addenda.

– Toi, tu ne quittes pas cette enceinte avant mon retour. Je n'ai pas encore dit mon dernier mot.

*

A moins de cent toises, dans la grande salle du château, le comte-évêque félicitait le baron Raoul pour l'exemplaire spectacle de haute justice auquel il venait d'assister.

– A l'exception de cette bourde lors du premier coup, mon exécuteur n'aurait pas fait mieux. Et le bougre a près de trente ans de pratique. D'ailleurs il se fait vieux et son fils est un couillon. Prenez garde, mon cousin, que je ne vous le débauche. Malgré son drôle de nez, sa silhouette est gracieuse. De plus, il cogne sec. Son onzième coup était superbe, j'ai cru qu'il allait le détacher en deux.

Le baron Raoul approuva. Comme le comte-évêque, il pensait que le jeune bricon s'en était plutôt bien sorti.

– Au fait, comment se fait-il que votre baronnie ne possède qu'un simple pilori ? Votre rang vous autorise des fourches à deux piliers, que je sache...

– Quatre, Monseigneur, mon rang m'autorise quatre piliers, répliqua sèchement le baron.

Les fourches patibulaires se présentaient comme des

portiques reliés entre eux par des poutres transversales.

C'étaient les bannerets qui n'avaient que deux piliers. Les comtes pouvaient en avoir six, les ducs et les marquis huit. Le Roi, lui, autant qu'il le désirait.

– Croyez-moi, cousin, la vision édifiante de quelques pendus mangés par les corbeaux est des plus dissuasives. A quand remonte votre dernier rompage ?

Les traits du baron se renfrognèrent.

– C'était le premier, Monseigneur. Ma police est bonne et mes gens pacifiques. Nous déplorons peu de grands crimes.

– Ce n'est pas un motif suffisant. Chez nous, bon an mal an, nous rouons deux à trois fois et nous pendons ou brûlons au moins une fois par mois. Je vous l'assure, rien ne vaut l'exemplarité… Peut-être que votre monstrueux gâte-sauce aurait réfléchi à deux fois s'il avait auparavant assisté au spectacle qu'il vient de subir.

– Sans doute, Monseigneur, sans doute, mais qui peut savoir vraiment ?

– Je vais vous le dire.

Posant sa main baguée sur son épaule, le comte-évêque entraîna son ombrageux vassal à l'écart.

– Faites-vous bailler le total des recettes de l'octroi depuis le début de cette affaire et comparez-le à celui de l'année précédente, vous entendrez mieux mon goût pour la haute justice.

Le baron, qui n'aimait les mystères que s'il en était l'auteur, convoqua son receveur général qui lui apprit que depuis l'arrestation de Galine les recettes des trois portes pulvérisaient tous les records. Les bénéfices étaient tels qu'il allait pouvoir acheter cent mousquets pour sa milice.

– Allez chercher Foulques, ordonna-t-il en se frottant les mains.

Le prévôt s'empressa d'obéir, priant le Seigneur que cette convocation ne fût pas en relation avec les briconnages qui avaient eu lieu durant l'exécution, ébranlant sérieusement ses convictions sur l'exemplarité du spectacle.

– Foulques, j'ai décidé que nous aurions nous aussi nos fourches patibulaires. Je vous charge de leur réalisation. Faites diligence.

– A vos ordres, Monsieur le Baron. Où souhaiteriez-vous les voir s'élever ?

– J'ai songé aux Quatre-Chemins.

Foulques approuva.

– Un choix judicieux, Monsieur le Baron. L'endroit est particulièrement fréquenté et on les verra de loin. Mais il nous manque l'homme pour s'en occuper et, comme vous l'avez constaté, la fonction d'exécuteur ne suscite guère les vocations.

– Qu'à cela ne tienne, conservons notre jeune bricon au nez de bois, il s'est fort bien conduit. Oyez le monstre qui agonise toujours, on l'entend gémir d'ici.

– Sauf votre respect, Monsieur le Baron, nous l'avons banni de la cité. A l'heure présente, il doit être loin.

– Rattrapez-le. Je m'en remets à vous pour trouver un argument qui lui fasse entendre raison.

– A vos ordres, Monsieur le Baron.

*

Justinien marchait depuis quatre heures.

A nouveau revêtu de ses hardes, pieds nus (il avait jeté son unique sandale qui le gênait plus qu'elle ne l'aidait), il clopinait sur le chemin de Rodez avec l'intention de se rendre à Bordeaux et de s'embarquer pour le Nouveau Monde quand les archers de la maréchaussée le rattrapèrent.

– C'est bien lui, dit l'un d'eux en montrant son nez de bois.

– Que me voulez-vous ? Je suis libre. Voici ma levée d'écrou, ma rémission et ma grâce. Œillez le sceau du baron.

– C'est égal, tu dois nous suivre. Ordre de Monsieur le Baron.

L'archer tendit sa main pour l'aider à monter en croupe. Ils étaient quatre. Justinien obéit la mort dans l'âme.

Le trajet de retour fut long et lui laissa tout loisir de pressentir le pire. Quelqu'un l'avait reconnu et dénoncé. On allait le condamner à mort pour ses forfaits… Il se demanda qui, cette fois, ils convaincraient pour l'exécuter.

Minuit était passé quand ils se présentèrent à la porte ouest où ils furent admis dans la cité endormie.

– Où m'emmenez-vous ?

– A la prévôté.

Place du Trou, Pierre Galine n'en finissait plus de mourir. Comme des femmes avaient tenté de le saigner, on avait placé des sentinelles afin d'éviter tout débordement. Parfois Galine se taisait. On le pensait mort, on dressait l'échelle pour vérifier, alors il gémissait à nouveau.

– Laissez-nous lui tirer quelques gouttes seulement, imploraient ces femmes qui malgré l'heure tardive continuaient à rôder autour des gardes, un couteau dans une main, un récipient dans l'autre.

Le sang de supplicié était particulièrement efficace contre les fièvres, contre le haut mal, les coups de pleine lune et, évidemment, toutes les sortes imaginables de fractures.

Le prévôt dormait. On se garda de le réveiller. Justinien fut conduit dans une salle où des soldats jouaient aux dés sur un tonneau. Un sergent pertuisanier lui désigna une paillasse et l'invita à s'y tenir en paix. On ne l'enchaîna pas et il conserva son couteau, ce qui était bon signe, mais on ne le quitta pas du regard, ce qui était mauvais signe.

Il tenta de les questionner mais personne ne lui répondit. Prenant son mal en patience, il s'efforça de dormir.

Par les croisées ouvertes sur la place, il entendait parfois les gémissements de Galine sur sa roue qui se retenait à la vie comme à une branche au-dessus d'un précipice.

Chapitre VI

Bellerocaille, le lendemain du supplice.

Justinien rêvait qu'il chevauchait Mouchette sur un cheval au galop semblable à celui sur lequel il était monté en croupe la veille quand une main rudoya son épaule.

– Debout ! Le prévôt t'attend.

Hirsute, les yeux gonflés de sommeil, il suivit le garde en réajustant son nez déplacé pendant la nuit.

L'appariteur qui campait devant l'office lança un regard désobligeant sur ses guenilles et sur les brins de paille dans sa chevelure en désordre. Beaulouis lui avait tout repris, même son catogan, et il n'avait protesté que lorsqu'il avait été question du couteau de Pibrac. « JAMAIS ! » lui avait-il répliqué d'une voix si déterminée que ce dernier n'avait pas insisté.

Justinien entra chez le prévôt qu'il trouva en train de se harpailler bruyamment avec le maître charpentier Calzins.

– Vous déraisonnez ! Le baron pourrait s'acheter une forêt entière pour une pareille somme ! Je vous avertis, Maître Calzins, vous ne nous purgerez point la bourse aussi aisément.

Ce disant, Foulques agitait sous le nez du charpentier impavide un mémoire de frais de plusieurs feuillets.

– N'ayant reçu aucune directive particulière (Maître Calzins eut un geste vers Justinien), j'ai cru bien faire en ne songeant qu'au prestige de Monseigneur le Baron Raoul. Vous n'auriez tout de même pas voulu du sapin ?

– J'entends bien, Maître Calzins, mais cinq cent cinquante livres ! Tout de même !

– Sauf votre respect, Monsieur le Prévôt, c'est un très bel échafaud qui pourra resservir autant de fois qu'il sera nécessaire, si on l'entretient convenablement, il va sans dire.

Le charpentier eut à nouveau un petit geste vers le jeune homme.

– C'est un beau meuble, j'en conviens, mais cinq cent cinquante livres, nenni ! Il vous faut en rabattre sinon nous confierons à un autre la construction des fourches et celle de son logement.

Foulques désigna à son tour Justinien qui haussa les sourcils en signe d'incompréhension. Son logement ? Quel logement ? Il fit un pas en avant.

– Monsieur le Prévôt, je proteste. J'étais en vue de Boussac quand vos archers m'ont ramené ici de force.

– Je sais. Ordre du baron. Écoute-moi attentivement. Ta prestation d'hier a été appréciée en haut lieu. Monseigneur le Baron Raoul a donc décidé de t'offrir l'office d'exécuteur à titre permanent. Tu vois, c'est une chance inespérée pour un bricon comme toi de prendre une place active au sein de notre belle cité.

Foulques saisit un parchemin sur son bureau couvert de paperasse et le lui tendit. Sans y toucher, Justinien se pencha pour le lire. Il vit qu'il s'agissait d'une lettre de provision le commissionnant à l'office d'exécuteur des hautes œuvres de Bellerocaille.

– Je ne veux pas devenir bourreau, d'aucune façon. Et vous ne pouvez pas m'y contraindre. J'ai accompli ce que vous m'aviez ordonné de faire, le baron m'a gracié, je suis donc libre. Je doute qu'il soit seigneur à renier son sceau.

– Je te dis que le baron s'est entiché de ta personne. Il te veut pour exécuteur. Tu ne le regretteras pas : cet office confère toutes sortes d'avantages, et non des moindres.

Incrédule, Justinien déplia fébrilement sa grâce et exhiba le sceau du baron.

– Œillez là, je suis libre ! Je ne veux pas devenir bourreau ! Je veux devenir… euh… marin, comme mon père, Jules Pibrac… Je veux tenter ma chance dans le Nouveau Monde.

– Tout doux, petit imbécile. A ton âge et dans ta situation, on ne refuse pas un office de cent vingt livres net par an. Sans parler du reste ! Tiens, cabochard, signe là si tu sais écrire, sinon dessine une croix.

– Je sais écrire, et sans doute mieux que vous ! Et je ne signerai jamais cette commission, ce n'est pas justice ! J'en appelle au conseil du baron !

Avant qu'il eût pu esquisser un geste, Foulques lui arrachait la grâce des doigts et la déchirait en une multitude de petits confetti.

– Ainsi tu sais mieux écrire que moi ! Sais-tu aussi bien déchirer ?

Justinien comprit. Démuni de cette grâce et avec une épaule flétrie, il devenait quasi impossible de circuler dans le pays sans risquer de graves ennuis au premier contrôle d'un guet, d'une milice ou d'une maréchaussée. Un coup d'œil vers le charpentier confirma qu'il n'avait aucun secours à espérer de ce côté-là. Il se sentit acculé.

Son désarroi attendrit Foulques qui lui redonna espoir.

– Cette commission est renouvelable chaque année. Signe toujours et d'ici là je t'aurai trouvé un remplaçant. Tu as ma parole.

Les larmes aux yeux, Justinien prit la plume offerte et signa. Maître Calzins renifla avec mépris. Sur la place, un cheval hennit.

– Fort bien, Monsieur l'Exécuteur, fort bien. Veuillez maintenant vous faire enseigner l'office de Monsieur l'Assesseur Duvalier afin qu'il vous donne connaissance des droits et privilèges de votre charge. Sachez-les par cœur et prescrivez-vous-y car il sera beaucoup exigé de vous et il vous sera peu pardonné.

– Donner du Monsieur à ce cuistre ! Vous vous daubez, Monsieur le Prévôt ! s'insurgea le charpentier, les joues et le front carmin d'indignation.

– Souffrez d'apprendre qu'en signant cette commission, Maître Pibrac est devenu fonctionnaire de la justice baronniale. Autrement dit, sa préséance est de quatre points supérieure à la vôtre. Tout manquement à son égard sera considéré comme gravissime et châtié en conséquence. Est-ce clair, maître charpentier ?

– Fort clair, Monsieur le Prévôt, assura Calzins, l'air franc d'un lépreux sans sa clochette.

L'appariteur conduisit Justinien dans un réduit sans fenêtre qui puait la bougie froide et où paperassaient trois secrétaires et l'assesseur Duvalier. L'œil cerné, la barbe noircissant ses joues, le robin avait veillé toute la nuit à la rédaction d'une charte d'exécuteur de la baronnie de Bellerocaille inspirée à peu de variantes près de celle de l'exécuteur de Rodez, Maître Pradel. Comme il n'y avait aucun siège, Justinien resta debout, les bras ballants et les idées en plein charivari.

— Tout d'abord, sachez, Monsieur l'Exécuteur, que votre lettre de commission ne concerne que les hautes œuvres, je veux dire par hautes œuvres toute action de justice se pratiquant sur un échafaud, sur une potence ou un bûcher. Les basses œuvres, dénommées ainsi parce qu'elles se pratiquent au niveau du sol et parfois à genoux, sont le monopole exclusif de Bertrand Beaulouis, maître geôlier de la prison baronniale. Si vous êtes tenu à décapiter, à pendre, à brûler et à rouer, vous ne pouvez en aucun cas exposer au pilori ou au carcan, comme il vous est interdit de forcer l'amende, de flétrir, de fustiger, de mutiler, d'appliquer la question ordinaire comme extraordinaire.

L'assesseur lui remit un inventaire.

— Voici la liste des ustensiles nécessaires à votre fonction et dont vous devez vous munir dans les plus brefs délais. Leur entretien vous en incombe. Des inspections auront lieu.

Justinien lut : une hache, une épée, un billot, une barre à rompre, une croix de Saint-André, un échafaud, des fourches patibulaires à quatre piliers, du chanvre.

— Nous vous allouons une rente annuelle de cent vingt livres, poursuivit Duvalier, et chacune de vos prestations vous sera rémunérée selon les tarifs en vigueur à Rodez. Pour trancher une tête : quatre-vingts livres. Pour pendre : trente livres, plus les cordes. Pour transporter au bûcher, brûler et jeter les cendres au vent : soixante-dix livres, plus les frais de fagots et autres choses utiles à ladite exécution. Pour rompre : cinquante livres, plus dix pour exposer sur la roue et cinq pour transporter aux fourches patibulaires. Vos mémoires de frais devront être présentés dans un délai d'une semaine suivant la prestation... Savez-vous écrire ?

– Oui.

– Parfait. Cela vous évitera les frais d'un écrivain public… Bien, maintenant apprenez que la nature de votre office vous fait obligation de vivre hors des murs de notre cité.

– Ahi ! Et où vais-je habiter ? Dans la nature ?

– Votre logement est prévu à proximité des fourches patibulaires, qui, elles, s'élèveront bientôt au carrefour des Quatre-Chemins.

– C'est fort bien dit, mais en attendant ?

Duvalier eut une moue dubitative.

– Pour ce détail, il vous faudra consulter Monsieur le Prévôt Foulques. Pour en revenir à notre charte, sachez également qu'il vous est fait obligation de porter en permanence, même les jours de fête, un vêtement distinctif qui ne laissera aucune part à la méprise sur votre état, rassurera les honnêtes gens et servira de terreur aux malfaiteurs.

Justinien apprit avec accablement qu'il devrait désormais se vêtir de rouge sang de bœuf, une couleur propre à donner la migraine.

– Même le chapeau ?

– Même le chapeau. Maintenant, si vous le voulez bien, nous allons aborder les mesures prises à votre avantage afin d'adoucir la terrible servitude de votre fonction. Le baron vous exempte d'aide, de taille, de dîme et de gabelle. Il vous fait également grâce des corvées, de l'obligation de guet, du droit de moulin et de pressoir et de fournir le logement aux gens de guerre. Tous les péages et bacs de la baronnie vous sont ouverts. De plus, et toujours en raison de la nature singulière de votre état, le baron vous accorde le droit de porter des armes défensives et offensives pour la sûreté de votre personne.

– J'aurai le droit de porter l'épée ?

Seuls les gentilshommes avaient ce privilège.

Duvalier lui remit l'ordonnance au sceau baronnial, puis continua son énumération.

– Dès l'instant où un condamné vous sera remis, il vous incombera de vous charger de tout. Ses vêtements vous appartiendront, exception faite de la chemise qu'il devra conserver pour la décence. Son corps devra toujours être exposé aux fourches patibulaires et nulle part ailleurs. Et cela jusqu'à ce que pourriture s'ensuive… Maintenant, Monsieur l'Exécuteur, voici les strictes conditions dans le cadre desquelles vous êtes autorisé à lever l'impôt de havage.

Après le droit à porter des armes comme un noble, voilà qu'il était autorisé à lever un impôt comme un seigneur.

– Cet impôt en nature sera prélevé trois fois par semaine chez les commerçants, artisans et autres dont voici la liste exhaustive.

Celle-ci était longue et couvrait quatre colonnes. Justinien lut que chaque lundi, mercredi et samedi il pourrait percevoir une poignée sur le blé et tous les autres grains, sur les œufs, quel que soit le volatile, sur le beurre, les fromages, le pain, les fruits, le miel, les racines, les volailles, le bois en bûches comme en fagots, les bougies, le charbon, etc. La perception était double les jours d'exécution, les jours de marché et les jours fériés.

– Qu'entendez-vous par « poignée » ?

L'assesseur se permit un sourire entendu. Cette question révélait qu'en dépit de son air hérisson et absent ce haillonneux au nez de bois suivait attentivement son exposé.

– Sur le point que vous évoquez, nous nous sommes inspirés du droit de havage dans le Limousin. Votre impôt consistera en ce que votre paume pourra contenir ou saisir. Ni plus, ni moins.

Justinien regardait ses mains d'un œil perplexe quand l'appariteur se glissa dans l'entrebâillement de la porte.

– Monsieur le Prévôt vous réclame, dit-il, s'adressant au jeune homme qui nota le voussoiement.

– Je n'ai pas terminé, se plaignit l'assesseur.

– Monsieur le Prévôt a dit tout de suite, insista le secrétaire avec l'air et le ton de ceux qui appliquent une mesure dont ils ignorent la raison.

Le robin s'inclina.

– Fort bien. Ne faisons point attendre Monsieur le Prévôt. Sachez toutefois, Monsieur l'Exécuteur, qu'il vous est strictement interdit de quitter Bellerocaille sans une autorisation de Monsieur le Baron, et seulement de ce seigneur. A part cette petite restriction, vous êtes libre d'aller et de venir à votre guise.

« Comme j'étais libre d'aller et venir dans mon cachot », se dit sombrement Justinien en suivant l'appariteur dans les couloirs. L'office de Foulques était vide.

– Monsieur le Baron l'a fait mander. Il vient juste de partir pour le château, les prévint l'un des chauffe-cire.

Justinien s'assit sur un tabouret et attendit en s'efforçant de ramener le calme dans son esprit. Une heure passa et il était en train d'admettre avec reluctance que sa vanité n'était pas insensible au titre d'officier de justice délivré tout à l'heure par le prévôt quand celui-ci réapparut, l'air plus débordé que jamais.

– Galine est mort et avec cette chaleur il pue déjà, cela incommode la population. Tu vas donc… Faites excuse, vous allez donc prendre vos fonctions dès maintenant en transférant au plus vite cette charogne aux Quatre-Chemins où vous la remettrez sur sa roue. Otez-moi également l'échafaud.

– Je ne peux pas tout faire seul ! Il me faut de l'aide.

– Je sais que vous avez droit à deux valets, mais c'est vous qui devrez les embaucher. Débrouillez-vous.

Foulques réfléchit un instant avant d'ajouter :

– Pour les frais, nous allons pratiquer comme avant-hier. Vous commandez et vous faites expédier les mémoires ici. Mais attention, cette fois je vous mets en garde ! Vérifiez les prix car il n'est pas question de payer pour une hache en or massif ou un billot en bois d'ébène… Mais avant tout, débarrassez-nous de cette puanteur… Non, avant tout il vous faut vous vêtir honnêtement. Monsieur le Baron ne souffrirait point de voir son exécuteur dans un accoutrement aussi misérable. Qu'en est-il des habits de mirliflore que vous portiez lors du supplice ?

Justinien le lui expliqua. Foulques manda un pertuisanier les récupérer.

– Vous les porterez dans l'attente de ceux auxquels votre état vous astreint.

– Et pour mon logement ? Monsieur l'Assesseur m'a signifié l'obligation de loger près des fourches patibulaires qui vont s'élever aux Quatre-Chemins. Mais hier quand j'y suis passé, il n'y avait rien du tout et je doute qu'il y ait quelque chose pour m'abriter d'ici à ce soir.

– Je sais, je sais… Reposez-moi cette question ce soir, Maître Pibrac, alors j'aviserai.

Foulques sortait du château où le baron l'avait convoqué pour lui ordonner d'accélérer la construction des fourches patibulaires.

– Monseigneur le Comte-Évêque se plaît dans notre cité et prolonge son séjour, lui avait-il dit. Prenez autant d'équipes qu'il sera nécessaire, besognez la nuit s'il le faut, mais que mes fourches soient achevées avant son départ. Je veux qu'il puisse honorer leur inauguration de sa présence. A propos, qu'en est-il de notre exécuteur ?

– Nous l'avons retrouvé et il a signé sa lettre de commission. Il étudie en cet instant sa charte en compagnie de Monsieur l'Assesseur Duvalier. Quand envisagez-vous cette inauguration ?

– Que tout soit prêt après-demain matin. Prévoyez deux à trois bricons à pendre pour l'occasion.

– C'est que nous ne disposons d'aucun condamné à mort !

– Je vous charge d'en trouver, Monsieur de Foulques.

– A vos ordres, Monsieur le Baron.

*

Justinien avait récupéré ses beaux habits et son escorte commandée par un exempt de la milice quand il sortit de la prévôté et marcha vers la roue. La place était encore encombrée de curieux fascinés par le spectacle de Galine becqueté par une dizaine de corbeaux. Il les entendit commenter les progrès des volatiles en train d'ouvrir le ventre pour déguster les entrailles. Certains se protégeaient de l'odeur en enfonçant leurs nez dans des mouchoirs parfumés à l'essence de jasmin.

Au lieu de s'occuper du cadavre, il désobéit aux consignes en se rendant d'abord chez Maître Favaldou, président de la corporation des armuriers-fourbisseurs de Bellerocaille, et lui commanda une grande épée ainsi qu'une hache capable de trancher n'importe quel cou. L'épée était desti-

137

née à la décollation des nobles, la hache à celle de tous les autres.

Maître Favaldou reconnut Justinien pour l'avoir vu rompre l'après-midi précédent et n'eut pas les états d'âme de ses confrères artisans. Les mésaventures de Maître Calzins et de Maître Lenègre avaient fait le tour de la cité.

– Où dois-je les délivrer ?

– Au carrefour des Quatre-Chemins.

– Mais personne ne vit là-bas ! s'inquiéta l'armurier en cherchant une approbation auprès de l'exempt de la milice qui se tenait derrière lui.

– Le baron Raoul y fait construire des fourches patibulaires.

– La rumeur est donc vraie ! C'est une heureuse nouvelle : il y a longtemps que la baronnie en souffrait... Votre commande sera promptement honorée.

Fasciné depuis son entrée dans la boutique par les épées et pistolets de toutes marques exposés à la vente, Justinien prit son temps pour isoler une rapière sévillane à la coquille ornée de figures de chiens chassant un cerf, une main gauche italienne, une paire de pistolets qu'il choisit pour le sérieux de l'apparence et un baudrier de cuir teint en garance pour suspendre le tout.

– Je vous prie de rajouter ces achats sur votre mémoire, Maître Favaldou. Je prends aussi cette poire à poudre et cette poche à plombs.

– Vous ne prenez rien du tout. Veuillez reposer ces armes et vous en éloigner ! lui intima l'armurier d'une voix glaciale.

Même l'exempt crut bon de s'en mêler.

– Seuls les gens de condition portent l'épée, rappela-t-il sur le ton de quelqu'un gourmandant un chien qui vient de s'oublier.

– Les gens de condition ET les exécuteurs, triompha Justinien en farfouillant dans ses nombreux papiers avant d'en extraire l'ordonnance du baron.

Le visage congestionné par la réprobation, l'exempt s'inclina à la vue du sceau de cire et l'armurier dut l'aider à passer et à sangler son baudrier qu'il avait d'abord enfilé du mauvais côté.

138

C'est harnaché comme un va-t-en-guerre de comédie italienne que Justinien se rendit chez le maître de relais Pierre Calmejane qui louait des chevaux (avec interdiction de les faire galoper) et des véhicules utilitaires.

Muni d'une charrette et d'un mulet à l'âge incertain, le jeune homme retourna sur la place du Trou avec l'intention de s'occuper du corps de Galine.

Son escorte resta en retrait quand il attacha le mulet au mât et entreprit de se déharnacher de son armement. Il enleva ensuite son pourpoint et son chapeau, posa l'échelle contre le mât et monta, faisant fuir les corbeaux.

La vue des orbites vides et des déchirures de l'abdomen d'où s'échappaient des morceaux d'intestin recouverts de mouches vertes souleva son estomac à jeun depuis la veille. Il redescendit les échelons à la hâte et tomba à genoux en vomissant de la bile sur les pavés gris. Il y eut des rires moqueurs par-ci, par-là.

– Je dois m'alimenter sinon je n'y arriverai jamais, se dit-il en se réharnachant de pied en cap.

Avisant l'enseigne de l'auberge Au bien nourri, il fit une entrée remarquée, heurtant maladroitement tout ce qui se trouvait à portée de sa rapière.

L'aubergiste Sébrazac refusa de le servir.

– Pas de *ça* chez moi !

Justinien s'installa à l'une des longues tables en déclarant qu'il ne s'en relèverait qu'une fois le ventre plein. Il se décoiffa et posa ses pistolets, commençant à les charger comme le lui avait brièvement enseigné le maître armurier. Ses voisins immédiats changèrent de place et l'exempt de la milice préféra rester au-dehors avec ses hommes.

Justinien mangea avec appétit et but sec. Bientôt une troublante sensation de bien-être l'envahit. Il qualifia sa situation de « peu ordinaire » et se surprit à en rire de bon cœur. Il n'y avait qu'à regarder les pistolets devant lui pour se prouver qu'il ne rêvait pas. Le poids de sa rapière lui procurait aussi d'ineffables sensations, la plupart agréables.

Il leva la main en direction de l'aubergiste et commanda un autre flacon de vin bouché.

Outré par tant de désinvolture, Sébrazac traversa la place et se plaignit auprès du prévôt.

– J'ai ce bourreau qui ripaille chez moi depuis une heure ! Il fait fuir la clientèle et quand je lui ai refusé un deuxième flacon de vin, il m'a menacé de ses deux pistolets.

– Il a des pistolets ?

– S'il a des pistolets ? Mille vinaigres ! Il a même une flamberge qu'il cogne partout. C'est inadmissible ! Et l'exempt de la milice qui l'accompagne refuse d'intervenir.

– Depuis ce matin, notre cité possède son propre exécuteur, comme à Rodez, à Nîmes, à Albi ou à Paris. Son rang est celui d'un fonctionnaire de la justice baronniale.

– Qu'attend-il pour nous débarrasser de cette charogne qui pue comme un cimetière ! C'est bientôt l'heure du déjeuner et mon auberge est juste devant la roue. Je ne peux même pas ouvrir mes fenêtres !

– Vous ne vous en plaigniez pas hier après-midi. On dit que votre balcon se louait dix livres la place.

– Cinq, Monsieur le Prévôt. Seulement cinq. « On » exagère toujours.

Justinien était presque venu à bout du deuxième flacon quand le prévôt entra Au bien nourri. Son regard sévère alla des chenapans sur la table à la rapière ibérique suspendue au baudrier garance.

– Qu'est-ce à dire ? Ne t'ai-je point ordonné de disposer du corps en premier lieu ? Que fais-tu ici à bombancer en jouant les fiers-à-bras ? Par la Mordieu, mais tu es ivre, maraud !

Justinien eut un rire enfantin.

– Ahi ! Monsieur le Prévôt, vous vous oubliez. On doit dire désormais « Maître Pibrac » ou encore « Monsieur l'Exécuteur ».

Il se leva néanmoins pour s'expliquer :

– Comprenez-moi, Monsieur le Prévôt, je vous ai obéi. Je suis monté sur la roue, mais quand j'ai vu de très près ce que les corbeaux ont fait à ce malheureux, le cœur m'a manqué. Je n'avais rien mangé depuis hier matin, alors je me suis rendu ici.

– Et ces armes ! D'où viennent-elles ?

– C'est le maître armurier Favaldou qui me les a vendues. J'ai toujours eu envie d'en porter. Surtout une épée. Aussi quand Monsieur l'Assesseur m'a avisé que j'étais autorisé à m'armer… Quand j'en aurai le temps, j'apprendrai à m'en servir, et alors gare à celui qui regardera mon nez de travers !

Tant de candeur, même avinée, désarma le prévôt qui lui fit signe de se rasseoir et s'attabla à son tour.

– *Oderint, dum metuant !* tonna le jeune homme, dressant un index menaçant comme le faisait le préfet des mœurs du séminaire.

Puis il éclata de rire.

Foulques se souvint de l'avoir vu lire et écrire avec facilité.

– Comment se fait-il qu'un bricon tel que toi sache le latin ?

Toute jovialité disparut chez le jeune homme.

– Je ne suis pas un bricon ! J'ai été aussi injustement condamné aux galères que je le suis à devenir votre bourreau. Maintenant, Monsieur le Prévôt, je vais disposer du mort comme vous me l'avez ordonné. Serviteur !

Il se leva, glissa les pistolets dans sa ceinture, se recoiffa en saluant dignement et sortit, fauchant au passage avec son épée le gobelet et le flacon de vin qui se brisèrent sur le sol carrelé.

– Faites excuse, dit-il à la cantonade, mais je n'ai pas encore l'habitude.

Dehors, c'était l'attroupement. Sa sortie provoqua un remous qui ramena un peu de gaieté sur son visage décharmé par le prévôt. Cette curiosité lui plaisait car il la sentait craintive.

Il marcha le plus droit possible vers la charrette rangée sous la roue. Il était temps, le mulet avait presque entièrement rongé le licou l'attachant au mât. Justinien refit le nœud plus court tout en s'efforçant de réfléchir à la manière de descendre seul Galine de sa roue et le déposer dans le véhicule. L'effort lui parut colossal.

Il se déharnacha de nouveau et eut alors une idée qu'il n'aurait sans doute jamais osé mettre en pratique s'il n'avait été ivre. Il monta à l'échelle. Les corbeaux s'envolèrent à regret. Rumeur dans l'assistance. Le prévôt et l'aubergiste apparurent sur le seuil de l'auberge. Ils le virent grimper sur l'échelle, atteindre le corps, mais au lieu de s'en charger le dos et de le redescendre, ils l'œillèrent avec stupéfaction basculer directement Galine dans la charrette placée au-dessous.

Les conséquences ne se firent pas attendre. En chutant d'une telle hauteur, le cadavre d'une soixantaine de kilos brisa le fond de la charrette et terrorisa le mulet qui rua dans les brancards tout en tirant violemment sur son licou solidement attaché au mât. Tel un fruit trop mur, Justinien, qui s'apprêtait à redescendre, fut brutalement catapulté sur les pavés, où il se fit très mal.

Une partie de l'assistance estima peu chrétien que l'on traite ainsi la dépouille d'un mort, l'autre partie était hilare et trouvait la scène à son goût. Aussi mortifié que contusionné, Justinien se remit péniblement debout. C'était un authentique miracle qu'il ne se fût rien brisé. Il avait des douleurs à l'épaule et à sa hanche gauche.

– C'était une mauvaise idée, admit-il en vérifiant l'ordonnance de son nez. J'aurais dû le faire tomber à terre et le hisser ensuite dans la charrette.

Il voulut calmer le mulet qui tenta de le mordre avec ses grandes dents jaunes et continua de secouer le mât.

– Attention ! cria subitement une voix.

Trop tard. Une secousse plus forte avait déboîté la roue de son mât et l'avait projetée sur un groupe de curieux, en en blessant grièvement deux à la face et à la poitrine. Une grande confusion régna pendant quelques instants sur la place. Tandis que le prévôt aidé de l'exempt organisait l'évacuation des blessés vers l'hôpital des franciscains, Justinien parvint à calmer l'animal.

Si le fond de la charrette avait souffert sous le choc, il restait suffisamment de planches pour transporter Galine sans risquer de le perdre en chemin. Il renfila son pourpoint, son baudrier, ses armes, se recoiffa et quitta la place, suivi de son escorte reformée, mais aussi des corbeaux, des mouches et bien sûr de tous les regards.

Il remonta la rue Magne, passant devant la maison Crespiaget où le cadavre disloqué avait été maître coq huit années durant, puis s'engagea dans la rue du Paparel, refaisant en sens inverse le trajet de la veille. Sans doute mal remis de sa frayeur, le mulet se montrait peu coopératif et s'immobilisait sans raison, refusant de bouger un sabot malgré les pires menaces. Jugeant la rue du Paparel trop pentue à son goût, il pila net et refusa d'aller plus avant.

Excédé par tant de mauvaise volonté, Justinien trouva là motif à étrenner sa coûteuse lame de damas sévillane. Dégainant d'un geste ample, il piqua l'arrière-train du mulet qui brama sauvagement en détalant droit devant lui dans la rue en pente. L'exempt qui ouvrait le passage n'eut que le temps de se rabattre contre la devanture d'un apothicaire.

Seule l'intervention d'un bouvier stoppa la folle cavalcade et évita un drame supplémentaire. L'homme pâlit en découvrant le contenu de la charrette.

– Encore une mauvaise idée, déplora Justinien en rengainant la longue lame.

Dans son émotion, il rata le trou du fourreau et faillit se trancher quatre doigts.

Remerciant le bouvier qui fixait maintenant son nez avec une expression de profonde surprise, il reprit le licou et tira doucement dessus. Le mulet daigna obéir.

Le funèbre transport dépassa la tour-prison et sortit de la cité par la porte ouest. Prévenus par l'exempt, les gardes de l'octroi bloquèrent le trafic pour donner priorité à la charrette.

Ils franchirent le Pont-Vieux, suivirent un moment la berge du Dourdou bordée de peupliers avant de bifurquer vers l'intérieur et le carrefour des Quatre-Chemins, point de passage obligatoire pour les voyageurs se rendant à Rodez, Clermont, Pont-de-Salars et Millau.

L'endroit était marqué depuis toujours par un grand dolmen, célèbre dans le Rouergue et au-delà pour porter chance à qui en faisait le tour. L'origine de la coutume se perdait dans la nuit des temps, mais même les postillons mécréants de la chaise de poste ne se seraient jamais risqués plus loin sans sacrifier au rituel.

Quand Justinien et son escorte arrivèrent, une grande animation régnait au carrefour. Animation régie par Maître

Calzins qui avait obtenu d'être le maître d'œuvre en rabattant deux cents livres sur le mémoire de l'échafaud. Après avoir débroussaillé le vaste espace devant le dolmen, une équipe de terrassiers l'aplanissait tandis que des charpentiers tiraient au cordeau l'emplacement des fourches et celui du logement du bourreau et de ses ustensiles. A droite du dolmen, un grand feu détruisait les ronces et autres broussailles arrachées. A l'opposé, près de nombreuses charrettes et d'empilages de planches et de madriers, des mulets broutaient placidement.

L'apparition de Justinien et de son sinistre arroi troubla cette harmonieuse besogne. Ce fut pire lorsqu'il marcha droit sur le maître d'œuvre pour lui signifier de se rendre place du Trou, d'y démonter l'échafaud et de l'entreposer ici.

La vue des chenapans et de la rapière impressionna beaucoup Calzins qui ravala sa rancœur et désigna six hommes pour l'accompagner.

– N'oubliez pas le mât, la roue et l'échelle. Prévoyez également une vaste bâche pour protéger l'échafaud en cas de pluie.

Sans répondre, Maître Calzins rejoignit ses compagnons qui avaient attelé la plus grande des charrettes.

Justinien ricana en les voyant scrupuleusement tourner autour du dolmen avant de prendre le chemin de Bellerocaille. Lui aussi, quelque temps auparavant, avait tourné et on ne pouvait guère prétendre que cela lui eut porté bonheur.

Il engloba d'un regard critique le carrefour. C'était donc ici que l'on voulait le tenir à l'écart, parmi cette lande de cailloux, de ronces et de chardons, sous l'œil permanent du bourg qui surgissait du paysage à une demi-lieue seulement.

Ne sachant que faire de Galine, il le laissa dans la charrette et se borna à déharnacher le mulet qui alla paître en compagnie de ses frères de race. L'exempt vint s'enquérir de la suite. Justinien haussa les épaules avec philosophie.

– Il faut attendre que ce gâte-bois revienne avec le mât et la roue, le corps doit être replacé dessus. Nous ne pourrons retourner au bourg avant.

L'exempt s'installa avec ses hommes sous la large pierre plate du dolmen, la seule ombre du périmètre, et prit son mal en patience.

L'attente promettant d'être longue, Justinien s'assit sur l'un des tas de planches et commença à tripoter ses pistolets. N'y tenant plus, il effraya tout le monde en les déchargeant sur les corbeaux qui étaient revenus. Il les rata. L'exempt marcha vers lui pour le réprimander d'une voix excédée.

– Qu'est-ce qui vous prend ? Vous ne savez donc pas qu'il est interdit de les tuer ?

Il faisait allusion à l'ordonnance baronniale protégeant les corbeaux, les corneilles et autres charognards qui étaient considérés comme d'utiles équarrisseurs municipaux.

– J'ai visé à côté. Vous pensez bien que je les aurais trucidés sinon…, mentit-il en portant les canons à ses narines en tilleul pour respirer la piquante odeur de poudre.

– Il est également interdit de les importuner en aucune façon. Monsieur le Baron ne veut pas qu'ils émigrent en d'autres régions.

Penaud, Justinien rangea ses armes. L'exempt retourna sous le dolmen où ses hommes avaient commencé une partie de lansquenet.

Justinien tira son épée qu'il examina du pas-d'âne au faible de la lame. Le nom de son auteur, Sebastián Hernández, était damasquiné en petits filets d'argent sur le haut de celle-ci. Faisant quelques pas, il fouetta l'air devant lui, séduit par le feulement de l'acier. Les quelques leçons d'escrime reçues lui avaient été données par papa Martin qui avait utilisé un gourdin pour l'initier à la technique du sabre d'abordage, la seule qu'il connût.

Il décapita quelques coquelicots, puis s'en prit aux chardons. Bien que l'arme fût légère, son bras peu habitué se lassa vite. Il essuya la lame contre sa manche et la rengaina avec prudence dans son fourreau.

Les voyageurs qui empruntaient le carrefour venaient invariablement s'informer auprès des artisans des raisons de ce remue-ménage. Certains alors filaient sans demander leur reste, d'autres au contraire s'attardaient, allant jusqu'à déranger les corbeaux pour voir ce qui les attirait dans cette charrette. L'un d'eux, un mercier de campagne, se pencha par-dessus la ridelle et déchira un morceau de la chemise du mort.

L'exempt l'admonesta de son dolmen.

– Lâche ça, maraud, et passe ton chemin !

Puis, se tournant vers Justinien qui rêvassait sur son tas de planches, il lui lança :

– Ce mort est le vôtre. C'est à vous de le surveiller.

Justinien s'approcha du colporteur qui portait sa malle-boutique harnachée sur le dos.

– Pourquoi faire une beuserie pareille ? lui demanda-t-il en montrant le bout de tissu maculé de sang qu'il tenait entre ses doigts.

– Je connais des faiseurs de talismans qui paient bien ce genre d'articles.

– Dans ce cas, tu peux le garder mais tu dois me payer un droit. Disons, euh, je ne sais pas, moi… disons un droit de dix sols, et ce n'est pas cher.

– Vérole de moine ! Dix sols, mon fondement ! Pourquoi j'paierais-y donc pour un droit à un méchant jean-foutre comme toi ?

– Parce que je suis le bourreau de Bellerocaille et que ce mort m'appartient.

Le colporteur laissa tomber le bout de chemise dans la charrette et s'éclipsa à toute vitesse sur la route de Millau… pour réapparaître quelques instants plus tard et faire le tour du dolmen qu'il avait oublié dans sa précipitation.

Justinien revint à son tas de planches en fredonnant : « Trois jeunes tambours s'en revenaient de guerre… »

– Et ri, et ran, rapataplan, se gaussèrent en cœur les charpentiers en train d'assembler à quelque distance les premiers piliers des fourches.

Le jeune homme piqua d'abord un fard, puis il vint se placer devant eux pour recharger, l'air de rien, ses pistolets. Le chœur s'éteignit. Bientôt les corbeaux réapparurent sur les ridelles de la charrette. Le temps passa.

*

Le corps de Galine ne s'y trouvant plus, la place du Trou était vide de curieux quand arriva Maître Calzins et son équipe pour entreprendre le démontage de l'échafaud. Les curieux réapparurent.

Un pertuisanier sortit de la prévôté et avisa le charpentier que le prévôt l'attendait dans son office.

Foulques était d'humeur fracassante. La visite du maître armurier Favaldou et de son extraordinaire mémoire de frais l'avait éreinté (« Bien sûr que c'est très cher, votre bourreau ne s'est pas contenté d'une Sebastián Hernández, il a également emporté une paire d'arçons anglais à chenapans d'Herman Barne ! »).

– Où en sont vos travaux, Maître Calzins ?

– Ils avancent bon train. Sans intervention intempestive de la part de votre Monsieur l'Exécuteur, nous serons prêts à temps.

– Brisons là ! Je vous répète que ce garçon est désormais notre exécuteur, avec tous les droits afférents à son état. Je vous conseille d'ailleurs de lire attentivement la charte que nous venons de faire afficher et crier en ville. Étudiez le passage sur le droit de havage et tenez-en compte lorsque vous rédigerez votre mémoire de frais.

– Qu'est-ce à dire ? Je ne vous entends point, Monsieur le Prévôt.

– Le baron vient de décider que les dépenses considérables occasionnées par la création de ce nouvel office seront en partie assurées par la guilde.

La guilde était l'association des artisans et marchands de Bellerocaille. Sa puissance était telle que le baron Raoul ne pouvait lever un impôt sans la consulter.

– Jamais la guilde ne votera son accord.

– Elle le votera quand lui sera lu le décompte des bénéfices enregistrés depuis l'arrestation de Pierre Galine.

L'appariteur entra dans l'office et annonça la présence de l'aubergiste Sébrazac dans l'antichambre.

– Que me veut-il encore ?

– Je crois qu'il vient présenter un mémoire de frais, Monsieur le Prévôt.

– Qu'il attende.

Foulques contourna son bureau et s'approcha du charpentier qui regardait par la croisée ses compagnons démonter l'escalier de l'échafaud.

– Quand pensez-vous en avoir terminé avec le logement de l'exécuteur ?

– Demain après-midi, Monsieur le Prévôt.

– Combien de temps vous faut-il pour monter votre échafaud ?

– Trois heures environ.

– Fort bien. Remontez-le aux Quatre-Chemins. Il est suffisamment vaste pour abriter une compagnie de dragons, il devra suffire de logement provisoire à notre exécuteur.

*

Assoupi contre le tas de planches, Justinien rêvait qu'il venait d'embrocher Baldo en combat singulier et s'apprêtait à faire subir un sort identique à Vitou (enchaînée à un arbre, Mouchette attendait son tour) quand des bruits de roues sur le chemin le réveillèrent. Il se releva, dessaoulé, la tête lourde. Son chapeau ayant glissé durant son sommeil, sa joue gauche était cramoisie de soleil. Il vit la charrette du charpentier pleine à ras bord arriver au carrefour, traînant dans son sillage un cortège de curieux que la distance jusqu'aux Quatre-Chemins n'avait pas découragés. Déjà certains s'approchaient de la carriole investie par les corbeaux et louchaient vers la chemise du mort. Les corbeaux s'envolèrent. L'exempt quitta son abri, ses hommes cessèrent leur jeu et prirent leurs piques.

Justinien s'approcha en massant ses tempes douloureuses.

– Arrière, mauvaises gens ! Laissez ce mort en paix.

On le reconnut, on s'écarta, mais de quelques pas seulement, et comme il est dans l'âme de tout honnête homme de frémir à la vue de celui qui assassine légalement son semblable, on frémit.

Justinien alla au-devant de Calzins qui surveillait le déchargement de l'échafaud et rebroussa une nouvelle fois son poil dans le mauvais sens en réquisitionnant ses gens pour ériger le mât, puis installer la roue et le corps par-dessus.

– Ils ne toucheront pas à ce monstre.

– Ils feront ce que je leur dirai de faire sinon Monsieur l'Exempt ici présent s'en assurera pour moi.

Pendant qu'un terrassier creusait un trou pour le mât, Justinien revint auprès du corps et du cercle des curieux qui s'étaient resserrés tout autour. Ce fut une femme qui la première osa lui parler.

– Je vous baille un sol si vous me laissez prendre un morceau de sa chemise.

Tout en parlant, elle déposa dans sa main la pièce d'argent.

Justinien n'hésita qu'un très court instant (le temps de respirer).

– Pour un seul sol, ce sera un tout petit morceau.

Aussitôt, d'autres mains porteuses de pièces se tendirent. Il les accepta toutes et partagea lui-même avec son couteau la chemise du cuisinier qui disparut en l'espace de trente Pater Noster. Ce fut donc un Galine nu comme le jour de sa naissance qui s'éleva bientôt à deux mètres du sol.

Les corbeaux réapparurent.

Tête nue, insouciant du soleil, Justinien porta son chapeau à demi rempli de pièces près des planches où il entreprit de les compter, les divisant en piles de sols d'argent, de liards et de hardis de cuivre. Le total le sidéra. Cent dix sols ! Cinq livres et demie, de quoi acheter une douzaine de chemises !

– J'aurais dû faire des bouts plus petits.

Pendant ce temps, à dix toises des futures fourches aux fondations presque achevées, on remontait à grands coups de maillet l'échafaud.

– Est-ce bien nécessaire ? Ne serait-il pas préférable de le conserver démonté ? demanda Justinien à Calzins qui sourit avec malveillance.

– C'était également mon avis jusqu'à ce que Monsieur le Prévôt vous le réserve comme logement provisoire en attendant le définitif.

Se sentant observé de tous, Justinien prit sur lui-même de rester impassible.

– Un échafaud pour abriter un bourreau, quoi de plus

naturel ! Je m'en vais de ce pas en ville me fournir en mobilier avant que la nuit ne tombe.

Il récupéra le mulet, l'attela à la charrette et s'en alla sur le chemin de Bellerocaille, évitant ostensiblement de faire le tour du dolmen. Il restitua d'abord la charrette défoncée et le mulet à son propriétaire. Quand celui-ci fit mine de s'encolérer à la vue des planches brisées, Justinien lui coupa sèchement la parole :

– Épargnez-moi votre pleurniche et contentez-vous de majorer votre mémoire... comme vous l'auriez fait de toute façon. Cela dit, avisez vos palefreniers de me préparer une nouvelle charrette. Et cette fois je veux un cheval, pas un mulet centenaire et têtu. Qu'ils soient devant l'hôtel de la prévôté quand j'en sortirai.

Sans attendre la réponse, il tourna le dos au maître de relais Calmejane et marcha d'un pas décidé vers la place du Trou, son escorte toujours à ses basques.

Avant de l'introduire dans l'office de Foulques, l'appariteur lui désigna la barre métallique posée le long du mur.

– Vous n'oublierez pas de la récupérer en partant, n'est-ce-pas ? Aïe !

– Faites excuse, dit Justinien qui venait de le heurter par mégarde avec sa rapière.

Il trouva Foulques en train d'écrire, l'air plus préoccupé que jamais (il avait trois condamnés à mort à trouver).

– Est-il exact, Monsieur le Prévôt, que vous me réservez l'échafaud comme habitation ?

– Pourquoi pas ? Un refuge tout ce qu'il y a de provisoire, puisque au plus tard après-demain vendredi votre logement de fonction sera terminé.

– N'aurait-il pas été plus honnête de me loger provisoirement dans l'une des chambres de l'auberge Au bien nourri ?

– Relisez votre charte, Monsieur l'Exécuteur, elle a pris effet dès l'instant où elle vous a été remise. Vous ne pouvez passer la nuit dans l'enceinte de notre cité sans déjà l'enfreindre...

– Il en sera donc ainsi. Maintenant, avec votre permission, je vais me mettre en quête d'une paillasse et de quelques affaires afin de m'accommoder au mieux.

– Faites donc, Monsieur l'Exécuteur, faites donc. Mais, à l'avenir, modérez votre goût pour le luxe. Si j'en crois ces mémoires (il posa la main sur une pile de parchemins), vous nous devez déjà plus de cinq années de pension.

– C'est normal, Monsieur le Prévôt. N'ayant rien, j'ai besoin de tout. Comme par exemple d'un cheval à moi… Pourquoi ? Mais parce qu'en habitant si loin du bourg, il m'en faudra un pour aller et venir dans mon horrible habit rouge.

– Pour ça, nous verrons, chaque chose en son temps. Bornez-vous pour l'instant au minimum, nous aviserons par la suite… Qu'ai-je dit qui mérite un si large sourire ?

– Ne m'avez-vous pas assuré que mon logement serait achevé après-demain vendredi ?

– Je l'ai dit.

– Nous sommes donc mercredi !

– Nous le sommes… jusqu'à minuit sonnant. Où voulez-vous en venir ?

Justinien déplia sa copie de la charte et lut d'une voix trompetante le passage concernant les jours de havée : le lundi, le MERCREDI, le samedi.

– Je vais donc exercer mon droit de havage. Sauf votre respect, Monsieur le Prévôt, puis-je vous suggérer de me faire précéder du crieur public qui lirait la charte aux commerçants ?… Doubler mon escorte ne serait pas inutile… Il serait bon qu'il y ait aussi un huissier pour dresser les procès-verbaux en cas de refus à l'impôt.

Le prévôt Henri de Foulques comprit qu'il avait grandement sous-estimé ce jeune bricon au nez de bois. Quand celui-ci eut quitté la prévôté en compagnie du crieur, de son tambour, d'un huissier en col blanc, d'un capitaine milicien et d'une escorte quintuplée, il demanda à son secrétaire d'aller chercher le dossier judiciaire du dénommé Justinien Pibrac.

*

Un peu avant le coucher du soleil, les équipes et leur maître d'œuvre rentrèrent à Bellerocaille, laissant Justinien seul en compagnie de son cheval de location et du cadavre méconnaissable de Pierre Galine. Pas un ne lui souhaita la bonne nuit et quand la dernière charrette disparut entre les peupliers de la berge, le jeune homme eut le cœur gros. Il fit quelques pas sur le carrefour en songeant aux chiens errants et aux loups que l'odeur de charogne n'allait pas manquer d'attirer.

Chassés par le tapage des hommes, les grillons étaient revenus et rattrapaient le temps perdu tandis que des centaines d'étourneaux virevoltaient en rangs serrés dans un ciel où s'accumulaient les nuages.

Se hissant sur le dolmen, Justinien s'offrit une vue d'ensemble du carrefour sens dessus dessous. L'air embaumait l'herbe fraîchement coupée sauf quand un caprice de la brise rabattait sur lui la puanteur du cadavre sur sa roue.

Trois ares avaient été débroussaillés et partiellement désempierrés. Deux piliers sur quatre se dressaient du sol et n'offraient pour l'instant qu'un aspect anodin.

Les dimensions de sa future habitation étaient tracées par des cordes tendues entre des piquets et plus loin, sur la droite, s'élevait l'échafaud reconstruit dans lequel il avait élu domicile pour la nuit.

– Je suis leur chien dans sa niche, se dit-il sombrement en regardant d'un air mauvais la haridelle de location qui broutait près de la charrette utilisée pour le transport de son mobilier et du fruit de la havée qui avait nécessité deux voyages et qu'il avait entreposée sous l'échafaud, faute d'une meilleure place.

– Faut-il qu'ils soient bien sûrs de moi pour me laisser ainsi tout seul.

En effet, rien ne l'empêchait de partir et de marcher toute la nuit. Quand sa disparition serait constatée, il serait loin. Il s'imagina arrivant à Bordeaux, embarquant sur un vaisseau en partance pour le Nouveau Monde.

Sautant à terre, il retourna sous l'échafaud qu'il avait emménagé tant bien que mal en étalant à même le sol une bâche en guise de plancher sur laquelle il avait installé un lit à colonnes, une table, un banc et un coffre à vêtements. Une partie de l'espace était occupée par les marchandises taxées aux commerçants. Oh, bien sûr, tous avaient bruyamment protesté, refusé énergiquement, menacé solennellement, mais tous avaient fini par céder. Presque chaque fois, l'huissier avait dû intervenir et seul le sang-froid du capitaine de la milice avait évité l'émeute dans la rue des Grainetiers (ceux-ci trouvaient sa main anormalement grande et voulaient qu'elle soit examinée par une autorité religieuse) et dans celle des Pinardiers, une corporation instinctivement opposée à cet impôt-surprise.

Bien que Justinien n'eût droit qu'à une poignée seulement de chaque chose, le butin était impressionnant. De fait, la difficulté et l'incertitude des routes avaient multiplié le nombre des échoppes, fabriques et ateliers venus s'installer à Bellerocaille. Depuis toujours, le bourg produisait tout ce qui était nécessaire à la consommation de ses citadins, bien sûr, mais aussi de ses paysans.

Justinien déplia son couteau et trancha un morceau de jambon fumé qu'il mangea en débouchant un flacon de vin des tonneaux de l'abbaye des cordeliers. Même un idiot aurait compris qu'à raison de trois ponctions hebdomadaires il allait se constituer en un temps record une importante réserve qu'il pourrait soit monnayer, soit troquer.

Le vin aidant, son optimisme prit le dessus. Il s'imagina un an plus tard, refusant de signer le renouvellement de sa commission, tirant sa révérence et partant pour Bordeaux muni d'une bourse gonflée d'or. Il se vit clairement débarquer dans le Nouveau Monde et s'y tailler un colossal empire. Même Dieu n'en reviendrait pas ! D'ailleurs il serait si juste et tellement aimé de ses sujets que ceux-ci trancheraient le nez de leur progéniture pour qu'elle lui ressemble.

Il termina le flacon avec un fromage de chèvre qu'il déclara « fort goûteux », puis ouvrit un deuxième flacon et retourna au-dehors profiter des dernières lueurs du jour.

Pris d'une subite inspiration, il enflamma un à un tous les gros tas de broussailles arrachées par les terrassiers, puis il s'installa sur l'échafaud et là, tel Néron sur son balcon contemplant l'incendie de Rome, il admira les brasiers illuminer l'horizon en dégageant une épaisse fumée blanche. Il s'imagina de nouveau empereur du Nouveau Monde. Cette fois, il envahissait le Vieux Continent à la tête d'une armée de Peaux-Rouges, puisque telle était la couleur des manants de là-bas (il l'avait lu dans l'un des almanachs de papa Martin), et semait la terreur sur son passage.

Des bruits de galop le firent tressaillir. Aucune honnête personne ne voyageait à cette heure tardive, ce ne pouvaient donc être que des brigands qui en avaient à ses possessions. Le cœur battant, il descendit en hâte de l'échafaud et s'agenouilla derrière l'escalier en armant ses pistolets. Il tira en l'air et hurla aussi fort qu'il le put :

– Halte là ! N'avancez plus sinon je vous décervèle !

– Nous sommes le guet, mordioux ! C'est toi, maraud, que nous allons décerveler si tu ne te montres pas.

Justinien risqua un œil et se détendit en reconnaissant l'uniforme aux couleurs du baron. Il sortit de sa cachette. Les cavaliers firent cercle autour de lui, leurs chevaux soufflant fort des naseaux.

– Ce ne sont que des feux de broussailles, dit l'un des archers après inspection.

– C'est pour ça que vous êtes accourus ? s'étonna le jeune homme en souriant. Vous pensiez que j'avais incendié ma « niche » !

Il désigna la masse sombre de l'échafaud.

Les guetteurs des échauguettes du château avaient été les premiers à voir les feux et à crier : « Ça arde aux Quatre-Chemins ! » Le prévôt avait expédié une patrouille du guet pour évaluer les dégâts.

– Pourquoi cet embrasement ? questionna roguement le sergent sans descendre de sa monture.

– *Primo,* je suis fonctionnaire de police comme vous, et à ce titre je vous prie de vous montrer plus déférent à mon égard, ensuite je suis ici chez moi, au cas où vous l'ignoreriez encore. J'allume donc les feux qui me chantent. Je ne vous souhaite point la bonne nuit.

Leur tournant le dos, il entra sans se baisser sous l'échafaud mesurant une toise de haut. Comme la nuit était tombée, il battit son briquet à silex et alluma plusieurs bougies à mèche de coton. Dehors, les hommes du guet rebroussèrent chemin.

Découpant une large tranche de gigot, il la mangea sur

du pain mouton, ce pain mollet à la croûte dorée au jaune d'œuf et parsemée de grains de blé qu'Éponine cuisait chaque dimanche et qu'il adorait… Il frémit à la pensée que Roumégoux n'était qu'à trois jours de Bellerocaille, quatre pour les lambineurs. Tôt ou tard quelqu'un le reconnaîtrait. Avec son nez, c'était obligé.

Il but une longue rasade et tenta de redevenir l'empereur de toutes les Amériques, mais le charme était rompu. Le cri d'un mulot saisi par une fouine retentit. Il pensa aux loups et rechargea son pistolet. Pour ne pas être croqué durant son sommeil, il barricada l'accès à l'échafaud avec des planches qui abondaient sur le chantier.

Il aligna sa rapière et les pistolets chargés sur la table, disposa la barre au pied de son lit et glissa la main gauche italienne sous l'oreiller. Ainsi paré, il s'attabla et recompta son argent. En plus des cinq livres et demie de la vente de la chemise du mort, il compta huit livres supplémentaires reçues des marchands qui avaient refusé qu'il touche leurs biens avec une main considérée comme impure depuis qu'elle avait donné la mort.

Il considéra un moment ses empilages de cuivre et d'argent. Toutes les pièces n'étaient pas à l'effigie du baron Raoul, loin s'en fallait. On reconnaissait là le profil de l'ancien roi Louis le Treizième, celui de Louis le Quatorzième jeune. Là encore, sur ce doublon, le visage peu avenant du roi Charles II d'Espagne. Plus de trente-huit monnaies avaient cours dans le royaume. Il trinqua à tous ces grands hommes, puis les rangea dans sa bourse neuve en daim.

Quand les loups attaquèrent, il dormait à poings fermés. Ce fut le vacarme fait par la barricade s'écroulant sous leur poussée qui le réveilla en sursaut.

– Qui va là ? cria-t-il en tâtonnant sur la table pour saisir ses pistolets et tirer en direction de plusieurs formes noires aux larges oreilles pointues.

Un loup jappa en battant en retraite, un autre escalada l'enchevêtrement de planches. Justinien lâcha ses pistolets déchargés et se baissa pour ramasser la barre de fer. Ce mouvement le sauva. Le loup qui avait bondi passa au-dessus de lui et alla heurter violemment la cloison en chêne de Provence, un bois particulièrement dur. Justinien lui flanqua un coup de barre sur le crâne qui l'étala net sur la bâche. Il entendit le cheval de location hennir de frayeur, puis de douleur, mais il se garda de sortir de son abri.

Comme plus rien ne l'attaquait, il battit le briquet et alluma des bougies pour pouvoir recharger les chenapans en lançant des regards inquiets vers l'entrée, mais aussi vers le loup au crâne ensanglanté qui pourtant n'était pas mort et haletait dans son inconscience.

Ses armes rechargées, il s'approcha de l'escalier et tenta de voir au-dehors. La nuit était noire, il ne remarqua rien et allait s'engager plus avant quand il entendit craquer les planches au-dessus de lui et comprit qu'un loup l'attendait. Il tira et si la balle en plomb ne parvint pas à transpercer l'épaisse planche, elle effraya l'animal qui bondit de l'échafaud. Justinien déchargea son deuxième pistolet dans sa direction mais le rata.

Il rechargea et se tint prêt pour un nouvel assaut qui ne vint pas. Il redressa alors la barricade et la consolida avec le banc, la table et le coffre. Il s'apprêtait à égorger le loup assommé quand le cœur lui manqua. Quoique maigre, l'animal était de toute beauté. « Les loups sont des chiens libres », disait d'eux Martin d'une voix admirative. Justinien lui passa un nœud coulant autour du cou et l'attacha au pilier central soutenant le plancher-plafond.

Exténué, il se jeta ensuite sur son lit et se rendormit. Au-dehors, le ciel creva et il se mit à pleuvoir, d'abord quelques gouttes, puis très vite de pleins seaux. La pluie s'infiltra entre les planches et ne tarda pas à goutter partout à l'intérieur, formant des flaques dans les plis de la bâche, éteignant les bougies, détrempant Justinien qui s'éveilla une nouvelle fois en sursaut.

Contre l'orage, il ne put rien sinon attendre sa fin en s'efforçant de protéger les denrées périssables.

Quand le jour ramena les équipes de Maître Calzins au carrefour des Quatre-Chemins, ceux-ci n'en crurent pas leurs yeux en découvrant l'exécuteur (on ne parlait plus que de lui en ville) en train de nourrir un énorme loup gris de trois ans attaché au mât en lui lançant des morceaux de viande qu'il découpait dans ce qui restait de la carcasse dévorée du cheval de location du maître de relais Calme-jane (« Il est interdit de le faire galoper »).

Ainsi se déroula la première journée et la première nuit de l'exécuteur des hautes œuvres de Bellerocaille Justi-nien Pibrac, devenu entre-temps l'ancêtre fondateur de l'une des plus anciennes et des plus remarquables dynas-ties de bourreaux de tous les temps.

Seconde partie

Chapitre I

Bellerocaille, chef-lieu de canton du département de l'Aveyron, mai 1901.

— C'est un tombereau de migou trop chargé qui a versé au milieu de la chaussée, m'sieu Pibrac. C'est bloqué jusqu'au pont de la République.

Léon lança une piécette au gamin et fit faire demi-tour à son courtaud. Il remonta la rue Droite et tourna rue du Dragon, repassant devant la boulangerie qu'il venait de quitter. Depuis la mort de son beau-père Arsène Bouzouc, survenue trois ans plus tôt, Léon était maître du fournil. Pourtant il ne s'était toujours pas décidé à remplacer l'enseigne Boulangerie Arsène Bouzouc. Il s'était contenté de rajouter Pâtisserie.

Son regard se porta à l'intérieur de la boulangerie. Sa femme Hortense servait la bonne du maire. Lorsqu'elle l'aperçut à son tour, elle claudiqua jusqu'à la porte et l'interrogea du regard.

— La rue Droite est embouteillée, je vais passer par le château, expliqua-t-il, ajoutant sur un ton presque implorant : Je t'en prie, Hortense, fais un effort et viens à l'oustal. Ta mère peut s'occuper de la boutique pour une fois.

— J'ai dit non, c'est non.

Le visage plus fermé que jamais, elle lui tourna le dos et clopina vers son comptoir.

Encore svelte malgré ses trente-cinq ans, Hortense luttait pourtant chaque jour contre l'embonpoint à coup de privations qui aggravaient son caractère – un caractère déjà passablement aigri dès sa naissance par une jambe

161

plus courte que l'autre. Elle lui avait gâché sa jeunesse et l'aurait condamnée au célibat si Léon, l'apprenti de son père, ne l'avait épousée quatorze ans plus tôt. Elle avait mis au monde deux filles et un fils, heureusement parfaitement constitués. De son côté, Léon était parvenu à tripler le chiffre d'affaires, drainant la clientèle par ses pâtisseries. Pourtant, Hortense n'était pas heureuse, loin s'en fallait... Comment aimer quelqu'un qui vous a choisie « faute de mieux » ? Après tout, si personne en Aveyron ne voulait d'une boiteuse même jolie, qui aurait voulu d'un Pibrac ?

Léon fouetta le cheval. La carriole s'ébranla à nouveau, prenant la direction de la rue Magne et du Paparel. Les passants qui le croisèrent détournèrent leur regard ou le saluèrent du bout des lèvres, certains, des gens âgés pour la plupart, se signèrent en tripotant leur médaille de saint Benoît... Rien n'avait changé !

Léon était le premier de sa lignée à s'unir à une fille du cru, tournant le dos à la *tradition* en tentant l'assimilation. Comment la frêle et timide jeune fille qui l'avait tant ému s'était-elle transformée en cette virago bondieusarde ? Que s'était-il passé ? Qu'il fût un Pibrac n'expliquait pas tout... Peut-être avait-elle sous-estimé la force et la constance du préjugé, toujours aussi vivace malgré la mise à la retraite forcée de son père, Hippolyte Pibrac le Septième, trente ans plus tôt. Le décret Crémieux de 1870 avait abrogé les commissions de province et livré le monopole des hautes œuvres à l'exécuteur de la capitale.

Quittant la rue Magne, le courtaud s'engagea avec précaution dans la rue pentue du Paparel longeant la muraille du château des Boutefeux, inhabité depuis sa mise à sac en 1792 ; il était question de le restaurer et d'y transférer le musée municipal actuellement à l'étroit dans l'hôtel de ville, ci-devant hôtel de la prévôté.

L'approche d'une famille de montagnols chargés comme des baudets peinant dans la montée l'obligea à se ranger pour les laisser passer. Ils étaient des dizaines et des dizaines à abandonner leurs plateaux arides du Ségala ou de l'Aubrac pour glaner du bois mort et le vendre en ville, au grand mécontentement des charbonniers-marchands de bois qui criaient à la concurrence déloyale. La municipalité, aux mains des républicains (les « rouges »), laissait faire.

– A dix sous le fagot seulement ! Pour nous éviter la montée, lui lança l'homme dans un patois rocailleux.

Léon refusa, mais à regret. Son four était grand consommateur de bois et il n'aurait point laissé passer un si bon prix si la veille, dans l'après-midi, fait sans précédent, le docteur Octave Beaulouis, chef des conservateurs (les « blancs »), n'était apparu dans sa boutique, un grand sourire aux lèvres.

– J'ai deux faveurs à vous demander, mon brave.

Les yeux ronds, Léon avait dévisagé le notable.

– A moi ?

– Mais oui, à vous.

La première faveur consistait à ne plus acheter de bois aux fagoteurs montagnols, la seconde à signer une pétition destinée à contraindre Barthélemy Boutefeux, le maire « rouge », à prendre les mesures qui s'imposaient pour enrayer cette invasion quotidienne de gueux.

– Au début, ils se contentaient de glaner, mais, depuis peu, ils cassent des ramées et sont en train de nous ravager la forêt des Ribaudins, pour ne citer que celle-là.

Bredouillant quelques phrases maladroites où il était question de l'« insigne honneur » qui lui était fait en mêlant son nom au gratin de la cité, Léon signa la pétition, peu surpris de lire que la première des signatures émanait du président de la corporation des charbonniers-marchands de bois.

– A propos, cher Pibrac, notre société reçoit dimanche prochain l'éminent professeur Marguerite. Il donnera une conférence sur le thème *Le besoin de tranquillité est-il plus naturel à l'homme que le besoin de liberté ?* Soyez des nôtres, je compte sur vous.

Président-fondateur de la Société des amis du bon vieux temps, le docteur Beaulouis préparait activement les futures élections, bien décidé cette fois à bouter de la mairie ce « partageux », ce « sans-Dieu » de Boutefeux, ci-devant baron de Bellerocaille, qui menait la cité à la famine.

Était-ce la fin du préjugé ? Une amorce en tout cas, se

dit Léon en dépassant les douves (comblées) et la tour flanquante dans laquelle avait été enfermé l'ancêtre fondateur. Lorsqu'il était enfant, son père Hippolyte l'emmenait souvent dans les ruines du château, concluant immanquablement ses promenades par une visite de la tour où avait été enchaîné le premier des leurs, à l'époque où elle était encore prison seigneuriale.

— Regarde, Léon, regarde, disait chaque fois Hippolyte, c'est par cette archère qu'il pouvait voir le dolmen et la croisée du Jugement-Dernier.

— Le bois Vergogne n'existait pas ?

— Non, ils l'ont fait pousser exprès sous le Quatrième, pour qu'on ne nous voie plus de la ville.

Passant sous la porte ouest, conservée après que l'on eut démoli les fortifications pour permettre à la cité de s'étendre, Léon franchit le Pont-Vieux et suivit un moment l'ancienne route, délaissée depuis la construction en amont du pont de la République, puis il bifurqua et s'enfonça dans le petit bois Vergogne ; bientôt la massive silhouette du dolmen apparut entre les troncs d'ormes.

Si la Grande Révolution avait fait disparaître du carrefour les fourches patibulaires, les estrades du pilori et des potences, mais aussi les gargotes et les marchands de souvenirs, l'oustal du maître des lieux était toujours là, tapi derrière son haut mur hérissé de lames de pertuisanes.

Léon sortit du bois, contourna le dolmen cerné par les pâquerettes et les herbes folles et engagea son cheval sur le sentier menant au grand portail de pierres de taille surmonté du blason familial et de son orgueilleuse devise : Dieu et nous seuls pouvons. De la misère rougeâtre croissait dans les interstices des moellons de grès rose, identiques à ceux de la cathédrale de Rodez.

Il mit pied à terre et ouvrit l'un des lourds vantaux, appréhendant les réflexions que l'absence d'Hortense ne manquerait pas de susciter un jour comme celui-là. L'oustal apparut, en forme de U, flanqué de deux tours rondes et crénelées identiques, elles, à celles encore debout du château.

Tournant le dos à la cité, la façade percée d'amples fenêtres donnait sur la cour pavée et le vaste parc impeccablement emmurés. Au loin, au centre d'un bosquet de grands arbres, on distinguait la chapelle romane sous laquelle avait été creusée la crypte contenant les gisants en bronze des ancêtres. Celui de Justinien Premier, l'ancêtre fondateur, était enchaîné à celui de Guillaumette, son épouse tant aimée.

Tirant son courtaud par la bride, Léon franchit le porche reliant la tour sud à l'aile gauche de l'oustal, une longue bâtisse au toit de lauze, compartimentée en une écurie, un fenil, une remise pour les véhicules et une autre pour le matériel des hautes et basses œuvres, dont la « mécanique » de Justinien III, démontée et rangée dans des coffres. L'aile droite se divisait entre une vacherie, une grange à foin, un poulailler, un clapier et, séparée par une cloison, une soue pour les cochons Victor et Hugo.

Quand Léon déboucha dans la vaste cour pavée, son père, Hippolyte, son frère cadet, Henri, Casimir, l'ancien valet d'échafaud, et les frères Lambert, les métayers du domaine, sortaient de la remise l'ambulance régimentaire achetée en 1868 à l'intendance du 122ᵉ de ligne et qu'Hippolyte avait ingénieusement réaménagée afin de suppléer aux fréquents refus des aubergistes de le recevoir lors de ses déplacements dans le département. Il rangeait la guillotine et ses accessoires dans des coffrages spéciaux aménagés sous le plancher, laissant un espace suffisant pour une chambrette, un petit salon, un cabinet de toilette et un coin-cuisine. L'ambulance réaménagée servit peu : deux ans après sa mise en service, le décret Crémieux rendit son usage obsolète.

Léon alla les aider en leur souhaitant le bonjour.

– Hortense est souffrante et s'excuse de ne pouvoir venir, dit-il piteusement.

Contre toute attente, personne ne releva son mensonge. Tous ici connaissaient sa femme et savaient qu'elle eût préféré perdre un plein porte-monnaie que d'être vue se rendant chez son infréquentable belle-famille.

Pourtant aujourd'hui, Henri, Adèle et leurs enfants, Antoine et Saturnin, quittaient l'oustal pour Bordeaux d'où ils s'embarqueraient pour les Amériques. L'aide d'Hortense aurait été appréciée dans la cuisine, où Berthe, en dépit de sa santé chancelante, s'activait pour un dernier repas. « Son cœur est comme un pot fêlé. Il peut durer cent ans si on ne le secoue pas », avait pronostiqué le médecin après son premier malaise, l'hiver précédent.

Une fois le fourgon tiré au centre de la cour, Hippolyte déplia le marchepied et grimpa lestement à l'intérieur pour ouvrir les lucarnes et aérer.

Hippolyte portait bien ses soixante-cinq ans, pourtant il était outré de vieillir et faisait de son mieux pour contre-carrer cette traîtreuse décrépitude. L'apparition de son premier cheveu blanc, découvert sur la tempe droite à l'âge de trente-quatre ans, l'avait sans doute surpris et autant alarmé que Robinson Crusoé trouvant l'empreinte d'un pied sur son île déserte. Il l'avait arraché. Mais quand d'autres percèrent à leur tour, il changea de tactique et les teignit. Il fit de même lorsqu'ils apparurent dans sa moustache et sa barbe à deux pointes.

Léon retourna à la carriole et prit sous le siège un sac contenant des tourtos de cinq livres encore chauds et une boîte à biscuits pleine de ses pains au miel qui avaient provoqué l'enthousiasme de la clientèle et la mortification des vingt et quelques boulangers et pâtissiers de Belle-rocaille.

– Tiens, pour le voyage, dit-il en les offrant à son frère qui sourit.

– Merci, Léon. Ton pain et tes gâteaux sont sans doute ce qui va nous manquer le plus là-bas.

« Là-bas » était la Californie où d'autres cadets Pibrac avaient émigré un siècle plus tôt et les attendaient.

– J'ai donné la recette à Adèle. Elle vous en fera.

Ils entrèrent ensemble dans la cuisine de l'oustal. Léon embrassa Berthe, leur mère, qui épluchait des patates tout en surveillant la cuisson d'un cabri embroché dans l'âtre et rougit lorsqu'elle s'étonna de ne pas voir Hortense. Il répéta son mensonge, s'assit en face d'elle, ouvrit son Laguiole et commença à éplucher une pomme de terre tandis qu'Henri rejoignait Adèle et les enfants en train de mettre une dernière main aux bagages dans leur chambre. Henri ferma les malles et les coffres de voyage, puis il héla par la fenêtre les frères Lambert pour qu'ils viennent l'aider à les descendre et les charger dans le fourgon.

Le repas fut empreint d'une gaieté forcée qui ne trompa personne. Les yeux de Berthe se mouillaient chaque fois que son regard se posait sur Antoine et Saturnin qu'elle ne reverrait plus. Agés de six et cinq ans, ils mangeaient de bon appétit, se querellant pour savoir qui jetterait les os du cabri à Griffu, l'énorme mosti qui avait grandi avec eux. Hippolyte pouvait bien de sa voix enjouée passer en revue les Pibrac émigrés avant eux, le cœur n'y était pas.

– D'ailleurs, si le Sixième n'était pas mort aussi soudainement, j'en aurais sans doute fait autant. Mais moi, j'aurais préféré m'installer en Australie.

Vint l'instant redouté des adieux. Tous sortirent dans la cour. Les frères Lambert attelèrent Zéphir et Pompon au fourgon. On s'embrassa, on s'étreignit, des larmes coulèrent, des nez reniflèrent.

Cette séparation était d'autant plus cruelle qu'elle mettait un terme aux derniers espoirs d'Hippolyte : désormais, si l'État révisait le décret Crémieux et rétablissait les commissions départementales, il n'y aurait plus de Pibrac pour assumer la charge. Des trois fils que lui avait donnés Berthe, l'aîné, Justinien, était mort du tétanos, Léon les avait pratiquement reniés en devenant boulanger et, aujourd'hui, Henri émigrait pour le Nouveau Monde, emmenant la douce Adèle et leurs deux fils.

Après une dernière caresse à Griffu, Antoine et Saturnin grimpèrent à l'arrière. Adèle s'installa à l'avant avec Henri, qui dévissa le volant des freins. Le fourgon s'ébranla en direction du portail que Casimir venait d'ouvrir. Le vieux valet d'échafaud – il était septuagénaire – ôta son chapeau et l'agita longuement, tandis que la voiture faisait le tour complet du dolmen avant de disparaître dans le bois Vergogne.

Léon prit alors congé de ses parents, bientôt imité par les frères Lambert. Plantés dans la cour, Hippolyte, Berthe et Casimir échangèrent un regard sinistre : ils étaient seuls. Au loin on entendit un pivert frapper un tronc avec la régularité d'une pendule.

Le lendemain, Léon était de retour et leur annonçait l'épouvantable nouvelle.

Margot et Béatrice étaient à l'école des vigilantes du Saint Prépuce, Parfait était au fournil avec son père, Princesse, la chatte, se baguenaudait dans la cour, la bonne faisait des courses, Hortense et la veuve Bouzouc, sa mère, se préparaient au coup de feu de 11 heures en garnissant les présentoirs de gâteaux quand le commandant de gendarmerie Calmejane entra dans la boutique. Devant son air défait, Hortense ravala son sourire de bienvenue.

– Bonjour mesdames. Léon est-il là ?

– Je vais vous le chercher, commandant, dit Hortense en boitant jusqu'à l'arrière-boutique pour appeler d'une voix forte : Léon, viens vite !

Le front en sueur, les joues rosies par la chaleur, Léon sortit du fournil, la moustache et les sourcils saupoudrés de farine. Il sourit à la vue du gendarme. Calmejane était l'un des rares notables de Bellerocaille à entretenir des relations amicales avec les Pibrac.

– Je suis bien aise de vous voir, commandant. Que puis-je pour vous ?

Sans préambule, mais avec compassion, l'officier lui narra comment, tôt le matin, une équipe de rassaïres, des scieurs en long itinérants, avait découvert dans la forêt des Palanges les corps d'Henri et d'un enfant.

– Comment ces rassaïres savent-ils que c'est mon frère ?

– C'est moi qui l'ai identifié. Mais pour nous en assurer, je voudrais que tu viennes les voir.

Les corps étaient sous une bâche étalée dans un coin de la cour du bâtiment neuf de la gendarmerie, place de la République. A quelques pas, près d'une charrette d'où dépassaient des tréteaux et des longues scies, l'équipe de scieurs attendait en fumant : ils se turent en voyant apparaître le fils du bourrel Pibrac.

Léon se pencha, souleva un coin de la bâche et le laissa presque aussitôt retomber, les traits bouleversés.

– Comment est-ce possible, mon Dieu... Et où sont Adèle et Saturnin ?

Le commandant fit signe aux rassaïres de s'approcher.

– Avez-vous fouillé les environs ?

– On a juste regardé dans la cahute où ils étaient, mais pas autour. On ne pouvait point savoir qu'il y en avait d'autres.

– Aucune trace du fourgon ? des chevaux ?

– Tout c'qu'on a trouvé, on l'a ramené, dit l'homme avec un geste vers la bâche. Et on a perdu une matinée de coupe.

– Tout prête à croire que ton frère a été victime des chauffeurs de paturons du capitaine Thomas. On nous l'a signalé déjà plusieurs fois ce mois-ci, et toujours dans les Palanges... A mon avis, ils ont tout emporté, le fourgon, Adèle et l'autre petit. J'ai envoyé une battue et fait prévenir la maréchaussée de Laissac. Oh, Léon, tu m'écoutes ?

Léon détacha son regard des formes sous la toile.

– Je pensais à mon père. Vous le connaissez, il faut le prévenir tout de suite. Lui saura ce qu'il faut faire.

Déjà, il marchait vers la sortie, le cœur au bord des lèvres. Par tous les saints du calendrier, pourquoi ces brigands s'en étaient-ils pris aussi au gamin ?

Sans repasser par la boulangerie, Léon héla un voiturier qui grimaça en le reconnaissant mais accepta la course. Une demi-heure plus tard, Léon arrivait à l'oustal. Sa mère mitonnait comme chaque mardi de l'exonge dans sa vieille casserole de cuivre étamé, Casimir reprisait ses chaussettes trouées par les ongles trop longs de ses orteils et Hippolyte travaillait dans la bibliothèque à un projet de *Traité de crucifiement*.

La nouvelle les surprit totalement. Hippolyte vacilla sur ses jambes, Léon le soutint jusqu'à un siège. Casimir pleura en grinçant des dents, Berthe oublia sur le feu son exonge qui bouillit et se gâta.

Hippolyte fut le premier à se ressaisir et à donner le branle-bas.

– Vous deux, allez atteler Taillevent au landau, dit-il à Léon et Casimir. Toi, Berthe, prépare-nous des provisions pour deux jours. Il faut savoir ce que sont devenus Adèle et Saturnin.

Tandis que chacun s'affairait en silence, il décrocha le

mannlicher offert par Otto Gutman, le *Scharfrichter* de Munich, qu'il avait rencontré l'année précédente chez les Deibler, et commença à approvisionner les chargeurs. Griffu agita la queue en signe de contentement : il adorait partir à la chasse.

Quand tout fut prêt, Hippolyte boucla le ceinturon de son lefaucheux à dix coups et monta à l'intérieur du landau avec Griffu et le fusil de guerre. Armé de son darne à deux coups, Casimir prit place aux côtés de Léon qui tenait les brides. Berthe ouvrit les vantaux du portail, le landau quitta l'oustal. Léon prit la direction de Bellerocaille.

– Que fais-tu ? Prends la route de Rodez ! lui ordonna Hippolyte, en passant la tête par la portière.

Sa queue de cheval noire flotta au vent.

– Vous ne voulez pas d'abord aller les voir à la gendarmerie ?

– A quoi bon ? Ils sont morts. Occupons-nous d'abord de ceux qui sont peut-être encore en vie.

Ils dépassèrent le meunier Halsdorf qui n'eut que le temps de se ranger sur le bas-côté pour ne pas être renversé par le landau rouge et noir roulant grand train.

– C'était Léon qui conduisait à grandes brides, et à côté j'ai vu Casimir armé jusqu'aux dents. Pibrac était à l'intérieur et je peux vous dire qu'il faisait une drôle de tête, conta-t-il plus tard à une assistance attentive.

*

Parvenu au lieu-dit La Pierre-Creuse, grand rocher plat sous lequel s'étaient abritées des générations de voyageurs et de pèlerins, Léon suivit les indications des scieurs en engageant Taillevent sur le chemin forestier bordé de ronces et d'orties.

Après un millier de mètres, ils découvrirent une clairière où se dressait un four à charbon de bois en partie démoli et envahi par la végétation. La cahute où les corps avaient été retrouvés était en lisière des arbres ; des branches au feuillage encore vert dans la toiture, de même que les litières fraîchement coupées sur le sol à l'intérieur attestaient sa récente occupation par plusieurs personnes. Léon frémit à la vue des pierres et des cendres du foyer sur lequel les brigands avaient dû calciner les pieds d'Henri et d'Antoine.

– Je comprends mal pourquoi ils s'en sont pris au petit, s'interrogea-t-il à voix haute, revoyant les corps mutilés sous la bâche.

– Peut-être qu'Henri a eu le temps de cacher son pécule et qu'ils voulaient lui faire dire où ? proposa Casimir, qui fouillait le sol de terre battue à la recherche d'un indice.

– Peut-être qu'ils les ont torturés parce qu'ils savaient que c'étaient des Pibrac ? dit sombrement Léon en se tournant vers son père. Peut-être que dans le temps vous avez guillotiné un de leurs parents ou amis ?

Hippolyte secoua la tête négativement.

– Non. C'est Adèle qui portait la bourse. Distrait comme il est, Henri l'aurait égarée avant d'arriver à Rodez. Je sais qu'elle l'a mise dans une poche cousue spécialement à l'intérieur de sa robe. Or si Adèle était entre leurs mains, croyez-vous qu'elle aurait laissé torturer Antoine sans parler ? Plus j'y pense et plus je suis convaincu que si on ne les a pas retrouvés ici, c'est qu'ils ont réussi à leur échapper... ils sont vivants quelque part dans cette forêt.

« A moins qu'ils n'aient été poursuivis, rattrapés, tués et laissés sur place », pensa Léon. Griffu reniflait bruyamment les litières, s'attardant parfois, comme pris d'un doute. Ils sortirent de la cahute et inspectèrent la clairière, relevant plusieurs traces de roue, dont celles de l'ancienne ambulance, plus larges, aisément reconnaissables.

– Ils ont quitté l'oustal en début de relevée et ont dû atteindre la forêt à l'obscur. A mon sens, l'attaque n'a pu avoir lieu ici. Henri a dû bivouaquer le long du grand chemin... Ces maudits les ont transportés ici pour être tranquilles... Venez, retournons à La Pierre-Creuse.

Ils approchaient du grand rocher lorsque Griffu, qui précédait le cheval, tomba en arrêt, la queue raide, le mufle frémissant, les oreilles dressées. Léon brida Taillevent qui stoppa. Soudain le molosse aboya joyeusement, puis bondit dans l'épaisse fougeraie. Abandonnant le landau au milieu du sentier, ils se précipitèrent sur sa trace, gênés par les ronces, le cœur battant.

– Il n'aboierait pas ainsi s'ils étaient morts, cria Casimir d'une voix essoufflée.

« Pourvu que ce ne soit pas après un sanglier ! » se dit Léon, pessimiste de nature.

« Pourvu que Saturnin soit vivant ! » songea Hippolyte.

Ce qu'ils découvrirent, et furent obligés de faire, resta un secret absolu entre eux. Plus tard, pas un n'en souffla mot... jamais, à personne.

Chapitre II

Avant de devenir le capitaine Thomas, chef d'une bande de sanguinaires chauffeurs de paturons, Thomas Lerecoux avait été le cinquième enfant d'une famille qui en comptait onze. Ses parents, des petits fermiers de la région de Roumégoux, exploitaient un lopin de terre si pentu qu'en certains endroits il fallait s'attacher à un piquet pour pouvoir le moissonner.

Un jour, un voisin mit en vente l'hectare de terrain plus plat et mieux orienté jouxtant le leur.

Thomas, qui venait de tirer le bon numéro à la conscription, fut sommé par son père d'aller le vendre à un marchand d'hommes de Rodez.

– Mais je ne veux pas devenir soldat, c'est une vie d'esclave !

– L'occasion d'acheter cette pièce est trop belle. Tu dois partir, Thomas, tu n'es pas le cap d'oustal (l'aîné).

– Ce n'est pas juste.

– C'est l'usage.

Thomas se soumit. Accompagné de son père, il se rendit à Rodez où un marchand d'hommes établit un contrat de remplacement avec un fils de riche propriétaire terrien qui avait tiré le mauvais numéro. Il signa, son père empocha l'argent. Le soir même, il était incorporé au 122e régiment d'infanterie.

Doté d'une nature vigoureuse et d'un caractère peu disposé à faire contre mauvaise fortune bon cœur, Thomas se révéla d'emblée rétif à toute forme de dressage. Accusé de rébellion envers un sous-officier qui l'avait frappé au visage, Thomas Lerecoux fut sévèrement condamné. On le transféra dans une forteresse militaire proche de Besançon et on opposa à sa violence une plus grande violence encore, qui l'humilia puis le brisa jusqu'à l'âme, faisant de lui un être dénué de scrupules, vicieux comme un râteau oublié dans l'herbe, méchant comme une belette prise au piège.

Sept ans passèrent avant que l'administration ne se décide à le libérer, le livrant subitement à lui-même en plein hiver, le crâne rasé et quelques francs en poche.

Avec la vague intention de rentrer au pays, Thomas se mit en marche vers le sud.

Quand son pécule fut épuisé et qu'il eut faim, il agressa un colporteur qui se défendit comme un diable, hurlant imprudemment : « Je te vois, bandit, je te vois et je te reconnaîtrai ! » Thomas lui fendit le crâne avec un gros caillou, le dépouilla de sa bourse (hélas, fort plate), puis abusa longuement de son corps avant de l'abandonner dans un fossé qu'il recouvrit de feuilles mortes.

Marchant la nuit, dormant le jour, il avança droit devant lui, tuant et violant, ici un rémouleur berrichon, là un taupier du Dauphiné.

Un soir où il neigeait et où il grelottait de froid, il attaqua une fermette, ligota les femmes et les enfants et chauffa les pieds de l'homme jusqu'à ce qu'il livre son magot. Riche d'une trentaine de francs seulement, il occit prudemment tout le monde, viola une femme pour changer et mit ensuite le feu à la ferme.

Coupant à travers champs et forêts, se terrant dès qu'il apercevait quelqu'un, il marcha deux jours et deux nuits en dressant un vaste plan d'avenir qui consistait à rentrer au pays, à acheter une vingtaine d'hectares de fromentaux (bien plats), à se marier et à construire un oustal pour sa future lignée.

Poursuivant sa descente plein sud, Thomas tua un ramoneur savoyard qui n'avait que cinq francs et un marchand de lacets qui n'en possédait que deux. C'était peu, mais c'était mieux que rien et c'était si facile. On engageait la conversation, on sympathisait, on guettait l'instant propice et vlan ! Toujours par-derrière, toujours très fort sur la tête pour qu'il n'y ait aucun risque de contre-attaque. Le grand moment était celui de la fouille (combien allait-il trouver cette fois ?), puis venait celui du viol, long, bruyant, laborieux.

Tout en continuant d'occire tout ce qui était faible, isolé et sans défense, il finit par admettre que les bénéfices n'étaient pas à la hauteur des efforts déployés et qu'il lui faudrait des mois pour réunir la somme nécessaire à la réalisation de son plan d'avenir. Il rêva d'une bande qui lui permettrait des gros coups : une bande qu'il commanderait comme un capitaine sa compagnie.

*

Quand Thomas Lerecoux parvint en Aveyron pour établir son quartier général dans la forêt des Palanges, six ans s'étaient écoulés depuis sa libération du bagne militaire ; il était devenu non pas un propriétaire terrien des environs de Roumégoux, mais le redoutable chef d'une bande de chauffeurs recherchée par toutes les maréchaussées de France et de Navarre. Souvent frôlé, jamais appréhendé, il hibernait à la mauvaise saison et réapparaissait au printemps, avec les bourgeons.

Ce mois de mai 1901, le capitaine Thomas, comme il aimait se faire appeler, choisit parmi les différents refuges repérés dans la vaste forêt un ancien campement de charbonniers proche de La Pierre-Creuse. Il jouait aux dés avec Raflette, son lieutenant limousin, un ancien comme lui des bagnes militaires, lorsque Zek, le gitan d'Estrémadure, placé en sentinelle avec Marius sur le grand chemin, vint signaler qu'un fourgon s'installait pour la nuit à La Pierre-Creuse.

— Ils sont combien ?

— Un couple et *dos chicos*. J'ai vu *también* des grandes malles.

— C'est bon, ça, c'est bon, ça ! rugit Thomas. On y va.

En plus de Raflette, Zek et Marius, la bande du capitaine Thomas comptait Guez le Nîmois, un ancien hercule de foire qui s'était fait tatouer sur le cou *Réservé à Deibler,* Ducasse, un palefrenier toulousain, bon à rien notoire, qui s'occupait des chevaux, et Kénavo, un Breton sourcilleux et bigot qui faisait office de cuisinier. Tous possédaient un

lebel à répétition, modèle ultramoderne qui venait de remplacer les vieux chassepots à aiguille dans l'armée et la
gendarmerie lorsqu'ils avaient pris d'assaut le petit poste
de Saint-Luzon, l'été précédent, tuant trois gendarmes, en
blessant deux sérieusement, mettant les autres en fuite.

En file indienne derrière leur « capitaine », les chauffeurs de paturons suivirent le sentier forestier faiblement
éclairé par un croissant de lune que cachaient parfois des
nuages.

La tactique de Thomas était des plus sommaires. Il
comptait neutraliser les voyageurs, effacer les traces de
l'attaque, transporter le fourgon au campement pour y
faire le partage du butin dans le calme et la sécurité, passer une bonne nuit et filer le lendemain vers un autre campement pour guetter l'attaque suivante.

Rassemblés près d'un feu allumé devant leur fourgon,
les voyageurs s'apprêtaient à dîner sur une table improvi-
sée formée de deux malles accolées recouvertes d'une
nappe aux broderies de bon augure. Non loin de là, deux
chevaux entravés broutaient avec un bel entrain. Les
enfants jouaient à attraper les papillons attirés par la
lumière de la lampe tempête. La femme, une jolie blonde,
versait de la soupe dans leurs assiettes, l'homme tranchait
dans un tourto de cinq livres en disant quelque chose que
Thomas n'entendit pas, invisible derrière son fourré. Il
s'approcha sans bruit, faisant signe à ses hommes de se
tenir prêts. Zek lui sourit, ses larges dents blanches luirent
dans l'obscurité.

– Papa, Saturnin dit que la lune est plus utile que le
soleil. C'est vrai ?

– Qu'est-ce qui te fait dire ça ? demanda l'homme au
gamin.

– La lune éclaire la nuit, le soleil n'éclaire que le jour,
c'est moins dur.

« C'est pas bête », se dit Thomas tandis que l'homme
hochait la tête en s'adressant à la femme :

– Je me demande où il va chercher tout ça !

– C'est Casimir qui me l'a dit.

Thomas se dressa et s'avança vers le foyer. Ses hommes
l'imitèrent, faisant claquer la culasse de leurs armes.

– Ducasse, Zek, les chevaux ! lança-t-il en braquant le canon de son lebel vers l'homme qui s'était dressé, l'air mauvais, son assiette de soupe encore dans les mains.

L'ancien palefrenier et le gitan s'approchèrent des chevaux pour les désentraver.

– Arrêtez, laissez ces chevaux ! protesta Henri, sans toutefois bouger, les yeux fixés sur le fusil dont il reconnaissait le modèle.

Calmejane en avait vendu un à son père l'année précédente.

– Que veux-tu ? demanda-t-il à Thomas.

– Tout.

Les chauffeurs venaient de désentraver Zéphir et Pompon et s'apprêtaient à les atteler aux prolonges quand Henri leur lança le contenu brûlant de son assiette. Pompon hennit de douleur en ruant dans les brancards, affolant Zéphir qui piqua un galop droit devant lui, renversant le gitan qui jura dans son charabia *« Hijo de puta ! »*

– Rattrapez-les ! hurla Thomas après avoir violemment frappé Henri d'un coup de crosse dans le plexus solaire.

L'un des gosses, Antoine, bondit alors sur Thomas qui l'assomma d'un autre coup de crosse, atteignant l'enfant au front, le sonnant pour le compte. Adèle se précipita mais Raflette la saisit par les cheveux qu'il tira brutalement, lui arrachant un cri de douleur. Un coup de genou dans les reins la fit taire.

Marius et Guez le Nîmois revinrent bredouilles. Les chevaux allaient trop vite, ils n'avaient pu les rattraper.

Fort déçu car les bêtes étaient belles, Thomas botta rageusement Henri tombé à terre, le souffle coupé. Puis, pris d'une meilleure idée, il s'empara de la marmite qui mijotait sur les braises et la lui vida sur la tête, le brûlant cruellement.

– Henri ! s'écria Adèle.

Immobile jusque-là, Saturnin se blottit contre elle, terrorisé à la vue d'Antoine qui ne bougeait plus.

– Dommage, elle était bonne, dit Raflette en trempant un morceau de pain dans l'une des assiettes à demi pleines posées sur les malles.

– Maintenant que les chevaux ont filé, il va falloir pousser le fourgon jusqu'à la clairière. Mais ce bougre va nous le payer. Attelez-le aux brancards et qu'il tire pendant que vous pousserez derrière ! On ne peut pas s'éterniser sur le grand chemin.

Tous regardaient avec amusement Ducasse et Zek attacher Henri aux bras du fourgon quand Adèle, serrant Saturnin contre sa poitrine, tenta son va-tout en bondissant hors du cercle de lumière tracé par la lampe tempête pour s'enfoncer dans le sous-bois obscur.

Thomas tira, imité par ses hommes. Les balles hachèrent les feuillages, fracassèrent des branches et s'enfoncèrent dans des troncs, projetant dans les airs des éclats de bois meurtriers comme des fragments d'obus.

– La garce ! Celui qui la retrouve la garde pour lui tout seul toute la nuit ! promit-il en lançant ses hommes à sa poursuite.

Déchirée par les ronces, une balle enfoncée dans le haut de sa cuisse, à bout de souffle (elle n'avait pas l'habitude de courir), Adèle rampa sous une épaisse ronceraie où elle se blottit, murmurant à l'oreille de son fils :

– Ne fais pas de bruit, mon chéri, ne fais pas de bruit.

Elle sentait le sang couler de sa cuisse et se demanda si sa blessure était grave. Seigneur, qu'allaient-ils faire d'Henri et d'Antoine ? Comment pareille chose avait pu arriver au moment où ils étaient si heureux ? Elle crut défaillir au souvenir du visage d'Henri boursouflé par les cloques.

N'imaginant pas qu'elle pût s'être cachée si près de La Pierre-Creuse, ses poursuivants contournèrent la masse sombre de la ronceraie.

Adèle les entendit revenir après un long moment. L'un d'eux passa à quelques pouces seulement, maugréant avec un fort accent provençal :

– C'est le capitaine qui ne va pas être heureux !

En effet, quelques instants plus tard, elle entendit les éclats de voix de l'homme qui avait défiguré son époux.

– Bande de saragous ! Ça nous oblige à lever le camp cette nuit ! En plus, on vient de fouiller partout sans rien trouver. Des gens qui mangent sur une nappe brodée et qui voyagent dans une véritable petite maison ont forcé-

178

ment un magot. Il va bien falloir qu'il jacte, ce fils de garce. Mais en attendant, faut s'remuer et filer à la clairière. Allez, tas de bons à rien, poussez-moi ce fourgon et qu'ça saute !

Saturnin remua contre elle, brisant quelques brindilles.

– Ne bouge pas. Ils peuvent nous entendre puisque je les entends. Dors si tu le peux.

Un cri de douleur retentit. Elle crut reconnaître la voix d'Henri. Le bruit décroissant des roues cerclées de fer sur les cailloux lui signala que le danger immédiat s'éloignait. Sa peur diminua, son esprit se remit en marche. Elle eut froid.

La nuit étant redevenue silencieuse, elle voulut se redresser mais ses forces l'abandonnèrent, elle ne put qu'esquisser un geste. La situation lui parut alors désespérée. Il aurait fallu trouver de l'aide, prévenir la gendarmerie, se lancer à la poursuite des bandits, sauver Henri et Antoine. Elle gémit. L'anesthésie provoquée par l'impact de balle se dissipait, faisant place à une douleur irradiante qu'elle utilisa pour lutter quelque temps contre une irrésistible lassitude.

En sécurité contre cette poitrine aux odeurs si familières, Saturnin avait fini par s'endormir, le souffle régulier.

Quand il s'éveilla, il faisait jour, les épines des ronces brillaient de rosée et des oiseaux gazouillaient dans les arbres, au-dessus d'eux.

– J'ai faim, dit-il en relevant la tête pour regarder sa mère.

Celle-ci le fixa d'un œil vitreux qu'il ne lui connaissait pas et resta silencieuse, malgré sa bouche béante.

– Maman, j'ai faim. Quand est-ce qu'on s'en va ?

Comme elle ne bougeait pas, il crut qu'elle dormait. Puis il vit avec effroi des fourmis qui entraient et sortaient de sa bouche et de ses narines.

– Faut pas aller là ! leur lança-t-il en gigotant pour se dégager des bras qui l'étreignaient.

Il n'y parvint pas. Leur rigidité l'emprisonnait aussi sûrement que dans une cage. Il tenta à nouveau de s'extraire, mais en vain. Il hurla quand il sentit une fourmi trotter le long de son cou. Puis il s'assoupit et fut réveillé en sursaut par le vacarme de la diligence Millau-Rodez passant à toute allure devant La Pierre-Creuse. Le soleil était haut dans le ciel et des rayons perçaient l'épaisseur du sous-bois et de la ronceraie.

– Je veux rentrer, maman, j'ai faim… C'est pas joli ici…

Il pleura, puis plongea à nouveau dans un sommeil agité de rêves. Quand il ouvrit les yeux, il faisait nuit. Il eut très peur en croyant découvrir des monstres ricanant dans les ombres qui l'entouraient.

– Maman, maman, murmura-t-il avant de retomber dans une léthargie protectrice.

Il entendit les rassaïres marcher aux aurores sur le chemin forestier serpentant non loin de la ronceraie, mais il eut peur et ne bougea pas. Beaucoup plus tard, il crut rêver en percevant des aboiements rappelant ceux de Griffu. Puis il y eut des bruits de course dans la futaie. Une voix lui parvint soudain :

– Je les vois ! s'écria Hippolyte. Adèle, Saturnin, c'est nous !

– Par saint Jean-Baptiste, on dirait qu'ils sont morts !

– Mais non, regarde, ils bougent.

S'écorchant aux épines acérées de la ronceraie, ils réussirent à les dégager. Ils constatèrent le décès d'Adèle et l'état inquiétant de prostration du gamin.

Casimir montra la robe et la large tache brune de sang séché qui s'étalait.

– La balle a dû traverser la fémorale. Elle s'est vidée de son sang.

– C'est fini, Saturnin, viens mon garçon, dit Hippolyte, s'agenouillant pour l'aider à se dégager du corps de sa mère.

C'est alors qu'il comprit.

– Les bras d'Adèle sont durs comme du fer. Il faut les briser si on veut le sortir de là. Venez m'aider, vous autres, au lieu de bayer aux corneilles. Et toi, mon garçon, ferme les yeux.

Les os cédèrent avec d'horribles craquements qui restèrent gravés à jamais dans leurs oreilles.

Grelottant, trop faible pour marcher, l'enfant fut porté jusqu'au landau où on l'enveloppa dans une couverture. Durant le retour, il se calma progressivement et accepta quelques cuillerées de miel et un peu d'eau citronnée. Quand ils arrivèrent, tard dans la nuit, de la lumière brillait aux fenêtres de l'oustal. Deux gendarmes buvaient du café dans la cuisine et un troisième, près de l'âtre, dormait dans ses coudes. Berthe reposait dans sa chambre, allongée sur son lit, les chaussures encore aux pieds, les yeux et la bouche ouverts, le corps aussi raide que celui d'Adèle.

– On était venus pour savoir ce qu'il fallait faire des corps et on l'a trouvée dans l'escalier morte déjà depuis un moment. Le docteur a dit que s'est son cœur qui a lâché, expliqua le brigadier. Comme il n'y avait personne dans l'oustal, le commandant nous a dit de rester et de vous attendre.

Bouleversé, Hippolyte caressa le front de la défunte, puis tenta de lui fermer les yeux, sans résultat.

– Vous auriez pu prévenir ma belle-fille, elle serait venue pour la préparer et la veiller.

– Le commandant a dit qu'il le ferait, mais nous, on n'a vu personne.

Les joues de Léon s'empourprèrent. Il aurait aimé être ailleurs.

*

Les obsèques de Berthe, Henri, Adèle et Antoine eurent lieu le surlendemain dans l'église Saint-Laurent où depuis deux siècles les Pibrac avaient leurs prie-Dieu réservés (au premier rang depuis la Révolution, au deuxième sous l'Ancien Régime). Un privilège qu'ils devaient non pas à leur état, mais à leur fortune.

Les quatre cercueils furent ensuite transportés dans la crypte familiale et disposés à la suite des autres, le dernier étant celui de Clémence, veuve de Justinien V et mère de Justinien VI et d'Hippolyte, morte d'une angine de poitrine deux ans auparavant.

Le même jour, en fin de relevée, Hippolyte retourna à

Bellerocaille et se rendit à la gendarmerie pour savoir où en était l'enquête. Les différentes battues menées contre la bande n'avaient rien donné sinon que Zéphir et Pompon avaient été retrouvés.

– Mais nous gardons bon espoir. Au besoin, nous ferons appel à la troupe, lui assura Calmejane en le raccompagnant à la porte. Que comptez-vous faire de votre petit-fils ?

– Il ira habiter chez son oncle… en attendant, dit l'ancien exécuteur non sans une réticence dans la voix.

Le commandant approuva la décision. L'enfant était trop jeune pour vivre à l'oustal avec pour toute compagnie deux vieillards et un chien grand comme un poulain.

*

Une semaine était passée depuis la découverte des rassaïres lorsque le garde champêtre battit le tambour aux carrefours et sur les places pour annoncer haut et fort que le sieur Hippolyte Pibrac offrait une récompense de cinq mille francs-or (« Je répète, cinq mille francs-or ») à quiconque fournirait des informations conduisant à l'arrestation des assassins de son fils, de sa belle-fille et de son petit-fils.

Hippolyte ne s'en tint pas là. Il se rendit à Rodez, siège des rédactions du *Journal de l'Aveyron* (le journal des « blancs ») et du *Courrier républicain* (le journal des « rouges »), pour faire publier son offre sur une page entière pendant toute une semaine. Il fit ensuite imprimer dix mille affiches sur lesquelles la somme était inscrite en chiffres rouges sur fond noir, compréhensible même par les illettrés, et paya aux Messageries Cabrel une forte somme pour qu'elles soient remises aux cochers et distribuées à travers le département et au-delà. Il loua également les services d'un cent de chômeurs montagnols qui les placardèrent sur les troncs des arbres bordant le grand chemin traversant la forêt des Palanges.

Si le procédé ne surprit personne (il avait déjà été utilisé en d'autres circonstances), le montant de la récompense fit sensation. On pouvait se faire construire un oustal et s'acheter un grand lopin de terre avec cinq mille francs-or. On pouvait même s'acheter un très beau cheval pour en faire le tour…

*

La bande se terrait depuis une semaine dans une bergerie abandonnée du Puech de Saint-Félix quand Thomas expédia Raflette et Marius à Laissac pour se réapprovisionner en produits de première nécessité. Lorsqu'ils revinrent, ils rapportaient en plus des provisions plusieurs exemplaires de l'offre de récompense. Ce fut ainsi que Thomas apprit l'identité de ses dernières victimes. Ses hommes furent stupéfaits de le voir blêmir comme jamais. Aucun n'étant rouergat, le nom de Pibrac ne leur évoquait rien. En revanche pour Thomas, qui était originaire de Roumégoux, il s'apparentait aux dracs, aux loups-garous, aux croquemitaines et autres pères fouettards : il était continuellement évoqué aux enfants désobéissants (« Et si tu n'es pas sage, je vais appeler le Pibrac et tu sais ce qu'il fait aux garnements de ton acabit ! »). On leur prêtait aussi le pouvoir de jeter des sorts. Il se souvint de sa mère lui contant que les habitants de l'oustal de la croisée du Jugement-Dernier commandaient aux chauves-souris qui, comme chacun sait, vous rendent aveugles si elles s'oublient sur vous.

– Cinq mille francs-or, mazette ! On va avoir tout le pays à nos basques, grogna Ducasse.

Thomas acquiesça, le visage repétri par l'inquiétude. Il y avait de quoi en pensant au nombre d'individus prêts à trucider père et mère pour cent francs-papier… à commencer par sa fine équipe d'assassins de grands chemins.

– On devrait p't-être s'mettre au vert quelque temps. On pourrait aller dans le causse Noir. Je connais des grottes où il est facile de se dissimuler, proposa Marius. Qu'est-ce que tu en penses, capitaine ?

– D'accord pour se faire oublier, mais pas dans des grottes.

– Et pourquoi, peuchère ? Elles sont grandes et presque

pas humides. Je les connais, je m'y suis caché à l'époque où je travaillais avec le sacristain.

– Je les connais aussi, elles sont pleines de chauves-souris.

– Et alors ? Il y en a toujours eu, elles sont inoffensives.

– Elles l'étaient. Mais maintenant qu'on a trucidé des Pibrac, tout est possible. Il va falloir se montrer TRÈS prudent. Beaucoup plus que d'habitude.

Les chauffeurs se regardèrent, certains froncèrent les sourcils. Le capitaine était-il en train de dérailler ? On ne l'avait jamais vu ainsi auparavant.

– Cinq mille francs-or ! Vous vous rendez compte ? J'aurais jamais imaginé qu'un bourrel puisse être aussi riche. Oh, capitaine, tu y crois, toi, qu'il a tout cet or ?

– J'ai toujours entendu dire que les Pibrac étaient riches. Ils ont un grand domaine près de Sauveterre et on dit qu'ils ont plusieurs maisons de rapport à Rodez et Albi.

– Et son or, tu crois qu'il le garde chez lui ?

Thomas lui lança un regard venimeux. Il comprit où le Nîmois voulait en venir. Les autres aussi, qui se rapprochèrent pour faire cercle.

– Comment veux-tu que je le sache ?

– S'il offre autant, c'est qu'il a plus, dit Zek.

Thomas piqua une colère.

– Même pour un million, je n'irais pas me frotter au Septième. On voit que vous n'êtes pas d'ici et que vous ne le connaissez pas.

Guez, l'hercule, cracha par terre.

– Bourrel ou pas, moi, y ne me fout pas la venette. Moi, pour cinq mille francs-or, je chourave sous le lit de Lucifer en personne.

Thomas les regarda avec commisération.

– Je vous dis que les Pibrac portent malheur. Voyez le résultat ! On est maintenant obligés de se cacher et on va rater la bonne saison.

Suivant un rythme identique à celui de l'agriculture, le cycle annuel du brigandage rural s'accélérait au printemps et en été pour se ralentir à la morte-saison et hiberner en temps de neige.

– N'empêche… tout cet or !

Thomas considéra Guez un instant avant de secouer la tête d'un air dégoûté.

– Tu connais nos conventions. Chacun est libre de quitter la bande quand bon lui semble. Je ne force personne à rester avec moi. Si le cœur t'en dit, vas-y, mon gars, mais ne compte pas sur moi pour m'en prendre à un Pibrac… En attendant, il serait plus prudent de lever le camp. Peut-être qu'on vous a repérés à Laissac, peut-être qu'on vous a filochés jusqu'ici, lança-t-il en direction de Raflette et de Marius qui, vexés dans leur conscience professionnelle, haussèrent les épaules.

*

Les jours suivants furent éprouvants : ne se sentant en sécurité nulle part, Thomas changeait de refuge presque chaque soir, ce qui exaspérait ses hommes. La plupart songeaient à le trahir et à empocher la récompense, mais achoppaient sur la façon de s'y prendre : en effet, comment dénoncer sans se dénoncer soi-même ? Aucun n'était assez sot pour s'imaginer que l'or serait remis sans preuves ; il existait même de fortes chances pour qu'il ne le soit qu'après l'arrestation de la bande…

Zek, le jeune gitan d'Estrémadure, se décida le premier en apprenant que l'Hippolyte Pibrac dont son chef faisait si grand cas n'était qu'un vieil homme à la retraite, vivant seul dans un oustal isolé en compagnie d'un serviteur encore plus âgé que lui.

La trentaine triomphante, plein de fougue et d'ambition, sûr de sa bonne étoile, Zek était prêt à tout pour rentrer un jour chez lui, près de Badajoz où son clan nomadisait, la tête haute et les poches pleines d'or. Avec cinq mille francs-or, il pourrait s'offrir une excellente roulotte, une paire de chevaux pour la tirer et une belle femme pour l'occuper. Avec autant d'or il regagnerait le respect des Anciens et peut-être siégerait-il un jour à leur conseil. Ce fut donc un individu particulièrement déterminé qui arriva un matin à la croisée du Jugement-Dernier et s'approcha du portail de pierre.

Casimir faisait le va-et-vient entre le puits et le potager tandis qu'Hippolyte l'arrosait quand retentit la cloche de l'entrée. Ils se regardèrent, une lueur d'espoir au fond de l'œil : ils n'attendaient personne et les rares familiers qui auraient pu venir à l'improviste savaient que le portail n'était jamais fermé à clef.

Après un moment qui lui parut long, Zek vit l'un des vantaux s'entrebâiller et la tête chauve d'un septuagénaire d'aspect plutôt décrépit apparut. Zek lui sourit. Tout s'annonçait bien.

— Que veux-tu ? demanda sèchement Casimir.

— Je veux parler au *señor* Pibrac.

Si, comme le lui avaient conté ces fripons rencontrés au marché de Séverac, l'autre occupant était du même genre, il pourrait passer de la simple reconnaissance de terrain à l'attaque proprement dite. Il restait à entrer et à s'assurer qu'ils étaient bien seuls.

— Que lui veux-tu ?

Zek sourit plus largement, dévoilant deux incisives en or. Il connaissait le sésame. Il se fouilla et montra l'affichette.

— C'est pour la récompense.

Casimir ouvrit plus grand le vantail, l'invita à entrer et referma rapidement derrière lui. Zek sursauta en découvrant un autre vieux qu'il n'avait pu voir de l'extérieur. Il arborait un revolver à sa ceinture et, pis, il était accompagné d'un molosse au mufle griffé de cicatrices. Bien que son visage fût buriné par les ans, sa barbe à deux pointes et sa chevelure étaient d'un noir profond, vierges de tout fil blanc.

— Je suis Hippolyte Pibrac. Je t'écoute.

Zek déglutit avec difficulté, moins sûr de lui tout à coup. Il émanait de ces deux-là quelque chose d'indéfinissable qui, ajouté à ce haut mur d'enceinte et à ces pertuisanes dressées vers le ciel, le mit mal à l'aise. Il se pétrifia quand le chien vint le renifler.

— Alors ? Tu voulais me parler ?

— Je connais l'*escondite* de ceux que vous cherchez.

— Le quoi ?

— Je dis que je sais où se trouve le capitaine Thomas.

— Comment sais-tu que c'est lui qui est recherché ? Il n'y a aucun nom sur l'affiche.

– Je les ai entendus en parler.

– Que disaient-ils ?

– *Bueno,* ils parlaient de l'attaque de La Pierre-Creuse, c'est comme ça que j'ai su qui ils étaient.

Le vieux aux cheveux teints comme une coquette fit un pas vers lui et le fixa droit dans les yeux. Zek sentit son souffle contre son visage. Il recula d'un pas et heurta le chauve, qui s'était placé dans son dos : il sentit son souffle dans son cou. Décidément, rien ne se passait comme il l'avait imaginé.

– Où sont-ils ?

Il tenta de gagner du temps.

– Holà ! Holà ! Qu'est-ce qui prouve que vous allez me donner la récompense après que vous aurez l'*escondite* ?

Trop sûr de lui, il n'avait pas cru utile de préparer une histoire plausible. Son plan était de s'introduire dans la place, de s'assurer qu'ils étaient bien seuls, de les neutraliser et de leur faire raquer leur or : celui de la prime mais aussi le reste, celui qu'ils devaient cacher quelque part. Zek n'en démordait pas : si on offre cinq mille, c'est qu'on en a beaucoup plus. Mais il y avait cet énorme chien qui ne le quittait pas des dents et ce revolver à la ceinture de l'ancien bourreau...

– Et qu'est-ce qui nous prouve que tu n'es pas un des leurs en train de les trahir ? Ou en train de nous tendre un piège grossier ?

Zek pâlit, mais cela passa inaperçu sous son teint olivâtre. Il se souvint de l'expression catastrophée de Thomas chaque fois qu'il prononçait le nom de Pibrac. Il se souvint aussi de son « même pour un million je n'irais pas me frotter au Septième ». Le gitan eut alors un regard furtif vers la porte fermée qui convainquit Hippolyte de sa mauvaise foi. Il dégaina son lefaucheux à dix coups et arma le chien.

– *Hombre, no !* s'exclama Zek les yeux écarquillés, dépassé par la rapidité des événements.

– Fouille-le ! ordonna Hippolyte.

Zek sut qu'il était perdu. Casimir trouva un bulldog à six coups, une navaja au manche de nacre et une belle montre en argent qui lui avait été impartie lors du partage du butin. C'était la montre qu'Hippolyte avait offerte à Henri le jour où il avait été capable de lire l'heure dessus.

Griffu sur les talons, l'œil noir du lefaucheux braqué sur sa poitrine, Zek ne put que suivre les deux vieillards dans une cuisine au plafond traversé de larges poutres d'où pendaient des tresses d'ail, des saucissons, des jambons, des paquets d'échalotes, des épis de maïs.

La dextérité avec laquelle Casimir le ligota sur une chaise lui rappela qu'il s'était fourré dans l'antre d'un ancien bourreau. Il vit ce dernier relâcher le chien de son arme et la remettre dans son étui de cuir brun, puis sourire à son valet et dire :

– Va chercher les brodequins. Prends ceux du Deuxième, ils sont en meilleur état. Mais avant, fais-nous du café.

Sans plus se soucier du prisonnier, Casimir s'affaira à ranimer le feu dans l'âtre, Hippolyte monta dans son bureau-bibliothèque où il savait trouver le mémoire écrit par l'ancêtre fondateur sur cet usage des basses œuvres aboli en 1780. Griffu se coucha au pied du gitan et fit mine de s'assoupir.

Ouvrant une armoire aux étagères surchargées d'ouvrages richement reliés, Hippolyte prit un gros manuscrit habillé d'une reliure de maroquin incarnat orné du blason familial et l'ouvrit au chapitre « De l'application honnête de la question ordinaire comme de l'extraordinaire ».

Son bureau étant encombré par ses notes et la documentation pour son *Traité de crucifiement* en cours, il retourna à la cuisine, s'attabla non loin de Zek et se plongea dans les minutieux croquis de l'ancêtre fondateur.

Le café bu, Casimir rangea les tasses dans la souillarde et quitta la cuisine pour revenir quelques instants plus tard, les bras chargés de quatre planchettes de chêne percées de trous, de huit coins également en chêne et d'un maillet cerclé d'argent qu'il posa sur la table.

– *He ! Qué es todo esto ?* s'inquiéta Zek.

Malgré ses vives protestations, les deux vieux chaussèrent leurs lunettes et entreprirent d'atteler les planchettes deux par deux le long de ses jambes, les maintenant grâce à des lacets de cuir glissés dans les trous.

– Voilà, dit Hippolyte quand tout fut prêt. Nous allons te

poser la question ordinaire à quatre coins. Et si ça ne suffit pas, nous te poserons la question extraordinaire à huit coins. Tu vas voir, d'après mon ancêtre, il n'existe rien de plus efficace pour faire avouer même ce qu'on ne sait pas…

– *Lo siento mucho, señor Pibrac, pero no entiendo nada de lo que dice.*

– Qu'est-ce qu'il dit ? Je n'entends rien à son baratin.

– Je crois qu'il dit qu'il ne comprend pas ce que nous voulons, traduisit Casimir.

Hippolyte introduisit un premier coin entre les deux premières planchettes et l'enfonça d'un coup de maillet, ce qui eut pour effet de comprimer la jambe contre les autres planchettes. Le gitan hurla. Griffu se dressa d'un bond, les oreilles dressées.

Hippolyte glissa un deuxième coin, plus gros celui-là, et l'enfonça avec son maillet du XVIIe siècle. Zek hurla de nouveau, puis s'évanouit. Quelques gifles sonores le ranimèrent. Un coin de plus et ses os sous pression claquèrent comme du bois mort. Il pleura. Jamais il n'avait eu aussi mal. La douleur fouillait sa cuisse, ravageait l'aine et remontait jusqu'aux tripes qu'elle tordait comme du vulgaire linge qu'on essore.

– Arrêtez, *por favor,* je dis tout. Tout, tout…

Zek donna les lieux de toutes les caches de la bande, il livra les noms et les surnoms de chacun, décrivit leur apparence dans le détail et fit ensuite une longue énumération de leurs méfaits jusqu'au dernier, celui commis à La Pierre-Creuse.

– Pourquoi avoir torturé l'enfant ?

– C'est Thomas ! C'est le capitaine ! Y voulait savoir où était le magot. Il disait que les voyageurs en ont toujours un. Il pensait qu'en chauffant le *niño* ça ferait parler le *cabrón*… euh, je veux dire son papa. Mais il n'a rien dit…

Des larmes picotèrent les yeux d'Hippolyte.

– C'était pour protéger Adèle, dit-il à l'intention de Casimir, lui aussi très ému. Si ces assassins avaient su que c'était elle qui avait la bourse, ils auraient fouillé le bois jusqu'à ce qu'ils la trouvent. En se taisant pendant qu'on torturait Antoine devant lui, il a sauvé Saturnin et il aurait sauvé Adèle si elle n'avait pas été blessée…

« Mon pauvre Henri, ça a dû être affreux », songea le vieil homme en glissant un quatrième coin entre les planchettes et en l'enfonçant brutalement, faisant littéralement imploser le tibia et le péroné du gitan qui poussa un long cri enroué avant de s'évanouir à nouveau.

– L'ancêtre écrit qu'il n'a jamais rencontré d'os résistant au-delà d'un quatrième coin. Tu vois, il a encore raison.

– On fait l'autre jambe ? demanda Casimir tout en pinçant les joues de Zek pour le ranimer.

– Il y a mieux à faire. Si tu ne te sens pas trop rouillé, on monte la mécanique et on le coupe dans les formes. Ce sera presque légal, nous ne ferons qu'anticiper sur le verdict.

– Moi, rouillé ? dit Casimir d'une voix faussement indignée… On la monte où ?

Hippolyte sortit dans la cour pour contempler le ciel et ses nuages.

– Il ne pleuvra pas, on peut se mettre dehors. Allez, viens, ça nous rappellera notre belle jeunesse.

Casimir désigna le supplicié.

– On le laisse dans la cuisine ?

– Non, on l'emmène. Qu'il ait le temps de comprendre ce qui lui arrive.

Aussitôt dit, aussitôt fait : l'ancien exécuteur et son valet soulevèrent le gitan toujours inconscient et le portèrent devant la remise où étaient entreposés les ustensiles des hautes et basses œuvres. Casimir poussa la double porte et bloqua les battants avec deux pierres.

On n'était pas jeteur chez les Pibrac et tout ce que sept générations avaient utilisé dans le cadre de leur office avait été conservé, entretenu, inventorié. Les piliers des fourches patibulaires, les vieilles potences avec leurs échelles, le pilori et même les madriers de la croix de Saint-André sur laquelle avaient roué les trois premiers Justinien, avant l'abolition du supplice, étaient démontés et rangés sur de larges et solides étagères. Soigneusement numérotées, les planches en chêne de Provence de l'échafaud construit par maître Calzins s'empilaient à côté de l'échafaud démontable imaginé par Justinien III (le Vengeur) où chaque élément s'emboîtait dans le suivant sans qu'il fût nécessaire d'employer chevilles, clous ou vis. Il y avait aussi une dizaine de billots creusés en leur centre par l'usage et alignés le long de la cloison. Un peu plus loin, rangée dans des coffres, la guillotine personnelle de la famille, conçue et réalisée par Justinien III, de loin le plus créatif de la lignée. Au demeurant, les nouveautés qu'il avait mises au point faisaient plus honneur à son esprit bricoleur qu'à sa sensibilité humaine.

Quand Zek reprit connaissance et ouvrit les yeux, il ne comprit pas sur-le-champ ce que les deux terribles vieillards étaient en train de fabriquer avec tous ces morceaux de bois. Toujours compressée par les brodequins, sa jambe droite n'était plus qu'une bouillie d'os et de muscles éclatés. Son pied avait doublé de volume et s'était coloré de violet.

– *Mi pierna, mi pierna,* balbutia-t-il.

La douleur lui donnait la nausée, faisant siffler ses oreilles. Soudain, il se pétrifia : Hippolyte et Casimir venaient de dresser deux montants qu'il reconnut avec horreur. Trois ans auparavant, Zek était de passage à Bourg-en-Bresse lorsqu'on avait exécuté place du Champ-de-Mars Joseph Vacher, un éventreur de bergères. Zek avait alors vu la guillotine.

– *No, hombre, eso no se puede...*

Puis il hurla.

Interrompant leur besogne à contrecœur, ils s'approchèrent pour le faire taire. Devenu comme fou, Zek ne voulut rien savoir et beugla de plus belle, rendant nerveuses les poules qui picoraient dans la cour.

Ils le bâillonnèrent, puis retournèrent à leur ouvrage qui fut terminé trente minutes plus tard. Zek les vit alors rentrer dans l'oustal pour en ressortir lavés et changés. Hippolyte portait un haut-de-forme, Casimir un melon.

Ils le débarrassèrent des brodequins et le délièrent de sa chaise. Casimir sortit d'un étui de cuir ouvragé une paire de grands ciseaux en argent aux bouts arrondis et entreprit de lui couper les cheveux sur la nuque et son col de chemise bariolé qu'Hippolyte empocha.

Comme il ne pouvait pas marcher, ils le soulevèrent et le

portèrent jusqu'à la guillotine où ils le plaquèrent sans ménagements sur une planche qui bascula en avant. Zek raidit sa nuque, arqua son dos. Le couperet chuta, sa tête tomba dans le baquet de bronze aux armes des Pibrac.

– Tu vois, Casimir, ça ne nous les rendra pas pour autant, mais au moins, ça soulage un peu.

Zek fut enfoui dans le parc en guise d'engrais au pied d'un jeune chêne.

– Comme ça, une fois dans sa vie, il se rendra utile, dit Hippolyte en épitaphe.

La mécanique fut démontée, nettoyée et rangée à nouveau dans la remise. Casimir lava les pavés à coups de grands seaux d'eau, Hippolyte alla s'attabler dans son bureau, ouvrit le livre de famille qu'il tenait scrupuleusement à jour depuis l'âge de quatorze ans et fit le minutieux compte rendu de ce mémorable 22 mai 1901.

*

Grâce aux informations fournies par le sieur Pibrac, les gendarmes débusquèrent quelques jours plus tard la bande de Thomas au repos dans les ruines du moulin de Roquelaure où ils s'étaient repliés après avoir constaté la disparition du gitan d'Estrémadure.

Après vingt minutes d'une féroce bataille rangée, les chauffeurs se rendirent, à court de munitions. Ducasse et Kénavo étaient morts, Marius légèrement blessé à la cuisse, Guez, Raflette et Thomas n'avaient rien.

Apprenant par les journaux locaux que l'une des plus anciennes familles de bourreaux était mêlée à l'affaire, plusieurs journalistes de la capitale se résolurent à entreprendre le pénible voyage pour assister au procès. Jamais depuis l'affaire Fualdès, quatre-vingt-trois ans plus tôt, le Rouergue n'avait bénéficié d'une telle attention nationale.

Très attendue, la déposition d'Hippolyte, mais surtout sa conclusion créèrent des remous contradictoires. Se tournant vers le box des accusés, le vieil homme braqua son index dans leur direction et lança d'une voix rauque :

– Tremblez, assassins, vous êtes maudits ! J'ai prévenu Belzébuth, il vous attend en personne aux portes de l'enfer !

Thomas tomba à genoux et se cacha le visage dans les mains. Toutes les femmes de la nombreuse assistance se signèrent à l'unisson, quelques hommes les imitèrent. Les journalistes, eux, jubilèrent. Après une telle réplique, la rentabilité de leur déplacement était assurée. Personne ne remarqua Léon qui, accablé par la honte, s'éclipsa discrètement du tribunal, le front, les joues et les oreilles écarlates.

Ce fut pire le lendemain lorsqu'il lut les journaux : « Scandale au tribunal », « La malédiction du bourreau Pibrac », etc. Il sella son courtaud et galopa jusqu'à l'oustal.

— Vous auriez pu nous épargner un tel scandale ! lança-t-il à son père en jetant les journaux sur la table. Vous pensez sans doute que le préjugé n'est pas suffisant, il faut aussi que nous devenions la risée du département et de la France entière.

Il désigna les publications parisiennes.

Hippolyte et Casimir déplièrent les journaux et les lurent, riant de bon cœur à certains passages, s'échangeant les pages, se moquant des croquis d'audience qui illustraient les articles.

— Tu as pourtant reçu la *tradition,* s'étonna Hippolyte. Que t'importe le qu'en-dira-t-on ? Il a toujours existé et il existera toujours. Il ne te reste donc rien de tes exercices de caparaçonnage ?

Instaurés par Justinien Premier, ils consistaient à s'accoutumer au préjugé sous toutes ses formes en l'étudiant de très près, en apprenant à répliquer (vertement la plupart du temps) aux six cents et quelques cas de figure répertoriés et régulièrement mis à jour par les sept Justinien.

— Ce que ces folliculaires écrivent sur nous n'a aucune importance, ce n'est pas la première fois. L'important, vois-tu, Léon, c'est qu'en maudissant ces vermines humaines, je les ai terrorisées jusqu'à leur ultime seconde. Leur chef surtout. As-tu vu sa tête ?... C'est ça, vois-tu, qui compte. Et ce n'est qu'un début...

Léon se raidit.

— Père, je vous en conjure. Ne faites plus d'excentricités. Pensez à Saturnin qui ira à l'école cette année.

– J'y songe, ne t'inquiète pas, mais je n'oublie pas pour autant Henri, Adèle, Antoine et Berthe. As-tu déjà oublié ce qu'ils leur ont fait subir ? Et la ronceraie, Léon ? Te souviens-tu de la ronceraie et de ce que nous avons dû faire ?

*

Le procès des chauffeurs de l'Aveyron dura huit mois. Thomas Lerecoux, Raflette, Guez le Nîmois et Marius furent condamnés à la peine capitale. Leurs avocats prirent le train de Paris et demandèrent leur grâce au président Loubet qui la refusa. La date du châtiment fut fixée. Un agent de police fut dépêché à Auteuil où vivait Anatole Deibler et lui remit son ordre de mission pour une quadruple exécution dans le département de l'Aveyron.

Anatole sourit.

– C'est pour où ? demanda Louis, son père, qui avait reconnu de son fauteuil le formulaire rose.

– Pour Bellerocaille. Les chauffeurs de l'Aveyron, une quadruple.

Le visage fané du vieux bourreau à la retraite s'éclaira.

– Tu feras mes amitiés au Septième et à Casimir. Et si tu as le temps, demande-lui qu'il te montre sa Louison, sa « mécanique », comme il l'appelle, c'est une merveille.

*

Les bras croisés au-dessus de son lefaucheux, coiffé de son haut-de-forme démodé, les cheveux et la barbe fraîchement teints, Hippolyte suivait avec intérêt l'entrée de la locomotive dans la gare neuve de Bellerocaille. A ses côtés, son darne à double canon en bandoulière, chaussé de bottes montantes, Casimir faisait de même, fasciné par le spectacle de cette machine qui, disait-on, faisait tourner le lait des vaches dans leurs pis.

Bien que le quai fût comble, un vide « naturel » s'était formé autour d'eux, les isolant des autres.

Dans un vacarme de crissements de freins et de sifflements de jets de vapeur, le train s'immobilisa. Les voyageurs descendirent. Une grande animation s'ensuivit. Peu à peu la gare se vida et bientôt il ne resta plus qu'Hippolyte et Casimir qui n'avaient pas bougé d'un cil. Alors une portière des première classe s'ouvrit sur un homme d'une quarantaine d'années, bien vêtu, trapu, le visage aimable agrémenté d'une fine moustache et d'une barbiche rousse, qui en descendit. Il portait un haut-de-forme sans reflet et était suivi de quatre hommes coiffés de melons.

– Les voilà, dit Hippolyte en allant à leur rencontre, un sourire de bienvenue aux lèvres.

Sa dernière rencontre avec Anatole Deibler datait de l'Exposition universelle, l'année précédente.

Les bonnes relations entre les exécuteurs rouergats et leurs homologues parisiens remontaient à l'an 1689, date du premier voyage de Justinien Premier dans la capitale. Il s'était lié d'amitié avec Charles Sanson, premier de sa lignée lui aussi, et comme lui contraint par les circonstances à son état de bourreau. Quand le dernier des Sanson, Henri Clément VI, fut révoqué en 1847 pour avoir laissé sa guillotine de service en gage d'une dette de jeu, les Pibrac n'en continuèrent pas moins d'entretenir d'étroites relations avec ses successeurs. Il y eut André Ferey, un Normand de soixante-deux ans, chef exécuteur de Rouen, qui fut lui aussi révoqué pour faute professionnelle grave. Il était au théâtre alors qu'on le cherchait partout pour lui remettre l'ordre d'une quintuple exécution. Elle dut être reportée, ce qui provoqua un beau tollé. Jean-François Heidenreich, qu'Hippolyte avait fort bien connu, lui succéda. Heidenreich coupa cent quatre-vingt-deux têtes avant de mourir, laissant la place à son aide, Nicolas Roch, qui, lui, n'en coupa que quatre-vingt-deux avant d'être frappé d'apoplexie. Louis Deibler, son adjoint de première classe, descendant d'une longue lignée de bourreaux écorcheurs du Wurtemberg, fut nommé.

Après un *bilan* de cent cinquante-quatre têtes en dix-neuf ans, Louis, sentant sa santé décliner, avait passé la main à son fils Anatole, son adjoint depuis déjà dix ans.

– Comment va ton père ? demanda Hippolyte après qu'ils se furent tous serré la main avec chaleur.

– Couci-couça, répondit Anatole. Mais quand il a su

que je venais couper ici, il voulait m'accompagner. Rosalie a dû appeler son médecin pour qu'il le lui interdise.

Le chef de gare interrompit leurs mondanités pour demander ce qu'il devait faire des « bagages » de ces messieurs. Il n'osait pas prononcer le mot de guillotine.

— Tu n'as qu'à les charger dans notre fourgon. Nous l'avons pris exprès, proposa Hippolyte à Deibler. Nous la déposerons à l'hôtel de ville avant d'aller à l'oustal.

Anatole apprécia cette délicate attention. Près de ses sous, il avait appréhendé d'avoir à louer un véhicule, certain que son portefeuille serait mis à rude épreuve. Ne disait-on pas à Paris qu'un Aveyronnais valait deux Auvergnats !

— J'ai eu beau leur seriner sur tous les tons qu'il était plus pratique et plus économique que tu utilises la nôtre, ces crétins de fonctionnaires n'ont rien voulu savoir, expliqua Hippolyte en suivant le déchargement des caisses sur le quai et leur transfert dans son fourgon, repeint à neuf après que les gendarmes l'avaient repris aux chauffeurs et le lui avaient restitué.

Le trajet de la gare jusqu'à la place du Trou, dans la ville haute, où se trouvait la mairie, ne manqua pas de pittoresque pour les Parisiens.

Comme pour Laragne-Garou, la sorcière qui venait parfois en ville se réapprovisionner en objets pointus, les apparitions d'Hippolyte étaient rares et toujours remarquées. « J'ai vu l'bourrel ! » disait-on après l'avoir croisé, sur le ton de : « J'ai vu un chat noir passer sous une échelle. » Droit sur son siège, le visage impénétrable sous son chapeau, il répondait d'un bref hochement de la barbe à ceux qui osaient le saluer : la plupart étant des gens qu'il avait guéris ou soulagés par ses talents de rebouteux.

— Mirez la vieille ! s'exclama Léopold, l'adjoint de première classe, elle vient de se signer en nous voyant. C'est l'vrai Moyen Age ici.

Anatole, lui, fut plus sensible à la déférente rapidité avec laquelle les véhicules s'écartaient au passage du fourgon rouge et noir. Ce n'était pas à Paris qu'on aurait vu une chose pareille. D'ailleurs, à Paris, à l'exception de ses voisins et des journalistes, personne ne le reconnaissait… Il envia le vieil homme qui vivait aussi paisiblement son état de paria social. « J'espère être aussi vert à son âge, en revanche, je ne sais pas si j'aurai le culot de me teindre les cheveux, s'il m'en reste, à l'allure où je les perds. Et ce Casimir, quelle allure, quelle arrogance ! Un vrai valet d'échafaud de l'Ancien Régime. Ah, ils sont parfaits, tous les deux… »

Une fois la guillotine rangée dans une remise cadenassée de la mairie et les paperasseries administratives accomplies, le fourgon prit la rue Droite et descendit vers la ville basse et le pont de la République.

– Bigre ! s'étonna Anatole lorsqu'ils furent en vue de l'oustal de la croisée du Jugement-Dernier. C'est plus impressionnant que je ne l'imaginais. C'est une véritable forteresse.

*

Le dîner s'achevait dans la bonne humeur. Hippolyte et Anatole bavardaient en fumant, les aides avaient desserré leur ceinture et dégustaient de l'alcool de prune en les écoutant. Leur hôte avait bien fait les choses : d'abord on leur avait servi une délicieuse soupe aux croûtons et à l'ail, suivie d'un assortiment de cochonnaille qu'ils avaient englouti sur du pain bon comme du gâteau. Ensuite on leur avait apporté du lièvre au saupiquet accompagné d'une purée de châtaignes à l'huile d'olive saupoudrée d'ail roussi. Puis il y eut une salade de chicorée, cinq variétés de fromages et, pour conclure, une galette à la frangipane chaude qui embua d'émotion les yeux des plus gourmands. Ils burent un excellent vin rouge. Les bouteilles poussiéreuses étaient frappées d'une étiquette aux armes de la famille : « Clos Pibrac ».

Si tous avaient remarqué qu'Hippolyte ne buvait que de l'eau claire, nul ne s'en étonna. Tout le monde dans le milieu connaissait les raisons de son abstinence : venant de recevoir l'ordre d'exécuter une jeune et jolie avorteuse, Hippolyte, qui avait vingt ans, avait cru bien faire en avalant plusieurs verres de rhum pour calmer sa nervosité. Tout se déroula bien jusqu'au moment où elle aperçut la guillotine. Là, elle tenta de fuir et il fallut la brutaliser quelque peu. L'alcool ayant émoussé ses réflexes, Hippolyte commit une maladresse que la bougresse mit à profit en le mordant cruellement à la main droite. Si cruellement qu'il fallut l'amputer d'une phalange de l'auriculaire et de deux de l'annulaire.

Dehors, le vent se mit à souffler en bourrasques, s'engouffrant dans les cheminées en hurlant comme un drac pris au piège. Casimir rajouta des bûches dans l'âtre. Hippolyte but une gorgée de sa tisane d'orties avant de poursuivre sa tirade sur la loi de 1872 qui avait supprimé l'échafaud et contraint les exécuteurs à opérer au ras du sol.

– Je me rappelle m'être dit : « C'est le début de la fin. » Car tout de même, Anatole, l'échafaud est le symbole de l'exemplarité. Et l'exemplarité est inséparable de la réclame. On dirait qu'ils ont honte de leurs condamnations et qu'ils s'efforcent de décourager les gens de venir voir. Prends par exemple l'heure inouïe à laquelle ils te font couper demain 7 heures du matin ! Pourquoi pas minuit, tant qu'ils y sont, comme des assassins ?

– Vous ne croyez pas si bien dire. Des rumeurs circulent à la chancellerie depuis quelque temps : il est question d'interdire le public et d'exécuter à l'intérieur de la prison, dans la cour.

Hippolyte ouvrit des yeux ronds.

– Tant d'irresponsabilité me confond. Hélas, le pire reste à venir, si cet olibrius de Fallières est élu.

– Je sais, je sais, dit sombrement Anatole.

Armand Fallières était un abolitionniste résolu. Tout comme l'avait été Victor Hugo, la bête noire d'Hippolyte. A la mort du poète, en 1885, lors de la messe célébrée à sa mémoire en l'église Saint-Laurent, Hippolyte était venu habillé de rouge. Après avoir outrageusement ricané durant l'oraison, il était parti avant la fin sans oublier de faire résonner ses bottes ferrées sur le dallage. Les journaux avaient fustigé son attitude. Casimir avait découpé les articles et les avaient collés dans le registre prévu à cet effet. On ne jetait vraiment rien chez les Pibrac.

Anatole roulait sa énième cigarette de la journée en se

disant une fois de plus qu'il fumait trop quand Hippolyte lança, sans préambule :

– J'ai une faveur à te demander. Mais je tiens à ce que tu saches que si tu la refuses, je ne t'en tiendrai aucunement rancœur.

– Je vous écoute.

– Je voudrais t'assister demain.

Exécuteur en chef des arrêts criminels, Anatole avait le pouvoir d'embaucher qui bon lui semblait. Bien que l'idée lui déplût (il pressentait des complications), il accepta, n'ayant pas le cœur de contrarier le seul ami que son père eût jamais. De plus, Hippolyte était une véritable légende vivante de ce monde très exclusif des soixante-cinq familles d'exécuteurs et lui en imposait depuis toujours.

*

Une aube grise et fraîche se levait sur Bellerocaille lorsque Casimir gara le landau devant l'ancienne prévôté au fronton de laquelle le blason de pierre des Boutefeux cohabitait avec le drapeau tricolore. Un détachement du 122ᵉ d'infanterie les attendait, les armes en faisceaux le long du mur.

Anatole récupéra la guillotine dans la remise et ses aides entreprirent de la monter au centre de la place du Trou. Les premiers curieux apparurent, emmitouflés dans des manteaux, leur respiration fumant dans l'air froid.

Pendant ce temps, Hippolyte était resté dans le landau et Casimir l'avait conduit rue du Dragon où la boutique de Léon venait d'ouvrir. Sa boiteuse de bru assistée de la bonne montagnole servait les premiers clients.

– Bonjour, Hortense, je viens chercher Saturnin. Bonjour, petite, ajouta-t-il à la bonne qui rougit.

Il nota l'empressement de sa belle-fille à l'escamoter au public en le faisant entrer dans l'arrière-boutique où déjeunaient les enfants et la veuve Émilie Bouzouc qui se signa. Hippolyte l'ignora et sourit à Saturnin qui délaissa son bol de café au lait pour venir l'embrasser.

– Termine de déjeuner, nous ne sommes pas en retard.

– Pensez-vous vraiment, beau-papa, que ce soit un spectacle pour un enfant de son âge ? ne put s'empêcher de dire Hortense.

– Vous oubliez qu'il n'est pas n'importe quel enfant, c'est un Pibrac. Le Huitième ! Et puis c'est sans doute la première et la dernière fois qu'il me verra officier.

Hortense cessa de tripoter la croix d'or qu'elle portait au cou.

– Vous allez participer à l'exécution ?

– Pourquoi prends-tu cet air niais ? N'ont-ils pas trucidé mon fils, mon petit-fils et ma belle-fille ? Sans parler de Berthe qui en est morte de chagrin.

– Léon ! cria Hortense en direction du fournil. Tu as entendu ce que vient de dire ton père ? Il va refaire le bourreau tout à l'heure.

Léon ne tarda pas à apparaître, essuyant ses mains blanches de farine, la mine inquiète.

– Vous n'allez pas faire ça tout de même ? Ce n'est pas possible, vous n'avez pas le droit !

– Le droit ? Ce n'est pas un droit, c'est un devoir. Et si tu n'étais pas devenu un… un… un boulanger, tu comprendrais.

– Mais père, imaginez le scandale. Toute la ville va vous voir.

– J'y compte bien. Ça me rappellera ma jeunesse.

Saturnin se dépêchait de boire son café au lait quand Parfait, son cousin, dit :

– Je voudrais y aller aussi.

Hortense le gifla.

*

La place du Trou était bondée, les fenêtres des maisons à colombages débordaient de spectateurs que la froidure rendait impatients. Les balcons d'Au bien nourri avaient été loués à la presse venue en nombre. Seule fausse note : l'absence d'échafaud interdisait au plus grand nombre de voir autre chose que le ciel gris. Certains s'étaient hissés sur les becs de gaz encadrant la place et commentaient le déroulement des opérations à ceux qui étaient restés en bas.

– Et maintenant, qu'est-ce qu'ils font ?

– Ils ont terminé de monter la guillotine et y en a deux qui apportent des paniers en osier.

– Et l'bourrel, il est comment ?

– Il est en bourgeois. Avec un décalitre sur la tête. Il a l'air de savoir ce qu'il fait… C'que j'comprends point, c'est ce moutard qu'est avec eux ! Ça y est, les v'là qui s'en vont les chercher…

La tension grimpa de plusieurs crans.

*

Transférés la veille, les condamnés avaient passé leur dernière nuit dans les anciennes caves de la prévôté transformées en cachots pendant la Révolution.

A l'exception de Raflette qui était fâché avec Dieu, les trois autres chauffeurs priaient avec ferveur, agenouillés devant l'aumônier militaire.

Le maire Barthélemy Boutefeux, ceint de son écharpe tricolore, le procureur, les avocats, le médecin légiste, le commandant Calmejane en tenue et quelques autres entrèrent, suivis d'Anatole, de ses aides et d'Hippolyte. Si la plupart des officiels déploraient sa présence, aucun n'osa s'interposer par peur de ses réactions imprévisibles et toujours excessives.

Saturnin était resté près de la guillotine avec Casimir qui lui en expliquait le fonctionnement.

D'une voix qui se voulait solennelle, le maire déclara que leur grâce avait été refusée.

– On s'en doutait, railla Raflette en désignant les vasistas ouverts d'où leur parvenait le brouhaha de la foule impatiente.

– Que justice soit faite, ajouta le ci-devant baron en s'adressant à Deibler qui n'attendait que ça.

– A nous, dit-il à ses hommes qui entreprirent d'attacher les pieds et les poignets des condamnés.

Puis leurs cheveux et leur col furent découpés. Hippolyte les ramassa et les empocha sans un mot. Anatole eut un petit sourire indulgent à la vue du texte tatoué sur le cou de Guez le Nîmois.

201

Raflette accepta le verre de rhum et la cigarette, les autres refusèrent, prétextant de ne pouvoir se présenter devant Dieu l'haleine chargée.

– Devant DIEU ? s'étonna sarcastiquement Hippolyte en fixant Thomas.

L'aumônier s'insurgea, le maire aussi.

– Voyons, monsieur Pibrac. Nous respectons votre douleur, mais tout de même !

*

– Les voilà, prévinrent ceux perchés sur les becs de gaz quand les condamnés sortirent de la mairie.

Avisant le double cordon de militaires encadrant la guillotine, Raflette, qui marchait le premier, lança d'une voix puissante :

– Présenteeez armes !

Tous obéirent. Les fusils s'élevèrent, les paumes claquèrent sur les fûts. On entendit alors la voix de l'officier commandant le détachement protester :

– Mais je n'ai rien dit ! Ce n'est pas moi !

L'incident fit le tour de la place qui croula sous les rires.

Sur un signe d'Anatole, ses aides cédèrent leur place à Hippolyte et Casimir qui se saisirent de Raflette. Huit secondes plus tard, sa tête tombait. Le temps de réarmer le couperet et ce fut le tour de Marius. On remplaça le panier en osier qui était plein. Guez et Thomas priaient, les yeux fermés. Guez fut happé par les deux vieillards. Le couperet s'abattit une troisième fois.

Hippolyte et Casimir s'emparèrent alors de Thomas qu'ils sentirent frémir. Ce qui suivit ne dura que quelques secondes, pourtant le récit de ce bref instant remplit les pages des journaux.

Au lieu de présenter Thomas sur le ventre, les deux compères le présentèrent *sur le dos,* Hippolyte bouscula d'un coup d'épaule Anatole et actionna lui-même la chute du couperet en lançant au brigand :

– Regarde ce qui arrive.

*

202

« Après la malédiction, la vengeance de l'ancien bourreau Pibrac », « Scandaleuse exécution en Aveyron. Le bourreau guillotine à l'envers », « Sadisme ou étourderie ? » titrèrent les journaux. Léon s'alita, le blanc de l'œil jaune vif, victime d'un ictère foudroyant. Anatole Deibler quitta Bellerocaille sans serrer la main à Hippolyte. Il ne lui pardonnait pas d'avoir actionné le couperet à sa place.

– Ce que vous avez fait peut être considéré comme un meurtre avec préméditation. Vous savez mieux que quiconque que seul l'exécuteur en chef peut couper.

– Ne nous en veux pas, mon ami, c'est lui qui a chauffé Henri et Antoine, lui en personne. Alors le moment venu, ça a été plus fort que moi.

Chapitre III

Léon se remettait lentement de sa jaunisse en ruminant sans fin une vengeance contre son scandaleux papa, vengeance qui lui irait droit au cœur (ou au foie).

– Cette fois, il a dépassé les bornes, il faut réagir, lui serinait Hortense.

– Je te l'accorde, mais que faire ?

– Ne pourrais-tu pas le renier publiquement ? Faire en sorte que tous sachent une fois pour toutes que nous n'avons rien à voir avec ce vieux fou ?

– Il se moque de l'opinion d'autrui, il est même entraîné pour ça... Je te le répète, la seule solution serait de quitter Bellerocaille et de monter à Paris. Là-bas, on aurait la paix, le nom de Pibrac n'évoque rien.

– Ça jamais !

L'idée lui vint lorsqu'il cessa de la chercher.

– Si on changeait de nom ? Je veux dire changer officiellement... C'est possible si on prouve qu'on a une bonne raison. Et si quelqu'un a une bonne raison, c'est bien nous.

– Et on s'appellerait comment ?

– Je ne sais pas... comme tu veux. Nous n'avons que l'embarras du choix. Mais admets qu'il n'y a pas mieux pour se désolidariser de lui.

Dès qu'il fut en état de se lever, Léon se rendit à la mairie où un employé l'informa que pour changer de patronyme, il fallait au préalable publier son intention dans le *Journal officiel,* dans le journal de son lieu de naissance et dans celui de sa ville de résidence.

– Cela fait, vous adresserez votre requête en double exemplaire au garde des Sceaux en précisant les motifs allégués à l'appui de l'abandon de votre nom d'origine. N'oubliez pas d'y joindre tous les documents établissant le bien-fondé de votre requête ainsi qu'un exemplaire des journaux ayant fait l'objet des publications exigées plus haut.

Léon suivit ces consignes scrupuleusement, joignant aux justificatifs les articles relatant l'attitude de son père lors du procès, puis de l'exécution des chauffeurs.

La réponse négative de la chancellerie le vexa plus qu'elle ne le découragea. D'accord avec Hortense, il prit le train et se rendit à Albi où demeurait maître Nicolas Malzac, l'un des meilleurs procéduriers du Sud-Ouest, le seul à se vanter de n'avoir jamais perdu un procès.

Un majordome en livrée introduisit Léon dans le luxueux hôtel particulier de l'avocat, rue du Tendat, face au Tarn. Sans un regard pour les coûteuses raretés du mobilier, il alla droit au but de sa visite.

— Le nom de mon père est devenu trop lourd à porter. Je n'en peux plus. Ma femme n'en peut plus, mes trois enfants n'en peuvent plus. J'ai donc voulu en changer, mais l'administration juge mes motifs insuffisants et me dénie ce droit.

— Et quel est ce nom, je vous prie ?

— Je suis un Pibrac, dit Léon en regardant ses bottines avec embarras.

L'avocat hocha la tête d'un air compatissant.

— Je comprends. Et comment aimeriez-vous que l'on vous appelât ?

— Ma femme et moi-même avons pensé à Bouzouc, qui est le nom de feu mon beau-père.

— Je vois, je vois. Avez-vous correctement suivi la procédure ?

Léon lui remit le dossier refusé. Malzac le parcourut brièvement.

— Qu'attendez-vous de moi, monsieur Pibrac ?

— Faites revenir la chancellerie sur sa décision. Faites-leur comprendre que s'appeler Pibrac en Rouergue est un préjudice quotidien. C'est comme si vous vous appeliez Ravaillac ou Troppmann.

— Mais votre père n'est ni régicide, ni assassin, du moins tel que l'entend la loi.

– Avec ce qu'il a fait récemment, on peut se le demander.

– Comme vous y allez ! J'ai suivi cette affaire comme tout le monde et je puis vous assurer qu'un avocat stagiaire serait en mesure de démontrer que votre père a été égaré par la douleur.

Sa curiosité éveillée par la personnalité de son visiteur, l'avocat consentit à s'occuper de son affaire. Lui aussi, autrefois, avait été menacé par sa nourrice d'être croqué vif par le Pibrac s'il ne terminait pas sa soupe.

*

Héritier d'une famille de propriétaires terriens enrichis sous la Révolution par l'achat de biens nationaux, Nicolas Malzac aurait pu mener une existence paisible et s'adonner entièrement à sa passion, qui était les antiquités, si dès son enfance il ne s'était découvert un goût pour la chicane et l'embrouille qui l'incita à entreprendre des études de droit.

Malzac devait sa notoriété à un procès qu'il avait lui-même intenté à la puissante Société des chemins de fer après qu'un contrôleur eut poinçonné son ticket. Après avoir démontré avec brio qu'une fois acheté ce ticket devenait la propriété inaliénable de son possesseur au même titre qu'une maison, un cheval de course ou un timbre-poste, Malzac avait accusé la Société de *dégradation de bien privé* et lui avait réclamé une forte indemnisation.

– Si la loi vous autorise à contrôler les titres de transport des usagers, elle ne vous autorise nullement à faire *un trou* à l'intérieur.

Il avait gagné son action et obtenu en dédommagement un coupe-file à vie l'autorisant à voyager gratuitement sur l'ensemble du réseau (trente-six mille kilomètres).

*

Dans un premier temps, l'avocat albigeois chercha la faille dans le dossier de Léon. Ne trouvant rien, il lut et relut les textes de la réglementation, puis il éplucha les archives, en quête de précédents, élargissant ses recherches à la profession d'exécuteur. Le peu d'éléments qu'il trouva le laissèrent perplexe.

Alphonse Chopette, l'ancien exécuteur départemental à la retraite depuis le décret Crémieux de 1870, refusa de le recevoir. Malzac dut faire intervenir son oncle le procureur pour qu'il sorte de sa réserve.

Le vieil homme lui conta alors un bon nombre d'histoires à se réveiller la nuit en grinçant des dents. Questionné sur les Pibrac, il n'eut que des éloges à leur égard.

– Ce que le Septième a fait à ce Thomas est exemplaire. C'est ainsi que l'on devrait tous les couper. Qu'ils voient la mort leur arriver dessus. Parfaitement ! Moi, à sa place, si on m'avait tué ma famille, j'en aurais fait autant. On dit qu'il a eu le temps de cagader dans son froc. Eh bien, moi, je dis : bravo, Hippolyte !

Guère plus avancé, Malzac prit le train pour Rodez où il consulta les archives judiciaires. Pour se détendre, il visita ensuite quelques antiquaires et brocanteurs, achetant une édition de 1637 du *Discours de la méthode* habillée d'une reliure en veau brun très simple.

Il se rendit ensuite à Bellerocaille et loua un voiturier qui le déposa rue du Dragon, devant la boulangerie-pâtisserie Arsène Bouzouc.

– Vous auriez dû me prévenir de votre visite, je serais venu vous accueillir à la gare, lui reprocha Léon en l'invitant à le suivre au salon du premier étage.

Hortense en personne leur servit du porto accompagné d'une assiette de dattes fourrées aux amandes, la dernière nouveauté de la maison.

– Alors, maître, du neuf ? finit par demander Léon d'une voix pleine d'espoir.

– Il est encore trop tôt. Pour l'heure, je m'efforce de réunir des faits, ce qui m'amène au motif de ma visite. J'ai besoin d'en savoir plus sur votre famille.

– Que voulez-vous savoir ? dit Léon à contrecœur.

– A vrai dire, je l'ignore. Contez-moi par exemple votre enfance. Dans quelles conditions avez-vous été élevé ?

– Je n'aime pas parler de ces choses-là. Est-ce bien nécessaire ?

– Peut-être... je ne saurais le dire pour l'instant. Avez-vous des frères, des sœurs ?

– Nous étions trois garçons : Justinien, moi et Henri. Quand Justinien est mort du tétanos, j'avais un an. Je suis devenu l'aîné. Ce n'est pas rien quand on connaît la famille. Sans le décret Crémieux, je serais aujourd'hui Léon Iᵉʳ, le Huitième. Et ce n'est pas de la farine que j'aurais sous les ongles.

– Je vois, je vois... Est-ce votre père qui vous a orienté vers la boulange ?

– On voit que vous ne le connaissez pas. Aujourd'hui il continue encore de croire que le gouvernement rétablira un jour ou l'autre les commissions de province et que la famille reprendra du service. Aussi, à la mort de mon frère, ai-je été élevé selon la *tradition*. Et maintenant qu'il ne peut plus compter sur moi, il la transmet à mon neveu Saturnin... Ce que je vais vous dire va paraître sévère, mais je suis convaincu qu'au fond il n'est pas mécontent de ce qui est arrivé à Henri. Maintenant, il l'a, son Huitième, la relève est assurée !

– Qu'entendez-vous par *tradition* ?

Léon prit un air embarrassé. Il n'avait jamais parlé de ces choses à un étranger.

– Eh bien... euh... c'est disons tout ce qu'il faut savoir pour devenir un parfait exécuteur. Elle date de l'ancêtre fondateur. C'est lui qui l'a écrite. D'abord dans ses Mémoires, puis dans un livre à part qu'il a appelé *La Tradition*. Elle n'a jamais été modifiée, sinon, bien sûr, par le Vengeur. Notez qu'il ne l'a pas modifiée mais plutôt complétée en y incluant son *Mode d'emploi pour le bien couper*. Charles Henri lui-même a fait le voyage de Paris pour le recopier.

– Et qui est Charles Henri ? demanda l'avocat, un peu perdu.

– Charles Henri Sanson était l'exécuteur en chef parisien pendant la Révolution. C'est lui qui a coupé Louis XVI.

– Hum..., fit sobrement Malzac. Sous quelle forme cette « tradition » vous a-t-elle été inculquée ?

– Comme à l'école. Avec des leçons à apprendre par cœur, des devoirs à rendre, des exercices pratiques.

– Pratiques, mais encore ?

– C'est que... je ne sais plus, il y a si longtemps. Voyons... Bon, par exemple, le jour de mes sept ans, j'ai dû décapiter ma première chèvre. Je n'y suis pas arrivé, ç'a été une vraie hacherie. J'ai eu 0 sur 20.

– Puis ?

– Comme la *tradition* interdit de passer à l'exercice suivant tant que le précédent n'est pas maîtrisé, j'ai dû recommencer jusqu'à ce que je réussisse... Je n'étais pas doué et ça désolait mon père. J'ai ainsi une douzaine de chèvres sur la conscience.

Le ton de Léon était à la fois ironique et amer.

– Votre père vous battait-il ?

– Jamais. Parfois j'aurais préféré. Quand il était fâché, il agissait comme si j'étais devenu invisible, et tout le monde dans l'oustal devait faire de même... Vous ne pouvez pas imaginer l'effet que ça peut faire. Une fois, ça a duré quatre jours. Quatre jours terribles. J'allais parler au chien, aux chevaux, aux lézards de la crypte.

– Qu'aviez-vous fait ?

– J'avais laissé tomber son couteau dans le puits. Oh, je sais, ça peut sembler dérisoire, mais ce n'était pas n'importe quel couteau, c'était une relique ayant appartenu à l'ancêtre fondateur et qui se transmettait de père en fils aîné.

– Pourquoi *quatre* jours ?

– C'est le temps qu'il a fallu pour le récupérer au fond.

Léon lui versa un autre verre de porto et alla héler son apprenti.

– Fernand ! Apporte-nous des gimblettes.

Malzac prit un air confus pour désigner l'assiette de dattes fourrées vide.

– Elle sont si bonnes que je ne m'en suis pas rendu compte. En fait, elles sont excellentes.

– Je sais, je fais ce qu'il faut pour ça. Avec un nom comme le mien, je n'ai pas le choix. Qui viendrait se servir chez de la « graine de bourrel » si je n'étais pas devenu le meilleur de Bellerocaille ? C'est le seul moyen de surmonter le préjugé.

Un grand gaillard d'apprenti apporta une assiette de

gâteaux ronds percés de trous. L'avocat mordit dans l'un d'eux. Il était chaud, odoriférant, succulent.

– C'est Casimir qui m'a appris à faire du pain. C'est dans la *tradition* de se suffire à soi-même. J'ai ainsi appris à tirer au fusil et au pistolet, à cultiver la terre, à monter à cheval, etc. Mais c'est l'odeur de la farine, de la levure, pétrir la pâte, lui donner des formes, la voir se dorer dans le four qui m'ont plu. Je ne saurais vous dire pourquoi.

– Qui est Casimir ?

– Le valet d'échafaud de mon père. Il est né à l'oustal. Il vit dans la tour sud, réservée depuis toujours aux valets et à leur famille. C'est le Premier qui l'a fait construire à l'époque où ils étaient huit. Ils portaient des livrées aux couleurs de la famille et ils étaient armés.

– Le Premier ?

– On l'appelle aussi l'ancêtre fondateur, puisqu'il est le premier Justinien de la lignée... Le plus drôle, c'est qu'au départ il ne voulait pas être exécuteur. On l'y a forcé. Et savez-vous qui l'y a forcé ? L'ancêtre du maire actuel de Bellerocaille, le ci-devant baron Raoul Boutefeux. Aujourd'hui, son descendant est un « rouge » qui se vante d'avoir le buste de Robespierre dans son salon !

– Quelle était la condition de votre ancêtre avant qu'il ne devienne bourreau ?

– Oh, c'est une histoire qu'il a racontée dans le premier volume de ses Mémoires. Il était écrivain public.

– Que faisaient ses parents ?

Léon prit son temps pour répondre. Malzac avala d'autres gimblettes, et tant pis pour sa ligne qui s'empâtait ces derniers temps.

– Nous ne savons rien sur eux, finit par dire Léon, l'air songeur. Une partie des archives seigneuriales et communales ont été détruites pendant la Révolution. Il n'est même pas sûr que nous soyons originaires de Bellerocaille. D'ailleurs Pibrac n'est pas un nom du Rouergue, mais plutôt de Haute-Garonne.

– Votre ancêtre fondateur n'explique rien dans ses Mémoires ?

– Je l'ignore.

– Vous ne les avez donc jamais lus ?

– Non, mais même si je l'avais voulu, je n'aurais pas pu. J'étais trop jeune. Seul le chef de famille peut ouvrir l'armoire aux Mémoires. Et quand j'ai eu l'âge, j'avais quitté l'oustal et j'étais déjà mitron ici.

– Connaissez-vous les raisons de cet interdit ?

– Non... Peut-être que certains passages ne sont pas convenables pour un enfant. D'après ceux que nous lisait notre père, le Premier apparaît comme un sacré gaillard qui ne mâchait pas ses expressions.

L'avocat croqua une gimblette : elles étaient si bonnes chaudes qu'il eût été dommage de les laisser tiédir. Léon plissa son front et agita son index dans l'air comme quelqu'un qui se souvient.

– Pour en revenir aux ancêtres du Premier, le seul indice existant est le nom *Jules Pibrac* gravé sur le manche du couteau dont je vous ai parlé tout à l'heure, celui que j'ai fait tomber dans le puits.

– Je vous comprends mal.

– Il n'existe aucun Jules sur notre arbre généalogique. Or, d'après la *tradition,* ce couteau appartenait au Premier. Quand j'ai posé la question à mon père, il m'a répondu qu'il m'expliquerait ce détail quand j'aurais l'âge de le comprendre.

Malzac sortit un calepin de son portefeuille et inscrivit de courtes notes ponctuées de points d'interrogation. Il adorait les mystères et il y en avait un dans cette famille.

– Je dois rencontrer votre père.

– Vous n'y songez pas ! Il ne voudra jamais vous recevoir.

– Je pourrais me faire passer pour un journaliste.

– Surtout pas, il déteste la presse.

– Je dois pourtant le rencontrer. J'inventerai un prétexte quelconque.

Léon s'alarma.

– Sauf votre respect, maître Malzac, si vous n'y renoncez pas, je vous enjoins de trouver un prétexte qui ne soit pas quelconque. Et si mon père est méfiant, attendez de rencontrer Casimir.

*

211

Revenu à Albi, Nicolas Malzac écrivit à Hippolyte pour solliciter un entretien. Il se présenta comme un juriste passionné d'histoire en quête de matière première pour un ouvrage visant à rétablir « la vérité historique trop souvent bafouée lorsqu'il s'agit des hautes œuvres ».

La réponse d'Hippolyte fut prompte et commençait par : « Enfin, l'Histoire daigne s'intéresser à nous. Elle aura pris son temps. » Plusieurs détails étonnèrent l'avocat. D'abord le papier : du vrai vélin en fine peau de veau mort-né, puis le blason vairé d'argent et de gueule incrusté dans l'en-tête de la lettre et sur l'enveloppe. Divisé en croix engrêlée, le canton dextre contenait la représentation d'un manoir à deux tours. Sur un fond de fourches patibulaires, on lisait dans la senestre : *Dieu et nous seuls pouvons*. Le champ du canton dextre de pointe contenait une pyramide de têtes de morts ricaneuses et le canton senestre de pointe, une potence avec son échelle.

L'écriture était grande, droite, nette, sans faute. L'ancien bourreau le conviait à venir « quand bon vous semblera », mais il se montrait réservé sur l'issue de son projet : « Quoique vous écriviez, même la vérité, rien ne changera dans les mentalités. Le préjugé est l'apanage de notre charge et ne disparaîtra qu'avec le dernier des nôtres. Ce qui, en dépit du décret Crémieux, n'est pas pour demain. »

Malzac reprit le train pour Bellerocaille. Un voiturier le conduisit à l'auberge Au bien nourri où Léon lui avait conseillé de descendre (« la meilleure table de la cité »). On lui présenta une chambre prolongée d'un pompidou donnant sur la place, qu'il accepta. Il loua ensuite un cabriolet aux messageries Cabrel et se fit indiquer par le loueur le chemin de la croisée du Jugement-Dernier.

– Vous allez voir le dolmen ?

– Non, je vais à l'oustal Pibrac.

– Ah, fit l'homme en hochant la tête.

L'avocat descendit la rue Droite encombrée, reconnaissant au passage la rue du Dragon où se trouvait son client. Il sortit de la ville par le pont de la République et se dirigea vers le bois d'ormes.

La taille du dolmen trônant au centre du carrefour

l'épata. Il descendit du cabriolet pour en faire le tour. Dans sa jeunesse, lors d'excursions estivales, il avait traversé la vallée de la Muze où abondaient les dolmens, mais jamais il n'en avait rencontré de cette dimension. La dalle supérieure mesurait près de six mètres. Comment s'y étaient-ils pris pour la hisser ainsi à deux mètres du sol ? Puis il s'intéressa au mur d'enceinte surmonté de ce qu'il identifia comme d'authentiques lames de pertuisanes du XVIIe siècle.

Malzac tira sur une chaîne qui actionna une cloche invisible. Il admirait les vantaux cloutés quand l'un d'eux s'ouvrit sur un grand vieillard au crâne chauve, à l'exception d'une couronne de cheveux blancs, qui le dévisagea d'un regard aussi chaleureux qu'un courant d'air. Un gros chien l'accompagnait.

L'avocat se présenta. Les traits du valet se détendirent.

– Entrez, je vous prie.

Il tira le second battant pour faire place au cabriolet. Malzac découvrit l'oustal et reconnut le manoir aux tours rondes du blason. Il aperçut aussi le grand parc dont on ne voyait pas la fin, un bosquet d'arbres, une prairie où paissaient une vache et des chevaux, une mare où s'ébattaient des canards, mais aussi deux gros porcs.

Abandonnant son véhicule dans la cour, Malzac suivit Casimir en haut d'un escalier extérieur conduisant au premier étage et pénétra dans une salle baignée de lumière qui le laissa muet d'étonnement. C'est à peine s'il entendit le vieux valet l'inviter à s'asseoir en attendant que le maître des lieux soit prévenu de sa visite.

Laissé seul, l'avocat fit quelques pas, allant de surprise en surprise devant l'extravagant mariage réussi de rustique et de raffiné, de moellons de grès nus et de coûteuses boiseries.

« Cette table vaut une fortune », se dit-il après s'être assuré que le plateau de chêne de trois mètres cinquante de long était d'un seul tenant. Les piétements de noyer en éventail représentaient des griffons se déchirant.

Malzac s'intéressa ensuite à l'imposante cheminée, assez grande pour rôtir un cheval et son cavalier, au linteau blasonné et à la très belle plaque de fonte « aux armes ». Mais son cœur s'emballa quand il lut sur le cartel surmonté d'une mort brandissant sa faux les signatures de Liautaud et Le Roy, les plus célèbres horlogers du XVIIe siècle. Les seuls qui eussent pu rivaliser avec lui, il les avait vus à Versailles.

Le fauteuil Louis XIV en noyer tourné que lui avait indiqué Casimir était recouvert d'une tapisserie d'origine au petit point montrant deux chevaliers en armure entourés de petits animaux et de volatiles sur fond de semis de fleurs. Malzac aurait donné là, tout de suite, cent francs-or pour posséder un tel siège. Plus même.

Dans un vaisselier Louis XV, il vit des rangées d'assiettes en faïence de Moustiers décrivant toutes sortes de supplices, de la roue à l'estrapade, en passant par le pal, l'écartèlement, la potence et le bûcher. D'autres, en porcelaine de Sèvres, figuraient des scènes révolutionnaires telles que la prise de la Bastille, l'exécution de Louis XVI, celle de Marie-Antoinette, Marat dans sa baignoire sabot... Un pan de mur était occupé par d'étranges louches ouvragées. La plus grande, en merisier, avait la forme d'une main ouverte.

Attiré par une délicate vitrine marquetée posée sur une commode Louis XV à tombeau, il tomba en arrêt devant une collection de nez, la plupart en bois peint, certains en cuir, d'autres en métal. L'un d'eux, busqué, était en porcelaine. L'étrangeté de ces nez provenait de leur usure, indiquant qu'ils avaient été portés.

L'avocat examinait le dos de la vitrine lorsqu'une voix le fit tressaillir :

– C'est Roentgen qui l'a faite, et la marqueterie est de Zick. Si c'est ce que vous cherchiez, monsieur Malzac.

Au premier coup d'œil, Malzac sut qu'il n'avait jamais rencontré un pareil individu.

– Monsieur Pibrac, je présume.

– Vous présumez bien.

Ils se serrèrent la main en s'observant. L'avocat sentit l'absence de trois phalanges. Il remarqua aussi la longue chevelure d'un noir sans reproche et les vêtements tout droit sortis d'une gravure de mode du Second Empire.

– Ils appartenaient à l'ancêtre fondateur de notre lignée, dit Hippolyte en désignant la vitrine aux nez, puis un tableau accroché à la boiserie du mur du fond, le premier d'une série de huit.

Malzac s'approcha et croisa le regard d'un jeune homme souriant au long appendice bourbonien attaché sur sa nuque par un lacet de cuir. Il posait sur un échafaud dressé devant des fourches patibulaires auxquelles pendaient quatre suppliciés que l'artiste avait reproduits avec un grand réalisme. Le jeune homme était entouré d'un loup gris assis sur ses pattes arrière et d'un billot planté d'une hache. Vêtu comme dans un roman d'Alexandre Dumas, il portait une longue rapière et deux chenapans glissés dans sa ceinture. L'oustal n'existait pas, à sa place figurait une baraque de planches peintes en vermillon. Sur une plaquette de cuivre clouée sur le coûteux cadre de bois doré, on lisait : *Justinien Ier (1663-1755)*.

– Puis-je vous offrir du café, du thé ou peut-être du vin ?

Il accepta l'alcool, mais avant de s'asseoir, il voulut voir les autres toiles.

L'air énigmatique sous un tricorne rouge et noir, Justinien II (1699-1764) était représenté les bras croisés sur l'escabeau d'une potence vide. L'oustal peint en rouge et ses tours étaient là, mais pas le mur d'enceinte. L'une des cheminées du toit de lauzes noires fumait. Un gonfanon peint dans le ciel portait l'inscription : *Dieu et nous seuls pouvons*.

Vêtu d'une carmagnole chamois et d'un pantalon rayé jaune et vert, coiffé d'un bonnet phrygien, Justinien III (1732-1804) souriait modestement au peintre qui l'avait représenté place du Trou, à côté d'une guillotine dressée sur un échafaud, sur fond de gardes nationaux et d'une foule enthousiaste. Il présentait à bout de bras une tête perruquée.

Avec Justinien IV (1772-1850), on retournait à la croisée du Jugement-Dernier. L'oustal était débarrassé de sa couche de rouge et le mur d'enceinte était là, rehaussé de pertuisanes. Son propriétaire, en redingote à collets, cravate à triple tour et culottes de coutil à milleraie, était coiffé d'un chapeau cintré à large bord incliné. Il s'était fait peindre dans la cour pavée debout à côté d'une guillotine munie de roues et d'un timon.

Le tableau suivant était le portrait grandeur nature de Justinien V (1814-1850), se profilant sur un fond de ciel céruléen. Deux angelots voletaient dans un coin de ce ciel, soutenant le blason familial. Ce cinquième Justinien fixait le peintre d'un regard malicieux parfaitement reproduit.

Justinien VI (1832-1850) était inachevé. Malzac vit un adolescent à l'air joyeux, quelque peu débraillé, tête nue, mains sur les hanches, devant un échafaud et une guillotine à peine esquissés au crayon.

La septième toile était dépourvue de légende. Elle représentait une femme d'âge mûr, aux traits énergiques, vêtue d'une robe de satin noir à crinoline, assise sur un divan en compagnie d'un garçonnet à l'air particulièrement décidé. La veuve tenait entre ses doigts fins une lettre dépliée. Quoique minuscule, le texte était lisible. Malzac se pencha : il s'agissait d'une lettre de commission d'exécuteur en chef au nom d'Hippolyte Pibrac.

Le huitième et dernier tableau de cette galerie d'ancêtres montrait Hippolyte, tout aussi déterminé mais guère plus âgé que sur le précédent, posant fièrement à côté de la guillotine, une main sur la manette, l'autre tenant un bout de tissu. Tête nue, imberbe, il était superbe dans sa redingote en velours pourpre, chemise blanche à jabot brodée, culotte noire, bottes noires à revers rouge vif. Un revolver était enfoncé dans un ceinturon à boucle d'argent ciselée. Comme pour le septième tableau, il n'y avait pas de plaquette de cuivre sur le cadre.

— Vous étiez fort jeune, dit l'avocat à son hôte resté silencieux durant son inspection.

— Je venais de fêter mes quatorze ans... Mais voici Casimir. Venez, allons nous asseoir.

Malzac but, dans un gobelet émaillé sur lequel était peinte la prise de Jérusalem par la première croisade, un vin rouge qui, à l'instar de tout ce qui l'entourait, se révéla d'excellente qualité. Hippolyte, lui, buvait de l'eau dans un gobelet similaire, mais décrivant au pennon près la prise d'Antioche par Bohémond et Raimond de Toulouse.

— Monsieur Malzac, je vous écoute, finit par dire Hippolyte.

Malzac s'éclaircit la voix avant de broder une histoire

sur les raisons qui l'avaient poussé à écrire un livre sur le métier d'exécuteur.

– Dans un premier temps, mon intention était de rédiger une histoire générale, mais ma rencontre avec votre homologue albigeois, M. Chopette, m'a fait changer d'avis. Je me suis convaincu qu'il serait bien plus explicite d'illustrer mon propos à partir de l'histoire exhaustive d'une famille. Ou, dirai-je, d'une dynastie, car il s'agit bien d'une dynastie en ce qui vous concerne.

Il eut un geste englobant les tableaux.

– Nous sommes effectivement l'une des rares familles à avoir été commissionnées pendant sept générations consécutives. Chopette est un bingre qui n'aurait pas eu grand-chose à vous conter.

– Un bingre ?

– C'est ainsi que nous désignons les familles en exercice depuis moins de cent ans. Chaque profession a son jargon, la nôtre n'échappe pas à la règle.

– Tous vos ancêtres se prénomment Justinien. Vous êtes la seule exception...

– Tous les aînés sont ainsi baptisés, c'est notre tradition. Moi, j'étais un cadet, et si mon frère ne s'était pas tué sans laisser de descendance, ce serait lui qui serait ici, en face de vous, et non moi.

– Votre frère s'est suicidé ?

– Suicidé ? Quelle drôle d'idée ! Non, il s'est tué accidentellement durant une exécution. Comme il était célibataire, l'office me revenait mais je n'avais pas quatorze ans et aucune expérience des hautes œuvres. Sans l'intervention de ma mère Clémence, je n'aurais jamais été commissionné et la charge nous aurait échappé. C'est pour ça qu'elle figure dans la galerie.

*

L'annonce de la mort du Sixième avait frappé l'oustal de plein fouet.

– Que m'acontez-vous là, malheureux ! s'était écriée Clémence en fixant Victor et Casimir, les valets d'échafaud qui pleuraient.

– Ça s'est passé très vite. Il a fait un pas en arrière de trop, il est tombé de l'échafaud et s'est brisé le cou sur les pavés. Il est mort sur le coup.

Décidément, cette année 1850 se révélait particulièrement néfaste pour la famille. D'abord le Cinquième, qui disparaissait prématurément après avoir été mordu par un renard lors d'une partie de chasse, et maintenant le Sixième, son fils. Un mois plus tôt, il avait fêté ses dix-huit ans et voilà que, faute de descendant direct, il laissait l'office vacant pour la première fois depuis cent soixante-sept ans. Tous les regards s'étaient portés sur Hippolyte, son frère.

Une fois le Sixième dans la crypte, Clémence s'était rendue à la préfecture de Rodez pour réclamer le commissionnement de son fils cadet.

– Vous déraisonnez, madame, ce n'est qu'un moutard, s'indigna le préfet à la vue du gamin.

– Mais c'est un Pibrac, monsieur le préfet, il apprendra vite, je vous le garantis. En attendant, l'intérim sera assuré par Félix et son fils Casimir, nos valets, qui sont fort compétents.

Récemment nommé, peu au fait des us et coutumes, le préfet jugea l'offre déplacée et pour tout dire parfaitement indécente. Il en fit part à la veuve, puis lui signifia que l'entretien était terminé en lui montrant la porte.

Relevant sa voilette noire qui lui chatouillait le nez, Clémence dit d'une voix qui traversa les cloisons :

– Depuis cent soixante-sept ans nous tuons pour vous, depuis cent soixante-sept ans vous nous traitez comme des lépreux, depuis cent soixante-sept ans votre préjugé hypocrite nous interdit d'embrasser un autre état. Si vous ne commissionnez pas Hippolyte, vous nous condamnez au chômage et à la misère, et cela, monsieur le préfet, sauf votre respect, nous ne le permettrons pas.

– Sortez, madame, sans cela je vous fais chasser !

– Ne le prenez point de si haut, car vous pourriez éprouver de l'embarras lorsqu'il vous faudra faire appel à nous, dit Clémence en braquant la pointe de son ombrelle vers sa poitrine.

Rabattant sa voilette, elle lui tourna le dos et sortit en compagnie de son fils.

Le préfet haussa les épaules. Les temps avaient changé et le jour même où l'exécuteur s'était bêtement tué, une douzaine de prétendants avaient posé leur candidature. Pourtant, quand, quelques jours plus tard, il les convoqua pour faire son choix, un seul se présenta et ce fut pour refuser l'offre.

– Pourquoi avoir postulé, alors ?

L'homme, un ancien sous-officier, hocha la tête d'un air navré.

– Faites excuse, m'sieur l'préfet, mais c'est parce que je pensais qu'il n'y avait plus de Pibrac.

– C'est un enfant ! Il a tout juste quatorze ans.

– Possible, mais il est bien assez vieux pour me jeter un sort. Vous n'êtes pas d'ici, sinon vous comprendriez.

– Avez-vous été menacé ?

– Que non pas ! Mais les valets de dame Clémence racontent partout en ville que l'office revient de droit au petit. Pas b'soin d'être malin pour deviner c'que ça veut dire.

C'est seulement lorsqu'il apprit que les Pibrac étaient fortunés que le haut fonctionnaire daigna revenir sur son opinion : les gens riches sont toujours des gens influents qu'il est préférable de ménager. Il fit mander Clémence qui logeait chez les Pradel et lui remit la lettre de commission en la mettant en garde :

– Qu'il officie ou pas, votre fils devra obligatoirement être présent lors de chaque exécution, car telle est la loi.

Clémence l'avait considéré d'un air parfaitement méprisant pour dire :

– Bien sûr qu'il sera présent. Où pensez-vous donc qu'il va apprendre le métier sinon sur l'échafaud !

Le mois précédant cette entrevue, Louis Magne, un bouvier sans travail, un peu vagabond, un peu trafiquant d'allumettes, poignarda un pinardier de la ville basse pour le voler. Son crime commis, Magne, au lieu de s'enfuir, vida bouteille après bouteille. Quand les gendarmes le découvrirent, il ronflait allongé sur le dos à côté de sa victime.

Son procès fut expédié et quand le verdict de mort tomba, Félix et Casimir quittèrent la salle du tribunal pour recevoir du greffier l'ordre d'exécution. Ils rentrèrent sans délai à l'oustal où Clémence les attendait.

– C'est la mort ! crièrent-ils avant même d'être descendus de cheval.

– Vous avez l'ordre ?

Félix le lui donna. Elle le lut, vérifia la signature, le tampon, la date, puis elle le tendit à son fils qui le lut à voix haute :

> L'exécuteur des hautes œuvres ne fera faute de se rendre ce 14 septembre 1850 à la maison de justice de Bellerocaille pour y mettre à exécution le jugement condamnant Louis Magne à la peine de mort. L'exécution aura lieu à 4 heures du soir, place du Trou.

Le lendemain matin, à l'aube, l'échafaud et la guillotine démontés furent chargés dans le fourgon bâché.

– Ça sent bon, dit le gamin en humant les madriers entretenus à la cire d'abeille.

Les valets échangèrent un sourire entendu. Le commentaire signalait un bon fond.

– Oui, ça sent bon, approuva Clémence qui surveillait le chargement. C'est ton arrière-grand-père le Vengeur qui l'a fabriqué.

– Chaque élément s'emboîte dans l'autre, ajouta Félix en croisant les mains pour lui montrer. Il n'a pas son pareil. Toutes les familles nous l'envient. Pareil pour la mécanique, d'ailleurs.

Hippolyte approuva gravement. Pour avoir assisté plusieurs fois auparavant à de tels préparatifs, il connaissait tous ces faits, mais c'était la première fois qu'on les lui communiquait : avant, il n'y en avait que pour son frère.

Tout fut prêt à 7 heures. On se restaura d'un copieux petit déjeuner servi dans la cuisine, puis chacun alla revêtir sa tenue d'exécution : les valets en rouge et noir, Hippolyte en redingote à revers de velours. Il était coiffé d'un haut-de-forme acheté deux semaines plus tôt à Rodez.

Avant de prendre la route, Clémence lui remit solennellement la paire de pistolets à percussion de la manufacture impériale de Châtellerault qu'elle avait offerte à son défunt frère le jour de ses seize ans.

En ville, l'arrivée du fourgon lourdement chargé et de ses occupants provoqua les remous habituels.

– V'là la femelle du bourrel et son p'tit !

Mithridatisée depuis belle lurette contre la curiosité hostile que sa vue provoquait invariablement, Clémence, drapée de noir, faisait des recommandations à son fils.

– Tu devras bien regarder comment ils font, surtout avec le fil à plomb, et s'il y a quelque chose que tu ne comprends pas, demande à Félix.

– Oui, maman.

Arrivé place du Trou, le fourgon fut déchargé. Sans gestes inutiles, les valets et leurs aides montèrent l'échafaud, puis ouvrirent les caisses molletonnées contenant la guillotine. Comme chaque fois, l'apparition du couperet suscita un brouhaha excité parmi la foule déjà présente. Clémence incita Hippolyte à se pencher plus avant pour mieux voir comment Casimir l'ajustait au mouton, qui était peint en rouge. Puis elle lui désigna Félix à genoux devant la mécanique qui armé d'un niveau à eau vérifiait le rectiligne des montants. Avec son index, il montra au garçon où devait se trouver la bulle d'air pour que tout soit parfaitement droit.

– C'est très important, que les bras soient d'aplomb, sinon le couteau glisse plus difficilement et tranche mal. Tu dois alors détacher la tête au couteau, c'est salissant et ça marque mal vis-à-vis du public.

Quand tout fut prêt pour un essai à vide, Félix montra la manette au gamin et dit :

– A toi l'honneur.

Intimidé, les joues roses de plaisir, Hippolyte regarda sa mère qui lui sourit d'un air engageant. Il abaissa la manette. La lame s'abattit et heurta les amortisseurs avec un bruit sec. Le choc fit vibrer le plancher sous ses pieds. Sans qu'on le lui demande, l'adolescent réarma aussitôt la mécanique en tirant sur la corde comme il avait vu Félix le faire un peu plus tôt.

Clémence, les valets et les aides comprirent que la succession était assurée.

Ils rentrèrent à l'oustal à l'heure du déjeuner, laissant deux aides qui s'installèrent sous l'échafaud pour manger à l'abri des regards.

Une heure avant l'exécution, Hippolyte flanqué de ses

valets se présenta au greffe de la prison pour prendre possession du condamné. Sa mère ne fut pas autorisée à les suivre à l'intérieur et dut attendre dehors en faisant les cent pas, son ombrelle déployée car il faisait beau.

Louis Magne se curait le nez avec énergie quand ils entrèrent dans son cachot. La vue du gamin l'indigna.

– Macarel de macarel, c'est pas un spectacle pour un têtard de son âge !

– Du calme, Magne, c'est lui le bourrel, l'avertit le gardien-chef.

– Le bourrel, mon bourrel, ce poucet mal embrenné ? Jamais ! Plutôt mourir de rire !

– Repos, Magne, repos ! ordonna le gardien-chef en se tenant prêt à intervenir, imité par les valets. Il est commissionné. Il doit être là, c'est la loi.

Le bouvier serra les poings en s'adossant au mur couvert de graffiti.

– Me faire raccourcir par un galopin ? Jamais, je vous dis. J'aurais l'air de quoi, moi ?

– Fais pas le bourru, sinon on t'assomme, menaça Félix en brandissant le tabouret qu'il tenait à la main.

Ils s'apprêtaient à lui sauter dessus lorsque Hippolyte dit d'une voix douce :

– Je ne vous toucherai en aucune façon, monsieur. Je suis juste ici pour apprendre ma fonction.

Tout se figea dans le cachot et, comme le raconta plus tard le gardien, Louis eut l'air de celui qui « ne sait pas s'il doit pondre ou couver ». Finalement, ses muscles se détendirent, ses poings s'ouvrirent, il poussa un long soupir résigné et se laissa faire.

– Ah, enfin ! Vous en avez mis, du temps, les morigéna Clémence quand ils réapparurent.

Magne monta à l'arrière du fourgon débâché pour la circonstance. La foule qui s'était agglutinée autour de la maison de justice le conspua, mais sans grand enthousiasme. Son crime était trop banal pour susciter les passions, seule sa mise à mort intéressait.

Hippolyte s'assit entre Félix qui tenait les brides et Casimir qui gardait un œil sur le condamné. Clémence

222

marchait au même pas que le cheval, cognant parfois la ridelle avec son ombrelle pour admonester son fils :

– Tiens-toi droit, on te regarde !

– C'est pas lui qu'on regarde, c'est moi, protesta Magne qui s'était assis pour ne pas être renversé par les cahots.

– Vous, lui lança la veuve d'une voix essoufflée par la marche, vous feriez mieux de réfléchir à ce que vous allez raconter à saint Pierre quand il vous verra arriver avec votre tête sous le bras.

Le visage de Magne vira au gris. Il baissa la tête et sembla prendre en considération les conseils de la veuve.

Le cortège débouchait dans la rue Droite quand une voix féminine se détacha du brouhaha et lança un déchirant « Adieu, Louis ! » qui dragonna jusqu'à l'âme le cœur des plus endurcis. Magne se dressa d'un bond, les yeux fous, mais un cahot le renversa au fond du fourgon. Certains dirent que c'était sa vieille mère, d'autres affirmèrent qu'il s'agissait de sa sœur jumelle, d'autres encore que c'était sa maîtresse, une Auvergnate enceinte de six mois. En fait, personne ne savait ni ne sut.

Comme la loi l'exigeait, Hippolyte monta le premier sur l'échafaud qui brillait au soleil comme un escarpin verni.

Restée au pied de la plate-forme, Clémence suivait les déplacements de son rejeton, plaçant parfois les mains en porte-voix pour lui lancer un conseil pertinent (« Regarde où tu marches », « Prends garde de ne pas imiter ton infortuné frère »).

A peine Magne eut-il posé les pieds sur l'échafaud qu'il bascula sur une planche sentant bon la cire d'abeille. Des mains le plaquèrent durement sur elle tandis qu'il glissait vers la lunette relevée. Ses épaules heurtèrent les montants. Magne eut la surprise de se trouver nez à nez avec Riquet, l'aide de troisième classe, qui lui saisit les oreilles et plaça sa tête correctement dans la lunette.

– Regarde bien, Hippolyte, c'est le moment, entendit-il une dernière fois avant sa rencontre avec saint Pierre.

Plus tard, sur le chemin de l'oustal, Félix félicita gravement Hippolyte pour son intervention auprès du bouvier rétif. Fouillant dans sa poche, il en sortit le col de chemise du condamné et le lui offrit :

– Tenez, je vous l'ai gardé, dit le valet de soixante-six ans en le vouvoyant pour la première fois. Votre grand-père disait que le premier porte toujours bonheur.

*

« Quelle histoire ! » songea Nicolas Malzac.

– Venez, je vais vous montrer ce que peu de gens ont vu à ce jour, dit son hôte en se levant.

Il le suivit dans une pièce au mur circulaire que Casimir éclaira en ouvrant les volets d'une fenêtre donnant sur la cour. Malzac devina se trouver dans l'une des tours. Sur le mur, dans des boîtes vitrées, épinglés tels des papillons, étaient exposés des dizaines et des dizaines de cols de chemise. Sous chacun d'eux, une étiquette indiquait le nom du possesseur et la date de son exécution. Celui de Louis Magne, le numéro 1, bénéficiait d'une boîte pour lui seul.

– Doux Seigneur, c'est... c'est...

– C'est unique.

L'avocat approuva avec conviction, subjugué par cette accumulation de jamais vu depuis son arrivée à l'oustal. Il lui en arrivait d'oublier le but de sa visite, comme maintenant, devant cet incroyable amoncellement. Toutes les tailles, modes, couleurs étaient représentées, tous les matériaux aussi, de la fine dentelle à la grossière filoselle. Quelques-uns, de toute évidence, avaient appartenu à un vêtement féminin. Le dernier, un col de coton blanc, plutôt sale, portait le numéro 208 et était attribué à *Thomas Lere-coux. vendredi 17 janvier 1902. place du Trou, Bellero-caille*. Son voisin, le 207, un col de lin bariolé, n'était pas étiqueté.

– Pourquoi celui-ci n'est-il pas identifié ?

– C'est un anonyme, répondit Hippolyte d'un ton sec.

Ils regagnèrent la grande salle.

Une heure avant le coucher du soleil, Malzac prit congé de son hôte, avec l'autorisation de revenir le lendemain.

Il mangea distraitement, l'esprit occupé par ce qu'il venait de voir et d'entendre, doutant par instants. « Ai-je bien *vu* une collection de nez et une autre de cols de chemise de condamnés à mort ? » Une fois hors des murs de l'oustal, on pouvait se le demander.

Il relut ses notes et dressa une liste de questions qu'il avait omis de poser, envisageant pour la première fois la possibilité d'écrire vraiment un livre.

Son intérêt, qui était manifeste, avait plu au vieux bourreau qui était devenu intarissable, ponctuant ses anecdotes de « vous êtes le premier en dehors de la famille à qui je raconte ça ».

Le lendemain, malgré un ciel bas et menaçant, l'avocat retourna à l'oustal Pibrac où il passa la journée, déjeunant d'un succulent aligot de lièvre préparé et servi par Casimir dans un plat en porcelaine de Limoges qui une fois vidé révéla un saint Laurent sur son gril de toute beauté.

Ils buvaient un café corsé aussi agréable à goûter qu'à humer quand Hippolyte mentionna pour la première fois l'existence des Mémoires.

– Il est dans notre *tradition* de tenir un journal. *Nulla dies sine linea*. Chacun de mes prédécesseurs s'y est tenu. Moi même, chaque soir.

« Nous y voilà », pensa Malzac en se composant une mine étonnée.

– Cela doit représenter une quantité impressionnante de volumes.

– Je ne vous le fais pas dire.

– Où sont-ils ? Puis-je les voir ?

Marquant un temps d'hésitation, Hippolyte finit par se lever pour le conduire dans un vaste bureau-bibliothèque aux trois murs garnis de livres. Le dernier mur était occupé par un bureau haute époque et une grande et large armoire Renaissance à deux corps en noyer sculpté. Hippolyte l'ouvrit, dévoilant des rangées de manuscrits reliés de maroquin fauve ; le nom de leurs auteurs était gravé sur la tranche. Déjà il refermait les battants.

– Vous n'allez pas m'en montrer quelques-uns ?

– Non, monsieur Malzac, la *tradition* l'interdit. Le contenu de ces Mémoires ne peut être divulgué en dehors du cénacle familial.

L'avocat prit bonne note que l'armoire n'était pas fermée à clef, ni d'ailleurs la porte du bureau-bibliothèque.

– Avez-vous assisté à une exécution ? lui demanda plus tard Hippolyte.

– Non.

– Vous n'avez donc jamais vu de guillotine ?

– En gravure seulement.

– Fort bien, nous allons vous en montrer une.

Ils sortirent de l'oustal, traversèrent la cour et entrèrent dans une remise abritant toutes sortes de véhicules. Il y avait même une chaise à porteurs en bois doré du XVIIᵉ siècle en assez bon état.

– C'est l'une de celles de notre ancêtre fondateur, expliqua Hippolyte qui avait suivi son regard.

Ils allèrent ensuite dans une seconde remise, attenante à la première, où il vit des coffres. Casimir les ouvrit. Malzac regarda et dit :

– Vous l'avez rachetée à l'État ?

– Pas du tout, elle nous appartient depuis 1791. C'est le Vengeur, Justinien le Troisième, qui l'a construite d'après le modèle officiel de Tobias Schmidt que lui avait expédié Paris. Un modèle qu'il a considérablement amélioré. Je peux vous citer neuf modifications qui font de notre mécanique la plus fonctionnelle, la plus légère, la plus fiable de toutes les mécaniques. Et puis, tenez, puisque nous y sommes, nous allons vous la monter, ainsi vous saurez de quoi il retourne quand vous écrirez sur elle.

Bien qu'il tentât de les en dissuader, les deux vieux se mirent aussitôt à la tâche. Comme la pluie menaçait, ils s'y attelèrent dans la remise, avec des gestes précis, coordonnés, exempts de tout effort inutile.

– Combien ? demanda Hippolyte une fois l'engin dressé au centre.

Casimir consulta sa montre.

– Vingt-huit minutes.

Se tournant vers Malzac qui les regardait avec fascination, il fit d'une voix dégoûtée :

– Avant, nous en aurions mis moins de vingt.

Il lui montra comment s'armait le couperet et, pour illustrer son propos, le déclencha. La lame tomba comme un éclair, produisant un chuintement sec en heurtant les coussinets des amortisseurs.

– Sitôt le cou tranché, le corps est basculé dans un panier placé là où vous vous trouvez. C'est à la vitesse et au sang répandu qu'on reconnaît un bon exécuteur d'un moins bon.

Malzac eut une mimique d'incompréhension. Hippolyte s'expliqua :

– Si vous hésitez une seconde de trop sur la planche, le corps perd un litre de sang et salit tout. Sans me vanter, j'étais l'un des plus rapides. Cela peut vous être confirmé par les autres familles. Même Anatole peut vous le dire, je n'ai jamais versé plus d'un demi-verre. Les jours de grande forme, il n'y avait pas plus de trois à quatre gouttes.

Une fois la « mécanique » soigneusement remisée dans ses caisses, l'ancien bourreau lui proposa une visite aux gisants de la crypte, mais la pluie se mit à tomber et ils durent provisoirement y renoncer. Loin de s'apaiser, le mauvais temps s'intensifia. Bientôt, de véritables trombes d'eau s'abattirent sur l'oustal et les alentours, transformant les chemins en bourbiers.

Hippolyte lui offrit l'hospitalité pour la nuit.

– Ce n'est point la place qui manque ici. Vous dînerez avec nous et nous profiterons de la soirée pour avancer dans votre travail.

Malzac se confondit en remerciements : l'occasion était aussi inattendue qu'inespérée.

Ils dînèrent d'une soupe aux légumes servie dans une soupière en argent du Premier Empire. Il y eut ensuite du gigot froid, de la salade de cresson, cinq variétés de fromages et une tarte aux pommes. Entre deux bouchées arrosées de bordeaux, l'avocat posait une question, Hippolyte y répondait, se livrant souvent à de longues digressions destinées à éclairer tel ou tel point.

Silencieux la plupart du temps, Casimir n'était jamais loin et semblait toujours prêt à devancer les ordres de son maître. Malzac se surprit à leur envier cette harmonieuse entente qui régnait dans l'oustal... Mais comment faisaient-ils pour maintenir les lieux dans un tel état d'ordre et de propreté ? Il le leur demanda.

– Un couple de nos métayers se charge du ménage et des animaux. Mais c'est nous qui nous occupons du potager et du verger. Nous nous devons de rester en forme, au cas où...

– Au cas où quoi, monsieur Pibrac ?

– Au cas où l'on rétablirait les commissions départementales. Il suffirait d'abroger cet infâme décret Crémieux et hop, nous serions de nouveau aux affaires. Et ne pensez pas que notre âge soit un handicap. Il n'existe pas de limite d'âge dans notre profession.

Malzac posa sa fourchette pour griffonner sur son carnet ouvert en permanence à portée de la main.

– Voilà deux jours maintenant que nous parlons et que vous prenez des notes. Quelles sont vos impressions, monsieur Malzac ?

Prudent comme quelqu'un qui avance sur un lac gelé, l'avocat tenta de se défiler.

– Il est encore trop tôt pour vous répondre, monsieur. Je me contente pour l'instant de vous écouter et de m'étonner.

– Mais encore ?

– Je m'étonne par exemple que l'office de bourreau vous ait rendus si riches. Car il faut être très riche pour posséder un pareil mobilier.

D'un geste circulaire, il engloba la salle et son contenu.

– Ce sont les journalistes et les ignares qui nous qualifient de *bourreaux.* Souffrez d'apprendre que le terme exact est *exécuteur des hautes œuvres* ou des *arrêts criminels,* comme ils disent maintenant. Il serait bon que vous ne l'oubliiez pas à l'avenir. Et particulièrement dans votre livre.

Le ton d'Hippolyte était si différent que le molosse couché devant l'âtre se redressa.

– J'en prends bonne note. Mais vous conviendrez que c'est ce terme qui prévaut dans le public.

– Possible, mais depuis l'arrêté du 12 janvier 1787, il est interdit de nous nommer ainsi sous peine de tribunal correctionnel. Nous ne saurions être des bourreaux puisque nous sommes le bras armé de la justice. C'est nous qui faisons le dernier geste. Sans nous il n'y aurait pas de peine capitale. On couvre de gloire les militaires qui tuent des innocents servant tout comme eux leur patrie, et nous qui ne tuons que des coupables, on nous couvre de mépris !

Le dîner achevé, Casimir leur servit une tisane de ronces, de fraisier et de cassis parfumée d'une pointe de mélisse dans un service de porcelaine tendre de Sèvres. Malzac but dans une tasse montrant le Christ chargé de sa croix sur le chemin du Golgotha. Cette tasse à elle seule valait cinq louis d'or. Que dire du service ? L'inconvénient avec les antiquités de prix venait de ce que l'on hésitait à les utiliser par crainte de les abîmer ou de les user. Il connaissait peu de collectionneurs de porcelaine qui eussent osé boire leur tisane dans de telles raretés.

— Vous ne m'avez toujours pas dit comment l'office d'exécuteur (il appuya sur le mot avec un petit sourire) a enrichi votre famille ? Mais peut-être suis-je indiscret ?

Hippolyte eut un geste vers les louches de bois qui l'avaient intrigué la veille, lors de sa première visite.

— Que non pas, c'est tout naturel. C'est le droit de havage qui nous a enrichis, et c'est une bonne gestion des bénéfices qui nous a permis de le demeurer. La *tradition* nous apprend à être consciencieux dans nos investissements. C'est pour ça que, contrairement à beaucoup d'autres familles, nous n'avons pas été touchés financièrement par le décret Crémieux nous condamnant au chômage à perpétuité.

— Pourquoi me désignez-vous ces louches ? Qu'ont-elles à voir dans votre histoire ?

— Ce sont des louches de havée. La plus ancienne est celle en forme de main de géant. Elle a appartenu au Premier qui l'a fait sculpter après que les bourgeois eurent pétitionné auprès du baron pour qu'il n'utilise plus sa main pour les prélèvements : ils la jugeaient trop impure. Comme aucune dimension n'avait été fixée, il la fit faire de cette taille. A l'exception des commerçants et des artisans concernés par l'impôt, tout le monde a ri, même le baron. Et quand ils se sont plaints de nouveau, il les a envoyés paître... En fait, quand le Premier a pris sa retraite, il était déjà fort riche.

— A propos de cet ancêtre fondateur, que faisait-il avant de devenir le premier exécuteur de votre lignée ? Qui étaient ses parents ? Pibrac n'est-il pas un patronyme de la Haute-Garonne ?

L'avocat avait choisi un ton soigneusement détaché pour poser la question qui brûlait ses lèvres depuis son arrivée. « Touché ! » se dit-il quand Hippolyte déroba son regard pour répondre d'une voix tranchante :

– Les antécédents n'ont aucune importance. Notre histoire commence avec Justinien Pibrac le Premier.

Malzac haussa les épaules avec fatalisme.

– Fort bien, monsieur Pibrac, fort bien.

Lorsque le cartel sonna 21 heures, Hippolyte souhaita la bonne nuit à son invité et s'en alla dans le bureau-bibliothèque sacrifier au rituel du journal.

Casimir enflamma les bougies d'un chandelier représentant Hercule soutenant à bout de bras les deux bobèches et lui fit signe de le suivre dans une chambre située dans la tour sud où l'attendait un lit à colonnades. La pièce aux murs nus était chauffée par un brasero de bronze.

Avant de le laisser seul, Casimir lui signala la présence derrière le paravent d'un tabouret d'aisances et d'un lavabo en acajou.

*

Le cartel du salon carillonna 2 heures.

Protégeant de sa paume les flammes des bougies, Malzac se faufila le cœur battant dans l'escalier menant au bureau-bibliothèque. S'il évaluait l'audace de son acte, il savait aussi qu'une pareille occasion ne se représenterait pas de sitôt. Retenant son souffle, il ouvrit lentement la porte qu'il referma derrière lui avec mille précautions : il avait souvent entendu dire que les vieillards ont le sommeil léger. Sans parler du molosse au mufle d'ours qui ne devait dormir que d'un œil.

Posant le chandelier au pied de l'armoire aux Mémoires, il l'ouvrit en se pétrifiant au moindre craquement. Il flottait dans la pièce des effluves de tabac froid et de mélisse.

Malzac prit le premier volume habillé d'une belle reliure de maroquin fauve élimée par l'usage, rehaussée de pièces d'armes dans les angles. Le dos du manuscrit était orné du blason des Pibrac et le fermoir en or ciselé aux chiffres JP entrelacés n'était pas fermé à clef. Malzac l'ouvrit et l'approcha des bougies pour mieux lire la première page.

— Bon Dieu ! jura-t-il dès les premières lignes. Si je m'attendais à ça !

Quelque chose de dur heurta sa tête, il perdit connaissance.

Quand il rouvrit les yeux, il était couché au fond de son véhicule de location. Il faisait toujours nuit noire, le vent soufflait par rafales et la pluie tambourinait sur la capote. Indifférent au mauvais temps, le cheval broutait l'herbe entre les brancards. Non loin de là se profilaient le mur et les pertuisanes de l'oustal.

— Ils m'ont jeté dehors, constata-t-il en palpant avec un gémissement son crâne meurtri.

Trop captivé par sa lecture, il n'avait rien vu ni entendu et ignorait lequel des deux vieillards l'avait assommé. Frôlant plusieurs fois l'embourbement, il parvint toutefois à regagner Bellerocaille et son hôtel où il se confectionna avec un mouchoir une compresse d'eau froide qui l'apaisa médiocrement.

*

Quand Malzac sortit de sa chambre et prit la direction de la rue du Dragon, la pluie s'était arrêtée et un jour blafard tentait vainement de percer des nuages gris.

— Quoi ? ! Vous avez osé fouiller dans l'armoire ! s'exclama Léon. Croyez-moi, maître Malzac, vous vous en tirez à bon compte... Ce doit être mon père qui vous a découvert, car si ç'avait été Casimir, ce n'est pas une bosse, mais un trou dans la tête que vous auriez à l'heure actuelle. Cela en valait-il au moins la peine ?

— J'ai pu lire une dizaine de pages seulement, mais tout était dit dès la première : celui que vous appelez l'ancêtre fondateur est en fait un enfant abandonné en bas âge et baptisé Justinien Trouvé par ceux qui le découvrirent.

Le Premier, un enfant trouvé ! Léon hocha la tête d'un air incrédule.

— C'est lui-même qui l'écrit en exergue, dit l'avocat en

ajoutant : Il ne nous reste plus qu'à retrouver le registre paroissial pour être en mesure d'exiger le rétablissement de votre nom d'origine : Trouvé.

– Trouvé, Trouvé, répéta Léon comme on essaie un chapeau devant une glace. Pourquoi s'est-il donc fait appeler Pibrac ?

Soudain son visage se renfrogna.

– De toute façon, maître Malzac, vous ne découvrirez pas cette preuve, puisque les registres paroissiaux ont brûlé durant la Révolution.

– Ceux de Bellerocaille, mais votre ancêtre dit avoir été trouvé à Roumégoux, devant l'entrée du monastère des vigilants de l'Adoration perpétuelle.

– Dit-il aussi les raisons de son changement de nom ?

– Oui. D'après ce que j'ai compris, votre ancêtre était recherché pour vol par la milice de Roumégoux. Arrêté à Bellerocaille, il a donné un faux nom pour éviter une enquête.

La surprise de Léon fut entière. Justinien Premier, un vulgaire voleur ! Il comprenait enfin tous ces mystères autour des Mémoires : la légende en prenait un sacré coup !

*

Quarante-huit heures plus tard, Malzac débarquait sur le quai de Roumégoux et faisait porter ses bagages à l'auberge du Chapon rieur, la moins décrépite des quatre restant sur la trentaine qui prospéraient à l'époque où les pèlerins affluaient par centaines pour adorer le Saint Prépuce. Après avoir fait la richesse du bourg, la relique en avait fait la risée lorsque avait éclaté la controverse sur son authenticité. Le pape avait tranché en déclarant que le vrai Prépuce se trouvait à Saint-Jean-de-Latran et nulle part ailleurs : aussitôt, les pèlerins d'autrefois s'étaient mués en touristes rigolards. Les vigilants avaient fermé la chapelle au public, provoquant une authentique déroute financière chez les hôteliers et les commerçants de Roumégoux.

La loi l'autorisant à consulter les registres antérieurs à

cent ans, le maire ne vit aucun inconvénient à le laisser s'installer dans les archives, un réduit mal éclairé où régnait un fonctionnaire en lustrines et besicles.

– 1663, dites-vous ? Il va me falloir l'échelle, constata-t-il en montrant la plus haute des étagères où s'alignaient des registres aux couvertures en lambeaux. C'est l'ordre des Vigilants qui tenait les registres des morts et des naissances à cette époque. Quand ils ont été expropriés à la Révolution, la mairie a pu récupérer leurs archives.

– Je vois, je vois.

La lumière était si pauvre qu'il se fit acheter des bougies à cinq sous. Il en usa une tout entière avant de venir à bout du volume 1663. N'ayant rien trouvé, il réclama celui de 1662. Bredouille, il consulta ceux de 1661, puis de 1660. Rien.

Vanné, le dos en compote et les yeux rougis et picotant, Malzac rentra à son auberge, dîna et se coucha. Le lendemain, il retournait aux archives et épluchait les années 1664, 1665 et 1666.

La peau de l'index râpée à vif à force d'avoir tourné tant de pages, il fit une pause en se faisant servir un pot de café arrosé, conviant l'archiviste à se joindre à lui.

Il lui confiait sa déception lorsque l'homme l'interrompit :

– Pourquoi ne pas m'avoir dit que vous cherchiez un Trouvé ? Ils sont inscrits sur des registres particuliers. A l'époque, il y en avait tellement que c'était plus pratique.

Le Trouvé intéressant Malzac était le dix-septième du registre 1663. Il l'identifia avec certitude au prénom, Justinien, l'unique du registre, et surtout aux observations :

> Trouvé le 10 juin de l'An de Grâce 1663, au pied de la statue du fondateur. Nez coupé. Baptisé le jour même et mis en nourrice chez la femme Coutouly, 5, rue du Pompidou, Roumégoux.

– Encore une affaire de gagnée, se dit l'avocat en recopiant.

Chapitre IV

Bellerocaille, le samedi 13 mai 1906.

Léon Trouvé immobilisa la charrette et attendit que Saturnin saute à terre et prenne le gros pain rond glissé sous le siège.

– Dis-lui que je passerai au retour, maugréa-t-il dans ses moustaches en donnant un coup de menton vers l'oustal.

Saturnin serra le tourto contre sa poitrine et marcha de son pas raide vers le grand portail. Léon le suivit des yeux pendant un instant. Il ne parvenait pas à l'aimer et se défiait de sa réserve, excessive pour un gamin de dix ans. « L'eau dormante fait les mauvais ruisseaux, disait sévèrement Hortense. On ne sait jamais ce qu'il pense, c'est un sournois dont il vaut mieux se méfier. » Mais même Léon était d'avis que sa femme était si mauvaise langue qu'elle s'empoisonnerait un jour avec sa propre salive.

Avant de s'éloigner, il le vit ouvrir l'un des vantaux et entrer.

Les relations avec son père ne s'étaient guère améliorées depuis que maître Malzac avait contraint la chancellerie à revenir sur sa décision en l'autorisant à se nommer Trouvé. Le « secret » des Pibrac ainsi livré en pâture et le livre *Le Métier dans le sang* publié deux ans plus tôt par l'avocat n'avaient en rien contribué à adoucir la rancœur d'Hippolyte envers son fils, qu'il n'appelait plus que « le Félon ».

« Le Félon » s'était rebiffé en prononçant des paroles qu'il avait regrettées aussitôt après : « Quand vous aurez trépassé, car vous trépasserez un jour, je deviendrai le maître de l'oustal, et alors je ferai tout démolir. Jusqu'à la dernière pierre. Que plus rien ne rappelle qui a vécu ici et ce qui s'y est passé durant près de trois siècles. » Peut-être alors le préjugé qui gâchait son existence finirait-il par disparaître.

Peu de temps après son imprudente déclaration, il apprit que son père avait adressé une requête à l'*Inventaire général des richesses de l'art de la France* pour que l'oustal soit classé monument historique.

*

Saturnin posa le pain contre le mur pour refermer des deux mains le lourd vantail. Ce mouvement lui procurait chaque fois un plaisir renouvelé. Ici il était chez lui, à sa place.

Il reprit le tourto et marcha jusqu'à la cour. Près du puits, il vit la jument et le cabriolet de Calzins, le vieux notaire. Son grand-père avait de la visite. La cuisine étant vide, il glissa le tourto dans le râtelier à pain fixé au mur.

— Bonjour, grand-père, bonjour, monsieur Calzins, dit-il tout en flanquant un coup de pied à la poule qui l'avait suivi en haut de l'escalier.

Assis à la grande table de chêne, Hippolyte mangeait des radis en compagnie de l'ancien notaire qui avait passé la main à son fils, Guy Calzins, devenu l'adjoint du maire Barthélemy Boutefeux (« Les Boutefeux ont trouvé le moyen de redevenir les seigneurs de Bellerocaille », persiflaient leurs adversaires politiques). Comme chaque mois, le vieil homme était venu chercher son exonge, cette panacée contre les rhumatismes que seuls les bourreaux savaient préparer à partir d'un pourcentage tenu secret de graisse humaine prélevée sur des corps de criminels. Plus grand était le crime commis, plus efficace était l'onguent. Il existait ainsi de l'exonge de parricide, de matricide, d'infanticide, de l'exonge de chauffeur de paturons (idéal pour les brûlures) et même de l'exonge de sodomite, très efficace contre les hémorroïdes.

A ceux qui s'étonnaient qu'Hippolyte puisse encore disposer de matière première alors qu'il n'officiait plus depuis près de quarante ans, celui-ci rétorquait qu'après deux décennies d'office et deux cent huit exécutions, ses stocks étaient pratiquement inépuisables. Sans parler des réserves accumulées par les ancêtres. Ne restait-il pas trois bonnes livres d'exonge de sorcière certifiée datant du Premier et du Deuxième !

Pour en avoir fabriqué durant les cours de travaux pratiques, Saturnin savait que son grand-père utilisait en fait de la graisse de mouton qu'il aromatisait selon son humeur.

Il embrassa Hippolyte sur les deux joues. Celui-ci relissa aussitôt ses moustaches et sa belle barbe à deux pointes. Il portait sur sa chemise à jabot de dentelle anglaise son habituelle redingote vert eau à col de velours grenat ; ses jambes, moulées dans une culotte de cheval brune, s'enfonçaient dans des bottes noires à bout carré.

– Léon ne vient pas ?

– Il a dit qu'il passerait en revenant du moulin.

Laissant les adultes à leur affaire, Saturnin prit l'un des nombreux journaux traînant en bout de table et alla s'asseoir sur le banc-coffre près de la fenêtre, face à l'arbre généalogique de la famille et à la galerie des ancêtres. Quelque temps plus tôt, son grand-père avait ajouté sous chaque tableau la lettre de provision frappée du sceau baronnial correspondant qu'il avait fait encadrer.

Comme à l'école communale où l'instituteur les contraignait à réciter la liste des départements et le nom des préfectures et sous-préfectures, Hippolyte lui avait fait apprendre par cœur la généalogie de ses ancêtres (« Mourir n'est rien, Saturnin, c'est être oublié qui est terrible »). La première, bien sûr, était celle de Justinien Premier et de Griffu, son loup gris, le lointain ancêtre du Griffu d'aujourd'hui, bâtard de mosti et de loup.

Né en 1663, commissionné à vingt ans, en 1683, marié à vingt-neuf ans avec Guillaumette Pradel, en 1692. Retraité à soixante-treize ans, en 1736, en faveur de son fils aîné, Justinien. Décède en son oustal à l'âge de quatre-vingt-douze ans, en 1755,

236

se répétait machinalement le gamin. Justinien et le Vengeur, à égalité, étaient de loin ses préférés. Le premier pour l'ensemble de son aventureuse et passionnante existence, le second pour son extraordinaire fertilité inventive.

> Justinien III, dit le Vengeur du peuple, est né à l'oustal en 1732. Assistant de son père à quinze ans, il devient exécuteur-chef à l'âge de trente et un ans. Le Vengeur se marie huit ans plus tard avec Pauline Plagnes, fille de Basile Plagnes, son valet d'échafaud de première classe. Il prend sa retraite à soixante et onze ans en faveur de son fils aîné, Justinien IV. Le Vengeur meurt de peur un soir de veillée, après qu'une châtaigne que Pauline avait mise à griller en oubliant de la percer eut explosé dans la poêle.

*

Saturnin lisait lorsque le nom de son oncle Léon revint à plusieurs reprises dans la conversation de son grand-père et de Calzins, le distrayant de sa lecture. Il tendit l'oreille.

– Je n'ignore point, monsieur Calzins, que s'il ne tenait qu'à mon renégat de fils et à sa mégère, plus rien n'existerait ici. Plus rien du tout ! Il me l'a dit lui-même. Depuis, faites excuse, mais j'ouvre l'œil et je leur réserve de bien mauvais réveils accompagnés de terribles migraines.

Hippolyte but une gorgée d'eau avant de poursuivre sur un ton moqueur :

– Savez-vous combien ce couillon a dépensé pour se faire appeler Trouvé ? Plus de cinq mille francs-or ! Comme s'il suffisait de changer l'enseigne de sa boutique pour que les gens oublient le préjugé. Je peux difficilement croire qu'il soit devenu si naïf. Tous mes billots au feu que c'est Hortense qui le manipule.

Il croqua quelques radis en grommelant :

– Ma mère me disait toujours : « Si l'un de nous embrasse un autre état, il nous méprisera tôt ou tard. »

Le vieux notaire hocha la tête, l'air faussement concerné. Même Saturnin devinait qu'il avait hâte de partir. Il n'osait venir en personne chercher son exonge que depuis qu'il était à la retraite. Auparavant, il déléguait un domestique.

– Eh bien, à plus tard, monsieur Pibrac, je compte sur vous pour ma petite commande. Il me la faudrait avant l'Ascension et je…

– Un instant, monsieur Calzins, l'interrompit Hippolyte en levant sa main où manquaient trois phalanges. Souffrez d'apprendre avant de partir que je n'accepte pas l'avis défavorable opposé par le conseil municipal à ma requête de classement historique. Je vais donc redéposer ma demande et exiger un nouveau vote. Or votre fils est contre mon projet. Je compte sur vous, son père, pour le raisonner et le faire changer d'avis… Après tout, monsieur Calzins, nos ancêtres n'ont-ils pas déjà étroitement collaboré dans le passé ?

Le notable tiqua. Sa voix retrouva toute sa morgue pour remettre le bourrel à sa place :

– Vous déparlez, Pibrac ! Je sais que depuis toujours vous vous complaisez à colporter ce genre de médisance, mais c'est totalement faux et vous le savez parfaitement. Jamais ma famille n'a participé de près ou de loin à une exécution.

C'était chatouiller un cobra. Sans quitter Calzins des yeux, Hippolyte dit :

– Saturnin, te souviens-tu qui a construit le premier échafaud du Premier ?

Le garçon sourit : c'était facile.

– Le maître charpentier François Calzins, président de la corporation des charpentiers-menuisiers… C'était en… en… en août 1683… le 28 ou le 29…

– Le 29, trancha Hippolyte. Maintenant, donne à M. Calzins les références.

Saturnin mordilla sa lèvre inférieure. Ça, c'était plus difficile. Il s'agissait des toutes premières leçons et cela faisait un moment qu'il ne les avait pas révisées.

– Le mémoire de frais de l'échafaud se trouve aux archives municipales, deuxième section, file 326A45.

Les traits de Calzins se congestionnèrent. Comme chaque fois, il se jura de ne plus remettre les pieds dans ce lieu infâme. Tout en pensant à son exonge de pendu à la mandragore, il dit sur un ton plus conciliant :

– Je verrai ce que je peux faire auprès de mon fils. Mais je ne vous garantis rien, c'est un esprit indépendant qui ne…

Hippolyte le coupa.

– Moi, en revanche, je vous garantis que si mon oustal n'est pas classé, mes réserves d'exonge se tariront à jamais pour certains. Serviteur, monsieur, je ne vous raccompagne pas, vous connaissez le chemin.

– Tu as vu comment il a pris la poudre d'escampette ? dit-il à son petit-fils une fois le notaire dans l'escalier. J'aimerais être une mouche pour entendre ce qu'il va inventer pour convaincre son fils de voter pour nous. Sans exonge et sans mandragore, il peut dire adieu à sa belle poulido du Ségala.

Une « poulido », en patois, désignait au choix une belle fille paresseuse ou une belette qui saigne la volaille et ruine la ferme.

Ils entendirent les roues cahoter sur les pavés.

– Où est Griffu ? demanda Saturnin.

– A la chasse avec Casimir.

Il piocha de nouveau dans les radis.

– Prends-en, ce sont les premiers de l'année, ils sont bons, dit-il en poussant le plat vers son petit-fils.

Saturnin, qui n'avait pas faim, en mangea cependant quelques-uns pour lui être agréable. Il aimait son grand-père et si parfois il se montrait sévère, voire intraitable quand la *tradition* était concernée, il était aussi juste et équitable qu'une balance d'apothicaire.

– Mange, l'encouragea le vieil homme, mange et conte-moi ce qui se dit en ville.

Par « en ville » il fallait comprendre « chez Léon ». Saturnin but dans le verre de son grand-père avant de répondre :

– Tante Hortense voudrait acheter un tilbury comme celui de Cressayet, mais oncle Léon s'y oppose.

– Il cédera. Il finit toujours par céder. Et Parfait ?

Du même âge que Saturnin, Parfait était dans la même classe et, comme lui, s'apprêtait à passer le terrible certificat d'études.

– Comme d'habitude. Il préférerait travailler au fournil, mais tante Hortense veut qu'il devienne avocat.

– Avocat, voilà qui est nouveau. Ne voulait-elle pas en faire un médecin ?

– Elle a changé d'avis depuis qu'ils ont gagné leur procès.

Hippolyte grogna à l'évocation de ce douloureux moment durant lequel le secret du Premier s'était trouvé étalé au grand jour. Désormais, plus personne n'ignorait que l'ancêtre fondateur n'avait été qu'un vulgaire voleur.

Le grand cartel sonna la demie de 10 heures.

– Assez bavardé. Voyons plutôt si tu as révisé tes leçons.

Tout en parlant, il regroupa en pile les journaux et revues qui encombraient la table. Vivant dans une presque complète autarcie, il avait maintenu le contact avec le monde extérieur en s'abonnant à toutes les revues et journaux politiques, littéraires, scientifiques, artistiques, financiers, sportifs, humoristiques et satiriques. Il recevait même deux magazines de mode féminins qui lui tiraient toujours des gloussements railleurs.

Saturnin sortit d'un tiroir du buffet son cahier, son plumier et son buvard et s'attabla, en souhaitant que l'interrogation ne porte pas sur les droits de havée qu'il connaissait mal.

– Si on ajoute dix kilos supplémentaires au mouton, combien de temps met le couperet pour tomber ?

Le garçon se détendit : la question était facile.

– Le temps d'un demi-clin d'œil.

– Hum, hum, fit son grand-père en lissant sa barbe. Ça, c'était facile. Maintenant, récite-moi les dix principaux privilèges de la havée sous Justinien II.

– Euh… la havée sous Justinien le Deuxième s'exerçait comme sous le Premier, trois fois par semaine : le lundi, le… euh ? le jeudi… non, le mercredi… et le samedi.

Les sourcils d'Hippolyte se froncèrent.

– En es-tu certain ?

Saturnin grimaça, indécis.

– Quand on n'est pas certain, c'est qu'on ne sait pas. Et quand on ne sait pas, on recommence tout.

L'élève ouvrit le cahier, déboucha l'encrier et y trempa sa plume d'acier.

– Le terme « havée » vient de l'ancien verbe « havir » qui signifiait « prendre avec la main ».

Hippolyte fit le geste de plonger sa main dans un sac et de la ramener pleine.

– C'est ce droit qui a fait la fortune du Premier, pas les hautes œuvres.

Poursuivant sa leçon d'économie, Hippolyte insista sur l'équité de cet impôt qui épargnait les pauvres et ne frappait que les artisans et les commerçants, ceux-là mêmes pour qui les lois étaient faites. Il allait fustiger une fois de plus l'avaricieux Turgot, responsable de son abolition, quand des bruits de sabots ferrés résonnèrent sur les pavés de la cour. Bientôt Casimir entra, suivi de Griffu qui fonça droit sur le garçon pour lui débarbouiller affectueusement le visage avec une langue de la taille d'une serpillière.

Le valet posa son fusil de chasse sur une chaise et fit glisser de son épaule la gibecière d'où s'échappait la tête d'un chiot qui se mit à japper en gigotant pour s'en extraire.

– Il est rigolo, on dirait qu'il a un coquard, dit Saturnin en montrant le cercle de poils noirs autour de son œil droit.

– Tu peux le caresser, tu peux même le prendre, car il est à toi. Joyeux anniversaire, Saturnin !

La joie du garçon transfigura son visage trop souvent inexpressif.

*

La charrette alourdie par les sacs de blé, Léon arriva en vue de l'oustal. Il ouvrit le portail sans enthousiasme, appréhendant la pesante atmosphère qui présidait à chacune de ses rares visites. Même Griffu semblait lui lancer des regards lourds de reproches… Oui, vraiment, que tout cela disparaisse à jamais et qu'on n'en parle plus. Quant aux ancêtres dans la crypte, l'abbé acceptait leur transfert au cimetière Saint-Laurent, mais il ne voulait pas entendre parler de gisants et exigeait que les cercueils soient placés dans un caveau anonyme. L'abbé était également intraitable sur ceux de l'ancêtre fondateur et de Guillaumette, qu'il faudrait désenchaîner. Ce dernier point chagrinait Léon qui, tout renégat qu'il était devenu, n'en avait pas moins été élevé dans la *tradition*. Or, dans celle-ci, le récit de l'amour sans faille de Justinien au nez de bois et de Guillaumette lui avait tiré plus d'une larme. Les séparer lui paraissait relever de la profanation.

Léon ôta son chapeau avant d'entrer dans la grande salle abondamment éclairée par les trois fenêtres. Il salua son père d'un bref hochement de tête, celui-ci lui répondit de la même façon. Casimir préféra lui tourner le dos. Assis sur le parquet, son neveu jouait avec un chiot blanc et noir que Griffu reniflait avec bienveillance.

– Quel mauvais vent t'amène ?

– C'est au sujet de l'oustal, je…

Comme pour Calzins, Hippolyte l'interrompit d'un signe de main.

– Si tu viens me demander de ne pas représenter ma demande, épargne ta salive, c'est déjà fait.

Ayant la réponse à la question qu'il n'avait pas eu le temps de poser, Léon haussa les épaules avec fatalisme. Il n'avait plus rien à faire ici.

– Viens, nous partons, dit-il à Saturnin qui se leva à regret, serrant le chiot dans ses bras.

– N'oublie pas que pour en être le maître, tu dois être seul à le nourrir, le prévint Casimir.

– Et quand tu le puniras, ajouta son grand-père, tu le frapperas avec un bâton. Jamais avec la main. La main, c'est uniquement pour le caresser.

Léon s'interposa.

– Attends, tu ne vas tout de même pas emporter cet animal ?

– Il est à moi, grand-père me l'a donné.

– Léon ! lança impérativement Hippolyte avant que celui-ci eût pu protester. Sais-tu seulement quel jour nous sommes ?

– Le 13 mai. Et alors ? Je ne vois pas…

Puis il se souvint et perdit contenance.

Plongé dans ses idées (noires), il ne souffla mot durant le retour à Bellerocaille. A ses côtés, Saturnin caressait la tête du chiot qu'il avait glissé dans sa chemise. Qu'allait dire Hortense ? Mordue dans sa jeunesse, elle détestait les chiens presque autant que les gens.

Ils arrivèrent rue du Dragon où s'élevait la belle maison à colombages de la boulangerie-pâtisserie Léon Trouvé.

Raymond, le plus ancien des apprentis, ouvrit la porte cochère pour que son patron puisse rentrer la charrette dans la cour.

Saturnin suivait son oncle dans le fournil quand le jeune chien lui échappa et bondit sur Princesse qui passait par là. Le poil hérissé, la chatte s'engouffra dans l'arrière-boutique où cuisinait la veuve Bouzouc, zigzagua autour des pieds de la table et surgit dans la sacro-sainte boutique, talonnée de près par le chien qui aboyait furieusement.

– *Boudiou ! Quézaco ?* s'écria la veuve.

Dans la boutique, c'était l'heure du coup de feu de 11 h 30. Hortense, assistée de ses filles et de la bonne, suffisait à peine à servir la nombreuse clientèle. L'irruption des animaux provoqua la pagaille. Quelqu'un voulut les éviter et heurta un plateau de biscuits qui se répandirent sur le carrelage, ajoutant au désordre.

Boitant bas, les joues empourprées, Hortense rattrapa le chien et l'expédia d'un coup de bottine dans l'arrière-boutique. Là, armée d'une louche en bois, la veuve Bouzouc prit le relais. Fou de terreur, le chiot se mit à uriner partout. Saturnin arriva.

– *Macarel de macarel ! Decoun arriva aquel can ?* lui lança la vieille qui en oubliait son français.

Saturnin qui comprenait le patois (mais n'avait pas le droit de le parler, son grand-père était très strict sur ce point) tenta de la calmer :

– C'est le mien, mon grand-père me l'a donné pour mon anniversaire.

– Laissez, belle-maman, je vous expliquerai, intervint Léon d'une voix conciliante. Et toi, dit-il à son neveu, nettoie cette pisse et veille à ce qu'il n'aille plus dans la boutique. Tu n'as qu'à l'attacher.

Il retourna alors dans la cour surveiller le déchargement des sacs de farine. Hortense ne tarda pas à l'y rejoindre, l'air furibond.

– Qu'est-ce que j'entends ? Ton siphonné de père a donné ce chien à Saturnin ? Et tu n'as rien dit ?

Sa voix stridente attira des voisins aux fenêtres.

– Ne crie pas si fort, je t'en prie. Il lui a fait ce cadeau parce que c'est son anniversaire. Voilà pourquoi je n'ai rien dit. Tu comprends maintenant ?

– Ce que je comprends, c'est que je ne veux pas de chien chez moi.

Léon fit alors quelque chose d'inhabituel : il se rebiffa.

– D'abord mon père est tout ce qu'on veut sauf un « siphonné », ensuite il y a toujours eu des chiens dans ma famille. Il y en aura donc aussi CHEZ MOI.

N'était-ce pas son nom sur l'enseigne ? S'il avait continué à faire du pain tel que le lui avait enseigné Arsène Bouzouc, il y aurait belle lurette qu'il aurait mis la clef sous la porte. C'était son savoir-faire qui avait transformé la maison de fond en comble. Même le toit avait été refait. N'était-ce pas la pâtisserie qui permettait à sa femme, et maintenant à ses filles de ne se vêtir qu'au Chic parisien de Rodez ? Et de porter des chapeaux à trente francs ? Et de parader chaque dimanche sur le chemin de l'église ?

Sentant néanmoins la colère qui le soutenait se dissiper, il la planta là et disparut dans le fournil en maugréant.

Ce fut pendant le déjeuner, juste après le bénédicité qu'Hortense contre-attaqua :

– Dis-moi, Saturnin, qui va s'occuper de ton chien pendant que tu seras à l'école ? Tu penses bien que nous avons autre chose à faire que de l'empêcher de poursuivre Princesse ou d'éponger son pissou derrière lui.

Attaché au bout d'une ficelle, l'intéressé se faisait les dents sur le pied du tabouret de Saturnin.

– Casimir dit qu'il est de la race des fox-terriers et qu'il deviendra un bon ratier. Quand il sera plus grand, on pourra peut-être le laisser dans le grenier où il apprendra à chasser.

Sa tante n'était pas de cet avis.

– Les rats et les souris sont le travail de Princesse... En fait, plus j'y réfléchis et plus je ne vois qu'une solution. Comme c'est ton chien, c'est toi qui dois t'en occuper. Tu devras donc rester ici.

– Je voudrais bien, ma tante, mais je vais à l'école.

– Eh bien, tu n'iras plus. Après tout, tu sais lire, tu sais gribouiller, tu sais compter jusqu'à mille, ça suffit bien pour ce que tu vas devenir dans la vie… Tu n'as qu'à rester ici avec ton chien, comme ça tu pourras aussi aider ton oncle au fournil. Ça tombe bien d'ailleurs, avec Pâques qui approche et cet ingrat de Raymond qui s'en va.

Elle lança un regard venimeux vers la porte ouverte donnant sur le fournil où déjeunaient les apprentis et la bonne.

Après trois ans d'apprentissage, Raymond leur avait annoncé son intention de se marier et de s'installer chez son beau-père, un boulanger, à Rodez.

– Mais alors, moi aussi je veux un chien ! Moi aussi je veux travailler au fournil avec papa ! s'exclama Parfait d'une voix indignée.

– Toi, tu feras ce qu'on te dira de faire !

Margot et Béatrice pouffèrent dans leurs serviettes.

– Je ne peux pas quitter l'école maintenant. Le certificat est dans un mois et je suis sûr de l'avoir.

Il chercha les yeux de son oncle sans les trouver.

– Assez raisonné, décréta Hortense. Tu dois choisir : ou bien tu quittes l'école et tu gardes ton chien, ou bien tu t'en débarrasses. Personne ici ne peut s'en occuper pour toi. Tu comprends au moins ?

– Moi je peux, proposa Parfait spontanément.

Cette fois il reçut une gifle.

– Mange et tais-toi !

Saturnin regarda le chiot. Jugeant sans doute le bois du tabouret trop coriace, il s'était attaqué à sa ficelle et la mâchait avec entrain. Il se pencha pour lui caresser la tête. Jamais encore il n'avait possédé quelque chose de vivant.

– Alors, Saturnin, tu as entendu ce que je viens de te dire ou pas ?

– J'ai entendu, ma tante… Mais c'est bête que je ne passe pas le certificat, grand-père dit que c'est important de l'avoir.

– Qu'en sait-il, ton grand-père ? Il ne sort jamais de chez lui. L'a-t-il seulement, son certificat ?

Princesse entra dans la pièce. Le chien bondit, la ficelle

cassa, la bruyante sarabande recommença dans l'arrière-boutique, puis dans la boutique.

— *Boudiou! Boudiou!* gémit la vieille Bouzouc en levant les bras vers le plafond.

*

Accoudé au balcon malgré la fraîcheur, Léon fumait une dernière cigarette en regardant les éteigneurs de réverbères obscurcir la rue du Dragon. De l'autre côté de la pièce, derrière le grand paravent décoré de chinoiseries, Hortense enfilait sa chemise de nuit. Celle qu'elle portait dix-huit ans plus tôt la nuit de leurs noces. Elle était neuve à l'époque et la rugosité de la toile bise l'avait presque autant surpris que l'étroite fente verticale pratiquée à la bonne hauteur et autour de laquelle on avait brodé au point de croix rouge : *Dieu le veut.* Léon ne l'avait jamais vue sans.

De l'autre côté de la cloison, comme chaque soir avant de se coucher, Saturnin et Parfait s'agenouillaient au pied du grand lit qu'ils partageaient et récitaient à toute vitesse leur prière.

— Faites, mon Dieu, que Saturnin change d'avis et reste en classe avec moi, ajouta Parfait qui avait toujours scrupuleusement copié sur son cousin.

— Tu vas l'appeler comment ? demanda-t-il plus tard.

— Brise-Tout.

— Ça lui va bien, approuva Parfait en regardant le chiot déchiqueter la couverture de son livre de calcul.

Chapitre V

Le lendemain, dimanche 14 mai 1906,
rue du Dragon, 4 heures du matin.

– Réveille-toi, c'est l'heure !

Le chiot aboya sous le lit. Saturnin ouvrit les yeux à regret et vit Benoît, le second apprenti, une chandelle à la main.

– Laisse-moi, j'ai encore sommeil.

– Lève-toi, macarel, le patron n'aime pas qu'on traîne. Et dis à ton aboyeur de la fermer sinon y va réveiller m'dame Hortense et alors là…

Saturnin se souvint de l'accord passé avec sa tante. Il écarta drap et couvertures et se laissa glisser au sol. Il caressa la tête de Brise-Tout qui frétilla de la queue. Quand il fut prêt, il prit le chien dans ses bras.

– Tu l'emmènes ? s'étonna l'apprenti.

– Bien sûr, si je le laisse seul, il va aboyer sans arrêt.

Dans le fournil, enfariné jusqu'aux coudes, Léon pétrissait avec ardeur sa pâte à pain. Il aimait ce qu'il faisait et ça se voyait dans chacun de ses gestes. Il accueillit son neveu aimablement en lui remettant un tablier bleu.

Saturnin chercha son chien pour se rasséréner et le vit en train de pisser sous la devise peinte par Arsène Bouzouc il y avait bien longtemps :

> Moins tu réussis, plus tu parles des difficultés.
> Celui qui réussit n'en parle jamais.
> As-tu bien rempli ta journée ?
> Pose-toi cette question tous les soirs.

Son oncle soupira.

– Va nettoyer, et après mets-toi au travail. Tu commenceras par vider le cendrier du four, Benoît te montrera où jeter les cendres.

Le jour se levait lorsque la veuve Bouzouc apparut comme chaque matin dans le fournil, son pot de chambre à la main. Flanquant un coup de pied au chien qui aboyait en direction de ses mollets, elle vida le récipient dans la cour, puis se rendit dans l'arrière-boutique d'où bientôt l'arôme du café frais vint se mêler à celui du pain chaud. On entendit alors les pas irréguliers d'Hortense dans l'escalier, suivis de ceux de Margot et Béatrice. Parfait arriva bon dernier. Il eut un regard d'envie vers son cousin qui grattait des plaques à croissants graisseuses.

Quand Saturnin suivit son oncle dans l'arrière-boutique, il vit que son bol et sa chaise avaient disparu.

– Les mitrons ne mangent pas avec les maîtres, expliqua Hortense en lui désignant le fournil et la petite table où Raymond et Benoît étaient installés. Et emporte ton chien. Je ne veux pas le voir ici et encore moins dans la boutique. Gare à lui s'il désobéit !

Saturnin regarda son oncle qui trempa sa tartine beurrée dans son bol.

Un peu plus tard, Saturnin balayait la cour quand Parfait, revêtu de ses habits du dimanche, son missel sous le bras, se rendit au catéchisme, la démarche raidie par l'interdiction absolue de se salir. Et tandis qu'Hortense, sa mère et ses filles sortaient bras dessus, bras dessous vers l'église Saint-Laurent où il était de bon ton d'être vu à la grand-messe de 10 heures, lui-même récurait le pétrin à la spatule. A 11 heures, Léon ôta son tablier et monta à l'étage se préparer pour la réunion dominicale de la Société des amis du bon vieux temps qui avait lieu dans l'arrière-salle du Bien nourri, le fief des conservateurs (le Croquenbouche étant celui des « rouges »). Les sujets les plus variés étaient abordés et chaudement discutés. Inscrit depuis cinq ans, Léon n'y était toléré qu'au titre de membre silencieux. On ne lui demandait pas son opinion et il n'était pas supposé la donner.

Les commerces fermant le dimanche après-midi, Saturnin et Brise-Tout se rendirent sur les bords du Dourdou où ils passèrent la journée à mieux se connaître. (« Tu as quatre choses pour te faire obéir, l'avait mis en garde Casimir : le regard, le geste, l'inflexion de la voix et le reproche juste. Les chiens sont comme nous, ils n'aiment pas l'injustice. En revanche, ils savent toujours lorsqu'ils ont tort. C'est pour ça qu'il ne faut pas hésiter à les punir. »)

Éreinté après une si longue journée, le garçon dîna rapidement en compagnie des apprentis et monta se coucher pour s'endormir sitôt sa joue posée sur l'oreiller.

Le lendemain à 4 heures, Benoît le secoua.

– Debout, c'est l'heure.

A 6 h 30, la vieille Bouzouc et son pot de chambre apparurent. Ce fut en voyant Parfait préparer son cartable en le bourrant de bonbons avec lesquels il s'achèterait des droits de copiage que Saturnin trouva injuste le marché imposé par sa tante. Si seulement elle le laissait passer son certificat… Et qu'allait dire grand-père quand il apprendrait qu'il n'allait plus à l'école ? Il faudrait sans doute rendre le chien et à ça Saturnin ne pouvait se résoudre. Aussi il mentit lorsque Hippolyte lui posa l'inévitable : « Alors, tu as bien travaillé cette semaine ? » Son mensonge ayant « pris », il récidiva lors des visites suivantes.

Vint le jour du certificat.

*

Lorsqu'un individu a réussi à satisfaire un désir refoulé, tous les autres membres de la collectivité doivent éprouver la tentation d'en faire autant. Pour réprimer cette tentation, il faut punir l'audace de celui dont on envie la satisfaction et il arrive que le châtiment fournisse à ceux qui l'exécutent l'occasion de commettre à leur tour, sous le couvert de l'expiation, ce même acte impur. C'est là l'un des principes fondamentaux du système pénal humain.

Dans l'incapacité de se concentrer, Hippolyte cessa de lire et lança un regard inquiet vers le cartel qui s'apprêtait à sonner 4 heures de l'après-midi. Ne tenant plus en place, il posa son livre et sortit du bureau pour monter au sommet de la tour nord. Casimir s'y trouvait déjà.

– Alors toi aussi, tu admets que ce n'est pas normal. Il devrait être ici depuis une heure.

– Peut-être qu'il y a eu du retard avec les résultats ?

– Peut-être.

Quand l'horloge carillonna 5 heures, Casimir attela le landau tandis qu'Hippolyte bouclait le ceinturon de son lefaucheux à dix coups.

Ils passèrent d'abord devant l'école qu'ils trouvèrent close. Ils se rendirent alors rue du Dragon. Casimir arrêta Taillevent devant la boulangerie-pâtisserie Léon Trouvé d'où sortait une file d'attente s'étirant sur le trottoir.

– Jésus, Marie, Joseph, le bourrel ! souffla-t-on à la vue d'Hippolyte descendant du véhicule aux roues écarlates et marchant vers la porte qui se libéra d'urgence.

Hortense qui servait la cuisinière des Beaulouis bafouilla :

– Beau-papa ! Quelle surprise !

– Bonjour, Hortense, dit Hippolyte en ôtant son haut-de-forme. Où est Saturnin ?

Les clients dans la boutique bourdonnèrent.

– C'est lui, c'est l'Pibrac !

– Saturnin ? Il est au fournil. Pourquoi ?… Tiens, bonjour, Casimir, vous êtes là, vous aussi.

Le valet ne répondit pas. Il se contenta de fixer tour à tour les clients jusqu'à ce qu'ils baissent les yeux. Les valets d'échafaud étaient traditionnellement arrogants, Casimir excellait à cet exercice.

– Au fournil, répéta Hippolyte sans comprendre.

Contournant le grand comptoir de marbre et les bocaux de réglisse et de chocolats fourrés, il pénétra dans l'arrière-boutique où la vieille Bouzouc étripait un lapin. Elle se signa de surprise en voyant le bourrel traverser la pièce pour entrer dans le fournil.

Saturnin lavait le sol avec une serpillière que Brise-Tout essayait d'attraper. Il avait les yeux rouges.

« Il n'a pas été reçu et il n'a pas osé venir », se méprit le vieil homme en se penchant pour l'embrasser. Le gamin se suspendit à son cou et sanglota.

– Pardon, grand-père, pardon.

– Ne pleure plus, ce n'est pas grave. Tu te représenteras à la session de rattrapage de la rentrée et là, tu l'auras, je te le garantis.

Les sanglots du garçon redoublèrent. Hippolyte fronça les sourcils.

– D'abord que fais-tu là à laver par terre comme un valet d'écurie ? Tu es puni ? Tu as fait une bourde ? Ne me dis pas que c'est parce que tu as raté ton certificat !

– Je ne l'ai pas raté, grand-père, je ne me suis pas présenté.

A ce stade, Saturnin ne put que tout raconter. Au fur et à mesure qu'il parlait, le regard de son grand-père prenait un air de pistolet chargé.

– Ils ont osé faire ÇA ! ! ! Va chercher tes affaires et monte dans le landau. Il est devant la boutique.

– Je prends toutes mes affaires ?

– Toutes. Tu viens habiter à l'oustal.

Radieux, Saturnin détala vers l'escalier tandis qu'Hippolyte retournait dans l'arrière-boutique où Hortense parlait à voix basse avec sa mère. Ses filles et la bonne servaient la clientèle.

– Où est Léon ? demanda-t-il d'une voix neutre.

– Au moulin, répondit sa bru.

Hippolyte se planta devant elle sans rien dire. Un silence oppressant pesa dans la pièce. La vieille Bouzouc se donna une contenance en reprenant le vidage du lapin. Derrière elle, sur le buffet des Nouvelles Galeries, Princesse gardait un œil attentif sur l'opération.

– Pourriez-vous me dire pourquoi Saturnin jouait de la serpillière dans le fournil au lieu de se présenter à son certificat ? finit par proférer Hippolyte d'une voix qui alerta Casimir.

Il apparut dans l'arrière-boutique, l'œil aux aguets, prêt à tout. La vieille Bouzouc reposa son couteau et se signa de nouveau. La présence du bourrel sous son toit était pire qu'une brûlure d'huile bouillante. Quand elle était enfant, sa mère la menaçait de l'abandonner devant l'oustal de la croisée du Jugement-Dernier dont les occupants étaient bien connus pour dévorer crus les enfants désobéissants.

– Que voulez-vous dire ? Je ne comprends pas. Pourquoi parlez-vous si haut ? protestait Hortense, mais le ton n'y était pas.

Hippolyte fit un pas vers elle. Hortense recula. Son dos heurta le coin du buffet.

– Comment avez-vous osé contraindre Saturnin à quitter l'école ?

– Mais c'est lui… c'est lui qui a voulu. Pour pouvoir s'occuper de son chien. Vous n'avez qu'à le lui demander.

A des signes connus de lui seul (une certaine raideur du dos, une manière particulière de plisser les yeux, un léger tremblement de la lèvre inférieure), Casimir sut qu'il devait intervenir. Posant une main apaisante sur l'épaule de son maître, il souffla dans son oreille :

– Ça n'en vaut pas la peine, allons-nous-en, Saturnin est dans le landau.

Beaucoup plus tard, quand elle put articuler de nouveau des mots cohérents, la veuve Bouzouc affirma que seul un drac ou un griffu avait pu agir aussi vivement.

Détendant son bras gauche à la vitesse d'une langue de caméléon gobant une mouche, Hippolyte avait saisi Princesse par le cou. Au même instant, sa main droite raflait le couteau de la vieille. Plaquant alors la chatte sur la porte du fournil, il la cloua dessus en grondant d'une voix méconnaissable :

– *Eloim, Essaim, frugativi et appellavi !* Par Lucifer et Belzébuth qui ne peuvent rien me refuser, je vous maudis, vous, les Bouzouc, jusque dans la tombe et au-delà !

Cela dit, il tourna les talons et sortit, plutôt satisfait de l'effet désastreux qu'il laissait derrière lui, léchant le sang qui gouttait de sa main griffée par l'infortunée bestiole.

*

A l'attroupement devant sa boutique, Léon sut de loin que quelque chose de désagréable venait d'arriver.

Il dut se frayer un chemin pour entrer chez lui et n'aima pas les regards de commisération qu'on lui lança. Dedans, tout était sens dessus dessous. Sa belle-mère était alitée et balbutiait en patois des « C'était point humain. *Boudiou, boudiou !* C'était point humain. »

Assise à son chevet, Hortense, qui lui préparait des compresses d'eau froide, se dressa à la vue de son mari et l'apostropha :

– Ah, elle est belle, ta famille ! Ton sinoque de père sort d'ici, il est venu nous maudire à domicile ! Regarde dans quel état il a mis maman.

– Et pourquoi a-t-il fait une chose pareille ?

– C'est quand il a su que Saturnin n'allait plus à l'école, il est devenu comme possédé.

Elle lui montra l'entaille dans la porte laissée par le couteau et les traces humides du sang nettoyé.

– Il a planté Princesse dessus en nous maudissant. C'était effrayant.

– Il y avait des clients ?

– Un samedi après-midi, quelle question, c'était plein ! J'espère cette fois que tu vas réagir. En plus, il a emporté Saturnin et toutes ses affaires. On ne peut pas le laisser seul avec ces deux vieillards. Et puis maintenant que Raymond est parti…

Léon haussa les épaules. Ce qui venait de se produire était pourtant prévisible. En fait, il avait toujours su que son père réagirait mal. Il soupira en songeant à Princesse. C'était bien de lui de faire un tel grand-guignol… Il avait dû évoquer Belzébuth, Lucifuge et la clique infernale en roulant des yeux furibonds. Pas étonnant que la vieille Bouzouc soit au lit… Comment lui expliquer, comment la convaincre que son père n'était ni sorcier, ni en contact permanent avec l'enfer et le diable ? De tout temps, la croyance populaire avait assimilé les bourreaux et les rebouteux aux sorciers, et la *tradition* enseignait comment l'exploiter. Il ne se souvenait que trop bien des cours d'anathèmes pendant lesquels Hippolyte mimait la meilleure façon de lancer une malédiction. « D'abord tu changes ta voix. Les gens te croient alors "visité", et la moitié du travail est fait. »

– Qu'attends-tu ? Au lieu de rester là à me regarder, tu ferais mieux d'aller porter plainte, il doit y avoir des lois contre ce qu'il nous a fait, le houspilla Hortense les poings sur les hanches. En tout cas, j'en parlerai à l'abbé.

– A quoi bon ! dit-il en allant aider Benoît à décharger la charrette de ses sacs de farine.

*

Si l'affaire de la chatte crucifiée sur la porte eut un grand succès, la boulangerie-pâtisserie Trouvé, elle, connut une baisse passagère de fréquentation et personne n'aurait vraiment été surpris si son pain avait subitement dégagé une forte odeur de soufre.

L'été fut sec.

Les vendanges s'achevaient quand Saturnin fit sa réapparition à l'école. Il s'inscrivit à l'examen de rattrapage et obtint la deuxième meilleure note. Le directeur le complimenta et lui remit son certificat. Hippolyte se montra moins expansif. Tout en le félicitant, il lui rappela que seule la place de premier était la bonne.

– Le deuxième, c'est le premier des derniers.

Chapitre VI

En dépit des efforts, des pressions, des pots-de-vin, l'oustal Pibrac ne fut pas inscrit dans l'Inventaire général des richesses de l'art de la France. Hippolyte fit les cent pas, une main dans le dos, l'autre tortillant les pointes de sa barbe noire. Saturnin le vit se plonger dans plusieurs livres de droit et les consulter jusqu'à l'heure du dîner, dîner qu'il effleura d'une fourchette distraite.

– Nous allons les mettre devant le fait accompli, finit-il par dire d'une voix douce. Je viens de vérifier, aucune loi ne nous interdit de transformer l'oustal en musée. En musée privé et payant.

Il rit pour la première fois de la journée.

Casimir débarrassa la table, Saturnin l'aida, Hippolyte poursuivit son idée.

– L'important sera de faire connaître notre existence aux touristes qui visitent le château ou l'église Saint-Laurent. Il faut qu'ils sachent où nous trouver… Ah, si le bois Vergogne n'était pas là, on nous verrait de la ville comme avant. On pourrait alors mettre une grande pancarte aux couleurs voyantes… Ah, ah, ah, je parie qu'ils en deviendraient tous vert colique.

Ils rirent.

– Nous imprimerons un catalogue et des billets. Et nous ferons de la réclame dans le *Guide Michelin* et dans le *Baedeker*. Casimir ouvrira la porte, Saturnin vendra les billets, je ferai le guide.

Ils rirent de nouveau. Les chiens remuèrent leur queue à l'unisson.

– On pourrait aussi faire faire des cartes postales de l'oustal, proposa le garçon.

– C'est une bonne idée.

Casimir émit une réticence.

– C'est peut-être investir beaucoup pour un début. Il ne vient pas cent touristes par an à Bellerocaille.

– Je sais, mais nous faisons un musée pour protéger l'oustal, pas pour nous enrichir. Pour qu'il nous survive, il faut qu'il devienne d'*intérêt général*. Après tout, son histoire, comme la nôtre, se confond avec celle de la justice. Notre musée illustrera magistralement la facette la plus occultée du système.

*

Après le triste épisode de Princesse poignardée, Léon ne remit plus les pieds à l'oustal et cessa de lui fournir ses tourtos, rompant ainsi leur dernier lien.

Plus tard, lorsque Parfait raconta que Saturnin avait brillamment réussi son examen de rattrapage, il s'en réjouit secrètement. Parfait, lui, l'avait raté. Parfois, il s'avouait à contrecœur que le gosse lui manquait. La stupidité crasse de son nouveau mitron devait y être pour quelque chose. Même dépourvu d'enthousiasme pour le métier, Saturnin s'était montré habile, méthodique, consciencieux. Le refus de l'*Inventaire* d'inclure l'oustal dans son catalogue fut une grande satisfaction. Léon crut même avoir gagné la guerre : il ne restait plus qu'à attendre la mort du vieux et pfuit, adieu, l'oustal.

Sa satisfaction fut, hélas pour ses nerfs, de courte durée. Un jour qu'il se rendait au moulin, il fit le détour par la croisée du Jugement-Dernier et vit avec inquiétude des échafaudages contre les tours et des ouvriers en train de restaurer les créneaux. D'autres grattaient la misère des moellons du mur d'enceinte. D'autres encore, perchés sur des échelles, raclaient la peinture des pertuisanes en sifflant un air entraînant.

L'hiver 1906 fut clément et se déroula sans incident notable. Ce ne fut qu'au printemps, lorsque resurgirent les fleurs dans les champs et les bourgeons sur les joues des adolescents que l'on remarqua que le bois Vergogne ne participait pas au miracle annuel. Rien n'y verdissait et

– horreur – l'oustal refusait effrontément de s'effacer à la vue. On s'alarma, on se rendit sur place et, malédiction, on découvrit l'étendue du désastre : tous les arbres du petit bois étaient morts sur pied : devant une pareille aubaine, des montagnols les débitaient en fagots à la vitesse d'une termitière affamée.

Un examen approfondi révéla qu'il manquait un mètre d'écorce sur chaque tronc. Quelqu'un avait littéralement assassiné le bois Vergogne.

– Ceux qui ont fait ça ont utilisé une technique moyen-âgeuse pour cultiver une forêt sans avoir à la désoucher, expliqua l'instituteur. On tue les arbres en les écorçant de cette façon. Les feuilles tombent et ne repoussent plus. Le soleil peut ainsi atteindre le sol qui est alors cultivé.

Barthélemy Boutefeux, le maire, ordonna une enquête. Le commandant Calmejane arrêta quelques montagnols qu'il dut relâcher, faute de preuves. La municipalité fit planter aux coins du bois des panneaux interdisant la coupe sous peine d'amende, mais ceux-ci disparurent la nuit suivante.

Bien que personne n'osât les accuser ouvertement, le nom de Pibrac était sur toutes les lèvres, même si leurs motivations restaient obscures. La municipalité ne remplaça pas les panneaux. Les montagnols réapparurent et, à la Toussaint, le bois Vergogne avait pratiquement disparu. Désormais, on voyait distinctement le dolmen et l'oustal de Bellerocaille, de la haute comme de la basse ville. C'est alors qu'Hippolyte fit laquer en rouge l'oustal et ses tours et repeindre à la feuille d'or toutes les pertuisanes du mur d'enceinte. Plus de trois cents, rachetées par le Deuxième à la milice qui les avait réformées.

Ces innovations agirent sur l'esprit des honnêtes gens comme une muleta sur celui du taureau. Sur une initiative de Guy Calzins, l'adjoint au maire, une pétition circula pour que cessent ces provocations. Elle recueillit plus de trois mille cinq cents signatures, dont celles de Léon et Hortense Trouvé, boulangers-pâtissiers. On y joignit une lettre à l'en-tête de la mairie dans laquelle on sommait Hippolyte de rendre à l'oustal sa couleur originelle, oustal qui, y lisait-on, « dénaturait le paysage » et se dressait tel un « furoncle sur le nez de notre belle cité ».

Le lendemain, Casimir déposait à la mairie une enveloppe contenant la copie manuscrite d'une charte datant de 1683 et spécifiant que le domicile de l'exécuteur, de même que ses vêtements, se devait d'être couleur « sang de bœuf ». Pibrac avait ajouté en conclusion : « Cette charte n'ayant pas été abrogée, la couleur actuelle de l'oustal Pibrac est parfaitement conforme à la réglementation. »

*

Alphonse Puech développait les photos du baptême de la fille du banquier Duvalier quand la clochette de l'entrée annonça un client.

– J'arrive dans un instant, prévint-il à travers la cloison.

Bien que natif de Bellerocaille, trente ans plus tôt, Puech était considéré comme un « émigré » sous prétexte que ses parents étaient originaires de Réquista, un gros bourg plus proche d'Albi que de Rodez. Seul photographe de la ville, Alphonse Puech était l'auteur des quatre cartes postales existantes de Bellerocaille : une vue générale, une de l'église Saint-Laurent du XIIIe siècle le jour de la procession, une vue du château médiéval et une de la place du Trou et de l'hôtel de ville du XVe siècle.

Il fut surpris de trouver au centre de son studio l'ancien bourreau et son inséparable valet aux allures si patibulaires. C'était la première fois qu'il les voyait de si près. Quelque chose d'étrange semblait flotter autour d'eux.

– Messieurs ?

Il retint de justesse son machinal « Je suis à vous ».

– Monsieur le photographe, je viens de transformer mon oustal en musée. Je voudrais que vous le photographiiez et que vous me fabriquiez disons cinq mille cartes postales.

– Cinq mille !

– Pour commencer… N'est-ce point suffisant ?

– Bien au contraire, c'est beaucoup.

– Combien de temps vous faut-il ?

Sur les centaines de ragots qui couraient depuis toujours

sur les Pibrac, un seul était une réalité certaine : les Pibrac étaient solvables.

– Une centaine de jours minimum à partir du moment où les clichés seront faits.

– Bigre, c'est longuet ! J'avais escompté la Saint-Gilles au pire.

– Un mois ! C'est impossible, monsieur Pibrac. Je dois colorier chaque carte postale à la main. C'est délicat et c'est long, surtout si l'on ne veut pas du travail bâclé.

– Je vous accorde jusqu'à la Saint-Jean. Si vous ne pouvez pas, tant pis, je m'adresserai à l'un de vos confrères de Rodez.

Alphonse Puech vivotait de son art grâce aux mariages et baptêmes locaux, aux photos de classe en fin d'année scolaire et à celles de la crèche de Noël qu'organisait l'église Saint-Laurent. Il ne pouvait laisser passer une telle commande. Il accepta.

– Fort bien. Sachez toutefois, monsieur Puech, que tout cela doit rester entre nous. Si ce n'était pas le cas, mon valet que voici viendrait vous tirer les oreilles de ma part. Et il est si maladroit, le bougre, qu'elles risqueraient de lui rester entre les doigts. Serviteur, monsieur l'artiste !

*

Le jour de la Saint-Jean, deux mille cinq cents cartes postales seulement étaient prêtes. Hippolyte n'en tint pas rigueur au photographe et lui accorda un délai raisonnable pour terminer. La qualité du travail justifiait une telle mansuétude. Puech avait situé l'oustal dans l'encadrement du portail de pierre et de son blason. Les tours crénelées se détachaient sur un ciel qu'il avait colorié en bleu cobalt. La guillotine sur son échafaud se dressait devant la façade. Au pied de l'escalier, Hippolyte, Saturnin et Casimir souriaient de toutes leurs dents.

Ce soir-là, grâce à la postière, toute la ville sut que Casimir avait non seulement acheté tous les timbres de la poste, mais qu'il en avait commandé trois mille : tarif carte postale.

Ce même soir, dans l'oustal, Hippolyte collait le premier timbre sur la première carte postale.

– Elle revient de droit à Léon. Avec un peu de chance, il nous en fera une deuxième jaunisse.

*

A l'œil pétillant du facteur et à son goguenard « Une bien bonne journée pour vous aussi, m'sieu Trouvé », Léon sut que « quelque chose » était dans l'air. Il examina son courrier. La carte postale le consterna.

– Mais non, voyons, mon vieux Léon, tu rêves tout simplement et tu vas te réveiller, alors cette… CHOSE aura disparu comme tout cauchemar qui respecte l'ordre de la nature.

La carte postale ne disparut pas. Léon se traîna jusqu'à l'arrière-boutique où il se servit un grand verre de porto qu'il avala cul sec.

– Ça ne va pas ? s'inquiéta Hortense.

– Ça ne va effectivement pas.

Il se versa un autre verre. Hortense à son tour découvrit la carte postale et comprit. Oh, le pire n'était pas l'affligeante présence de son beau-père, de son détestable valet et de Saturnin, parfaitement identifiables au pied de l'engin de mort, mais les légendes qui l'accompagnaient et qui, en une ligne, ruinaient des années d'efforts et des milliers de francs (or) dépensés en vain :

VISITEZ L'UNIQUE MUSÉE HISTORIQUE
DES HAUTES ET BASSES ŒUVRES
DE BELLEROCAILLE EN AVEYRON.

était inscrit au recto tandis qu'au verso on lisait :

L'OUSTAL-MUSÉE, BERCEAU
DE LA FAMILLE TROUVÉ-PIBRAC,
EXÉCUTEURS DEPUIS SEPT GÉNÉRATIONS.

Trouvé-Pibrac !

Un court texte calligraphié suivait. Hortense reconnut l'écriture de son beau-père :

260

Vous êtes cordialement invités à la pendaison de la crémaillère, le dimanche 1er septembre 1907. Cette carte tient lieu de carton d'invitation.

Trouvé-Pibrac !

*

Ce fut la postière qui l'avertit que son père ne se contentait plus d'envoyer ses cartes postales aux notables de Bellerocaille, mais qu'il les adressait aussi à ceux de Rodez, Albi, Toulouse, Montpellier, Nevers, Lille, de la France entière.

– La cadence est d'une centaine par jour. Les écritures ne sont pas toutes semblables, j'en ai compté trois différentes.

Hippolyte, Casimir et Saturnin bien sûr... et si les chiens avaient su écrire, ils auraient été embauchés.

L'efficace autant que complaisante postière lui recopia des listes de noms. Son père semblait avoir perdu toute mesure. Il postait maintenant des invitations aux conservateurs des principaux musées parisiens, à l'inspecteur général des monuments historiques, mais aussi au président de la République Armand Fallières (et son épouse), au garde des Sceaux, au Conseil d'État et au Conseil de la magistrature ainsi qu'à tous les ministres en exercice (invitation collective).

Même Nicolas Malzac eut droit à la sienne. Sous sa signature, Hippolyte avait ajouté un ambigu : « Cent rancunes. »

– Où veut-il en venir cette fois ?

– Qui va prendre au sérieux une telle invitation ? Un musée de bourreaux, je te le demande, non mais enfin ! Personne ne viendra et il le sait. Il sait aussi que la postière racontera tout à tout le monde. Il fait ça pour nous persécuter. Ignorons-le, pour une fois.

*

Comme l'avait prédit la boulangère, personne à Bellero-caille ne prit les cartes postales au sérieux. Elles furent interprétées comme une déplorable provocation de plus et chacun s'efforça de les oublier. Mais ce que Léon ignorait encore, c'était qu'Hippolyte avait également invité la totalité des anciens exécuteurs départementaux, leurs familles et leurs valets. Étaient aussi conviés à la fête des exécuteurs étrangers, tels le célèbre *hangman* de Londres (Hippolyte lui donnait du *« old chap »*), le garrotteur de Madrid (*« Hola caballero, qué tal ? »*), les exécuteurs de Turin, Milan et Rome (*« cari amici »*), les *Scharfrichter* de Munich, Linz et Berlin (*« lieber Kollege »*), celui de Lisbonne (*« meu compadre »*), celui de Tokyo (*« Konnichi wa, Isseyeke san »*) et même celui de Djedda, en Arabie Saoudite, un virtuose du cimeterre et de la lapidation (*« Salamalékoum, Hadj Abdoul »*).

Ces invitations furent prudemment expédiées de la poste de Racleterre, ce qui explique la totale surprise des Beaucalloussiens quand plus de la moitié des bourreaux à la retraite répondirent à l'invitation et commencèrent à débarquer dans la ville, individuellement ou par petits groupes.

Les premiers à arriver étaient dans trois voitures de louage. Il s'agissait des exécuteurs de Pau, Tarbes et Auch, accompagnés de leurs femmes, de leurs enfants, de leurs valets et des familles de leurs valets. Au total, seize personnes qui occupèrent le premier étage d'Au bien nourri.

Le train de 10 heures déposa sur le quai les familles de Nice, Sisteron, Draguignan et Brignoles qui occupèrent le second étage de l'auberge. Bien qu'enchanté que son établissement se remplisse, le gérant jugea cependant curieuse cette affluence hors saison. Et puis quelque chose dans l'aspect de ces clients le troublait.

Les familles de Marseille et Toulon, qui s'étaient retrouvées à Montpellier avec celles de Carcassonne, Béziers et Bordeaux, arrivèrent en début de relevée dans quatre diligences affrétées aux messageries Cabrel de Rodez. Pendant que les femmes se dirigeaient en priorité vers l'église Saint-Laurent avec leurs enfants pour remercier le Seigneur d'être arrivées saines et sauves en dépit des chemins infernaux, les hommes entrèrent se rafraîchir dans la salle du Croquenbouche.

– *Quézaco ?* s'interrogèrent les habitués devant cette invasion de vieillards (le benjamin avait soixante-cinq ans) strictement vêtus de sombre et desquels se dégageait une étrange tension. Ce fut en prenant leur commande que le garçon vit que certains étaient armés. Il prévint son patron qui se rendit à la gendar-merie.

– Vous êtes sûr que ce sont des armes ? s'émut le commandant Calmejane.

– Et ils ne les cachent pas. Le plus biscornu, mon commandant, c'est qu'ils ont tous dépassé la soixantaine… On dirait comme une association. Mais de quoi ? Vous en trouverez aussi Au bien nourri.

Le gendarme prit deux hommes et se rendit au Croquenbouche. En chemin, il croisa la patache de Rodez qui déposa devant les messageries un trio d'inconnus aux mines suspectes, vêtus à l'ancienne mode. Le plus jeune était octogénaire et exhibait un lagrese à la crosse ouvragée. Cette fois, plus de doute, il se passait quelque chose d'anormal et il était urgent de savoir quoi. Calmejane marcha vers les trois vieillards qui surveillaient le déchargement de leurs bagages et réclama leurs armes.

– Ma doué ! Et en vertu de quoi ? s'indigna l'un d'eux avec un fort accent breton.

– En vertu de l'interdiction de porter des armes sans autorisation.

– Alors pourquoi ne pas nous avoir demandé d'abord si nous en possédions une ? répliqua sèchement Cyprien Gloannec, l'ancien exécuteur de Brest, qui venait de faire le long voyage en compagnie de ses valets d'échafaud.

Le commandant examina leurs permis, lut leur profession : « rentier » puis les leur restitua.

– Nous n'avons pas l'habitude de voir des gens armés dans notre petite ville.

– Tiens donc ! Et le Septième alors ? Ne me dites pas qu'il sort sans son lefaucheux.

– Vous connaissez Hippolyte Pibrac ?

– Je ne vois pas ce que nous ferions dans un trou pareil si ce n'était pas le cas.

– Il sait que vous venez ?

– Bien sûr qu'il le sait puisqu'il nous a invités.

Le Breton prit un air soucieux :

– Ne me dites pas que nous sommes les seuls à nous être déplacés.

Soudain son visage s'éclaira. Les gendarmes suivirent son regard.

– Tenez ! Quand on parle du loup, dit le Breton, le voilà. Regardez, vous autres, ajouta-t-il à l'intention de ses valets : C'est Casimir Plagnes, le fils de Félix, à ses côtés, et le gosse au milieu, c'est le Huitième, celui sur la carte postale.

Le landau rouge et noir aux portières blasonnées venait dans leur direction. Calmejane se souvint alors de la carte postale qu'il avait reçue deux mois auparavant. Ainsi la « pendaison de la crémaillère » allait bien avoir lieu ! Encore une fois, la ville avait sous-estimé la capacité de son ancien bourreau à la plonger dans l'embarras.

« J'en connais plus d'un qui vont détester cette fête », se dit-il en songeant plus particulièrement à Léon.

Ce dernier se trouvait dans sa boutique lorsque plusieurs vieux messieurs entrèrent pour s'enquérir du chemin de l'oustal Trouvé-Pibrac.

– Nous avons lu le même nom sur votre devanture, expliquèrent-ils. Vous êtes de la famille ?

– Pour quelle raison allez-vous là-bas ?

– Pour l'inauguration du musée. Vous devriez le savoir, si vous êtes de la famille.

Léon leur indiqua la route de Saint-Flour qui se situait à l'exact opposé de celle menant à la croisée du Jugement-Dernier. Après qu'ils eurent disparu, il prit une échelle et alla décrocher l'enseigne *Boulangerie-pâtisserie Léon Trouvé*.

*

L'entrée d'Hippolyte, Casimir, Saturnin et des trois Bretons dans la salle du Croquenbouche provoqua un joyeux hourvari parmi les exécuteurs déjà présents. On se bouscula pour se serrer la main, pour se donner l'accolade, pour se claquer dans le dos en se lançant des sourires carnassiers dévoilant des dentures souvent trop blanches pour être vraies.

Regroupés au fond de la salle, les habitués tentaient de comprendre.

– Tous ces vieux ne sont quand même pas tous des bourrels ?

– Écoutez-les, ils ont tous des accents différents.

– Tu as raison. Qui d'autre est capable de faire ainsi la fête au Pibrac sinon un autre bourrel ? D'ailleurs, regardez leur dégaine.

– Macarel ! Il en arrive d'autres, c'est une invasion.

– Vous avez vu ? Il ne manque pas d'air, de se teindre les cheveux à son âge.

– Vous pensez que c'est légal, vous, une telle quantité de bourreaux en même temps ?

– J'en sais rien. Ce que je sais en revanche, c'est que ce n'est pas moi qui vais le leur demander.

*

En dépit de l'absence du président Fallières et des membres de son gouvernement, l'inauguration du premier musée des hautes et basses œuvres fut un grand succès. Plus de cent soixante invités signèrent le livre d'or disposé dans le salon ; le nombre et la qualité des donations émurent Hippolyte jusqu'aux larmes.

Malgré la distance et l'encombrement de l'objet, le garrotteur de Madrid avait apporté un magnifique banc d'étirement en noyer du XVIe siècle en parfait état de marche et portant de nombreuses traces d'usage. L'ancien exécuteur du Périgord offrit une douzaine de poires d'angoisse en argent du XIIIe siècle finement ciselées ainsi qu'un rarissime arrache-seins à quatre pointes utilisé jadis sur les sorcières et les filles mères coupables d'avortement.

Le carcan de chêne à deux places où l'on emprisonnait face à face les querelleurs afin qu'ils aient le loisir de mieux se connaître fut apporté par Gutman de Munich, dont les cuisses musclées dévoilées par sa paire de *Lederhosen* faisaient l'admiration des dames.

265

Fidèle à sa réputation de joyeux lascar, le nonagénaire Alex Chargasse de Dijon donna une édition originale de 1781 du *Manuel théorique et pratique de la flagellation des femmes esclaves,* un ouvrage rare mais fort connu de l'hermétique cercle des exécuteurs. L'auteur, un planteur espagnol de Cuba, avait répertorié cent trois différentes manières de fouetter une esclave et concluait en fournissant la preuve absolue qu'il était bien dans la volonté du Seigneur que les femelles noires soient fouettées d'abondance « sinon pourquoi Dieu, dont la sagesse est infinie et notoire, les aurait-il dotées d'un aussi large et proéminent postérieur » ?

Souhaitée par tous, la venue d'Anatole et de Rosalie Deibler fit grande sensation. N'était-il pas le dernier à détenir LE pouvoir ! Sa chaleureuse accolade avec Hippolyte fut d'autant plus appréciée que leur brouille depuis l'affaire des chauffeurs était connue de tous.

– Je savais que tu ne nous ferais pas faux bond. Sans le seul d'entre nous encore en activité, cette inauguration n'aurait pas été complète. Tes valets ne sont pas là ?

– Ils sont de garde à Paris. Ils auraient aimé venir, mais il fallait bien que quelqu'un reste, au cas où…

On se pressa autour d'eux, chacun ayant conscience d'être le témoin d'un moment d'histoire qui alimenterait les conversations des années durant (« J'y étais »).

Un verre de champagne à la main, Alphonse Puech courtisait timidement la fille de l'ancien bourreau d'Arras lorsque Casimir le héla :

– M. Deibler vient d'arriver. Venez le photographier avec le Septième au lieu de faire des ronds de jambe aux invitées !

Ne prisant guère le ton autoritaire du valet, Puech prit son temps pour prendre congé de la jolie rouquine, puis charger son nouvel appareil à cent francs, un Le Pascal de luxe, entièrement automatique.

Bien que la somme fût coquette, Pibrac n'avait pas rechigné pour payer sans délai sa facture de cinq mille cartes postales et lui avait commandé l'illustration de son futur catalogue. Pour ce faire, Puech s'était déplacé jusqu'à l'oustal et avait entrepris de photographier chaque objet du futur musée. Il n'avait pas terminé quand Hippolyte le convia à immortaliser par quelques photos l'inauguration.

— Si vous voulez bien faire face au soleil, dit-il à Hippolyte et Deibler.

Ceux-ci obéirent. Les autres exécuteurs se placèrent en demi-cercle autour d'eux. Les femmes, les enfants et les valets se mirent à l'écart.

L'ayant vu jusqu'à ce jour manipuler un énorme appareil monté sur tripode, Hippolyte s'inquiéta du format fort réduit de la boîte noire qu'il s'apprêtait à utiliser.

— J'espère que votre engin ne fait pas des petites photos. Il nous en faut des grandes pour un jour comme aujourd'hui.

Puech le rassura.

Une fois les clichés pris (douze), Anatole Deibler ouvrit l'une de ses malles et en sortit un écriteau d'une quarantaine de centimètres sur vingt-cinq où on lisait :

IMPIE BLASPHÉMATEUR SACRILÈGE,
ABOMINABLE ET EXÉCRABLE.

— Par tous mes billots ! Anatole, d'où tiens-tu ça ! s'exclama Hippolyte en tournant l'écriteau.

Une étiquette collée signalait qu'il avait été porté par le chevalier de La Barre, le 1er juillet 1776, sur sa route pour l'échafaud. Hippolyte reconnut l'écriture vieillotte de Charles Henri Sanson.

Sans répondre, Anatole produisit du coffre un étui en ébène au couvercle clouté de lis d'or qui recelait, posé sur un coussinet d'hermine, le mouchoir ayant servi à lier les poignets de Louis XVI le jour de son exécution.

Un murmure d'incrédulité circula parmi ceux qui se pressaient autour d'eux. Hippolyte fit circuler les reliques au fur et à mesure qu'Anatole les extrayait de son bagage avec des gestes de roi mage.

Tous ici connaissaient par cœur les dernières paroles de Marie-Antoinette prononcées après avoir marché sur le pied de Sanson : « Faites excuse, monsieur, je ne l'ai pas fait exprès », mais personne n'aurait imaginé voir un jour la fameuse chaussure. Pas celle de la reine, mais celle de Charles Henri, qu'Anatole fit apparaître du coffre à merveilles.

Un silence respectueux se fit à la vue de l'élégant soulier à boucle (pied droit, taille 43). Hélas, aucune trace du royal faux pas n'était visible sur le cuir noir.

– C'est Mlle Sophie qui les confie à ton musée, finit par expliquer Deibler. Elle est recluse au couvent de Neuill-l'Espoir et n'a pas pu venir. De toute façon, à son âge et sur des routes comme vous en avez ici, c'était préférable… Ton idée de musée l'a enthousiasmée, aussi elle t'offre tout ce dont elle a hérité. D'après elle, l'autre moitié a été détruite par sa sœur aînée qui a renié la famille depuis qu'elle a épousé un médecin.

Rares étaient les familles qui n'avaient pas subi ce genre de rejet. On pouvait même affirmer que les familles absentes en ce jour étaient celles qui depuis l'abolition de leur charge s'efforçaient de *passer la ligne* en se fondant dans l'anonymat, en changeant de nom ou en disparaissant à l'étranger.

Ménageant ses effets, Anatole sortit alors un porte-documents qu'il ouvrit.

– Il contient les brouillons de toutes les lettres importantes qu'il a écrites. J'en ai lu quelques-unes durant le voyage, c'est passionnant. Il y a aussi ses doubles de mémoires de frais. Et puis il y a surtout son *palmarès*.

Ancienne tradition corporative, les exécuteurs avaient pour coutume de tenir à jour le compte exact de leurs exécutions. Or il était notoire que Charles Henri Sanson avait pulvérisé tous les records. Posséder son palmarès était tout simplement inespéré.

La nouvelle enchanta l'assistance. Tous voulurent connaître son bilan.

– Quand j'étais petit, mon grand-père disait qu'il avait dépassé les mille. Mais j'ai toujours eu du mal à le croire, dit Doublot, l'ancien exécuteur de Blois.

– Combien ? Alors, combien ? s'impatientait-on.

Hippolyte feuilleta le carnet et trouva le total. Le chiffre le laissa sans voix.

– Combien ? Vous allez nous le dire, à la fin ?

– Deux mille neuf cent dix-huit.

On entendit le vent bruire dans les arbres autour de la crypte. Les femmes cessèrent leurs papotages pour se tourner vers les hommes soudain silencieux.

Charles Henri Sanson ne s'était pas contenté d'inscrire platement l'identité de ceux qu'il avait expédiés *ad patres,* il avait profité de sa retraite pour les classer par âge, sexe, profession, rang. On apprenait ainsi qu'en dix-sept ans de carrière, il avait coupé vingt-deux adolescents de moins de dix-huit ans, cent trois vieillards entre soixante-dix et quatre-vingts ans, plus neuf nonagénaires. Sur ces deux mille neuf cent dix-huit, deux mille cinq cent treize étaient des hommes, quatre cent un des femmes. Les quatre restants étaient désignés *de sexe incertain.*

Charles Henri avait décapité six évêques et archevêques, vingt-cinq maréchaux et généraux, deux cent quarante-six magistrats et membres du parlement, trois cent dix-neuf prêtres et moines, quatre cent dix-neuf financiers, avocats, docteurs, notaires, trois cent dix-huit nobles des deux sexes, seize artistes divers, un roi, une reine.

*

Le maître des lieux avait cru voir grand en prévoyant une cinquantaine de convives : or il en était venu cent soixante, qu'il fallait héberger, nourrir et abreuver.

Réunissant les épouses, Hippolyte leur confia son problème d'intendance.

– C'est au nom de la nécessité absolue que je vous réquisitionne.

Victor et Hugo tués plus tôt ne suffisant plus, on sacrifia les quinze poules et les huit oies gavées au maïs, de même que les onze lapins élevés à la luzerne et aux carottes.

– Prenez, prenez, quand il n'y en a plus, il y en a encore, leur répétait Hippolyte lorsqu'il apparaissait dans la cuisine pour superviser le suivi du repas.

On ralluma le four à pain et l'on vida le potager et le verger. La chaîne du puits ne cessait de grincer tant le besoin en eau était grand.

– S'il vous manque quoi que ce soit, demandez à Casimir. Et si nous n'en avons plus, nous irons en chercher en ville.

Les Amis de la musique et la fanfare municipale ayant refusé de venir, Hippolyte avait envoyé Casimir à Racleterre louer les services d'un quatuor campagnard spécialisé dans les noces et banquets.

Très réservés au début, surtout lorsque Hippolyte leur avait désigné l'échafaud en guise d'estrade, ils se détendirent par la suite grâce au chaleureux accueil fait à leur première polka. Plus tard, on leur porta du champagne et quelqu'un venait régulièrement s'enquérir de leurs besoins.

A l'instant du gâteau, Hippolyte leur fit signe d'arrêter leur prestation et de se joindre à eux, une attention à laquelle ils furent particulièrement sensibles. Plus tard, stimulés par tant d'urbanité, ils jouèrent avec un entrain si communicatif que même les pieds des jeunes de Bellerocaille se mirent à marteler le sol en cadence. Réunis sur les trois places, ils distinguaient le son des violons.

– Pourquoi on n'a jamais de fête comme ça, nous ?

Plus d'un songeait aux jolis minois aperçus parmi les vieux bourrels. Prétextant une promenade le long du Dourdou, ceux de la place du Trou descendirent vers la ville basse où se trouvaient déjà la bande de la place de la République et celle de la place Saint-Laurent. Se dirigeant vers la source musicale, ils passèrent le pont et marchèrent dans ce qui avait été le bois Vergogne. Bientôt, ils atteignirent le mur d'enceinte de l'oustal. Se fiant aux bruits, ils le longèrent jusqu'à ce que l'un d'eux se fît faire la courte échelle pour regarder par-dessus.

Quelqu'un vit sa tête surgir entre les pertuisanes et prévint Hippolyte.

Pensant à un mauvais coup en action, il fit signe à Casimir de le suivre et sortit par la poterne de la tour est, prenant les curieux à revers, les tétanisant d'effroi.

– Alors, jeunes gens, qu'est-ce à dire ?

Comprenant alors sa méprise, Hippolyte baissa le canon du mauser.

– Bande de couillons ! Qu'attendez-vous pour entrer et faire danser nos jeunes filles ?

Pas un ne bougea.

– Vous êtes surpris ? Il n'y a pas de quoi pourtant. Vous avez tous été invités, à ce que je sache. Vos parents ont reçu des invitations qui incluaient leur progéniture… Je sais qu'on nous dit un peu croquemitaines, mais vous êtes trop grands maintenant pour croire à ces sornettes. Allez, entrez, je vous dis, et amusez-vous !

A cet instant, le quatuor attaqua un diabolique rigodon qui les précipita vers le portail qu'ils franchirent avec des cris surexcités, oubliant où ils étaient et surtout chez qui.

A l'obscur, inquiets de ne plus les voir s'ennuyer sur la place comme chaque dimanche, les parents s'interpellèrent de maison en maison.

– Vous n'auriez pas vu mon Jacquot et son frère ? Ah, tiens ! Vous cherchez vous-mêmes votre Antoine !

Quand ils finirent par comprendre et que leurs regards convergèrent vers l'oustal vermillon d'où s'échappaient depuis la matinée ces agaçants flonflons, un lourd malaise s'abattit.

On prévint la maréchaussée qui refusa d'intervenir.

– Ces gens-là font la fête dans une propriété privée. A quel titre irions-nous les importuner ? Vous n'accusez tout de même pas M. Pibrac d'avoir contraint vos enfants à s'amuser de force chez lui ?

Décidés à récupérer leurs rejetons coûte que coûte, quelques parents se regroupèrent en plusieurs voitures et se rendirent jusqu'à l'oustal pour carillonner au portail.

Essoufflé par le cake-walk qu'il venait d'abandonner, Hippolyte en personne les accueillit les bras ouverts.

– Enfin, vous vous décidez ! Entrez, entrez, venez vous amuser, vous aussi.

Comme personne ne se décidait, il demanda :

– Que voulez-vous ?

Ils le lui dirent.

– Ne comptez pas sur moi pour gâcher le plaisir de ces gosses. Faites-le vous-mêmes.

Pas un ne bougeant, il les planta là et retourna danser, laissant le vantail grand ouvert pour ceux qui changeraient d'avis.

On ne servit pas de dîner, mais ceux qui avaient faim ou soif n'avaient qu'à se rendre dans la cuisine où un roulement de volontaires aux joues rougies par l'âtre tenaient table ouverte.

Une consigne avait discrètement circulé et concernait les jeunes du bourg : « Ils ne doivent pas s'enivrer, on nous le reprocherait trop. Donnez-leur de la limonade et, s'ils insistent, appelez Casimir. »

Quand la nuit vint et qu'apparurent les premières étoiles, on alluma un grand bûcher au centre de la cour et on dansa la gigue, la courante et la sarabande.

Vers les 21 heures, la fatigue gagna les plus anciens qui se rendirent en voiture à leur hôtel en chantonnant sur le chemin :

> *Je suis François, dont je me poise*
> *Né de Paris, près de Pontoise*
> *Qui d'une corde d'une toise*
> *Scaura mon col que mon cul poise*

Pour les autres, la fête se poursuivit bien au-delà de minuit.

Comme chaque matin, Brise-Tout sauta sur le lit de son jeune maître et fourra sa truffe humide et poilue dans son oreille. Saturnin ne se réveillant pas assez vite à son goût, il aboya. Le chien était nourri une seule fois par jour et c'était l'heure. Saturnin se leva.

Casimir n'apparaissant pas pour le conduire à l'école, il déjeuna seul et partit à pied. Tout en marchant, il se remémora les principaux événements de la veille. Les marques de respect prodiguées à son grand-père l'avaient impressionné : il avait aimé qu'on le traite en dauphin.

Les ruines du château semblaient s'élever à chacun de ses pas. « Dommage qu'on l'ait incendié durant la Révolution », se dit-il. Il avait lu dans les Mémoires du Vengeur que la faute en incombait au seigneur de l'époque, le baron Ferdinand Boutefeux. Fou de rage à l'annonce de l'exécution du roi, il avait voulu contraindre la ville entière à prendre le deuil. Pour donner l'exemple, il s'était entièrement revêtu de noir, puis il avait fait déverser des hectolitres d'encre et de teinture noire dans les douves. Il avait ensuite crêpé tous les arbres et repeint la totalité des meubles du château couleur anthracite.

La réaction du comité de salut public de Bellerocaille ne s'était pas fait attendre. Le château avait été pris d'assaut et si le baron avait pu s'enfuir sur un cheval, il n'avait pas eu le temps de le seller.

C'est lorsqu'on avait brûlé les terriers, l'ensemble des parchemins sur lesquels étaient inscrits les droits seigneuriaux de la baronnie, que le château avait pris feu et été aux trois quarts détruit. Grâce à une collecte organisée par le maire – un Boutefeux –, il avait été partiellement restauré. Le musée municipal s'était installé dans l'ancienne grande salle. Un coin spécial était réservé au résultat des fouilles entreprises sous le dolmen de la croisée du Jugement-Dernier.

Ses camarades de classe consacrèrent les quatre récréations de la journée à faire cercle autour de lui pour le questionner sur la fête dont tout le monde parlait.

Si, au début de sa scolarité, quand il vivait chez son oncle, le préjugé avait joué contre lui, sa gentillesse dénuée de malice et son esprit de camaraderie avaient vite conquis ses compagnons comme ses professeurs. Ces derniers s'accordaient à le juger lent mais précis, opiniâtre quand il n'avait pas compris et doté d'un esprit de synthèse fort avancé pour son âge.

– C'est-y vrai que c'étaient tous des bourrels à la retraite ?

– Ce ne sont pas des « bourrels à la retraite », comme tu le dis si mal, mais des exécuteurs au chômage malgré eux. Il n'existe pas de limite d'âge. J'ai un ancêtre qui a officié jusqu'à quatre-vingt-un ans.

– C'est-y vrai que l'oustal va devenir un musée de la peine de mort ?

– C'est vrai. L'entrée sera d'un franc, comme pour le château. On a des vrais billets et on fait faire des cartes postales des plus belles pièces.

Il en sortit un jeu de son cartable qu'il fit circuler. Il dut expliquer en détail ce qu'étaient ces boîtes pleines de cols de chemise.

Ce matin-là, Parfait arriva avec deux heures de retard. Il expliqua au maître que dans la nuit des inconnus avaient lancé des pavés dans la vitrine de ses parents.

– J'ai dû aider à nettoyer, m'sieu.

– Papa dit que ce sont vos invités qui ont fait le coup, confia-t-il plus tard à Saturnin.

– Pourquoi auraient-ils fait une chose pareille ? La plupart ont dormi à l'oustal, faute de place dans les hôtels.

Parfait haussa les épaules. Il s'en fichait. Seul importait que son cousin ait le temps de lui faire son devoir de géométrie auquel il ne comprenait « que pouic ». L'école et ce que l'on essayait de lui inculquer restaient pour lui des mystères opaques. Pour quelle raison le torturait-on avec ces histoires de diligences qui non seulement ne partaient pas à la même heure mais en plus ne roulaient pas à la même vitesse ? Que pouvait-on faire de telles connaissances ? Ses parents n'avaient-ils pas vécu à ce jour sans jamais avoir eu à prononcer des mots aussi tordus que « bissextile », « hypoténuse » ou « équilatéral » ? Contrairement à ce qu'affirmait sa mère, aucune mauvaise volonté ne l'animait. Il aurait très volontiers tout compris, ne fût-ce que pour avoir la paix, mais il n'y parvenait pas. Ce que disait le maître rentrait dans sa tête et en ressortait aussitôt.

Quand le landau conduit par Casimir arriva devant l'école, les deux gamins jouaient aux osselets sous le grand marronnier au tronc couvert de graffiti.

– Tu veux qu'on te dépose chez toi ? proposa le valet.

Parfait prit un air empêtré.

– Y vaut mieux pas. Si ma mère me voit, je vais prendre la rouste.

Saturnin s'installa seul sur le siège en disant :

– On a brisé la vitrine de l'oncle Léon. Il dit que c'est un de nos invités.

– S'il peut le prouver, qu'il aille aux gendarmes et s'il ne le peut pas, qu'il se taise.

Une demi-heure plus tard, le landau revenait à l'oustal où tout était rentré dans l'ordre : la cour était balayée, la vaisselle faite et rangée, le dallage de la cuisine lavé, l'échafaud démonté. L'attelage des Deibler était dans la cour, les malles étaient chargées à l'arrière.

Saturnin entra. Son grand-père était attablé en compagnie d'Anatole et de Rosalie sur le départ. Ils le regardèrent avec bienveillance. Il eut le sentiment qu'ils parlaient de lui, une impression qu'Hippolyte confirma.

– Nous t'attendions. Va ranger ton cartable et viens t'asseoir avec nous. Anatole veut te dire quelque chose avant de partir.

Il grimpait l'escalier quatre à quatre lorsqu'il ralentit en entendant Casimir raconter le bris de la vitrine de l'oncle Léon. Son grand-père eut un rire joyeux.

– Ce doit être Artault de Poitiers. Il m'a raconté qu'il avait demandé son chemin dans une pâtisserie et qu'il s'était retrouvé à perpète sur la route de Saint-Flour.

Saturnin courut jusque dans sa chambre, lança son cartable sur le lit et déjà faisait demi-tour.

Il s'assit bien droit à côté de son grand-père et attendit qu'Anatole dise ce qu'il avait à dire.

– Aimerais-tu venir à Paris apprendre le métier ?

Une lueur inquiète traversa le regard du garçon.

– Maintenant ?

– Non, bien sûr. Passe d'abord ton brevet. Tu as tout le temps d'y réfléchir. Ton grand-père est certain que tu sauras te distinguer. Moi, je dis qu'il faut attendre ta première exécution pour savoir.

– J'en ai déjà vu une, monsieur. C'était même vous et grand-père qui coupiez. J'étais petit mais je m'en souviens bien.

Hippolyte et Anatole eurent un air embarrassé : à aucun moment durant ces deux jours ils n'avaient évoqué leur différend. Rosalie fit diversion.

– Ça te plairait de connaître Paris ?

– Oui, madame.

On en resta là. Les Deibler prirent congé, emportant un

lot de cent cartes postales pour les distribuer chaque fois que l'occasion s'en présenterait. Le tout n'était pas d'ouvrir un musée, encore fallait-il que les gens connaissent son existence.

— L'idée d'assister Anatole n'a pas l'air de t'emballer, s'étonna plus tard Hippolyte.

— C'est l'idée de partir d'ici qui ne me plaît pas, grand-père. Sinon j'aimerais beaucoup monter à Paris et devenir exécuteur comme toi. Mais ici, je suis bien et je n'ai pas envie de m'en aller.

Chapitre VII

Paris, gare d'Austerlitz, le jeudi 3 septembre 1913.

Anatole Deibler eut un choc en reconnaissant Saturnin qui descendait du train. Il gardait le souvenir d'un gamin en culottes courtes et retrouvait un jeune homme aux épaules carrées qui lui serra la main d'une poigne énergique.

Tête nue, les cheveux noirs plaqués en arrière découvrant un grand front lisse, il portait une confortable veste de chasse en velours noir, un gilet fantaisie en soie brodée, une chemise blanche à jabot, une culotte de daim et des bottes noires sans revers montant jusqu'au bas des genoux. Il ressemblait à un hobereau du siècle dernier.

– Bonjour, monsieur Deibler.

– Bonjour, mon garçon. Sois le bienvenu à Paris. Comment va ton grand-père ? Et Casimir ?

– Ils vont bien et vous transmettent leurs amitiés.

Anatole désigna son voisin, un homme au petit nez en trompette souligné par une moustache en touffe de persil.

– Voici Yvon, mon adjoint de première classe. C'est lui qui va te débourrer.

Saturnin lui serra la main puis dit à Deibler d'une voix dépourvue de forfanterie :

– Grand-père s'en est déjà chargé. Il dit qu'à part vous et lui, personne n'en sait autant que moi... En théorie bien sûr.

Anatole eut une mimique embarrassée, Yvon grimaça.

– Pour un péquenot qui débarque tout frais de sa cambrousse, je le trouve bien plastronneur.

277

– Laisse-lui le temps de se faire à nos manières, dit Anatole. Et puis ne restons pas là, plantés sur ce quai.

Saturnin les suivit en se demandant s'il devait relever l'insulte qu'il avait devinée dans ce « péquenot ». Qu'aurait fait son grand-père ?

En prévision de son départ, celui-ci avait consacré les derniers mois à le préparer à affronter la capitale comme on entraîne un militaire à affronter l'ennemi : « Procède de façon rationnelle, par analyse. Sois critique, déductif, inductif. Ne suis que ta logique. Et ta première réaction devant un fait nouveau ou quelqu'un de nouveau doit être une interrogation : de quoi s'agit-il ? »

Les cris, les gens pressés, les bousculades jusqu'à la sortie, le vacarme de la rue lui plurent. Il se sentait anonyme et découvrait que c'était agréable. Personne ici ne leur prêtait attention, personne ne se signait en rasant les murs comme lorsqu'il allait en ville avec son grand-père.

– Oh, c'est une Darracq ! s'exclama-t-il quand Anatole lui dit de mettre ses bagages à l'arrière d'une automobile garée devant la gare.

– Tu connais ? s'étonna l'exécuteur.

– Grand-père est abonné à *L'Illustration*. J'ai lu dedans que le constructeur allait faire des voitures en série pour les vendre moins cher.

– Eh bien, il les a faites. Et depuis lors beaucoup d'autres constructeurs l'imitent.

Troquant son melon contre une casquette de marin, Anatole s'assit derrière le volant tandis qu'Yvon tournait la manivelle avec énergie.

Saturnin avait déjà vu des voitures (Bellerocaille en comptait quatre), mais c'était la première fois qu'il montait dans l'une d'elles.

Ils traversèrent la Seine sur un grand pont et longèrent les quais. Le jeune Aveyronnais fut impressionné par le nombre de becs de gaz qui jalonnaient les rues et avenues. Anatole lui signala la place de Grève où avaient lieu jadis les supplices, la place de la Concorde où avait officié le grand Charles Henri Sanson…

Les Deibler vivaient à Auteuil, non loin des fortifications, au fond d'une impasse donnant sur un pavillon aux allures de chalet suisse entouré d'un jardinet qui aurait tenu dans la grange de l'oustal. Un acacia poussait à côté de l'entrée barrée par une grille sur laquelle était suspendue une pancarte : *On ne reçoit personne.*

– C'est pour les journalistes, l'avertit Anatole. Souvent, ils viennent rôder par ici, leur culot est phénoménal… A ce propos, souviens-toi qu'il ne faut jamais leur parler.

– Bien, monsieur. Grand-père non plus ne les porte pas dans son cœur, ils ont tellement écrit d'âneries sur nous !

– Appelle-moi patron, je préfère.

– Bien, patron.

Yvon ouvrit la grille. Ils traversèrent l'étroit jardin, gravirent les marches d'un perron vitré et entrèrent dans la villa.

Assises dans un salon en style Dufayel, Rosalie et une voisine devisaient en buvant du thé. Sur le tapis, une fillette jouait avec une tortue. Près de la fenêtre, un couple de canaris faisait de la balançoire.

– Bonjour, madame.

Rosalie se leva, elle aussi surprise par sa métamorphose.

– Comme tu as forci ! Je me rappelle que tu n'étais pas plus haut que ça.

Il serra la main à la voisine et sourit à la fillette qui se prénommait Marcelle.

– Je vais te montrer ta chambre, dit Rosalie en l'invitant à la suivre dans un escalier conduisant au premier étage.

Saturnin entra dans une petite pièce meublée d'un petit lit, d'une petite chaise et d'une armoire vaste comme un petit tiroir. Une minuscule fenêtre donnait sur l'arrière du jardinet.

– Alors, elle te plaît ?

– Elle est petite.

Toute affabilité disparut du visage poudré de son hôtesse.

– Petite ? Comment ça, petite ?

– Pour une chambre, c'est petit. Notre souillarde est plus grande…

Parisienne de naissance, Rosalie avait été élevée chez les sœurs. Fille de mécanicien, elle était fière de son ascension sociale qu'elle évaluait en comparant les revenus de son père à ceux de son mari. Ce dernier gagnait dix fois plus. Cette villa était son choix et elle l'avait bichonnée comme elle bichonnait sa fille unique. Ainsi, toute critique était mal venue. En fait, personne encore n'avait osé. Pourtant, le ton dénué d'insolence du jeune homme l'incita à ne point se fâcher.

– Il faudra pourtant que tu t'en contentes. Voilà, installe-toi et viens nous rejoindre en bas.

Elle allait se retirer lorsque Saturnin la rappela.

– Madame Deibler, mon grand-père m'a dit de vous confier mon argent de poche. Il a dit aussi que si je vous occasionnais la moindre dépense, vous n'auriez qu'à vous rembourser sur cet argent.

Tout en parlant, il avait déboutonné sa veste pour en sortir une bourse de cuir fermée par un lacet. Son geste dévoila un étui à revolver fixé à son ceinturon.

– Je ne suis pas supposé tout dépenser, mais grand-père tient à ce que je ne manque de rien et ne sois à la charge de quiconque.

– C'est tout à son honneur, dit Rosalie que le poids de la bourse fascinait.

Sa paume sensible identifia la taille des pièces, son ouïe confirma qu'il s'agissait bien d'or. Dénouant le lacet, elle compta les louis et les napoléons, poussant des « eh bien, eh bien, eh bien » admiratifs.

– Réflexion faite, tu n'as pas tout à fait tort, cette chambre est un peu étroite… Il est vrai que je ne pouvais pas prévoir que tu grandirais tant. Allez, reprends ta valise, je vais t'en montrer une autre.

Rosalie cette fois lui offrit une pièce plus spacieuse, mieux éclairée par une grande fenêtre donnant sur le quai du Point-du-Jour.

Une fois seul, Saturnin ouvrit sa valise pour la vider, commençant par la photo d'Hippolyte, Casimir, Griffu et Brise-Tout prise par Puech peu de temps avant son départ, qu'il posa sur sa table de nuit. Il répartit ses vêtements dans la commode et l'armoire et réserva un tiroir pour le matériel d'entretien du webley bulldog à cinq coups offert par Casimir pour son quinzième anniversaire.

Avant de rejoindre ses hôtes, il dégrafa son arme et la

rangea avec les boîtes de balles calibre 32. Il conserva son ceinturon dans lequel étaient dissimulés vingt napoléons de cinquante francs. La bourse n'était qu'une ruse d'Hippolyte pour amener Rosalie à de meilleures dispositions envers son petit-fils. L'avarice de l'épouse Deibler était connue de tous.

– Tu remarqueras vite que les gens ont une propension réelle à respecter les riches. Pour la plupart, l'argent est l'unique ressort de toute activité.

– Il ne l'est pas pour nous ?

– Non, mais c'est parce que nous en possédons en quantité suffisante. Sans cela, nous ferions comme tout le monde.

Quand il revint au salon, Rosalie servait du porto à Yvon et à la voisine. Anatole, sa fille sur les genoux, fumait une cigarette en prenant garde de ne pas l'enfumer. Il s'assit sur la seule chaise vide et ne bougea plus, attendant qu'on lui parle. Rosalie lui tendit un verre qu'il n'osa refuser. Il but une gorgée, reposa le verre et n'y toucha plus.

– Tu n'aimes pas mon porto ?

– Non, madame, ce n'est pas du bon.

La maîtresse de maison piqua un fard, Yvon eut le hoquet, la voisine dissimula mal sa jubilation. Tous regardèrent Anatole, s'attendant au pire. Celui-ci considérait Saturnin avec attention. Il finit par dire avec un petit sourire :

– C'est Hippolyte qui t'a enseigné de toujours dire ce que tu penses ?

– Oui. Il dit que c'est plus simple que de mentir.

– Il a sans doute raison, mais t'a-t-il mis en garde contre les ennuis que cela pouvait t'attirer ?

– Grand-père dit que la vérité rend libre et qu'il vaut mieux se défier de ceux qui ne sont pas de cet avis.

– D'où sort ce péquenot ? D'une île déserte ? s'esclaffa Yvon.

– Tu ne crois pas si bien dire, murmura Anatole en songeant au mur d'enceinte de l'oustal Pibrac.

– C'est la seconde fois que vous employez ce terme, monsieur Yvon. Pourriez-vous m'en donner la définition afin que j'agisse en conséquence ?

L'arrivée d'Henri Desfournaux, de sa femme Georgette et de Louis Rogis, père de celle-ci, dispensa Yvon de répondre. Anatole fit les présentations.

– Tu ne te souviens pas de moi ? dit le corpulent Louis à l'air perpétuellement jovial. Remarque, c'est normal, à l'époque, tu n'étais pas plus haut que ça.

Il montra le dossier de sa chaise. A quarante-cinq ans, Gros Louis, comme tous l'appelaient, cumulait ses fonctions d'adjoint de deuxième classe avec celles de chauffeur de bateaux-mouches. A force de jeux de mots, de calembours à répétition, de poil à gratter et de loufoqueries en tout genre, il s'était taillé une réputation de bon gars heureux de vivre derrière laquelle il dissimulait que sa seule raison d'être était de couper des têtes. Là au moins, durant de merveilleux instants, il se sentait quelqu'un d'important.

L'époux de sa fille, Henri Desfournaux, était descendant d'une ancienne famille d'exécuteurs de Vierzon et avait la profession de metteur au point de moteurs automobiles. Une spécialité qui l'avait amené à visiter l'Europe, mais aussi la Russie et même les Indes où il s'était fait tatouer sur le poignet un poignard entrelacé d'un serpent dardant une langue fourchue. C'était sa femme qui l'avait persuadé de devenir l'adjoint de deuxième classe d'Anatole. « Ça ne t'empêchera pas de conserver ton emploi à l'atelier et ça nous fera onze mille francs de plus par an. » Depuis sa première tête, Henri rêvait de devenir exécuteur-chef (à vingt-cinq mille francs annuels). Il vit l'arrivée du fils Pibrac comme une lointaine menace.

Malgré la verve de Gros Louis, le repas fut quelque peu crispé et pour la première fois Rosalie s'abstint de susciter des compliments sur ses talents de cuisinière : la présence de quelqu'un susceptible de dire ce qu'il pensait vraiment la terrorisait.

Tout en mangeant, Anatole observait Saturnin. Il appréciait la sobriété de ses gestes, aussi bien pour briser son pain que pour couper sa viande ou se verser de l'eau... Car il ne buvait pas de vin, ce qui choquait Yvon et Gros Louis qui en buvaient trop. Anatole remarqua également la facilité avec laquelle le jeune homme avait séduit Marcelle en lui parlant d'un ton égal, sans changer de tonalité comme le faisaient les autres lorsqu'ils s'adressaient à un enfant ou à un animal.

Aidée de Georgette, Rosalie changeait les assiettes et s'apprêtait à servir le fromage et la corbeille de fruits quand Saturnin dit :

— Savez-vous quand aura lieu la prochaine exécution ?

— Il le fait exprès ou quoi ?

— Tais-toi, Yvon, il ne peut pas savoir.

Il n'existait qu'un seul tabou chez les Deibler, et il venait de le briser : on ne parlait jamais métier devant la famille et encore moins à table.

— Écoute-moi, Saturnin. On ne parle jamais des hautes œuvres ici, on n'en parle qu'entre nous, jamais à table, tu comprends ?

— Je comprends. Mais ce que je ne comprends pas, ce sont les raisons, dit-il après un temps de réflexion durant lequel il donna le sentiment qu'il tournait vraiment sept fois sa langue dans sa bouche avant de répondre.

Anatole perçut confusément ce qui clochait chez ce jeune Pibrac : il avait le chic pour pousser les gens dans des culs-de-sac.

— Chez moi, on ne parle pas du métier, c'est ainsi. Contente-toi d'obéir. Ton grand-père a dû t'apprendre que si tu veux commander un jour, tu dois apprendre à obéir.

A la surprise générale, Saturnin se leva, alla jusqu'à la porte, l'ouvrit et dit :

— Pourrais-je vous parler, patron ?

Perplexe, Anatole regarda tour à tour sa femme, puis ses adjoints, avant de le rejoindre sur le perron.

— Pourquoi tous ces mystères ? Je t'écoute.

— Savez-vous quand aura lieu la prochaine exécution ? lui souffla Saturnin dans l'oreille.

*

Le déjeuner terminé, les femmes s'occupèrent de la vaisselle, les hommes allumèrent des cigarettes dans le salon et Marcelle retrouva sa tortue.

— Allons à la Folie-Régnault, dit Anatole après avoir

consulté sa montre, on lui montrera les bois. On pourra déjà se faire une idée.

– Poil au pied, dit finement Gros Louis.

Ils allaient sortir quand Saturnin se dirigea vers l'escalier.

– Où vas-tu ? demanda le patron. Nous partons tout de suite.

– Je sais, mais comme nous sortons, je vais mettre mon revolver.

– C'est inutile, je t'assure. Tu es à Paris ici, pas à Bellerocaille.

– Il a un revolver ? s'étonna Henri.

Hippolyte lui ayant expressément recommandé de ne jamais sortir sans arme, Saturnin n'hésita pas.

– Je dois le mettre, patron, je fais vite.

Déjà il grimpait les marches.

– Ça promet, soupira Yvon.

Quand ils furent tous entassés dans la voiture, la Darracq prit la direction du XIe arrondissement. Coincé à l'arrière entre Henri et Gros Louis, Saturnin découvrait Paris à la vitesse moyenne de vingt-cinq kilomètres à l'heure.

Désignant la bosse sous sa veste de chasse, Yvon lui demanda :

– Tu peux me le montrer ?

Le jeune homme dégrafa le rabat de cuir de l'étui et sortit le bulldog qu'il présenta en le tenant par le canon.

– J'espère que tu as ton permis sur toi, s'inquiéta le conducteur.

– Oui, patron. C'est un national.

– Il est petit, dit Yvon en tripotant l'arme dans tous les sens.

– J'en ai un plus grand, un webley army express calibre 45, mais il pèse un kilo huit. Celui-ci ne pèse que trois cent dix grammes et mesure moitié moins.

Arrivée rue de la Folie-Régnault, la Darracq s'immobilisa devant le 60 *bis*. Ils entrèrent dans une cour où étaient entreposées des poubelles. Du linge pendait aux fenêtres. Anatole frappa au carreau de l'une d'elles, au rez-de-chaussée. Une femme sans âge apparut.

– Bon après-midi, madame Clarence. J'ai un nouveau à

vous présenter, dit-il en faisant signe à Saturnin de s'approcher.

– Voici Mme Clarence. C'est elle qui garde le double des clefs du hangar. Comme ça, si tu en as besoin un jour et que je ne suis pas là, tu sauras à qui demander.

Cela dit, il ouvrit les portes du local avec son trousseau de clefs. Une guillotine apparut. Une autre, démontée, était appuyée contre l'un des murs.

– Vous la gardez toujours montée ? s'étonna Saturnin.

– C'est la meilleure façon de ne rien oublier quand on la déplace.

Saturnin s'approcha de l'engin. Ils le virent promener sa paume sur l'un des montants, puis glisser son doigt sous la lunette, examiner la fermeture et grimacer. Il se redressa et en fit le tour complet sans plus la toucher.

Gros Louis brisa le silence.

– Alors ? Que pense mon adjudant de notre bécane ?

– Elle est sale et les nœuds des garcettes ne sont pas les bons.

Il leur aurait craché sur les chaussures qu'il ne les aurait pas plus vexés. Même Anatole perdit son calme.

– Qu'est-ce qui t'autorise à dire ça ?

Saturnin posa son doigt sur la lunette.

– Voyez par vous-mêmes. Les glissoirs, comme la fermeture, n'ont jamais été nettoyés à fond. Du sang s'est introduit et, à la longue, il a pourri : c'est ça qui sent si mauvais. Pour les nœuds, c'est facile à voir que ce ne sont pas les bons. Il faut un étrésillon à la manette et un plein poing au mouton.

– Le pire, c'est qu'il a raison, admit Henri qui avait la responsabilité technique des bois de justice. Ce ne sont pas mes nœuds.

Pour l'odeur, chacun l'avait remarquée depuis longtemps sans pour autant se l'expliquer. Et voilà que ce blanc-bec, en moins de trois minutes…

Le front plissé par la contrariété, Anatole vérifia lui-même les nœuds et dut en convenir. L'idée qu'Hippolyte n'allait pas manquer d'apprendre que sa guillotine était mal entretenue le gênait dans son amour-propre professionnel.

– C'est la pipelette, j'en suis sûr, accusa Yvon. Au bureau de tabac du coin, y m'ont dit plusieurs fois qu'elle faisait visiter quand on n'était pas là. Elle fait même casquer cinq francs par personne et cinq autres pour faire tomber le couperet.

Le patron sortit du hangar et ils l'entendirent frapper de nouveau contre les carreaux de la loge. Pendant qu'il passait un vigoureux savon à Mme Clarence, Yvon désigna la guillotine en disant :

– Tu dis qu'elle est sale, tu devrais la nettoyer pour nous apprendre notre métier.

Avisant un tournevis sur l'établi, Saturnin les étonna une fois de plus en s'agenouillant devant la lucarne et en dévissant les boulons à la vitesse grand V.

– Tu en as déjà démonté une ?

– Oui, la nôtre, à l'oustal. Quand on a su que je venais ici, mon grand-père me l'a fait démonter et remonter une fois par semaine.

Les adjoints n'en croyaient pas leurs oreilles.

– Vous avez une bécane à vous, une vraie ? insista Yvon.

– Ben oui, une vraie. C'est un de mes ancêtres qui l'a fabriquée lui-même. Elle est d'ailleurs bien mieux que celle-ci. Elle pèse cinq cent dix kilos, mouton inclus. Tandis que la vôtre doit peser six cents ou plus.

Tout en parlant, il alignait les éléments démontés sur la planche à bascule. Chacun de ses gestes était utile et s'enchaînait sans à-coup au suivant.

Les joues encore chaudes d'avoir houspillé l'indélicate concierge, Anatole revint dans le hangar. Son nouvel aide était en train de gratter avec la pointe du tournevis le sang séché infiltré dans les rainures.

– Remonte tout immédiatement sinon nous allons arriver en retard au cirque. Qui t'a dit d'y toucher ?

– C'est moi, patron. C'était pour voir s'il s'y connaissait. Dites, c'est-y vrai qu'ils ont une bécane personnelle ?

– C'est vrai. On peut même y fixer les roues et un timon pour la déplacer.

Ce dernier détail acheva de convaincre Henri du danger que ce petit virtuose du couperet faisait planer sur ses ambitions. Depuis qu'une indiscrétion de Georgette lui avait appris que Rosalie ne pourrait plus enfanter, il savait la lignée des Deibler condamnée. A la mort du patron, l'office reviendrait automatiquement à l'adjoint de première classe, Yvon en l'occurrence, qui était également garçon coiffeur dans un salon de la rue Saint-Denis. Henri se faisait fort de l'évincer. Mais voilà que l'arrivée de cet Aveyronnais chamboulait tout.

*

Contrairement à ses adjoints qui avaient conservé leur emploi « civil », Anatole Deibler était exécuteur à plein temps et il lui était interdit de s'absenter de la capitale sans une autorisation écrite de son supérieur hiérarchique, le chef du premier bureau de la Direction criminelle. En contrepartie, il était maître de son temps libre qui était important puisqu'il ne décapitait pas plus d'une trentaine de « clients » par an. Il disposait de quelque trois cents jours vacants qu'il partageait entre ses divers loisirs.

Il faisait de la photo, du vélo, jouait au billard, pariait aux courses, pêchait à la ligne, promenait sa fille à la Foire du Trône et montait derrière elle sur les chevaux de bois. Il adorait le cinéma, mais plus encore le cirque. Les clowns le pliaient de rire et la visite de la ménagerie lui rappelait son séjour en Algérie. Il n'était pas non plus insensible au galbe des cuisses de la trapéziste en maillot pailleté. Ce jeudi-là, le Cirque d'Hiver donnait une représentation au profit des enfants orphelins et bègues de surcroît. Les clowns Zigoto et Tartempion partageaient l'affiche avec une attraction sensationnelle : l'incroyable nain bossu El Pequeño, et son partenaire, l'anaconda géant Comédor. Le dernier était supposé avaler entier le premier et le recracher intact. Il n'était pas question de rater un tel numéro.

– Je remonte, avertit Saturnin, mais c'est encore sale.

Il était à la fois contrarié de ne pouvoir terminer ce qu'il avait commencé et enthousiasmé à l'idée d'aller au cirque.

Henri, Gros Louis et Yvon les regardèrent partir avec envie dans l'auto. Eux n'avaient plus qu'à retourner à leurs emplois respectifs.

Moins d'une heure plus tard, Saturnin était assis au premier rang d'un chapiteau bondé à craquer, en compagnie de Marcelle qui trépignait d'impatience et de son père qui se contenait difficilement de l'imiter.

A l'exception du numéro de voltige (personne ne tomba) et des jongleurs d'assiettes qui le barbèrent (ils n'en cassèrent aucune), tout enchanta Saturnin. Le clou du spectacle fut sans aucun doute l'extraordinaire prestation d'El Pequeño dans son numéro de casse-croûte vivant.

Revêtu d'un collant molletonné enduit au préalable d'une graisse d'aspect grisâtre, l'intrépide nain bossu s'était fait avaler, puis recracher.

Quoiqu'il n'y séjournât qu'un bref instant, il n'en disparaissait pas moins entièrement à l'intérieur du monstre, monstre qui le vomissait en affichant tous les signes de la plus extrême réticence.

A peine revenu à l'air libre, El Pequeño encore tout gluant de bave muselait prestement son partenaire. Alors, sous les applaudissements mérités, il le reconduisait à sa cage où l'attendait un chevreau qui, loin de se douter du sort qui lui était réservé, broutait la paille tapissant l'endroit.

– Qu'il prenne garde qu'un jour son Comédor ne refuse de le rendre et s'occupe à le digérer, avait commenté plus tard Anatole, durant le trajet de retour à Auteuil. Même apprivoisés, des serpents de cette taille ne peuvent être qu'infiniment sournois.

– Surtout qu'il n'est même pas armé, surenchérit Saturnin encore sous le choc du spectacle. Moi, à sa place, je n'irais là-dedans qu'avec mon couteau. Et s'il ne veut plus me dégobiller, je m'ouvre une sortie.

Ils entraient dans Auteuil quand Anatole freina devant le Tout va bien.

– Attendez-moi, je n'en ai pas pour longtemps, dit-il en sautant de la Darracq pour s'engouffrer dans le grand café.

– Mon papa à moi, il coupe des têtes et il a beaucoup

d'argent, déclara Marcelle en jouant avec la poire en caoutchouc du klaxon.

– Moi, c'est mon grand-père, dit Saturnin sur le même ton.

Ils en restèrent là jusqu'au retour du patron qui avait l'air mécontent. Il venait d'apprendre qu'aucun des chevaux sur lesquels il avait misé n'était arrivé. Ce fut Saturnin qui tourna la manivelle pour faire redémarrer le moteur.

*

Peu après le dîner, Saturnin souhaita la bonne nuit à ses hôtes et monta dans sa chambre.

Avant de se coucher, il s'attabla pour rédiger une lettre à l'intention de son grand-père, de Casimir, de Griffu et de Brise-Tout :

> Chers tous,
>
> Je suis bien arrivé à Paris et monsieur Deibler était là pour m'accueillir. Il a une voiture qui fait du trente à l'heure, une maison étroite, la terre de son jardin ne vaut rien et ma chambre n'est pas belle. En plus, elle n'est pas chauffée et il n'y a pas de cheminée.
>
> J'ai vu leur mécanique. Elle est mal entretenue et ils la laissent montée en permanence dans un hangar humide qui maltraite le bois à la longue. Les valets ne savaient pas qu'il faut démonter les ferrures de la lunette après usage. Ils sont trois et on les appelle des « adjoints ». C'est comme pour la mécanique, ils disent « bécane » ou encore « bois de justice ».
>
> Madame Deibler fait mal la cuisine. Même Casimir fait mieux les omelettes, c'est pour dire. Lui au moins, il enlève les coquilles.
>
> Monsieur Deibler m'a emmené au cirque et j'ai vu un serpent gros comme le tronc du cerisier qui avalait et rendait un nain haut comme un billot. J'ai bien regardé et ce n'était pas truqué.
>
> Je me suis fait enguirlander parce que j'ai parlé des hautes œuvres à table. Ici, ça ne se fait pas. Quand on veut en parler, il faut s'isoler, comme pour faire ses besoins.

Monsieur Deibler ne sait pas quand aura lieu la prochaine exécution. Il dit qu'on le prévient la veille quand c'est pour Paris et l'avant-veille quand c'est pour la province.

Vous me manquez et j'aimerais être avec vous en ce moment, près du feu, à manger des châtaignes en écoutant Casimir ronchonner à cause de ses rhumatismes.

Je vous rappelle qu'il faut empêcher Brise-Tout d'aller près de la soue, car c'est là qu'il attrape ses tiques.

Bon, j'arrête là car j'ai sommeil. Bonne nuit.

Votre Saturnin qui vous aime.

Il se coucha dans le lit étranger aux grincements inconnus et aux draps rêches dégageant une odeur de savon bon marché.

Chapitre VIII

La vie quotidienne dans la villa Deibler était régie par un réseau d'habitudes que seule l'arrivée d'un agent du ministère parvenait à troubler.

Comme chaque matin à la même heure, Anatole conclut son petit déjeuner en allumant sa première cigarette de la journée qu'il fuma avec délice dans son bureau en lisant le *Paris-Jour* ramené plus tôt par la bonne avec les croissants. Il examinait la liste des partants de l'après-midi quand la sonnette du portail retentit. Sans lever la tête, il entendit les pas de sa femme sur les graviers, puis leur retour. On frappa discrètement contre la porte.

— Excuse-moi de te déranger, mon ami, mais ça vient du ministère.

Anatole prit l'enveloppe rose en songeant à Saturnin qui allait enfin passer son *vaccin* et montrer ce qu'il valait dans l'action. Il décacheta en souhaitant qu'il ne s'agisse pas d'une exécution en province qui exigeait une organisation plus complexe qu'une exécution boulevard Arago.

— Ah, vacherie ! jura-t-il en repoussant son journal, toute envie de lire disparue.

— Que se passe-t-il ? Tu es tout rouge, s'alarma Rosalie lorsqu'il sortit du bureau.

— Où est Saturnin ?

— Il accompagne Marcelle à l'école.

Elle retint ses questions, pressentant que son trouble était en rapport avec la convocation. Pourtant ce n'était pas la première, loin s'en fallait. Chaque fois qu'elle lui avait vu ce front plissé, c'était que la Darracq était en panne ou qu'il avait perdu aux courses.

— C'est pour la province ou pour Arago ?

– Arago.

« Dommage », songea-t-elle. Elle aurait apprécié quelques jours sans hommes à la maison.

*

Saturnin s'accroupit pour embrasser Marcelle sur les joues. Elle lui confia sa tortue et il attendit qu'elle soit dans l'école pour rebrousser chemin.

Hippolyte, dans sa dernière lettre, réclamait un cliché de la tombe de Charles Henri au cimetière de Montmartre pour l'exposer dans la salle réservée aux Sanson. Le patron avait promis de lui enseigner le fonctionnement de son appareil photo.

Il entra dans le bureau de tabac de la porte de Saint-Cloud et acheta cinq paquets de Piccadilly pour Deibler qui affectionnait le tabac anglais au point d'en consommer deux paquets par jour qui le faisaient tousser comme un miséreux. Un tel vice dépassait l'entendement de Saturnin qui n'avait jamais fumé.

Il allait sortir quand la bonne de la villa Sommeil entra. Il s'écarta et lui tint la porte ouverte, mais elle passa sans un mot, sans même un regard.

– *Menas en bilo un co de borio, so prumié que gafo es un paisan* (menez à la ville un chien de ferme, le premier qu'il mordra sera un paysan), dit-il assez fort pour qu'elle l'entende.

Il eut la satisfaction de la voir se retourner et lui lancer un regard haineux.

Quelques jours après son arrivée, on lui avait signalé que la bonne de la villa voisine de celle des Deibler était également aveyronnaise. Il lui avait rendu visite et avait trouvé une jolie paysanne qui se donnait un mal fou pour parler sans accent. Elle l'avait fort mal reçu et il n'était jamais revenu.

Anatole était dans le corridor en train d'enfiler son pardessus d'hiver quand il entra dans la villa.

– Ah, te voilà enfin ! Notre leçon de photographie est remise, je dois partir au ministère. Pendant ce temps, tu iras prévenir les autres que c'est pour demain matin.

Le visage du jeune homme s'éclaira.

– On va couper ?

– Oui.

– Je peux voir la convocation ? Je n'en ai encore jamais vu de moderne.

Le patron lui tendit le formulaire rose.

> Monsieur… ANATOLE FRANÇOIS DEIBLER … exécuteur en chef des arrêts criminels, se transportera à… *place Vendôme*… pour recevoir les ordres de Monsieur le Procureur général près de la Cour d'appel de… *Paris*… en vue de l'exécution du dénommé*e*… MARTINE GOUDUT… condamné*e* à mort le… *16 août 1912*… pour… *parricide*… par la Cour d'assises de… *Paris*…
> Il sera accompagné de… adjoint(s) de première classe et de… adjoint(s) de deuxième classe.
> Il présentera la présente pièce à Monsieur le Procureur général. L'exécution aura lieu à… *boulevard Arago*… le… *16 octobre 1913*… à l'aube.
> En aucun cas cette date ne saurait être avancée.

Saturnin rendit la convocation.

– Grand-père va être content. Ça fait quarante-deux jours que je suis arrivé.

– Tu as remarqué qu'il s'agissait d'une femme ?

– Oui, je ferai attention à mes doigts.

Il faisait allusion aux phalanges manquantes d'Hippolyte.

– Que ce soit une femme ne te gêne pas ? insista Anatole, décontenancé par tant de sécheresse.

– Un cou est un cou. A propos du formulaire, j'ai noté que les *e* ont été rajoutés à la main.

– Oui, et qu'en déduis-tu ?

– Que l'administration ne possède pas de formulaires au féminin.

*

A 1 h 50 du matin, la Darracq se gara devant le 60 *bis,* rue de la Folie-Régnault. La petite cour était encombrée par un couple de vieux chevaux attelés à un fourgon rectangulaire aux roues vertes. Les portes du hangar étaient grandes ouvertes. Une intense activité régnait à l'intérieur. Assis sur un tabouret, Henri « repassait » le fil du couperet à la pierre à huile, Yvon et Gros Louis terminaient de démonter la « bécane », Saturnin avait déjà rangé dans le fourgon la pelle, les seaux, les serpillières, les chiffons, les sacs de sciure et s'apprêtait à hisser le panier en osier quand Anatole entra.

– Tout va bien ? demanda-t-il en guise de salut.

– Oui, patron, répondirent-ils en chœur.

Tout était prêt à 3 heures moins le quart. Gros Louis éteignit les lampes à pétrole, Anatole ferma le hangar à clef, Saturnin ôta les plaids protégeant les chevaux du froid et grimpa à la place du cocher.

Ne connaissant pas le chemin, il suivit la Darracq qui le précédait à petite vitesse, tous phares allumés. Ils traversèrent un Paris désert et fantomatique, parcouru, par-ci, par-là, d'une ronde d'agents à vélo. Certains, reconnaissant le fourgon, lâchaient leur guidon pour saluer.

Tous les cafés du boulevard Arago jusqu'à la place Denfert-Rochereau avaient reçu l'autorisation de nuit de la préfecture et étaient bondés de curieux que seul le froid contenait à l'intérieur.

Des policiers en pèlerine barraient toutes les rues donnant sur le boulevard et une compagnie de gardes nationaux battaient la semelle le long du haut mur de la prison de la Santé.

Anatole descendit de la Darracq et guida Saturnin vers le lieu de l'exécution, au coin de la rue de la Santé et du boulevard. Le contenu du fourgon fut déchargé sur le trottoir. Anatole sortit sa montre et chronométra le montage de la guillotine, n'intervenant qu'au moment de la vérification de l'aplomb et de la rectitude avec le niveau à eau et le fil à plomb.

Autour d'eux, les gardes nationaux trompaient le froid en les regardant. Vingt-huit minutes plus tard, tout était prêt. Les cafés entre-temps s'étaient vidés et de nombreux curieux s'agglutinaient contre les barrages. Certains applaudirent Anatole lorsqu'il essaya le couperet.

Il n'était que 4 heures et l'exécution était fixée à 6 h 30.

Saturnin conduisit le fourgon dans l'enceinte de la prison, Anatole fit de même avec son véhicule. Les gardiens les invitèrent à venir se réchauffer dans leur cantine.

– Bon suaire, m'sieurs-dames ! lança Gros Louis en entrant dans la salle enfumée où se détendaient une dizaine de surveillants à la veste d'uniforme déboutonnée.

Ils rirent en se donnant des claques sur les cuisses. Anatole et ses aides s'installèrent à une table vide. Bientôt les autres surveillants déplacèrent leurs chaises pour s'asseoir parmi eux et participer à la conversation. Ils cachaient mal leur fascination pour ceux dont le devoir est de trancher des têtes, cherchant des détails qui dévoileraient leur terrible activité. Anatole ressemblait à un prospère industriel, ses aides à d'aimables ouvriers. Un seul, le plus jeune, détonnait quelque peu, mais on n'aurait su dire pourquoi.

On parla du temps « froid et humide » qui sévissait depuis quelques jours en buvant du Viandox ou de la chicorée. On parla de la bande à Bonnot enfin sous les verrous.

– Vous n'allez pas chômer, ce jour-là, m'sieur Deibler. Ils sont vingt-deux à comparaître, dit le surveillant-chef qui ajouta : Au fait, c'est la première fois que vous guillotinez une femme ?

– Non, dit Anatole, c'est la quatrième, mais je n'en ai jamais gardé de bons souvenirs… Eh bien, que se passe-t-il, vous en faites une tête ! dit-il à ses adjoints à la mine soudainement défaite.

Seul Saturnin restait impassible et continuait de souffler sur sa tasse de chicorée trop chaude.

– Mais, patron, on ne savait pas que c'était une femme ! dit Yvon.

– Tu ne leur as donc rien dit ? demanda sévèrement Anatole en se tournant vers Saturnin.

– Je leur ai dit qu'on allait couper demain matin et ils m'ont répondu : « D'accord. »

– Mais pourquoi tu ne nous as pas dit qu'il s'agissait d'une femme ? l'apostropha Henri qui détestait les surprises, surtout les mauvaises.

– Vous ne me l'avez pas demandé. Où est le mal, monsieur Henri ? Homme ou femme, il va falloir couper quand même. Comme dit mon grand-père : « Quand un renard saigne votre poulailler et que vous l'abattez, vous ne vous préoccupez pas de savoir si c'est une renarde. »

— Je comprends ton point de vue, Saturnin, mais je le trouve trop théorique. Couper une femme, vois-tu, ce n'est pas pareil… Une femme, c'est… c'est un peu comme une mère, tu comprends ?

— Non. Grand-père dit qu'un exécuteur ne doit pas avoir d'états d'âme. Ou alors que ce n'est pas un *vrai* exécuteur.

Aucune trace d'insolence dans sa voix, juste l'énonciation d'un fait.

— C'est son vaccin et il jacasse comme s'il avait un palmarès long comme ça, s'énerva Yvon. On va voir tout à l'heure si tu vas autant crâner. Tu sais au moins que c'est toi le photographe ?

— Bien sûr, puisque c'est mon vaccin. Mais ne vous tracassez pas, monsieur Yvon, je connais par cœur ce que j'ai à faire.

— On verra, on verra…

— Disait l'aveugle, ajouta machinalement Gros Louis.

Mais le cœur n'y était pas. L'idée d'avoir à manipuler le corps d'une femme le troublait et il craignait que les autres s'en aperçoivent. « Pourvu qu'elle soit vieille et moche », se dit-il en débouchant une fiasque de cognac qu'il versa dans sa tasse de Viandox.

Un gardien proposa une partie de rami.

Dehors, le nombre des curieux augmentait. Tous n'avaient d'yeux que pour la guillotine, solitaire sous un réverbère. Seule l'arrivée des premiers marchands de marrons chauds vint les distraire du spectacle.

*

A 5 heures tapantes, Anatole retourna au fourgon où il se lava, se rasa et se changea pendant que Saturnin préparait du café sur un réchaud à alcool. Bientôt l'odeur du café combattit celle du savon à barbe et de l'eau de Cologne du patron.

Le jeune homme nourrissait les chevaux avec un mélange d'avoine et de carottes lorsque les adjoints rejoignirent

Anatole dans le fourgon. Ils se lavèrent et se rasèrent à tour de rôle, burent le café de Saturnin et y ajoutèrent qui du cognac (Gros Louis), qui du rhum Négrita (Yvon). Henri, qui n'ignorait pas qu'Anatole était contre, ne buvait qu'en cachette. Pas pour se donner du cœur à l'ouvrage, mais pour exacerber ses sensations comme on pimenterait un plat déjà salé. Dix minutes avant 6 heures, l'exécuteur et ses adjoints sortirent pour vérifier une dernière fois leur outil de travail.

La photo ou la caricature de Deibler ayant souvent occupé la une des gazettes, son visage était familier. A sa vue, le public applaudit. Il faisait froid et depuis des heures déjà certains patientaient en trépignant sur le pavé.

— Commencez ! Commencez ! Commencez ! lança-t-on sur un ton comminatoire.

— Tant qu'ils ne crient pas « remboursez », ça peut aller, dit Anatole avec philosophie.

A 6 h 5, il entrait dans le bureau du directeur de la prison où se trouvaient une trentaine de personnes devisant avec animation. La plupart étaient d'authentiques touristes qui sous divers prétextes avaient obtenu une invitation au spectacle.

Saturnin fut surpris par la brochette de femmes élégamment vêtues qui lui retournèrent son regard. Il vit l'une d'elles se pencher vers son voisin et dire :

— Celui-ci me semble bien jeune, il n'a pas vingt ans.

Le commissaire Delguay, qui avait arrêté la condamnée et était présent à ce titre, répondit :

— C'est un nouveau, je ne l'ai jamais vu auparavant.

— Est-il normal qu'un si jeune homme occupe une telle fonction ?

— M. Deibler a l'entière responsabilité du recrutement. Ce doit être un parent de province qui s'essaie au métier. Je vous le présenterai s'il vous intéresse. Ah, venez, ça va commencer !

Anatole contresigna la levée d'écrou. Le directeur lui remit un formulaire. Anatole l'empocha et dit sobrement :

— En avant.

Le bureau se vida derrière lui. La petite troupe franchit un long couloir, monta un escalier et déboucha sur le quartier de haute surveillance. Anatole s'arrêta devant une porte veillée par un garde qui se leva à leur approche.

Avec mille précautions, le surveillant-chef ouvrit la porte de la cellule. Un épouvantable cri d'horreur retentit.

– Noooooonnnn !

– Merde ! jura le patron en découvrant que la femme pesait près de cent kilos, plus sans doute : On aurait pu me prévenir, se plaignit-il au directeur.

– Je pensais que vous saviez. Son procès s'est déroulé en juillet l'année dernière, c'était dans tous les journaux.

– En juillet, je suis à La Baule et je ne lis jamais les journaux en vacances.

– Remarquez, la prison lui a profité, si vous me passez l'expression. Elle n'était pas si grosse lors du procès.

– Je ne veux pas ! déclara avec conviction la grosse Martine Goudut en se jetant au cou du prêtre qui vacilla.

– Va falloir un cric, plaisanta à demi Gros Louis.

– Calmez-vous, ma fille. Soyez brave et laissez-vous faire, ça ne sera pas long, la consola le prêtre en s'efforçant de se dégager de son étreinte : ses bras étaient gros comme des cuisses, quant aux cuisses...

Gros Louis et Yvon la saisirent. Elle se débattit en poussant des cris stridents proches des ultrasons, griffa et voulut mordre. Elle aurait aimé avoir la rage. Elle décocha un coup de poing qui atteignit Yvon sur l'oreille et le sonna. Venant à la rescousse, Saturnin récolta un coup de coude dans la poitrine qui lui coupa le souffle.

– Je ne veux pas y aller ! Je ne veux pas mourir !

Anatole, Henri, le surveillant et deux gardiens bondirent. Une mêlée confuse s'ensuivit. Dans le couloir, on se bousculait autour de la porte pour voir.

Martine tomba, son chignon se défit. Anatole lui tordit les poignets et les lui attacha dans le dos. Il fallut ensuite la relever et l'asseoir sur le tabouret qui disparut sous son énorme fessier.

– Je ne veux pas le revoir, sanglota-t-elle d'une voix de petite fille. S'il vous plaît, mes amis, ne me tuez pas.

Ses joues rebondies brillaient de larmes. Elle leur expliqua que ce n'était pas la mort qu'elle craignait mais le fait qu'elle allait retrouver son père « là-haut », un père qu'elle avait étouffé durant son sommeil. Cette idée la terrifiait.

Martine tressaillit quand Saturnin regroupa ses longs cheveux et les coupa avec une paire de ciseaux en argent à bouts ronds. Son grand-père les lui avait remis la veille de son départ. Ils avaient appartenu au Vengeur qui les avait fait faire sur mesure par le meilleur coutelier de Laguiole.

Après les cheveux, le jeune homme découpa le col du corsage, commençant par la nuque, comme le lui avait appris Casimir. « Lorsqu'il s'agit d'une femme, tu dois préserver la pudeur et ne pas découper trop bas. »

Concentré sur sa tâche, il ne se rendait pas compte qu'il murmurait comme lors des exercices et qu'il était devenu le point de mire de tous.

– La coupe verticale est de dix centimètres… Voilà, c'est fait… La coupe horizontale doit passer sous le deuxième bouton… Voilà, c'est fait…

– Qu'est-ce qu'il dit ? demandaient ceux dans le couloir.

Quand il eut terminé, il empocha le col, glissa les ciseaux dans leur étui en galuchat et chercha Anatole des yeux. Il rougit en s'apercevant qu'on le regardait.

– Elle est prête, patron.

Selon le rituel, le directeur s'approcha de la condamnée et lui demanda si elle avait une dernière volonté à formuler.

– Oui, je ne veux pas mourir, répondit-elle aussitôt sur un ton plein d'espoir.

– J'ai peur de ne pas pouvoir vous l'accorder. Ne voulez-vous pas un verre d'alcool, ou peut-être une cigarette ?

La grosse femme baissa la tête et recommença à pleurer. Anatole fit signe que le moment était venu. Yvon et Gros Louis l'empoignèrent sans ménagements par les bras. Henri se posta derrière, au cas où il y aurait à prêter main-forte. Martine avança à petits pas, gênée par les entraves des pieds.

– Dégagez le passage ! ordonna l'exécuteur aux spectateurs dans le couloir.

Le trajet jusqu'à la cour fut interminable. En temps normal, le condamné était pratiquement porté par les adjoints et on avançait au pas de course, mais dans le cas présent…

Il était 6 h 35 et Anatole avait cinq minutes de retard sur

l'horaire quand on atteignit le fourgon. Le règlement était formel : si réduite que fût la distance, le condamné ne devait pas se rendre à son supplice à pied.

Un « Aaaaaah » de satisfaction s'éleva de la foule massée à l'extérieur en voyant le fourgon. Déjà il arrivait à l'angle. Le cordon de gardes nationaux s'ouvrit pour le laisser passer. Saturnin remarqua des agents au pied d'un arbre en train d'intimer à des curieux l'ordre d'en descendre.

En apercevant la guillotine, Martine se mit à hurler et, plus grave, se laissa choir sur le trottoir.

— Vite, il faut la porter, dit Anatole en se penchant pour aider ses adjoints.

— Levez-vous, ma fille, laissez-vous faire, l'exhorta le prêtre à distance.

Comme elle se débattait de plus belle, ils la traînèrent sur les pavés givrés. Une large auréole apparut sous sa robe et se mit à fumer dans l'air glacial.

— Elle pisse partout, manquait plus que ça ! gronda Anatole entre ses dents serrées par l'effort.

— Nooooonnnn ! hurla-t-elle de nouveau lorsqu'ils ne furent plus qu'à un mètre de l'engin.

Son cri résonna dans un silence consterné. Elle allait glapir une nouvelle fois quand Saturnin, tournant le dos à la foule, glissa son pouce et son index autour de son cou et serra brutalement, lésant la trachée artère, coupant net son cri.

— A la une, à la deux, à la trois, scanda le patron.

Ils la soulevèrent comme un très lourd sac de patates et la jetèrent sur la planche à bascule qui se fendit. Yvon poussa un cri de douleur.

Accroupi devant la lunette, Saturnin vit Martine glisser vers lui. Elle toussait, ses yeux étaient dilatés à l'extrême : de toute évidence, elle était terrorisée. La saisissant par les oreilles, il redressa sa tête comme on rectifie l'alignement d'un tableau. Déjà Anatole avait rabattu la lunette et déclenché le couperet. Saturnin, qui tirait sur le cou afin de bien le tendre (d'où le nom de photographe donné à celui qui « tirait le portrait » du condamné, le moins gradé des adjoints en général), fut surpris par la rapidité et s'en trouva déséquilibré. Il bascula en arrière sans lâcher la tête qui l'aspergea de sang. Il se releva aussitôt et alla s'en débarrasser en la plaçant dans le panier entre les cuisses, la face vers le fond pour qu'elle ne roule pas durant le transport.

Il était 6 h 40 à la montre d'Anatole et le jour n'était pas encore levé.

— Remplace-moi, s'il te plaît. Je crois que je me suis fait une hernie, s'excusa Yvon auprès d'Henri au moment de hisser le panier dans le fourgon.

La foule se dispersa à regret, les adjoints démontèrent la guillotine. Saturnin jeta plusieurs seaux d'eau sur les pavés pour les laver du sang que le froid avait déjà séché en croûte. Il sourit en entendant un garde national dire à son voisin :

— Paraît qu'ils arrosent leurs fleurs avec.

— Pourquoi pas ? Ce serait un excellent engrais, leur lança- t-il.

Ils ne lui répondirent pas.

Anatole suivit les officiels qui retournaient au chaud à l'intérieur de la prison et s'émut peu de voir les invités détourner les yeux alors qu'un peu plus tôt ils auraient volontiers trinqué avec lui. C'était toujours ainsi. S'approchant du commissaire Delguay qu'il connaissait bien, Anatole sortit son palmarès, un carnet aux pages numérotées, et dit :

— Je sais qu'elle a tué son père, mais j'en ignore les motifs, je n'ai pas suivi l'affaire.

Le commissaire ne se fit pas prier. Il connaissait la coutume des exécuteurs et la respectait : lui-même tenait un compte détaillé de toutes ses arrestations et comptait le publier un jour.

— Il était grabataire, elle l'a étouffé durant son sommeil. Elle n'a jamais voulu dire pourquoi.

— Quelle est l'arme du crime ?

Delguay eut un rire sec.

— Je me demande ce que vous allez inscrire, monsieur Deibler, quand vous saurez qu'elle s'est assise sur son visage.

Aucun membre de sa famille ne s'étant manifesté pour réclamer sa dépouille, Martine Goudut fut transportée au cimetière d'Ivry où un lopin de terre tenu secret était réservé aux suppliciés de la guillotine.

En présence du commissaire d'Ivry qui dressa le procès-verbal d'inhumation, Henri, Gros Louis et Saturnin renversèrent le panier en osier dans le trou fraîchement creusé. La tête roula la première, le corps tomba dessus. Déjà le fossoyeur rebouchait, il était 7 h 50. Chacun retourna à ses occupations. Anatole chez lui, les aides à leurs emplois respectifs. Saturnin, lui, pansa les chevaux, fit le ménage dans le fourgon et consacra la matinée à nettoyer chaque partie de la mécanique et à briquer les montants avec un chiffon doux, déplorant le vernis barbouillé par-dessus, qui empêchait l'entretien à la cire d'abeille.

Quand il rentra à Auteuil, la villa était déserte, à l'exception de la bonne en train de faire la vaisselle dans la cuisine. Anatole était à Longchamp, Rosalie au goûter de la paroisse, Marcelle à l'école.

Il mangea des restes de poulet, du fromage et deux pommes. Il se lava, changea ses vêtements et nettoya à l'eau froide les taches de sang. Tout en frottant, il revit les trois jets inégaux jaillissant du cou tranché : deux jets rouges et puissants sortant des carotides, un plus petit blanchâtre fusant de la colonne vertébrale. Sans vraiment l'émouvoir, ce spectacle l'avait pleinement édifié sur le caractère *définitif* de la mort et sur la différence existant entre connaître et comprendre un fait. Il concevait désormais beaucoup mieux l'incroyable pouvoir que leur déléguait la société.

*

Saturnin aidait Marcelle à faire ses devoirs lorsque Anatole rentra du champ de courses. Il lui fit signe de le suivre dans son bureau.

– Je suis content de toi, dit-il une fois la porte refermée.

Hippolyte peut être fier…. C'est lui ou c'est Casimir qui t'a enseigné cette façon de couper le sifflet ?

– C'est grand-père.

Anatole alluma une cigarette et rejeta la fumée vers le plancher.

– Fais cependant attention de ne pas te laisser surprendre la prochaine fois. Ça fait mauvais effet de se retrouver les quatre fers en l'air avec une tête entre les mains.

– Je sais, patron, mais je ne pensais pas que vous couperiez si vite.

L'exécuteur eut un sourire immodeste.

– Il est vrai qu'avec moi ça ne traîne pas.

Tout le contraire de son père Louis, réputé pour sa lenteur.

– Je pense que tu feras un bon chef. Tu peux écrire à ton grand-père que je l'ai dit. Je ne serais d'ailleurs pas étonné si tu le surpassais un jour.

– S'il était ici, il vous dirait que c'est naturel, puisqu'il n'a pas bénéficié d'un aussi bon maître que moi… Mais justement, j'ai beaucoup réfléchi sur les hautes œuvres. Ce serait un grand honneur de vous succéder, mais ça m'obligerait à m'installer à Paris, et ça, je ne le veux pas.

– Mais pourquoi, grand diable, tu n'es pas bien chez nous ?

– Ce n'est pas ça, patron, c'est le pays qui me manque. Je pense tous les jours à grand-père et à Casimir, tout seuls là-bas. Vous savez, ils sont âgés et il y a beaucoup de travail pour maintenir l'oustal et s'occuper du musée. Ils me manquent et je sais que je leur manque… Et puis ici je ne suis pas chez moi. Ici, personne n'a vraiment besoin de moi, tandis qu'à l'oustal…

Ce même soir, Saturnin écrivit une lettre à son grand-père qui commençait par : « Ça y est, je suis vacciné ! Mais ça n'a pas été une mince affaire. »

*

Huit mois (et neuf exécutions) après son arrivée à Paris, Saturnin retournait à Bellerocaille.

Anatole, Rosalie et Marcelle Deibler l'avaient accompagné sur le quai pour lui souhaiter un bon voyage. Henri et Gros Louis étaient présents avec André, le petit nouveau. Seul manquait Yvon qui ne s'était jamais remis de sa hernie et était redevenu coiffeur à plein temps.

Le chef de gare siffla, la locomotive souffla un nuage de vapeur. Le cœur en fête, Saturnin monta sur le marchepied. Le train bougea.

– Tu sais que tu peux revenir quand tu veux, il y aura toujours une place pour toi parmi nous.

– Merci, patron, je n'oublierai pas.

Après un dernier signe de la main, il disparut dans son compartiment de première classe molletonné comme l'intérieur d'une boîte de chocolats.

Il sourit en anticipant la surprise de son grand-père et de Casimir lorsqu'il leur offrirait les cadeaux entreposés dans le fourgon aux bagages. Il y avait pour le valet une cuisinière ultramoderne, un modèle suédois à quatre foyers, four à réglage, barre de cuivre et tisonnier d'acier trempé. Pour Hippolyte il avait acheté un phonographe et une trentaine de disques d'opéra et de grande musique. Luimême s'était offert un Klapp de reportage 13 × 18 qui allait faire loucher d'envie Alphonse Puech.

Chapitre IX

L'oustal Pibrac, le dimanche 2 août 1914.

Quand le tocsin retentit, Casimir distribuait la provende des poules en les encourageant d'impératifs « piou, piou, piou, piou ». Dans l'oustal, Hippolyte, assis dans son fauteuil, faisait les mots croisés du *Journal de l'Aveyron* et séchait sur un mot de sept lettres : « On peut le mettre en boîte sans risquer de le vexer. » En bout de table, Saturnin expédiait des cartes postales du musée aux proches des dernières victimes de crimes de sang, les invitant à venir les visiter lors de leurs vacances. La liste des noms lui était fournie par Hippolyte qui la tenait de ses lectures assidues de la presse parisienne et provinciale.

Saturnin sortit dans la cour où Casimir, nez au vent, cherchait une trace de fumée dans le ciel azur. Loin de s'apaiser, le tocsin, jusque-là sonné par les trois églises, s'augmenta du son aigrelet du beffroi de la mairie et de celui, plus sourd, de la cloche de l'école.

Hippolyte sortit à son tour et dit à son petit-fils :

– Tu devrais aller voir, on dirait que c'est grave.

L'avant-veille déjà, on avait assassiné Jaurès. Mais seule la mairie et l'école avaient manifesté leur indignation en mettant le drapeau en berne. Pour que la mairie, l'école ET les églises sonnent à l'unisson, il fallait qu'on ait assassiné le président Poincaré ! A moins que…

Saturnin sella Pomponnette, la percheronne achetée une semaine plus tôt à la foire de Rodez, Casimir alla ouvrir le portail, Hippolyte monta aux créneaux de la tour nord.

– A tout à l'heure, dit Saturnin en lançant la jument sur le chemin.

Casimir retint Brise-Tout qui voulait le suivre, referma le vantail et rejoignit son maître. Celui-ci scrutait l'horizon à la longue-vue.

— En tout cas, ce n'est pas un feu, dit-il en lui tendant la jumelle pour qu'il vérifie par lui-même.

— Vous avez une idée ?

— Plutôt une appréhension.

— La guerre ?

— Oui, la guerre.

Ils suivirent des yeux Saturnin qui contournait le dolmen en soulevant de la poussière.

— Taaaaiauttt ! lui lancèrent-ils par jeu.

— Taaaaiauttt ! leur répondit-il en piquant des deux vers la haie de peupliers qui bordait la rivière.

— Même si c'est la guerre, vous savez bien que les enfants d'exécuteurs ne sont jamais inscrits sur les listes du tirage au sort. Saturnin ne risque rien.

— Ce n'est pas sûr, les temps ont changé. Saturnin n'est pas un descendant direct, c'est Léon et son Parfait qui bénéficient de cette dérogation. Ce qui est un comble, quand tu y réfléchis.

Pour tromper l'attente, Casimir retourna à ses « piou, piou, piou », Hippolyte à ses mots croisés. A peine s'était-il assis qu'il trouvait le mot récalcitrant de sept lettres : « cadavre ».

Généalogie

Justinien (Trouvé) **Pibrac Ier**   (1663 (?)-1755)
Trouvé à Roumégoux le 10 juin 1663
Exécuteur à 20 ans   1683
Se retire à 73 ans   1736
Décède à 92 ans   1755
Il se marie en 1692 avec Guillaumette. Trois fils : Martin, Jules et Justinien.

Justinien II   (1699-1764)
Né à Bellerocaille   1699
Exécuteur à 37 ans   1736
Se retire à 64 ans   1763
Décède à 65 ans   1764
Il se marie en 1731 avec Adeline. Un fils : Justinien, et deux filles : Berthe et Lucette.

Justinien III, dit Le Vengeur du peuple   (1732-1804)
Né à Bellerocaille   1732
Exécuteur à 31 ans   1763
Se retire à 71 ans   1803
Décède à 72 ans   1804
Il se marie en 1771 avec Pauline. Cinq filles et trois fils : Justinien, Louis et Antoine.

Justinien IV   (1772-1850)
Né à Bellerocaille   1772
Exécuteur à 31 ans   1803
Se retire à 68 ans   1840
Décède à 78 ans   1850
Il se marie en 1812 avec Blanche. Deux fils : Justinien et Robert.

Justinien V   (1814-1850)
Né à Bellerocaille   1814
Exécuteur à 26 ans   1840
Décède à 36 ans   1850
Il se marie en 1832 avec Clémence. Deux fils : Justinien et Hippolyte.

Justinien VI   (1832-1850)
Né à Bellerocaille   1832
Exécuteur à 18 ans   1850
Décède à 18 ans   1850
Il meurt célibataire. Son frère Hippolyte prend la relève.

Hippolyte Ier, dit Le Septième   (1836-)
Né à Bellerocaille   1836
Exécuteur à 14 ans   1850
Retraite forcée à 34 ans   1870
Il se marie en 1857 avec Berthe. Trois fils : Justinien, Léon et Henri.

Justinien meurt à l'âge de 11 ans, en 1869.
Léon, né en 1868, épousera Hortense. Un fils : Parfait, et deux filles : Margot et Béatrice.
Henri, né en 1870, épousera Adèle. Deux fils : Antoine et Saturnin.

Saturnin Pibrac   (1896-)

Glossaire

Unités de mesure

1 lieue = 4 kilomètres.
1 mille = 1 620 mètres.
1 toise vaut 6 pieds = 1,944 mètre.
1 pied vaut 12 pouces = 32,4 centimètres.
1 pouce vaut 12 lignes = 2,7 centimètres.
1 ligne vaut 12 points = 0,225 centimètre.
1 point = 0,01875 centimètre.

Monnaies

Au XVIIe siècle, plus de 38 monnaies différentes avaient cours dans le royaume.

1 louis d'or = 24 livres.
1 livre = 20 sols.
1 sol = 12 deniers.
1 demi-denier = 1 obole.
1 obole = plus rien du tout.

Il existait une pièce de cuivre de 6 deniers que l'on appelait liard et une de 3 que l'on appelait hardi.
On trouvait aussi un écu de cuivre de 10 sols, un écu d'argent de 3 livres et un autre de 6.

Unités de temps

Matines	minuit.
Laudes	3 heures.
Prime	6 heures.
Tierce	9 heures.
Sexte	midi
None	15 heures.
Vêpres	18 heures.
Complies	21 heures.

Pour évaluer 1 minute, on récitait 2 Pater Noster. Pour 1 heure, on en récitait 120.

RÉALISATION : PAO ÉDITIONS DU SEUIL
IMPRESSION : BRODARD ET TAUPIN À LA FLÈCHE
DÉPÔT LÉGAL : OCTOBRE 2006. N° 90128-2 (41809)
IMPRIMÉ EN FRANCE

Les Grands Romans

Collection Points